MERCEDES RON

# 10.000 MILLAS PARA *encontrarte*

Montena

El papel utilizado para la impresión de este libro ha sido fabricado a partir de madera procedente de bosques y plantaciones gestionadas con los más altos estándares ambientales, garantizando una explotación de los recursos sostenible con el medio ambiente y beneficiosa para las personas.

Penguin Random House Grupo Editorial

**10,000 millas para encontrarte**

Primera edición en España: septiembre de 2023
Primera edición en México: septiembre de 2023



penguinlibros.com

Imágenes de interior: iStock



ISBN: 978-607-383-600-5

Impreso en México – *Printed in Mexico*

*A mi hermana Belén, que luchó*
*para que esta historia llegara a ver la luz*

# PRÓLOGO

Recostado sobre la cama, su mirada perdida dejaba a las claras que algo lo tenía preocupado. Daba igual que acabara de divertirse con una preciosa chica de piernas largas e increíbles curvas. La preocupación que empezó dos meses atrás había ido acentuándose a medida que el hijo de los Lenox se acercaba peligrosamente a la verdad. Cogió el teléfono que reposaba sobre su mesilla de noche y escribió su nombre en internet. Hacía poco que se había hecho público que lo nombrarían nuevo CEO de Lenox Executive Aviation y, por lo que había podido averiguar…, el hijo no tenía mucho que ver con su padre, Richard Lenox.

Estaba claro que no tardarían en llegar a conocerse. Aunque a cualquiera que le preguntara, él le mentiría diciendo que esperaba aquel momento con ansias… Algo en su interior le decía que aquella vez… aquella vez las cosas no se solucionarían llamando a un buen sicario.

Alexander Lenox no era como su hermano… y la amenaza que se cernía sobre él había provocado lo inconcebible: había conseguido quitarle el sueño.

# 1

# NIKKI

En mis ojos se reflejaba el fuego de las llamas que ardían frente a mí.

Observé, quieta, cómo el cuerpo de mi tío Kadek era engullido por el fuego y sentí a mi lado cómo mi abuela temblaba sacudida por el llanto. En el hinduismo, los cuerpos de los muertos se creman para ayudar a las almas a reencarnarse en una nueva vida; se supone que el fuego es sinónimo de purificación y liberación… y por un instante quise creer en ello con todas mis fuerzas.

A mi lado, mis amigos contenían el aliento ante lo que sin duda era un ritual al que no estaban acostumbrados. Se suponía que la muerte no debía ser algo triste…, al menos no en aquel rincón del mundo. En Bali creemos en la reencarnación, celebramos la muerte y recordamos a los fallecidos en grandes banquetes con comida…

Nunca en toda mi vida odié tanto la religión como en ese instante.

Estaba totalmente destrozada… Mi corazón solo podía albergar tristeza y un odio infinito hacia quien fuera que había decidido que se me debía volver a arrebatar al que sin lugar a duda había sido como un padre para mí.

Los médicos que lo encontraron dijeron que había sido un infarto… Un «infarto»… ¿Habría sido culpa mía? ¿Mi rebeldía al marcharme con Alex habría provocado que mi tío muriese de un ataque al corazón?

No podía pensar así. No podía ponerme esa cruz sobre mi espalda, no si quería conseguir superar esa pérdida, no si no quería que la culpabilidad me absorbiese por completo. Pero algo en mí no podía parar de pensar en qué hubiese pasado si yo hubiese estado a su lado, cerca de él…

Y no era solo yo: la isla entera también estaba sumida en la tristeza. Su líder había muerto y solo me bastaba con mirar hacia ambos lados para comprobar lo querido y respetado que había sido mi tío durante todos aquellos años. Prácticamente todos los habitantes de la isla estábamos allí para decirle adiós.

Siguiendo las tradiciones del hinduismo, los siguientes diez días al funeral, debíamos rendir luto. Los hombres no podían ni cortarse el cabello ni afeitarse, y las mujeres tampoco podíamos lavarnos el pelo ni acudir a templos o lugares sagrados.

Yo opté por encerrarme en casa.

Decidí dejarme consumir por el miedo y la tristeza y alejé de mí a todo aquel que intentase impedírmelo. Por la única razón por la que me levantaba de la cama era para visitar a mi abuela, que a la edad de ochenta años acababa de vivir lo que era perder a sus dos únicos hijos.

Nos arrodillábamos y rezábamos juntas… Bueno, ella rezaba, y yo… yo intentaba entender que en cuestión de horas mi vida hubiera cambiado de una forma tan drástica.

Con todo lo de mi tío, apenas había podido detenerme a pensar en que habían sido mis últimas horas con aquel hombre irresistible que se había llevado consigo una parte de mi corazón. Intenté con todas mis fuerzas guardar a Alex y sus verdades en un cajón bajo llave, un compartimento de mi mente que ya abriría cuando estuviese preparada. Pero a pesar de guardarlo muy hondo, los recuerdos, sus palabras, sus caricias y sus besos acudían a mi subconsciente día sí día también, consolándome como sabía o creía que él haría de haber estado allí conmigo.

Sin embargo, eso solo eran imaginaciones mías. No habíamos vuelto a hablar.

¿Para qué?

Él se había marchado y yo debía afrontar la segunda mayor desgracia que acababa de caer sobre mi familia. No había nada de lo que hablar.

Me escribió al principio, pero con todo lo que ocurrió nada más volver a la isla, cuando leí sus mensajes ya era tarde para intentar sostener algo que claramente había terminado. No me sentía con fuerzas para recorrer mentalmente la distancia, no solo física, que nos separaba. Él pertenecía a otro mundo y no iba a dejarlo todo por esta isla, por mí. Y yo sentía lo mismo. La conexión que habíamos sentido era salvaje, pero yo sabía que debía ser capaz de mantenerla en ese rincón bajo llave; hay que saber renunciar a lo que es imposible. Londres no era mi lugar, no podía imaginarme nada más alejado de lo que yo era que aquella ciudad. Eso sí, sus últimas palabras antes de marcharse seguían resonando en mi cabeza como un mantra que parecía no tener fin.

«Hace veinte años, un avión privado Gulfstream V cayó cuando sobrevolaba el mar del Norte con destino Londres desde Ámsterdam». «En ese avión viajaban Jacob Leighton, su hijo Adam de siete años y la supuesta niñera del niño…». «Creo que no estamos ante un simple accidente de avión, Nicole. Estoy convencido de que hay muchísimo más».

Por mucho que hubiese querido seguir con mi vida, ignorando lo que él me había dicho…, era imposible. Cuando me relajaba, cuando bajaba las defensas, sobre todo cuando estaba a punto de dormirme, las palabras de Alex regresaban para atormentarme y no dejarme descansar.

«Supongo que tu tío teme por tu vida. Intuirá o sabrá que el accidente fue provocado. Al igual que muchos británicos, debe de ser consciente de que alguien quería librarse de tu padre y su heredero. Puede que ese alguien sea la persona que dirige ahora la farmacéutica».

«Si lo que he descubierto es cierto, y apostaría cualquier cosa a que lo es…, Nicole, tú serías la legítima heredera del imperio Leighton, ¿lo entiendes? Todo sería tuyo».

Cerré los ojos con fuerza, intentando ahuyentar de mi cabeza sus palabras.

«Todo sería tuyo».

Todo… ¿Qué era todo? Yo no quería nada, yo solo quería de vuelta a mi tío, a mis padres, quería vivir tranquila, no deseaba reclamar nada, no quería nada…

El último mensaje que me había enviado Alex decía lo siguiente:

> Me hubiese encantado volver a oír tu voz, aunque fuese por teléfono, Nikki. Entiendo que los descubrimientos hallados te hayan herido profundamente y que en parte eso te haya llevado a no querer saber nada más de mí. No volveré a molestarte, respeto tu decisión de seguir viviendo como hasta ahora… No todos estamos hechos para afrontar la verdad y tu lugar está allí, en Bali.
>
> Echaré de menos tu compañía, tu sonrisa y tu boca sobre la mía.
>
> Te deseo lo mejor.

No le contesté.

No podía.

Ni siquiera le había dicho lo de mi tío, no quise alimentar el monstruo que empezaba a crecer y crecer en mi entorno, amenazando con acabar con todo.

Leer que echaba de menos mi boca sobre la suya despertó el deseo que tan dormido había estado desde que mi tío murió. Ni siquiera había podido fantasear con mis últimos recuerdos de Alex, de los dos paseando de la mano entre los arrozales, de sus besos robados siempre que había tenido ocasión, sin perder el tiempo porque tiempo era justo lo que no teníamos.

Me despertaba algunas veces con el corazón acelerado, con el recuerdo enterrado de sus manos acariciándome la piel, de su lengua haciéndome estremecer y de nuestros cuerpos unidos como un todo haciéndonos alcanzar un placer inexplicable y tremendamente adictivo.

Esas noches me removía, empapada en sudor, rozándome contra las sábanas, mi cuerpo buscando entre los pliegues de mi ropa la posibilidad de algún recuerdo suyo, pidiéndole a mis manos, todavía en duermevela, que replicaran lo que las suyas me habían hecho tantas veces. Pero no era lo mismo.

Su tacto todavía estaba presente en mi piel, debe ser verdad eso que dicen que el cuerpo tiene memoria porque el mío recordaba cada pliegue, cada rincón, cada centímetro en el que había estado él. Podría haber dibujado un mapa de las rutas de sus labios en mi cuerpo. Terminaba excitada y triste, con una nostalgia profunda por aquella conexión que me había hecho llegar hasta lugares insospechados para mí.

Pero todo aquello se acababa… en cuanto encendía la luz. Y tenía que recordarme a mí misma que había sido un sueño. Incluso cuando él estaba aquí, de verdad, en la isla, había sido un sueño. Así tenía que considerarlo si quería poder seguir adelante.

No podía pensar en él. Eso solo sucedía en mi subconsciente y en esos periodos donde mi cabeza se desconectaba de la tragedia y tomaba caminos que yo le había prohibido retomar…

Finalmente, volví a mi vida, volví al trabajo, a mis animales, a mis clases de yoga, pero sin ser capaz de olvidar lo ocurrido. Mi mente y mi cuerpo se preparaban, aun sin yo saberlo, para el momento en el que pudiese armarme de valor y afrontar la verdad.

Un mes después de la muerte de mi tío, mi abuela me había pedido ayuda para guardar sus cosas en cajas, ordenar la casa y elegir qué íbamos a donar y qué íbamos a quedarnos de recuerdo. Ella no se veía capaz de dejar nada atrás y por eso yo había acudido a ayudarla, para tomar las decisiones difíciles.

No fue fácil entrar en la habitación de mi tío, violar su intimidad y elegir qué guardar, tirar o donar; no con lo reservado que había sido siempre él. Sentí como si estuviese haciendo algo malo, me sentí una niña pequeña haciendo travesuras aun a sabiendas de que habría consecuencias si me pillaban.

Había muchos papeles en sus cajones, sobres, facturas, cartas de amigos... Incluso encontré cartas de una novia que tuvo y de la cual nunca llegué a saber nada. Era duro descubrir facetas de mi tío Kadek que nunca había llegado a conocer, y que ya nunca conocería, como, por ejemplo, que guardaba un sinfín de cigarros bajo su cama a pesar de que nos había jurado a mi abuela y a mí que había dejado de fumar hacía más de un año. Sonreí con nostalgia y me acerqué un cigarro para poder aspirar su aroma. Olía a él... Era una fragancia muy característica. Me pareció curioso que algo que había criticado y odiado siempre en ese instante me hiciera sentirlo tan cerca de mí.

Me guardé unos cuantos en el bolsillo sin decirle nada a mi abuela y supe que, si mi tío estaba viéndome en ese instante, seguramente acababa de poner los ojos en blanco.

Al tercer día de recoger sus cosas y trabajar en su habitación, encontré algo diferente que consiguió dejarme el corazón en vilo. Supe que era algo distinto nada más ver la caligrafía, incluso antes de comprobar que la carta estaba escrita en un pulcro inglés.

La carta decía lo siguiente:

*Querido Kadek:*

*Es reconfortante para mí haber llegado tan rápido a un acuerdo conforme a las dos partes. Entiendo que no quieras que tu sobrina se vea expuesta a una vida que sin lugar a duda haría de ella alguien que no deseamos que sea.*

*Estoy de acuerdo contigo en que Nicole estará mejor y más segura viviendo con vosotros, lejos del caos que se ha generado aquí en Londres y del cual sería muy difícil excluirla si finalmente decidiésemos criarla en Inglaterra.*

*Es importante que entiendas esto: Nicole no puede regresar a Gran Bretaña.*

*Recae sobre ti la responsabilidad plena de cuidar de ella y de mantenerla alejada de todo esto. No me gustaría tener que enterarme de que quienes asesinaron a mi hermano han podido también acabar con la vida de mi única sobrina viva.*

*Le advertí a Jacob que esto sucedería si no era cuidadoso y, por desgracia, tenía razón. Abriré una investigación para intentar descubrir qué sucedió en realidad con el accidente aéreo que nos ha arrebatado a nuestros seres queridos y te informaré de cualquier descubrimiento al respecto.*

*Sé que la vida de Nicole será plena, feliz y maravillosa a vuestro lado, excluida del constante recordatorio al que aquí se vería sometida y el cual la perseguiría de por vida.*

*Confío en que sabrás explicarle a nuestra sobrina las razones por las que no debe abandonar nunca Indonesia.*

*Dios no quisiera que algo le sucediese a ella también.*

*Os deseo lo mejor, de corazón.*

*Devon Leighton*

Leí la carta tres veces seguidas.

Y entonces lo supe.

Todo era verdad.

Todo.

Fue como si por fin me quitaran la venda de los ojos. Y al mismo tiempo como si toda mi vida pasara de nuevo ante mí, pero reinterpretándose.

Tuve que sentarme en el suelo, porque tenía miedo de desmayarme.

No llegué a desmayarme. Lo que sentía era una mezcla extraña. Acababa de encontrar una pieza para un puzle que no sabía que faltaba. Fue duro saber que había tanto sobre mí misma que desconocía; las personas de las que se hablaba en la carta era como si pertenecieran a otro mundo, como si no tuvieran nada que ver conmigo. Pero eran mi familia. Era yo quien había estado viviendo trasplantada, en otro mundo que no era el mío. Aunque ahora sí lo fuera. Todo lo que creía que era, lo que amaba, había estado basado en una mentira. Tuve que reinterpretar mi situación en el mundo, y dolió como si me arrancaran lo único que jamás me había pertenecido.

Y al mismo tiempo… fue un alivio sentir por fin que recibía respuestas de una fuente fiable y no de alguien que simplemente me las decía esperando que las creyera. Con esto no quiero decir que hubiera pensado que Alex intentaba engañarme, pero es difícil creer en algo de tal magnitud solo porque te lo dicen, y más si ese algo pone tu vida patas arriba.

Alex, antes de irse, me había pedido que hablara con mi tío, que le hiciera preguntas.

Pues bien, mi tío no estaba, pero sí estaba esa carta y en ella…, joder, en ella descubría que había alguien muy lejos de allí que se había tomado la molestia para pensar qué era lo mejor para mí.

Devon Leighton era mi tío, al igual que lo había sido Kadek, y ellos dos decidieron ocultarme la verdad por mi bien.

¿Me molestaba?

Claro que sí.

¿Cambiaría mi pasado, mi crianza y mi infancia por otra que no hubiese sido la que había tenido?

No.

Crecí siendo una niña feliz, sin padres, pero feliz.

No tenía ni la menor idea de qué haría a partir de entonces. La muerte de mi tío me había roto y más que nunca sentía la necesidad de encontrar respuestas y de definir mis orígenes… Siempre había sentido curiosidad por esa parte de mí, por mi sangre inglesa, por cómo sería vivir en una ciudad como Londres, y el miedo me había paralizado forzándome a contentarme con lo que tenía y lo que conocía, pero la muerte tan repentina de mi tío…

Sentía que había mucho más por descubrir, por saber…

Y no voy a mentir…, extrañaba a Alex con todo mi corazón. Esos últimos días, había abierto y cerrado la conversación del móvil unas cien veces. Oír su voz hubiese sido como un ibuprofeno para el alma, pero no quería iniciar algo que solo nos haría más daño a los dos, porque… ¿qué posibilidades había de que volviéramos a vernos?

Seguí buscando entre las cosas de mi tío y no encontré nada más referente a Devon o a mis padres. Terminé por guardar todas sus cosas en cajas, clasifiqué lo que era importante guardar de recuerdo, aunque supiera con certeza que ni mi abuela ni yo volveríamos a pasar por el dolor que implicaba remover los objetos personales de mi tío, y lo demás lo donamos o tiramos.

Fue duro ver la habitación de mi tío vacía y más duro fue dejar sola a mi abuela, inmersa en su dolor y sin querer hacer otra cosa que rezar. Pero necesitaba estar sola con mis pensamientos un rato, dejarme sentir.

Aquella tarde fui a mi lugar seguro, decidí ponerme el bañador y coger la tabla de surf. Hacía semanas que no iba a la playa y por fin sentí la fuerza para hacerlo.

No avisé a nadie a pesar de que mis amigos estaban ansiosos por verme hacer algo aparte de llorar o estar con mi abuela, pero necesitaba estar sola.

Estar en el agua… me ayudó. No hice mucho surf, tan solo me quedé sentada en la tabla, observando el horizonte hasta que el sol empezó a bajar y a llenarlo todo de impresionantes colores.

Sin ser consciente, miré hacia atrás…, hacia el lugar donde había estado el balcón de la habitación de Alex…

Sentí una presión muy fea en el pecho… Recordé ese primer encuentro, cuando sin saber por qué dejé que ese desconocido me viera desnuda sobre las piedras que había un poco más allá. Recordé la conexión, la fuerza de su mirada que me encandiló incluso en la distancia, y luego sonreí al recordar el día en que le robé la ola y hablamos por primera vez.

No volvería a sentir nada tan intenso por nadie... Eso lo sabía y era triste pensar que era así. No quería decir que nunca jamás volvería a enamorarme, estaba claro que sí. Había millones de habitantes en el mundo, no podía solo existir una persona para mí, pero las circunstancias que habíamos vivido, el momento y el lugar... sabía que eso no podía repetirse porque son cosas que solo pasan una vez en la vida.

Un dolor profundo en el centro de mi pecho me obligó a cerrar los ojos.

Sentía tanto dolor... por mi tío, por Alex, por no volver a verlo jamás, por haber perdido tanto en tan poco tiempo...

Salté de la tabla y me sumergí bajo el agua, buscando oxígeno en un lugar que me daría todo menos eso, pero que me daba paz de cierta forma.

Bajé y bajé, era buena haciendo *free diving*; cuando ya no aguanté más, me impulsé con los pies en la arena y subí soltando el aire en pequeñas burbujas. Cuando salí a la superficie, respiré como si por fin el aire entrara en mis pulmones tras semanas sin hacerlo de verdad. Miré hacia la orilla, pude ver que el bar ya contaba con bastantes personas bebiendo cerveza... Batú aguardaba pacientemente sentado a que regresara a su lado. Nunca le había gustado verme nadar mar adentro. Suspiré con fuerza y volví a subirme a la tabla, que se había alejado un poco durante mi viajecito bajo el agua. Remé despacio hasta la orilla y cogí la tabla con mi brazo. Batú vino a saludarme emocionado y juntos nos acercamos a Mola Mola, donde pude ver a mis tres mejores amigos bebiendo cerveza y observándome con los ojos muy abiertos.

Cuando me acerqué a ellos, intenté como pude ignorar sus gestos de sorpresa. Cogí la toalla de mi mochila y me envolví con ella temblando un poco de frío.

—¿Qué tal? —pregunté, ignorando esa manera de mirarme, que parecía haberse vuelto la preferida de todo el mundo…, con lástima y preocupación.

No lo soportaba.

Maggie miró a Eko y Gus y, tras tartamudear el principio de ninguna frase en concreto, por fin se dignó a decir algo coherente:

—Podrías haberme avisado de que irías a hacer surf, te hubiese acompañado.

—Me apetecía estar sola —contesté, asintiendo con la cabeza cuando Gus me trajo una cerveza—. ¿De qué hablabais?

Los tres volvieron a intercambiar miradas.

—Pues… de la boda —dijo Eko un poco con la boca chica.

La boda… la boda que por ser una cobarde me perdería, la boda donde se casaban dos de mis mejores amigos, la boda a la que yo no iría por mi fobia a los aviones…

Pensar en aviones me llevó a pensar en Alex, e inevitablemente eso me llevó de nuevo a pensar en la carta…, la dichosa carta. La carta de la verdad, la carta que dejaba a las claras que Alex había tenido razón en todo.

Cogí el teléfono y abrí la conversación, que en realidad nunca había llegado a serlo porque solo él me había escrito.

¿Se lo contaba?

¿Le contaba que había descubierto que sí era la hija de Jacob Leighton?

Pero ¿cómo iba a escribirle cuando hacía un mes de su último mensaje?

Maldita sea.

Por unos segundos, lamenté mi decisión de haber salido de mi zona de confort. Estaba más segura con mi abuela, compartiendo nuestro dolor y alejadas del mundo.

—Ya tenemos fecha —dijo Gus. Utilizó también ese tono entre pena y cautela que empezaba a chirriarme demasiado, pero consiguió que volviera a prestarles atención.

Forcé una sonrisa.

—Ah, ¿sí? ¿Cuándo? —pregunté llevándome la cerveza a los labios.

—Pues queremos casarnos en primavera, así que hemos elegido el 14 de abril.

—Será genial —dije sintiendo una punzada de dolor en el pecho.

Mis amigos intercambiaron miradas.

—Hemos estado pensando… —empezó Eko, pasando el dedo índice por la boca del botellín. Siempre que hacía eso era porque estaba nervioso.

—Sí, lo hemos estado hablando y creemos que tienes que venir, Nikki.

Me quedé callada unos instantes que Margot aprovechó para intervenir.

—Me he estado informando sobre cursos muy buenos para superar fobias… y ¿sabías que el miedo a volar es uno de los más solicitados? Normalmente, tienen un 90 por ciento de éxito, Nikki. Creo que deberías probar, no queremos que te pierdas esto.

Había estado pensando en ello mucho más de lo que jamás lo había hecho a lo largo de mi vida. Lo había estado sopesando desde el mismísimo instante en el que Alex me dejó en el puerto de Sanur sabiendo que no volvería a verlo más.

¿Creía en un curso para perderle el miedo a volar?

No mucho…, pero ¿y si funcionaba?

En el caso de poder controlar el terror que me invadía solo de imaginarme subiéndome a un avión, podría asistir a la boda de mis amigos, podría viajar a Londres… Podría… podría volver a ver a Alex y tal vez… tal vez encontrar respuestas sobre mi familia, sobre mi padre, sobre lo que provocó el accidente de avión.

—Lo pensaré —dije y no me di cuenta de que mis amigos se miraron los unos a los otros con esperanza. No me di cuenta de que Maggie abrió los ojos con ilusión, ni de que Gus y Eko contuvieron su entusiasmo para no agobiarme. No me di cuenta de nada de eso porque por un levísimo instante me visualicé siendo otra persona, una mujer que viajaba por el mundo, me visualicé siendo la hija de mi padre, me visualicé siendo como los miles de turistas que pasaban por la isla año tras año y la imagen que proyecté no me gustó.

Yo no era esa persona, jamás lo sería.

Me despedí de mis amigos cortando la conversación y sin esperar respuesta. Cogí la moto y la tabla y regresé a mi casa.

Había tenido suficiente por un día.

# 2

# ALEX

Clavé la mirada en los cientos de viandantes que pasaban bajo el Shard de Londres e intenté que dejaran de parecerme hormigas pequeñitas moviéndose con prisas. Hacía solo un par de semanas que habíamos cambiado la localización de la empresa al rascacielos más alto de Europa y ni afirmo ni desmiento que hubiese sido idea mía.

Era lo más cercano a volar que podía conseguir en un trabajo cien por cien ejecutivo. Aunque la mayoría de los días estaba tan nublado que de verdad parecía que estuviésemos en el cielo, sin poder vislumbrar lo que había bajo nosotros, y obviamente no era lo mismo.

Hacía un mes desde que había vuelto de Bali. Hacía un mes desde que había dejado mi trabajo de piloto a tiempo completo… Ya no podía dejarme llevar entre las nubes. Solo me había acercado a un hangar para examinar los detalles de la compra de un par de aviones que harían aumentar la facturación de la empresa de mi padre. O, mejor dicho, mi empresa. Todavía me costaba asimilarlo y tenía que corregirme a mí mismo. Hacía un mes que era el CEO, un mes desde que pasaba mis días encerrado en esa torre de cristal opulenta con solo la compañía de hombres cincuentones que necesitaban o exigían algo de mí.

Convertirme en el CEO de Lenox Executive Aviation siempre había sido una posibilidad; remota, es cierto, pero como hijo de mi padre, siempre había sentido como si una mano me apresara el cuello y me amenazara con ahogarme de un momento a otro.

No ser el primogénito no me había quitado de responsabilidades ni mucho menos, pero sí había tenido más libertad que Ryan, mi hermano mayor. Tras acabar nuestras respectivas carreras, yo la de piloto y mi hermano la de ingeniería aeronáutica, ambos habíamos tenido que estudiar negocios y económicas, ahí jamás hubo margen de negociación. Al menos a mi hermano le había gustado el camino que mis padres tan meticulosamente habían construido para él, pero, aunque yo siempre tuve la posibilidad de heredar un trozo de aquel imperio, a mí solo me había interesado volar.

Nunca me importó demasiado «defraudar» a mis padres rechazando lo que para muchos sería el puesto de su vida. De hecho, nunca me importó, ni a ellos tampoco, porque estaba Ryan.

Pero cuando dejó de estar..., bueno, ahí empezaron los problemas.

Llamaron a mi puerta y supe que era mi padre al ver que no esperaba respuesta para entrar.

Giré sobre mi sillón y el hombre alto, de pelo blanco y con algo de entradas, vestido de traje y con aspecto amedrentador vino hacia mi mesa.

—Buenos días, padre —dije indicándole que se sentara al mismo tiempo que él echaba la silla hacia atrás y tomaba asiento.

A pesar de que había soltado las riendas de la empresa hacía tiempo, seguía moviéndose por allí como si fuese el jefe, cosa que técnicamente siempre sería, aunque todas las decisiones pasaban por mí.

—¿Has hablado con tu madre? —me preguntó nada más sentarse.

Volví a girar mi asiento y a centrarme en las «hormigas». Era raro que en Londres hiciera un día tan soleado como aquel y no quería perderme detalle.

—¿Te refieres a hoy? —pregunté con voz cansina.

—Me ha dicho que sigues sin aceptar su invitación a cenar, Alexander.

—Cené con vosotros el viernes, padre.

—Sabes perfectamente a lo que me refiero.

Solté un sonoro suspiro.

—Lilia acaba de empezar el curso, papá. No puedo estar sacándola del colegio cada vez que queráis verla.

—¡Ni siquiera la hemos conocido todavía!

—Lo haréis cuando yo lo crea conveniente —dije girándome para encararlo de nuevo y dotando a mi tono de una seriedad que pocas veces utilizaba con él.

—Lleva un mes en Inglaterra. ¡Es nuestra nieta, por el amor de Dios! ¡Nuestra única nieta!

«Y la única que tendréis», pensé en mi fuero interno.

—Se está adaptando… Hay que darle su tiempo.

—¡Encerrándola en el colegio no vas a borrar la realidad, Alexander!

Apreté los labios, había perdido la paciencia.

—La realidad es que yo soy su padre y haré lo que crea conveniente —repliqué, utilizando el mismo tono.

Mi padre me observó mientras yo desviaba la mirada al ordenador.

Tenía mucho que hacer y solo estaba retrasándome en mi tarea.

—Me da igual lo cabreado que estés con el mundo, me da igual lo sumido que estés en ti mismo como para no ver más allá de tu propia nariz. Este sábado tu madre cumple sesenta años y traerás a su nieta para que pueda conocerla.

Volví a fijar la vista en él.

—Valoraré el llevar a Lilia al cumpleaños de mamá, pero te voy a decir una cosa, papá —lo amenacé poniéndome de pie—: que sea la última vez que entras en mi despacho exigiendo cosas que son exclusivamente asunto mío. ¿Lo has entendido?

Mi padre se puso de pie echando humo por las orejas. Se abrochó la americana y fue hasta la puerta, aunque antes de salir se giró para encararme de nuevo.

—A veces sigo preguntándome qué hicimos tu madre y yo para merecernos esto de ti.

—Y yo me pregunto todos los días por qué el que murió en ese accidente de moto no fui yo en vez de mi hermano. Las cosas serían mucho más fáciles así, ¿verdad, papá?

Lamenté lo que dije nada más hacerlo, pero no me retracté.

Los ojos de mi padre se humedecieron y me miraron, me dio la sensación de que algo se me escapaba.

—Nada es fácil cuando te arrebatan a un hijo —dijo mirándome muy afectado—. Espero que jamás tengas que experimentar un dolor semejante y por eso mismo te pido que vengas al cumpleaños de tu madre. Verte a ti y conocer a su nieta es lo único que la hará levantarse de la cama.

Mi padre se marchó y yo volví a sentarme. Mis ojos se desviaron hacia la foto que había junto a mi ordenador. En ella, dos chicos pelirrojos sonreían a la cámara. Ambos llevaban gafas y gorros de aviador y a lo lejos se divisaba una pista de aterrizaje y una avioneta color rojo.

Éramos Ryan y yo. Él con dieciséis años recién cumplidos y yo con ocho. Recuerdo perfectamente aquel día y el momento exacto en que se tomó la foto Acabábamos de bajar de la avioneta, nuestro padre nos había llevado a volar y Ryan había cogido los mandos por primera vez. Ambos estábamos llenos de adrenalina y felicidad, habíamos disfrutado como nunca.

A mi hermano también le había apasionado volar, pero le interesaba más todo lo relacionado con los aviones: su funcionamiento, su desarrollo... Su deseo de querer involucrarse en la empresa familiar había ido creciendo desde que fue muy pequeño, aunque su sueño se vio truncado cuando, debido al accidente de los padres de Nikki, mi padre tuvo que cerrar toda la parte de ingeniería y quedarse solo con la empresa de vuelos privados.

A pesar de ese chasco, mi hermano aceptó hacerse cargo de la empresa y ocupó el lugar de mi padre los dos primeros años antes de morir.

Yo siempre me sentí la oveja negra de la familia. El hijo que llegó de rebote y les complicó todos sus planes.

«Ojalá pudiera ser como tú, Ryan», pensé en mi fuero interno. «Ojalá pudiera seguir hacia delante sin mirar atrás, ojalá pudiera ser menos egoísta».

No me enorgullecía de mis actos, no aplaudía mis decisiones ni me convencía de cosas que no eran verdad.

Y la verdad era que yo no era buena persona.

Si alguna vez lo fui, fue durante treinta días a miles de millas de distancia, con una chica que consiguió encontrar mi corazón para cogerlo y llevárselo con ella.

Miré el móvil y volví a meterme en el chat.

Ni una palabra.

A veces me torturaba viéndola en línea y me picaban los dedos de querer escribirle de nuevo, pero ya le había dicho que no volvería a hacerlo. No después de que me ignorara durante semanas…

Tenía un mal presentimiento desde entonces, todo el asunto de los Leighton, de Nikki siendo la heredera, todo lo que había descubierto…

Abrí el cajón que había a mi izquierda y saqué el mail impreso de la amenaza que había recibido nada más llegar de Bali.

«Estas muerto, Lenox».

Apreté la mandíbula con fuerza.

—Cla… claro, señor, volveré en un minuto.

Aguardé recorriendo las instalaciones con la mirada. La última vez que había estado allí había sido exactamente trece años atrás; el día que me gradué juré no volver a pisar sus instalaciones y ahí estaba de nuevo. Ya era un hombre hecho y derecho, o todo lo parecido a uno, al menos, y tenía una hija de once años que hacía casi un mes que no veía, desde que la había traído de Boston a vivir conmigo porque su madre había muerto de cáncer… Una madre que jamás me informó de la existencia de una hija mía.

Me fijé en los cuadros de exalumnos que había colgados en la pared. Busqué mi año y, justo cuando empecé a buscarme entre la gente, me llamaron por detrás.

—¿Señor Lenox?

Giré sobre los talones y me encontré con la mujer con la que llevaba intercambiando correos electrónicos durante meses.

—Señora Simmons —saludé forzando una línea, fue lo más parecido a una sonrisa que fui capaz de formular—. Un gusto conocerla en persona por fin.

La señora Simmons era una mujer de unos cincuenta años, elegante, alta, bien vestida, con gafas y un perfecto moño recogido en la nuca.

—Lo mismo digo, señor Lenox —contestó con una sonrisa igual de tensa que la mía, o incluso más.

Estaba claro que yo no le caía nada bien. Bueno…, pues que se uniera al club.

—¿Qué le trae por aquí?

—He venido a recoger a mi hija —dije y todavía me costaba decir esas últimas palabras. «Mi hija».

Joder..., tenía una hija.

—La señorita Clemens dice que no está registrada con salida este fin de semana, señor.

Solté un hondo suspiro por dentro.

—Lo sé... Ha sido cosa de último momento.

La directora apretó los labios.

—Señor Lenox, las normas de este establecimiento están hechas para algo... Creemos que sacar a los niños del colegio sin previo aviso los desestabiliza y les hace perder actividades que específicamente programamos para cada estudiante.

—Lo sé, señora, estudié aquí, no sé si lo recuerda, pero necesito que este fin de semana Lilia venga conmigo. Le prometo que no volveré a sacarla sin previo aviso..., ¿de acuerdo?

La directora me observó unos instantes con cara de pocos amigos, pero la realidad era que no podía prohibirme sacar a mi hija. ¿Podía expulsarla por mala conducta parental? Sí, claro. ¿Lo haría? Por supuesto que no... Sobre todo cuando los donativos que había hecho mi familia a ese colegio eran de todo menos poco cuantiosos.

—Señorita Clemens..., vaya a buscar a la señorita Lenox y dígale que su padre está aquí para sacarla el fin de semana.

La chica joven se marchó de inmediato y sonreí a la directora satisfecho.

La directora siguió observándome detenidamente.

—Aprovechando que está aquí, señor Lenox, y mientras Lilia recoge sus cosas para el fin de semana, me encantaría poder hablar con usted sobre la situación de su hija.

«Oh, mierda».

—¿Qué situación? —pregunté.

—Pasemos a mi despacho, ahí estaremos más cómodos.

La seguí sintiéndome como si de repente me hubiesen hecho una encerrona.

El despacho era todo lo opulento que puede ser el de un colegio que cuesta quince mil libras el trimestre.

Me senté en una de las sillas de terciopelo victorianas y crucé los dedos de las manos.

—Usted dirá.

—Bueno, primero quiero que sepa que todos en el colegio estamos al tanto de la difícil situación que ha tenido que vivir su hija en los últimos meses. Perder a su madre, mudarse a otro país, cambiar de colegio, de amigos, conocer a su padre…

Me mantuve impasible mientras la oía hablar.

—Somos muy conscientes de que todos esos traumas pueden llevar a un estudiante a bajar el nivel de rendimiento, y estamos dispuestos a darle a Lilia la oportunidad que se merece, sobre todo teniendo en cuenta que usted es un exalumno de Hampton. Sin embargo, creemos que Lilia debería ver a un terapeuta…, al menos durante un tiempo, que la ayude a sobrellevar los cambios que ha tenido que afrontar a tan temprana edad. Tal vez con esa ayuda el nivel de rendimiento suba a lo que consideramos nivel mínimo para estudiar en este centro.

Fruncí el ceño de manera automática.

—¿Está diciendo que, si Lilia no saca mejores notas, su plaza aquí corre peligro? —No daba crédito.

—Somos uno de los mejores colegios de Inglaterra, señor Lenox. ¿Qué esperaba? Su hija ni siquiera ha hecho prueba de acceso. Hay lista de espera de más de diez años para poder estudiar aquí. Hemos hecho un enorme esfuerzo por tener a su hija entre nosotros, pero…

—Creo que el esfuerzo he tenido que hacerlo yo, señora Simmons. Si no me equivoco, las donaciones que ha recibido el colegio por parte de nuestra familia han aumentado enormemente en los últimos meses, ¿o acaso me equivoco?

—Y estamos muy agradecidos por ellas, señor Lenox, pero quiero que entienda que…

Me puse de pie.

No pensaba seguir escuchando estupideces.

—Mi hija es perfectamente capaz de seguir el nivel de este colegio, señora. Ahora, si me disculpa…

Salí de su despacho y regresé al vestíbulo. Allí, vestida con el uniforme azul marino y verde, peinada con una coleta alta y llevando un bolso sobre el hombro, estaba Lilia.

—¿Llevas todo lo que necesitas? —le pregunté como único modo de saludo.

Asintió en silencio.

—Pues entonces vamos.

—Señor, debe firmar el registro de salida —me dijo la señorita Clemens.

Me acerqué y firmé el dichoso registro.

—Buenas tardes. Vamos, Lilia.

Juntos salimos al exterior. El sol casi desaparecía ya por el horizonte y hacía muchísimo frío.

Miré a Lilia.

—¿No llevas abrigo a parte del blazer del colegio?

—Me lo he dejado arriba, ¿subo a buscarlo?

Dios, no.

No pensaba volver a esperar en ese lugar, Dios no quisiera que tuviera que aguantar a la directora de nuevo.

—No, sube al coche, ya compraremos otro —dije a la vez que el coche se abría y subíamos los dos.

Puse la calefacción y miré en dirección a Lilia un instante antes de arrancar el coche.

—¿Todo bien? —pregunté y sus ojos azules se desviaron de la ventana y se centraron en mí.

—¿Por qué me has sacado del colegio? —me preguntó sin responderme.

Salimos a la carretera y sopesé bien mis palabras antes de abrir la boca.

—Mis padres…, bueno, tus abuelos… quieren conocerte.

Recibí silencio como respuesta y me giré para verla.

—Es el cumpleaños de mi madre, cumple sesenta… Harán una fiesta y quiere que vayamos… juntos.

—¿Por eso me has sacado? —preguntó.

Asentí y no sé por qué me sentí culpable por mi respuesta.

Abrí la boca una vez y la cerré… Volví a hacerlo y volví a cerrarla.

—Puede venirnos bien, ¿no crees? Podemos conocernos un poco…, ya sabes…, charlar sobre lo que te gusta y lo que no…

—No hace falta —dijo sin más, mirando por la ventana.

Joder.

—Oye, Lilia… Sé que lo que has pasado es muy duro… y sé que para ti yo soy un desconocido, pero… —respiré hondo antes de seguir porque me costaba mucho decir esas palabras en voz alta— yo soy tu padre, al fin y al cabo... Estoy intentando hacerlo lo mejor que puedo.

La niña volvió a desviar la vista de la ventana para poder mirarme.

—¿Tú me quieres? —me preguntó entonces, cosa que me dejó un poco a cuadros.

Joder..., ¿la quería? No la conocía, pero algo en mi interior la reconocía como mía, me daba pánico que le sucediera algo, me preocupaba por ella...

—Claro que te quiero —intenté sonar sincero.

—Pues entonces deja que vuelva con mi abuelo —soltó, me quedé de nuevo a cuadros—. No quiero estar aquí, no me gusta este colegio donde me has llevado, no me cae bien la gente de allí, no me gusta Inglaterra, hace frío, siempre está nublado, no tengo ningún amigo aquí, no quiero seguir aquí.

Joder.

—Sé que es complicado, pero harás amigos.

—¡No quiero hacer amigos! —Su grito me sobresaltó.

—Oye, Lilia, no grites —la reñí sin poder contenerme.

—¡Tú no me quieres aquí, tú no me quieres! Has mentido al decirlo.

—Eso no es cierto.

—Sé cuándo alguien me miente, lo veo en sus ojos. Tú no me quieres, pero tienes que hacerlo, hay una gran diferencia.

Estábamos llegando a Primrose Hill y empezó a caer una lluvia torrencial, como queriéndole dar la razón a la niña.

—Aprenderemos a querernos —dije entonces sin saber muy bien qué más decir o añadir.

—¡Yo no quiero aprender a quererte! Yo quiero volver a mi casa.

Aparqué y apagué el coche dándole al botón.

—Esta es tu casa ahora, Lilia.

—Yo aquí no tengo casa —dijo bajándose del coche. Llovía muchísimo y me apresuré a bajarme yo también a la vez que abría el paraguas para no calarme.

—¡Lilia, ven aquí! —la llamé viendo que se empapaba.

Llamó al timbre y, en lo que tardé en llegar a ella, Hannah abrió la puerta.

Se sorprendió de ver a la niña allí y su sonrisa se congeló cuando Lilia pasó corriendo por su lado y se fue escaleras arriba a la que le había dicho sería su habitación cuando estuviese en casa.

—Señor Lenox, ¿qué ha pasado? —me preguntó angustiada, con la vista fija en las escaleras.

—Tranquila, Hannah. Solo está un poco enfadada conmigo.

Sacudí el paraguas y se lo tendí para después quitarme la gabardina.

—Estaré en el despacho —anuncié.

—¿No va a subir a hablar con ella, señor?

Giré para encarar a mi asistenta.

—Está enfadada… No creo que quiera hablar conmigo, Hannah.

—Pero, señor…

—Me gustaría cenar temprano. Estoy cansado, hoy ha sido un día agotador.

Hannah apretó los labios con fuerza y se marchó.

Genial…, ese día todos parecían estar enfadados conmigo.

Miré un momento hacia las escaleras blancas y dudé de si debía intentar hablar con ella, pero mi instinto me decía que huyera lo más lejos posible de allí.

Ya se acostumbraría a vivir aquí. Era pronto todavía, pero lo haría.

Cuando llegué al despacho, me llamaron por teléfono. Saqué el móvil del bolsillo trasero del pantalón y vi que era Nate.

Me extrañó porque apenas habíamos hablado desde que habíamos vuelto del viaje y yo había estado tan ocupado con todo lo de Lilia, mis padres, la empresa, que…

Cogí la llamada.

—¡Estoy en el Garden con Giselle, vente y nos tomamos unas copas! —me gritó por encima del ruido de la música que sonaba de fondo.

¿Quién demonios era Giselle?

—No puedo, esta noche está aquí Lilia —contesté.

—¿Quién? —preguntó—. ¡Ah, sí, sí! ¡Ostras, la cría! Aún no la he conocido…

—Tengo que dejarte, Nate.

—¡Espera! —gritó de nuevo. Suspiré con fuerza—. ¿No puedes dejarla con la asistenta? Es viernes, ya hace más de un mes que no te veo… Pásate un rato, ¡venga!

Dudé… y lo hice porque sabía que al día siguiente me esperaba una tortura con mi familia, dudé porque desde que había vuelto de Bali no había tenido ni un momento para mí, ni una hora de desconexión, y dudé porque sabía cuál sería el plan de

Nate. Desde que habíamos vuelto de Bali, estaba en modo autodestructivo, lo que significaba que estaría como una cuba y montándoselo con chicas, algo para lo que yo no estaba preparado aún, no cuando tenía a Nikki en la cabeza.

—¡Venga, hombre! Un par de copas y vuelves a casa temprano, lo prometo —insistió.

Dudé, pues sabía que, si me quedaba, el plan sería cenar con una preadolescente cabreada. Al final, decidí aceptar su invitación.

Salí del despacho de nuevo y me detuve un instante frente a las escaleras. No podía marcharme sin decirle nada.

Subí sintiendo un nudo en el estómago.

Su puerta estaba al final del pasillo… Le había dicho a un decorador que preparara la habitación de una niña de once años en esa parte de la casa, puesto que tenía unas bonitas vistas al jardín.

Me detuve ante su puerta y llamé con cuidado.

Nadie respondió y tuve que abrir con cautela.

Estaba sentada justo en la ventana que daba al jardín, con las rodillas abrazadas contra el pecho. El decorador había puesto una cama con dosel, había pintado las paredes de unos bonitos colores amarillos pastel y algo de rosa; supuse que quiso darle algo de luz a un lugar donde raramente entraba algo de esta por la ventana.

Había un escritorio con un Mac nuevo, una estantería con libros que ella no había traído, pero que yo había mandado colocar en su habitación… Había algunos clásicos como Jane Austen, Lewis Carrol o Thomas Hardy y colecciones que a mí me habían fascinado de pequeño, como Harry Potter, o los cuentos de *Las mil y una noches.*

De verdad que había procurado que se sintiera cómoda y arropada...

Levantó la vista de la ventana y la trasladó hasta donde yo estaba.

Tenía los ojos rojos de haber llorado y no pude evitar sentirme algo culpable.

—Venía a decirte que voy a salir un rato.

Volvió a desviar la mirada a la ventana sin decir ni una palabra.

Todavía llevaba el uniforme puesto, lo único que había variado en su atuendo era que ya no llevaba ni la chaqueta ni la corbata y la camisa descansaba desaliñada fuera de la falda. Eso me recordó la fiesta de mi madre y caí en la cuenta de que tal vez Lilia no tendría el atuendo que seguramente mis padres esperaran ver llevar a su única nieta.

—¿Te apetece que mañana salgamos de compras? —le pregunté algo incómodo solo de pensar en estar con ella a solas durante un tiempo ilimitado. Ella y yo..., nadie más.

Sus ojos volvieron a fijarse en mí, esta vez con cierto interés.

—¿De compras? —preguntó vacilante.

Que me contestara sin fruncirme el ceño ya era un paso, supuse. Aproveché la oportunidad para caerle un poco mejor.

—Podemos ir a Harrods; si no me equivoco, a las chicas os encanta. Podemos almorzar allí, comprarte lo que necesites y, de paso, aprovechamos y elegimos un vestido para que lleves en el cumpleaños de mi madre.

—¿Qué es Harrods? —preguntó con un hilo de voz.

—Un centro comercial muy grande y muy lujoso —contesté.

Me observó durante unos instantes, sentí como si me hiciese pasar por unos rayos X.

—¿Por qué no vamos a Zara? La ropa allí está muy chula.

Zara… Ya. Mi madre no aprobaría algo de ahí.

—Seguro que en Harrods hay de eso, no te preocupes.

Una sonrisilla apareció en su semblante.

—De acuerdo —dijo ilusionada y algo menos enfadada.

Vale…, al menos habíamos avanzado algo.

—Hannah te preparará algo de cenar. Podéis ver una peli abajo, si os apetece, yo no volveré muy tarde.

Asintió en silencio, yo imité su gesto y cerré la puerta tras mi espalda.

Bueno, no había sido tan horrible.

Salí de casa, me subí al coche y fui hasta el edificio que albergaba el Sky Garden. Prefería otros lugares menos turísticos para tomarme una copa, pero las chicas amaban ese tipo de locales, por las vistas y porque eran fotografiables. Había olvidado ya lo que era salir con una cita que no sacara automáticamente el teléfono cada vez que nos servían un plato de comida.

Lo detestaba.

Subí a la última planta del edificio tras enseñar mi carné y al salir me encontré con un parque a ciento sesenta metros de altura. Era bonito, cierto, pero no mejor que otros cientos de locales donde pasarlo bien en Londres.

Repasé con la mirada la zona del bar y me encontré a Nate en una mesa con otras cuatro personas más. Estaba claro que

Nate había bebido ya más de la cuenta, porque estaba de pie, haciendo aspavientos con los brazos, contando alguna historia que supuse que él debía de considerar graciosa. Todos los demás se reían también y algunos incluso aplaudían. Se notaba que Nate había pasado hacía rato el punto de no retorno, iba a querer que la noche se alargara todo lo posible. No lo culpaba, yo mismo había sido su acompañante en muchas noches de juerga de esas de beber para no querer mirar atrás. Así que entendí que quizá mi misión allí aquel día era rebajar un poco su tono, porque los demás estaban claramente tan desfasados que ni se daban cuenta.

Fui hacía allí y al llegar mis ojos se sorprendieron por la chica rubia que había sentada en el sillón, con las piernas largas y cruzadas y un vestido elegante y corto apretado al cuerpo.

Amanda.

Mierda.

Mi ex.

Joder.

# 3

# NIKKI

Los días pasaron y no fui capaz de seguir ignorando la gran verdad que tanto temía aceptar.

Necesitaba saber más.

Más de mi familia.

Más sobre mi tío.

Más sobre la muerte de mis padres.

Y lo más importante…: quería volver a ver a Alex.

Era una cobarde, sí, pero al menos ya no negaba lo que de verdad por fin había aprendido a aceptar y era que no me daba todo tan igual como siempre me habían hecho creer, tanto a mí misma como a las personas que me rodeaban y conocían algo de mi historia.

Era un paso, supongo, y también lo era que hubiese aceptado hacer el curso de miedo a volar que me había dicho Margot que hiciera con tanta insistencia.

A pesar de mis reticencias y de mi poca fe en que sirviese de algo, tenía que admitir que la idea de subirme a un avión ya no me parecía tan absolutamente imposible como antes… Todavía me daba pánico solo pensar en hacerlo, pero al menos era capaz de visualizarme llegando al aeropuerto.

Algo es algo.

Estaba en la clínica veterinaria, recogiendo y limpiando la sangre que había dejado un perrito que había tenido que operar. No había sido fácil, nunca conseguía reunir todo el dinero que necesitaba para construir un área de trabajo esterilizada en condiciones, pero al menos conseguía que funcionara: el perro estaba vivo y descansaba en una de las jaulas donde les dejaba para que se recuperaban de la anestesia o de una cirugía como esa.

El dinero para operarlo había salido exclusivamente de mis ahorros, que empezaban a menguar cada vez más. Me preocupaba no llegar a fin de mes, todo había subido de precio debido a la inflación, y el alquiler de la clínica veterinaria no tardaría en ajustarse a esa nueva subida.

Mi situación cada vez era más precaria y no haber sido capaz de mantener mis cinco empleos durante las últimas semanas debido a la muerte de mi tío me había dejado prácticamente en la banca rota. Seguía con mis clases de yoga y también ayudaba en el hotel, pero desde lo ocurrido con mi tío no había sido capaz de meterme bajo el agua y guiar a otros submarinistas. Cuando lo hice la última vez, sentí una claustrofobia que jamás había sentido haciendo un deporte que me apasionaba. Según Margot, era el estrés. Y por no hablar de que no habían vuelto a llamarme del spa, no después de lo que ocurrió con Alex.

Tenía que pensar en un plan y hacerlo rápido.

—Tu familia es multimillonaria, Nikki —me había dicho

Margot nada más enterarse de todo lo que Alex me había contado y tras explicarle también lo de la carta.

—¡Ves! Tienes que subirte a un avión y reclamar lo que es tuyo.

—No me interesa ser millonaria, Margot. Siempre he sido feliz con poco, no me va la opulencia.

—Pero ¡podrías hacer de todo con ese dinero, Nikki! ¡Podrías abrir una clínica veterinaria de verdad, podrías contratar a gente cualificada que te ayudase! No tendrías que tener cinco empleos, ni trabajar de sol a sol, no tendrías que mirar el precio de las cosas cada vez que entras en una tienda y, lo más importante, amiga..., tendrías más tiempo para estar con nosotros, ¡apenas te vemos! Siempre estas currando.

—Ya, bueno, porque tengo que ganarme la vida, gracias.

—Pero, Nikki, si todo lo que dices es cierto, lo que tu tío heredó es tuyo en realidad. La empresa era de tu padre, el problema es que no quedó nadie a quien dejársela.

Aquellas palabras me hicieron pensar en el hermano que tuve y murió junto a mis padres en aquel accidente. Alex me había dicho, y había podido confirmar en internet, que se llamaba Adam. Había sido rubio de ojos verdes, como pude comprobar en fotografías que había subidas en periódicos de internet, fotos que hasta el momento nunca había podido ver. Si hubiese sabido que parte de la vida de mi padre había estado subida a la red...

Había imágenes de él pescando con gente importante, peces gordos de grandes empresas, había una incluso con el primer ministro del Reino Unido. Había imágenes suyas en fiestas, donde iba vestido con elegancia, y una chica rubia preciosa lo cogía por el brazo... ¿Sería la madre de Adam? Seguramente sí, porque era clavada a las fotos que había de él con ellos, porque al parecer siempre lo habían llevado a donde quisiera que fueran.

Una fotografía en concreto llamó mi atención. Era una tomada justo antes de subir a un avión privado. En ella se veía a mi padre con Adam bebé sentado en su regazo, su madre estaba a su lado y sonreía a la cámara mientras que a su derecha un señor más mayor, de pelo canoso, de unos cuarenta años, sonreía también acompañado de un niño de no más de cinco años.

Me tembló todo el cuerpo al comprender que aquel niño era Alex de pequeño. En el avión se leía perfectamente «Lenox Executive Aviation»; seguramente su padre habría sido amigo del mío, el mismo Alex me hizo saber que era uno de sus mejores clientes.

Comprobar que todo lo que me había dicho era cierto me había dado muchísimas ganas de llamarlo, pero he de admitir que me sentía avergonzada por cómo lo había tratado, por cómo había dejado que se marchara estando yo enfadada cuando lo único que él había hecho había sido contarme la verdad.

También era cierto lo que me había dicho sobre las acusaciones que se hicieron contra su empresa y contra sus aviones cuando mis padres fallecieron en el accidente. Era cierto que salió en varios titulares, era cierto que se abrió una investigación, era cierto que lo exculparon por falta de pruebas, era cierto que todavía nadie había pagado por la muerte de mi madre, mi padre, mi hermano y la tripulación de aquel avión que jamás debió salir de Ámsterdam con destino a Londres. Pero seguía habiendo cosas que no me encajaban.

Según Alex, habían encontrado la caja negra. Por lo que oyeron de ella, habían deducido que el avión sufrió graves problemas técnicos que los pilotos no fueron capaces de detectar ni controlar. Alex defendía la idea de que había sido un accidente provocado, que el avión había sido manipulado para hacerlo caer… Podía ser cierto, sí, pero todo apuntaba a una explicación a la desesperada para no aceptar que su empresa había causado el accidente como tal.

No lo defendía, pero lo entendía. Comprendía a su familia y la necesidad de lavar una mancha que sin lugar a duda podría haber acabado con el negocio familiar. Me había enfurecido con él cuando me lo confesó, pero ya era capaz de entenderlo, a pesar de que el error que había cometido su familia había acabado por terminar con la mía.

Y todo eso me rondaba la cabeza cuando llamaron a la puerta de la veterinaria.

—Adelante —dije, limpiándome las manos a conciencia en el pequeño lavabo que había en una esquina.

—Por fin te encuentro —dijo Gus, cerrando la puerta tras de sí.

—¿Dónde iba a estar si no? —contesté, secándome las manos con una toalla un tanto sucia.

—Maggie y Malcolm lo han dejado —dijo entonces, cosa que me dejó de piedra.

—¿Cómo?

—Acaban de pelearse a gritos en el Mola Mola, ha sido todo un espectáculo. Lo peor es que he tenido que intervenir, Malcolm estaba fuera de sí porque ha sido Maggie quien lo ha dejado y no él, como al parecer le hubiese gustado hacer. El muy imbécil ha cogido la cerveza y la ha estampado contra el suelo, y uno de los cristales ha cortado a Maggie en el pie…

—¿Cómo? —volví a repetir angustiada y sin dar crédito.

—Se ha disculpado automáticamente y ha querido ayudarla, pero Gus y yo lo hemos sacado de allí al momento. ¡Me da igual que no quisiera hacerle daño, se lo ha hecho!

Asentí mientras me llevaba la mano a la boca.

—¿Cómo está Maggie?

—Pues lo creas o no, está más enfadada que triste.

Eso me dejó más tranquila, aunque era muy pronto para analizar los sentimientos de mi amiga. Al fin y al cabo, lo había dejado con su marido… No me extrañaba demasiado, desde que Malcolm se enteró de que Maggie se había acostado con Nate y ella se enteró de que llevaba un año mintiéndole a todo el mundo, la relación de ambos se había convertido en un desastre. Ninguno de los dos confiaba en el otro y se veía venir la ruptura…, aunque nunca imaginé que sería una discusión de la que mi amiga saliera literalmente herida.

Menudo imbécil.

—¿Has acabado aquí? Creo que le vendría bien verte.

Miré a mi alrededor. Me hubiese gustado acabar de limpiar, sobre todo porque si no lo hacía en ese instante, iba a tener que hacerlo al día siguiente antes de la primera clase de yoga. Eso

hago, pero todos los hombres que quiero terminan alejándose de mí.

Antes de que pudiera decir nada, Eko le pegó una cachetada en la pierna.

—¡Espabila, Maggie! —le dijo— No se alejan de ti, los alejas tú porque ninguno está a la altura.

—Una bonita forma de verlo, pero todos sabemos que eso no es así —dijo y me fijé en que Gus se sentaba al otro lado del sofá, mirándola a la vez que negaba con la cabeza en silencio.

—Deberías centrarte en las cosas que han ido mal e intentar aprender de ellas... para que no te pase la próxima vez.

—¿Próxima vez? —dijo sentándose derecha cuando Eko terminó de vendarle el pie. Agradecí volver a verla vertical—. Paso. Pienso irme de retiro espiritual, me haré lesbiana o algo, pero no vuelvo a relacionarme con un hombre jamás en la vida.

—Una no puede hacerse lesbiana, Maggie, se es y punto.

—Te aseguro que, si me liara con una mujer, todo iría sobre ruedas.

—Para liarte con una mujer primero te tendrían que gustar.

—Y me gustan, ¿vale? A mí me ponen Beyoncé y Dua Lipa...

—A todos nos ponen Beyoncé y Dua Lipa, pero eso no significa...

—¿Puedes dejar que me líe con una tía y punto? —preguntó refunfuñando.

Decidí intervenir antes de que se enfrascaran en una discusión sin sentido.

—Lo importante aquí es que tú has decidido dejarlo, Maggs. Si lo has hecho, ha sido porque lo has meditado bastante. Te conozco y no harías algo así sin haberlo pensado con detenimiento.

Maggie se calló y se miró las uñas distraída.

—No éramos felices… Había muchas lagunas en nuestra relación, Malcolm sabía…, o al menos yo sentía… No he olvidado a Nate. Ese ha sido el maldito problema.

Eko, Gus y yo nos miramos de manera cómplice.

La historia de Nate y Maggie parecía no tener fin y ya rayaba la obsesión.

—Por suerte, Nate está bien lejos de aquí —dijo Eko intentando dar por zanjado el tema, pero el semblante de mi amiga hizo que los tres volviésemos a intercambiar una mirada.

—Hay algo que tengo que contaros… —dijo entonces, consiguiendo que los tres nos recolocásemos tensos en el sofá.

—¿No me jodas que quieres volver con él? —dijo Eko sin dar crédito.

—No puedes, Maggie, ¡no te merece! —exclamó Gus.

Yo aguardé en silencio.

No me gustaba ni un pelo la cara de mi amiga…

—¿Qué es lo que tienes que decirnos? —preguntó Eko tras unos instantes de silencio.

Maggie sorbió por la nariz y me miró a mí antes de hablar.

—Estoy embarazada.

# 4

# ALEX

Se levantó del sillón en cuanto me vio.

Tuve que acercarme a saludarla, no podía hacer como si no la hubiese visto porque, joder, estaba sentada con Nate y otras tres personas más.

—Alex —saludó. No nos habíamos encontrado muchas veces desde que lo habíamos dejado un año atrás, pero siempre hacía lo mismo: me colocaba la mano ligeramente en el pecho y sus labios me rozaban la mejilla. Esa vez también lo hizo.

Olía como siempre, al perfume J'adore de Dior que tanto le gustaba y que me había hecho regalarle todas las Navidades que habíamos salido juntos, que habían sido exactamente tres, junto con unos cuantos caprichos bastante caros que siempre me hacía saber que deseaba un mes antes de las fiestas. Había perdido la cuenta de la de bolsos Chanel, Louis Vuitton o Jacquemus que había tenido que mandar a mi secretaria a comprarle para que estuviera contenta. No la criticaba, ella me había hecho regalos igual de caros, no le faltaba dinero. Era hija del dueño de nada más y nada menos que de la cadena de hoteles

W. También era amiga de Nate de toda la vida, ya que sus padres se dedicaban a lo mismo. Por eso nos habíamos conocido…, a través de Nate.

Lo que no entendía era para qué demonios me había hecho ir Nate hasta allí si sabía que nuestra relación no había terminado lo que podemos definir como «bien», aunque pensándolo en frío, ¿acaso existía alguna relación que pudiese acabar bien?

Pensé automáticamente en Nikki y que incluso con ella, la única mujer con la que me había podido mostrar tal y como era sin miedo a que me rechazara, con la que me había llevado increíblemente bien y a la que había deseado más que a ninguna, nuestra relación había acabado en términos extraños.

—Amanda —dije forzando una sonrisa y fallando en el intento.

Fulminé a Nate con la mirada y este se apresuró a ponerse en pie, pasarme un brazo por los hombros y sonreír a los demás.

—Muchos conocéis a mi amigo Alex —dijo con efusividad—. Y pocos sabéis que, desde hace solo un mes, mi queridísimo amigo se ha estrenado como padre.

Amanda me miró sin dar crédito.

Joder, Nate.

Una de las razones por las que habíamos roto era porque yo no quería tener hijos y ella sí.

—¡Nuestro querido Alex es padre de una niña de once años!, ¿no es maravilloso?

Lo aparté y levanté la mano para que el camarero se acercara.

La música sonaba fuerte y los que estaban en la mesa con nosotros no sabían muy bien qué hacer o decir. Dos de ellos me dieron la enhorabuena y otro chico que conocía de vista de las múltiples fiestas que organizaba Nate en su ático se quedó callado, parecía ser consciente de la tensión repentina que emanaba de mi cuerpo.

—Un whisky doble, con hielo —le pedí— y una botella de agua y algo de comer para este imbécil.

Luego me volví hacia mi amigo:

—¿Me has hecho venir sabiendo que estabas como una cuba? —le pregunté cabreándome a cada segundo que pasaba.

Nate me miró divertido.

—Estoy bien, Alex, no exageres —dijo y aprovechó para presentarme a la chica que había estado sentada junto a él—. Esta es Giselle, la chica de la que te he hablado. —Si se refería a que me la había mencionado por teléfono hacía más o menos una hora…

—¿Qué tal? —le pregunté y ella sonrió al mismo tiempo que le pasaba un brazo a Nate por la cintura.

Por el rabillo del ojo, vi como Amanda se excusaba y se alejaba camino a la barra.

Sabía que lo que acababa de decir Nate la había afectado.

Maldije entre dientes y me levanté para seguirla.

Sintió mi presencia tras su espalda, pero no se giró.

—Camarero —llamé, aprovechando mi altura que destacaba sobre la gente que aguardaba para pedir una copa. Este vino automáticamente—. ¿Qué quieres? —le pregunté a Amanda.

No dijo nada.

—Un cosmopolitan, por favor —le pedí, pues sabía que ese era su cóctel preferido, al menos cuando estaba conmigo.

Giró sobre sí misma hasta que su espalda quedó contra la barra, y ella encajada entre esta y yo.

—¿Una hija? —preguntó con el mismo tono de incredulidad que expresaban todos a los que había tenido que ir contándoselo.

—Tu expresión de sorpresa es muy parecida a la mía cuando me enteré —contesté. Cogí el cosmopolitan, se lo di y acepté con ganas el whisky doble que le había pedido antes al camarero.

—¿No lo sabías? —preguntó para asegurarse, a pesar de que acababa de confirmarle que no me había enterado hacía mucho.

—¿Crees que si hubiese tenido una hija por ahí no lo hubierais sabido durante los tres años que salimos?

—¿Quién es su madre? —preguntó sin responder y observé que sus labios se fruncían tal y como siempre había hecho cuando estaba celosa o molesta.

No le debía ninguna explicación, ella debía de saberlo, pero entendía que quisiera preguntar.

—Era una chica con la que salí en la universidad.

—¿Era? —preguntó captando el verbo en pasado al vuelo.

—Murió hace siete meses de cáncer de páncreas —contesté y le di un trago a la bebida.

Amanda abrió los ojos sorprendida.

—¿Has tenido que hacerte cargo de ella? —preguntó.

No me pilló desprevenido que mostrara cero empatía por la muerte de la madre de Lilia y tampoco me sorprendería que hubiese sentido alivio al saber que una posible exnovia mía hubiera podido regresar a mi vida.

—Aparte de su abuelo, que tiene ochenta y cinco años, soy lo único que tiene.

Amanda se separó de la barra y se alejó hacía una zona donde había unos pequeños sofás.

Se sentó.

—Increíble —dijo.

Yo también me acomodé mientras asentía con la cabeza y me acabé la copa de un trago.

Llamé al camarero levantando la mano.

Se llevó mi copa y le pedí otra.

—¿Cómo se llama?

—Lilia —contesté.

Me miró alucinando.

—De todos los hombres de los que he estado enamorada, eres el único al que jamás le deseé nada malo, ¿sabes? —confesó y no pude evitar elevar las cejas—. Que rompiéramos precisamente porque no quisieras tener hijos y que ahora…

—Siendo sincero, Amanda, y tal y como te lo hice saber en su momento, yo creo que tú estabas enamorada de una idealización de la maternidad que no se ajustaba para nada a la realidad.

—Otra vez con esas —dijo, negando con la cabeza, pero no se puso como una fiera como había hecho un año atrás.

—No eres una mujer que desee ceder su libertad y su tiempo a la crianza de un bebé, y lo sabes.

Echó la espalda hacia atrás y suspiró.

—Siempre me ha gustado la idea de estar embarazada…, de decorar la habitación del bebé, de comprarle ropa, de elegir el mejor carrito, la cuna más bonita…

—Un bebé no es un juguete.

Me miró enfadada.

—Ya lo sé, Alex —contestó tajante y luego suspiró—. Pero tienes razón…, lo he visto con algunas de mis amigas… Es horrible, no tienen tiempo para nada, ya ni siquiera les apetece venir a fiestas, siempre están con sus hijos, siempre les pasa algo…

Lo que yo siempre había pensado.

A ella le gustaba la idea de un bebé perfecto al que ponerle ropa de marca, pero luego… tenía cero instinto maternal.

—¡Eh, chicos! —nos llamó Nate con su nuevo ligue colgado del brazo—. Nos mudamos de garito —dijo con una sonrisa que le ocupaba toda la cara.

Me hizo gracia que utilizara la palabra «garito». El Ski Garden era de todo menos un garito y mucho menos lo eran los lugares que frecuentaba Nate.

Como siempre había dicho, Nate era un pijo con aires de jipi.

—Yo creo que me voy ya —anuncié mientras me ponía de pie.

—¿Cómo? —exclamó Nate a la vez que a mi lado Amanda se ponía de pie al igual que yo—. De eso nada, ¡nos vamos de fiesta!

Negué con la cabeza.

—Te prometí unas copas y ya me he tomado dos —respondí abrochándome la americana con intención real de volver a casa. En primer lugar, no debería haber ido, no sabía en qué estaba pensando… Tal vez en intentar desconectar de todo lo que ocurría en casa…, pero lo único que había pasado desde que había llegado había sido hablar justamente de lo que tenía en casa.

—Vente un rato, Alex —dijo la voz de Amanda a mis espaldas, mientras colocaba su mano en mi antebrazo ligeramente—. Yo no tardaré en irme, y así haremos piña para marcharnos sin que Nate se ponga pesado. Mejor ser dos contra uno.

Dudé.

—¡Vamos! Hace mil que no salimos por ahí… —Llevaba razón.

Al final acepté porque, por un instante, me daba pánico regresar a una casa donde una niña de once años esperaba algo de mí que yo no era capaz de darle.

Nos fuimos a una discoteca del Soho que frecuentábamos con asiduidad, o al menos lo hacíamos antes de todo lo ocurrido. Nos dejaron entrar nada más vernos llegar, Nate era cliente vip y sabían perfectamente quiénes éramos, lo que nos gustaba beber y el reservado donde siempre nos quedábamos.

La música estaba alta, pero en el reservado al menos no teníamos los altavoces encima de la cabeza.

Nate pidió champán y brindamos y bebimos. Me asomé por la barandilla para ver bailar a la gente, habría por lo menos quinientas personas allí abajo pegadas como lapas sin apenas poder respirar, pero parecían felices.

Sentí una presencia a mi lado.

—Siempre me ha gustado ver cómo observas a los demás…, como si todos los que están allí abajo fueran para ti un entresijo difícil de descifrar —dijo Amanda captando mi atención.

Me giré hacía ella y observé que el azul de sus ojos relucía cuando las luces de la discoteca se reflejaban en ellos.

Era muy hermosa.

Esa clase de chica a la que solo un hombre muy seguro de sí mismo puede intentar acceder.

Y yo era esa clase de hombre.

—Para mí lo son..., la gente en general... Me cuesta entender qué ven de divertido en pegarse los unos a los otros y bailar sudados con desconocidos.

Amanda se puso de puntillas y se acercó a mi oído para que la pudiera oír:

—Porque es divertido —contestó sin más, quedándose muy cerca de mí.

Pensé en Nikki automáticamente.

La echaba de menos... Su dulzura, su simpleza, sus ojos sin rímel y su bronceada piel sin maquillar.

Amanda era muy guapa, pero siempre iba maquillada..., incluso cuando habíamos dormido juntos. Era algo ridículo porque era hermosa y no le hacía falta maquillaje, pero ahí radicaba la cuestión.

Nikki era diferente, era pura en el sentido más extenso de la palabra porque no había sido corrompida por una sociedad materialista, superficial y simplista en la que me incluía yo mismo.

—Discúlpame —dije alejándome en dirección al lavabo.

No podía seguir pensando en Nikki, no podía porque ella pertenecía a otra realidad, a otro mundo que quedaba muy lejos de allí.

La había cagado con ella intentando revelarle secretos que no le interesaban. Ella no necesitaba toda la mierda que había aquí en Londres, ni la fortuna que estaba seguro de que le correspondía. No necesitaba todo eso porque ella estaba a otro puto nivel.

Salí de los lavabos y me encontré, con Nate que volvió a pasarme el brazo por el cuello y me habló al oído.

—No estarás enfadado conmigo, ¿no?

—No mereces que desperdicie mi tiempo enfadándome contigo, Nate.

—Amanda llegó luego, no sabía que se quedaría —admitió y no sé por qué, pero lo creí—. Estás muy taciturno... —dijo observándome fijamente mientras nos acercábamos a la barra y pedíamos otra copa.

—Estoy con mil cosas encima, Nate.

—Necesitas desconectar... como hiciste en Bali —dijo y, por la expresión de mi semblante, supongo que supo que acababa de tocar terreno pantanoso.

—No seguirás pensando en ella, ¿no? —preguntó.

—¿Tú no piensas en Maggie? —rebatí y supe que no debería habérsela recordado.

—Esa tía no se merece nada mío, ni mis pensamientos —admitió en un tono mucho más frío que antes.

—Sabes que eso no es cierto, pero no eres capaz de admitirlo. Yo sí, pienso en ella, claro que lo hago. Es una tía de puta madre, una mujer con la que por una puta vez en mi vida me sentí libre para ser quien quisiera ser y no quien debería ser.

Nos tendieron las copas y le di un profundo trago.

Saqué el teléfono del bolsillo para mirar la hora. Era la una de la madrugada.

—¿Seguís hablando? —preguntó y, sin esperar a que contestara, me cogió el teléfono.

—Dámelo, Nate —exigí, cabreándome por segundos.

Lo vi manejar mi teléfono como si fuese el suyo.

No sé en qué puto instante creí que era buena idea que supiera cuál era mi contraseña para entrar.

—Vaya… No te ha contestado, ¿eh? —preguntó mirando mis mensajes.

—Dame el teléfono ahora mismo, Nate, lo digo en serio.

—¡Tío, le has hablado durante todos los días de una semana y no se ha dignado a contestarte!

Me quedé callado porque llevaba razón y no podía fingir que no me doliese o que no me hiciese sentir como un imbécil.

—Dame el teléfono —repetí.

Nate me miró y supongo que vio en mis ojos que aquello me afectaba de cierta manera.

Antes de que pudiera hacer nada, empezó a teclear Dios sabe qué mierda y entonces me lo dio.

—Listo.

—¿Qué coño le has dicho? —pregunté cabreadísimo.

—Nada —contestó sin más.

—No me jodas, Nate.

—He borrado su número y su conversación —admitió entonces sin reparo alguno.

Me quedé callado un instante.

—¿Qué has hecho qué? —pregunté con los latidos de mi corazón acelerándose sin entender muy bien por qué.

—Tenemos que olvidarnos ya de Bali y de toda su mierda.

—¿Con toda su mierda te refieres a Nikki y a Maggie? —pregunté apretando los puños con fuerza.

—Te he liberado. Ojalá alguien hubiese hecho eso por mí cuando estaba obsesionado y jodido por Margot. Así no caerás en la tentación de hablarle esperando algo que jamás va a suceder. Pertenecemos a mundos diferentes. Esas chicas no son para nosotros y…

Mi puño voló hasta su cara sin ni siquiera darme cuenta de que lo hacía.

Sacudí la mano al ver a Nate en el suelo y lo peor de todo fue que me importó una puta mierda.

Llegué a casa con un cabreo que hacía tiempo que no sentía. La impotencia de meterme en el teléfono y ver que el número de Nikki ya no estaba entre mis contactos…, saber que ya no podía hablar con ella… Maldito Nate, joder.

Ahora, si deseaba saber de ella, iba a tener que esperar a que Nikki me hablara, cosa que no había hecho desde que nos habíamos separado.

Eso me dolía, no iba a engañarme diciendo lo contrario. Podía entender que las condiciones en las que nos habíamos separado no hubiesen sido las idóneas, pero habíamos estado saliendo prácticamente un mes entero, nos habíamos ido los últimos días juntos como si fuésemos novios, nos habíamos comportado como pareja… ¿Cómo podía no contestarme a los mensajes? Mi única explicación era que siguiera enfadada y disgustada por las revelaciones que le había hecho, pero ya había pasado más de un mes desde que nos habíamos separado… Al menos creo que podríamos haber intercambiado un «hola, ¿cómo estás?».

Entré en mi habitación sintiéndome de lo más patético. Aunque jamás lo admitiría en voz alta, tal vez haber eliminado el único hilo que aún me unía a ella no había sido tan mala idea. Al fin y al cabo, Nate llevaba razón al afirmar que pertenecíamos a mundos completamente diferentes. Me era imposible imaginarme a Nikki aquí..., en Londres. Las mismas palabras que Nate me había dicho en su momento estando en Bali refiriéndose a Maggie me vinieron a la cabeza:

«La gente de aquí... no comprende nuestra manera de vivir. Son diferentes (...). Están conectados a cosas que yo jamás comprenderé. Me imaginé a Margot en Londres, con el tráfico, la lluvia, el frío... Y de repente sentí que estaba arrancando una flor de un precioso jardín para meterla en un frigorífico gris, frío y triste».

Entendí sus palabras al cien por cien.

Nikki no pertenecía a este lugar y, cuanto antes lo aceptara, antes podría seguir con mi vida, antes podría dejar de esperar algo que no llegaría.

Debía centrarme en Lilia, debía concentrarme en mis nuevas responsabilidades, debía cerciorarme de que la amenaza que había recibido hacía un mes contra mi vida siguiese siendo infundada...

Entré en mi habitación, me fui al cuarto de baño, me di una ducha rápida y caí rendido nada más apoyar la cabeza en la almohada.

Bastante tenía ya con lo que me esperaba el día siguiente en casa de mis padres.

Tal y como le había prometido a Lilia, por la mañana temprano nos subimos al coche y fuimos a Harrods. Observé que la niña llevaba unos vaqueros, las mismas Converse blancas con las que había llegado al aeropuerto de Heathrow y un jersey que seguramente había tenido épocas mejores.

Supongo que al ser su padre era mi obligación comprarle todo lo que necesitara y no os voy a mentir diciéndoos que no estuve tentado de enviarla con Hannah al centro comercial, pero no podía seguir evitándola a toda cosa. Debía pasar tiempo con ella, al menos un poco. Debía aceptar mi nueva realidad.

Empezaba a descubrir que era una niña muy reservada y callada, tímida incluso. Yo no había sido así para nada a su edad, yo había sido un torbellino insoportable y muy travieso, quizá incluso demasiado, aunque al crecer fui dejando aquellos rasgos atrás. Desde la muerte de mi hermano, además, me costaba mucho conectar con las cosas que antaño había conectado sin esfuerzo. Seguramente eso mismo le había pasado a Lilia y sufrir la muerte de su madre a una edad tan temprana había terminado por mermar su personalidad.

Dejé el coche en un aparcamiento cercano de confianza y andamos por Hans Road hasta llegar a Brompton Road, donde estaba la entrada principal de Harrods. El cielo estaba bastante encapotado, aunque no creía que fuese a llover. A nuestro alrededor los viandantes iban y venían, algunos cargando con bolsas, otros cargando con cámaras, y otros como yo, solo parecían tener que llegar a algún lugar. Londres era muy bonito, pero siempre estaba lleno de turistas. Era una ciudad secuestrada por ellos y era algo que detestaba, sobre todo cuando me apetecía pasear tranquilo por la ciudad, cosa que ya casi nunca hacía.

Observé que Lilia miraba boquiabierta todo lo que había a su alrededor.

Me di cuenta entonces de que ella no conocía Londres y de que yo era un padre de mierda, pero no tenía tiempo para hacerle una ruta turística. Joder, iba a tener que contratar una niñera o algo que la llevara por ahí a merendar, al parque o a donde fuera que quisiesen ir las niñas de once años.

—¿Aquí quieres que compre ropa? —me preguntó mirando el lujo que había a su alrededor.

—Vamos por aquí —le indiqué con muy poca paciencia. No había cosa que odiara más que ir de compras.

Subimos al ascensor hasta llegar a la planta infantil.

Un letrero que rezaba «Mini luxury brands» nos indicó que estábamos en el lugar adecuado.

Una chica delgada, joven y bastante guapa se nos acercó con una gran sonrisa. Me pegó un repaso bastante descarado, pero la ignoré colocando una mano en la espalda de Lilia.

—Buenos días, ¿en qué puedo ayudarles? —preguntó sonriéndole a la niña de forma excesivamente tierna.

—Necesita algo de ropa... Sobre todo un vestido de fiesta para esta noche y un abrigo adecuado para el evento.

Lilia giró la cabeza para mirarme.

—¿Un vestido?

—Tu abuela va a querer que vayas de etiqueta, sí.

—Claro, señor... —dijo la dependienta acabando la frase en un tono interrogativo.

—Lenox —contesté tal vez con excesiva frialdad.

—Señor Lenox, ¿hay algo en concreto que le guste?

Fruncí el ceño. Miré a Lilia, que observaba a la mujer como si fuese una marciana.

—Pregúntele a ella —dije sin más—. Estaré en la cafetería de la quinta planta. Lilia, cualquier cosa llámame.

Me miró como si el marciano en ese momento fuese yo.

—¿Con qué teléfono? —preguntó.

Mierda.

¿No tenía teléfono móvil? ¿Era demasiado pequeña para tenerlo?

—No se preocupe señor Lenox, asistiré a su…

—Hija —contesté y volví a sentirme raro pronunciando esa palabra.

Sus ojos se sorprendieron y tampoco la culpé. No tenía edad para tener una hija de once años… Un bebé, tal vez, pero no una niña de once años.

—Asistiré a su hija, elegiremos todo lo que necesita y, cuando hayamos acabado, lo llamaré para que pueda bajar a buscarla.

Asentí complacido sin ver dónde estaba el truco.

—¿Me da su teléfono móvil, señor?

Evité por todos los medios poner los ojos en blanco.

Ya la bloquearía más tarde, ya me veía venir por dónde venían los tiros.

Le di el número, pasé por la parte de tecnología y luego subí a la cafetería, donde me puse al día con algunas llamadas de trabajo y aproveché para tomar un café.

Al cabo de una hora más o menos, un tiempo excesivamente largo para comprar unas cuantas prendas de ropa, me llamaron por teléfono desde un numero desconocido.

—Ya hemos acabado, señor Lenox —dijo la voz de la dependienta.

Pagué el café y bajé a la planta infantil. Cuando llegué, vi a Lilia sentada en un banco con varias cajas y bolsas a su alrededor.

—¿Has comprado todo lo que necesitas? —le pregunté.

Lilia asintió.

—Hemos elegido algunas prendas de ropa de diario, señor Lenox, al igual que el abrigo y el vestido que necesita para el cumpleaños de su abuela.

—Muy bien. —Asentí tendiéndole mi tarjeta de crédito—. ¿Tenéis servicio de entrega a domicilio? —pregunté mirando la cantidad de bolsas que había.

—Sí, señor.

—Perfecto, pues envíenlas a esta dirección.

La chica la apuntó, Lilia cogió el abrigo que se había comprado, uno rosa de Ralph Lauren, y se lo colocó bajo el brazo con una sonrisilla.

Estaba contenta… Yo estaba haciendo que mi hija sonriera, por fin. Ojalá no hubiese sido por comprarle cosas, pero tampoco me quejaba.

Salimos de Harrods y fuimos directos al coche. Me alejé del centro y paré para poder almorzar en uno de mis restaurantes preferidos, uno que no quedaba muy lejos de casa.

Ya sentados en la mesa, saqué una cajita del bolsillo interior de mi americana.

—Toma —dije tendiéndole el teléfono que había parado a comprarle mientras ella elegía ropa.

Sus ojos se abrieron como platos.

—¿Un iPhone? —preguntó, como si le estuviese dando oro líquido.

—Así la próxima vez no tengo que darle mi teléfono a una desconocida.

Lilia levantó los ojos del teléfono y los clavó en mí.

—Le gustas —dijo mientras abría el envoltorio y sacaba el iPhone color blanco de dentro—. Me ha preguntado muchas cosas sobre ti. Lo hacía con disimulo, pero era obvio que quería averiguar todo lo posible.

Santo Dios.

—No debería haberte preguntado nada, eres una niña.

Sus ojos azules volvieron a subir para observarme.

—Mi madre no me dejaba tener iPhone —dijo entonces cambiando de tema y dejándome un poco descolocado.

¿Estaba haciendo mal comprándole el teléfono?

Pero entonces comprendí que no podía sustituir a su madre. Yo no era ella y Lilia necesitaba tener un teléfono por si se presentaba cualquier emergencia, fuera o dentro del colegio.

—Bueno… Estoy seguro de que, teniendo en cuenta las circunstancias, no le importaría que tuvieras uno.

—¿Qué circunstancias?

Dudé un segundo.

—Mira, Lilia, yo soy un hombre muy ocupado. No sé si lo sabes, pero ahora soy el gerente de la empresa familiar. También soy piloto, viajo mucho y, aunque en estos momentos no creo que siga pilotando aviones, voy a estar muy liado. Te doy el teléfono para que puedas comunicarte conmigo en el caso de que necesites algo.

Asintió en silencio y eso fue todo. Ella se centró en su nuevo teléfono y comimos en silencio, cada uno inmerso en sus propios pensamientos. Aunque no había sido tan horrible como lo había imaginado, ya sentía la necesidad de dejarla en casa y centrarme en mis asuntos.

Pagué la cuenta y volvimos a casa.

—¿Puedo ir al parque y pasear a Camilo? —me preguntó señalando la colina que había al lado de casa. Regents Park era un precioso parque con una colina con vistas al *skyline* de Londres.

No estaba muy seguro de si debía dejarla ir sola…

—Está bien, pero dile a Hannah que te acompañe.

Frunció el ceño.

—Puedo ir sola, está justo aquí al lado.

Miré un momento hacia donde señalaba y terminé negando con la cabeza.

—Con Hannah, Lilia.

Apretó los labios con fuerza, pero no dijo nada más. Agradecí que su arrebato del día anterior se quedara en el pasado. No sabía qué le diría si volvía a gritar pidiendo volver a su casa…

# 5

# NIKKI

El sol entraba por los grandes ventanales de la villa de Maggie, bañándolo todo con una calidez que no correspondía al momento que estábamos viviendo tras la bomba que acababa de soltar nuestra amiga.

Acompañada de mis tres mejores amigos, jamás imaginé que al ir a consolarla por haber dejado a su marido iba a terminar enterándome de semejante locura.

La revelación de Margot nos había dejado completamente perplejos.

No podía ser cierto.

—¿Y quién es el padre? —pregunté sintiendo que el corazón se me aceleraba al creer saber la respuesta a esa pregunta.

Maggie me devolvió la mirada con los ojos llenos de lágrimas.

—Teniendo en cuenta que la última persona con la que me acosté fue Nate…

—Joder, Margot —exclamó Eko dejándose caer contra el respaldo.

Gus estaba callado, cosa que solo agravó la sensación de alarma que acababa de adueñarse de la habitación.

—Ni siquiera sé cómo ocurrió…, utilizamos protección.

Me acerqué a Maggie y la abracé.

—Tranquila…, todo va a salir bien —dije, intentando dotar a mis palabras de toda la sinceridad y calma que fui capaz de reunir, pero sabía que no estaba siendo del todo sincera.

Maggie embarazada de un hijo no deseado y encima de Nate… ¿Podían las cosas haberse complicado más?

—¿Y qué vas a hacer, Maggie? —Gus abrió por fin la boca.

Mi amiga se enjuagó las lágrimas y se giró hacia él.

—¿A qué te refieres? —preguntó y yo creí saber por dónde iban los tiros de la pregunta de Gus.

—¿Vas a tenerlo? —preguntó y los tres miramos a Margot conteniendo el aliento.

Mi amiga tomó aire profundamente antes de hablar. Por cómo se endureció su mirada, estaba claro que tenía la decisión tomada.

—Creo que nunca me perdonaría si acabase con este embarazo…, pero… no sé si me veo capaz de hacerme cargo yo sola, de enfrentarme a Nate, de saber que, si se entera, tal vez no quiera hacerse responsable, y si lo hace…, saber que entonces lo tendré en mi vida para siempre, de una forma o de otra…

La entendía. Si tenía el bebé y Nate se hacía cargo de su hijo, la relación de ellos dos nunca acabaría, para bien o para mal. Deberían seguir viéndose por el niño y, en el caso de que Nate no quisiera formar parte de su vida…, mi alocada amiga tendría que enfrentarse a la posibilidad de criar un hijo sola.

—Piénsalo bien, Maggie —dijo Eko—. Sobre todo porque todos sabemos cómo es Nate.

Maggie miró hacia el techo intentando controlar las lágrimas.

—Entiendo que lo odiéis... De verdad que lo entiendo, pero ojalá también pudierais entender que es un hombre increíble... No me hubiese enamorado tan perdidamente de él si no fuese así...

—Nunca hemos creído que Nate fuese mala persona, Maggs —dije y agradecí que Maggie me estuviese mirando a mí en vez de a Gus y a Eko, porque ambos intercambiaron una mirada que dejaba claro que no estaban de acuerdo conmigo—. Solo que es un inmaduro y una persona que no es de fiar porque no tiene palabra.

—No sé si decírselo o no. Intento pensar qué es lo mejor y creo que tengo que sacarme a mí de la ecuación. Si decido tener el bebé, tengo que darle la oportunidad a Nate de hacerse cargo... Debe hacerse cargo, no voy a privar a mi hijo de tener a sus dos padres..., por muy duro que vaya a ser para mí volver a verlo, volver a tenerlo en mi vida.

—Está claro que sola no debes hacerlo, el niño es de los dos, pero, Maggie..., ¿quieres ser madre? Creo que las pocas veces que lo hemos hablado siempre has dicho que era algo que no tenías claro, al contrario que Nikki, que se muere por tener bebés —dijo Gus mirándome con una sonrisa divertida. Puse los ojos en blanco, pero no le quité la razón.

—Es que no lo había pensado con seriedad. Tengo veintitrés años, era algo que dejaba para los treinta, los cuarenta..., yo qué sé...

—Hagas lo que hagas, te apoyaremos, reina —dijo Eko colocándole una mano en la cabeza.

Maggie sonrió con las lágrimas emanando de sus ojos sin darle tregua.

—Joder, no puedo dejar de llorar —dijo intentando parar y fracasando estrepitosamente.

—Son las hormonas, nena —explicó Gus forzando una sonrisa—. ¿De cuánto estás exactamente?

Maggie sorbió por la nariz.

—De unas siete semanas, más o menos.

—O sea, que tienes que decidirte más pronto que tarde… —resumí un poco angustiada al pensar en el caso de que decidiera abortar.

Maggie me miró y se posó las manos en la barriga.

—Creo que ya lo he decidido —dijo mirándonos a los tres.

No hizo falta mucha más aclaración. Solo había que mirarla a los ojos para darse cuenta de que esa chispa de ilusión ya estaba instalada en su mirada… Esa chispa que iría creciendo y tomando fuerza a medida que pasaran las semanas y su barriga fuese creciendo más y más.

Los chicos se marcharon y yo decidí quedarme a dormir con ella. Charlamos un poco de todo y, cuando nos fuimos a la cama, una cama mucho más grande de la que tenía yo en mi casa, ambas nos miramos a los ojos, cada una con la cabeza reposada en una almohada diferente.

—Sabes que yo estaré ahí para ti, ¿verdad? —le dije cogiéndola de la mano.

Maggie sonrió.

—Somos hermanas del alma, ¿no?

—Hermanas del alma, siempre —contesté sonriendo.

Maggie me cogió de la mano y entonces soltó lo último que esperaba escuchar.

—Ven conmigo a Londres. Necesito que vengas conmigo, no puedo hacer esto sola.

Se hizo el silencio entre las dos.

No… no podía estar pidiéndome lo único que no podía darle.

—No me pidas eso, Maggie —casi le supliqué cerrando los ojos.

—Sé que no debería, pero si lo hago es porque de verdad no me veo capaz de decírselo sin ti.

Giré sobre mi espalda y clavé la vista en el techo.

El destino no dejaba de mandarme señales, no dejaba de enfocar la luz en miles de millas de distancia, y por mucho que miraba hacia otro lado, esta parecía tirar de mí en aquella dirección.

—Por favor, Nikki…, ven conmigo. Te prometo que todo saldrá bien —me dijo acercándose más a mí, acurrucándose a mi costado.

Respiré hondo antes de hablar, antes de decidirme.

—Si voy contigo, debes prometerme una cosa.

Maggie se incorporó sobre sus brazos para poder verme mejor.

—Lo que sea.

—Si vamos a Londres, debemos regresar… juntas. Prométemelo.

Maggie entendió perfectamente lo que le estaba pidiendo.

Mi vida estaba en la isla... Mi vida no era Londres, ni herencias de padres fallecidos, ni tíos que daban la cara en el último minuto, ni un inglés increíblemente atractivo que me quitaba el aliento...

Mi vida estaba en Bali y no podía olvidarme de ello.

—Te lo prometo.

Cerré los ojos y procuré dormir.

La siguiente semana no fue fácil. Terminé el curso contra el miedo a volar, pero aun al hacerlo seguía sintiendo que me moría solo de imaginarme subiéndome a un avión. Maggie me había insistido en que estaría conmigo cogiéndome de la mano durante todo el trayecto, me prometió darme una pastilla que se suponía que conseguiría que me durmiera para no pasar miedo y, antes de darme cuenta, ya había comprado los billetes.

Si hubiese sido mi elección, habría viajado más adelante, hubiese esperado un poco, pero Maggie iba contrarreloj. No podía seguir esperando, su embarazo no iba a detenerse a esperar a que yo fuera más valiente y le perdiera el miedo a volar, así que eso fue lo que me empujó finalmente a aceptar la idea de subirme a un avión.

—Cuando estemos allí, buscaremos a tu familia, Nikki —me dijo Maggie el día que habíamos comprado los vuelos desde su ordenador en su casa. Ella se había ofrecido a pagarme el mío, aunque le prometí que le devolvería el dinero poco a poco. En ese instante, no podía soltar mil dólares para comprar un billete de avión, básicamente porque no los tenía.

—Lo importante es que tú puedas hablar con Nate... Llevo toda una vida sin saber nada de mi familia y creo que puedo esperar un poco más —dije, aunque en realidad no lo creía. No tenía ni la menor idea de qué pasaría si regresaba a Londres, solo sabía que la verdad podía salir a la luz siempre y cuando yo estuviese dispuesta a destaparla..., cosa que aún no tenía clara.

Decirle a mi abuela que me marchaba a Londres fue más fácil de lo que imaginé en un primer momento. Fue como si lo hubiese estado esperando.

—Desde que tus padres murieron, he sabido que al final querrías ir allí a buscar respuestas —dijo, a pesar de que yo no le había dicho nada de eso en ningún momento—. Pero ten mucho cuidado, cariño... Tu madre quedó prendada de todo aquello y tal vez se olvidó un poco de que su corazón pertenecía al océano y a la fina arena blanca.

Sonreí.

—No tienes de qué preocuparte, abuela —le aseguré—. ¿Estarás bien? —pregunté, pues odiaba dejarla.

Mi abuela forzó a sus labios a dibujar una sonrisa.

—Siempre que tú lo estés, yo lo estaré.

La abracé con fuerza sabiendo que la dejaba en un mal momento. Llegué incluso hasta a dudar de si seguir adelante o echarme para atrás, pero no podía dejar sola a Maggie en su estado sabiendo que contárselo a Nate podría terminar de mil formas, y seguramente ninguna buena. Mi abuela estaría bien, su dolor no era físico y, aunque yo estuviese allí, ella seguiría con el alma rota... Había perdido a sus dos hijos, ¿cómo se supera algo así?

Hablé con Gus para que se hiciera cargo de la veterinaria y de Batú y me aseguré de visitar a todos mis pacientes perrunos antes de tener que irme. Repartí medicinas, hice revisiones y desparasité a todos los perros que pude para no sentirme tan culpable.

Una parte de mí sentía que los abandonaba.

Ojalá hubiese tenido los recursos para contratar a alguien en mi lugar, pagarle a alguna persona para que siguiera haciendo mi trabajo, pero era imposible teniendo en cuenta mi economía. En aquellos momentos empezaba a pensar distinto respecto a cómo sería poder disponer de todo el dinero necesario para trabajar en condiciones.

—Tienes todo el derecho del mundo a heredar lo que un día fue de tu padre, no puedes ignorarlo sin más —insistió Maggie en una de las pocas veces que el tema de mi familia volvió a resurgir entre las dos.

Supongo que llevaba razón. No era que me moviera por el dinero, para nada, siempre me las había apañado bien sin él, pero no podía ignorar que otros sí lo necesitaban más que yo. Si de verdad había algo en la herencia de mis padres para mí, lo utilizaría para mejorar la veterinaria y para cuidar de cuantos animales pudiera.

Los días fueron pasando y la fecha roja en el calendario se fue acercando cada vez más. Mi ansiedad fue aumentando y las dudas empezaron a acumulárseme en la cabeza sin dejarme descansar.

Una noche, cuando apenas quedaban días para marcharnos, cogí el teléfono en la oscuridad de mi habitación y busqué a Alex entre los contactos. No podía no avisarle si viajaba a Londres. No podía no contarle que estaba armándome de valor, que al final me había hecho lo suficiente fuerte como para poder subirme a un avión. Quería que estuviese orgulloso de mí, quería que las últimas palabras que compartimos antes de que se fuera se borraran y pudiéramos reencontrarnos en su ciudad para que, al igual que yo había hecho con él aquí, me enseñara su vida, sus lugares preferidos y su cultura.

Abrí el chat y le escribí.

El corazón me latía enloquecido. Mi respiración se aceleró de forma notoria nada más armarme de valor y enviarle el primer mensaje.

Era consciente que no había actuado bien ignorando los suyos, pero los había recibido cuando mi tío acababa de morir. Estaba tan sumida en la tristeza que leer sus mensajes solo había intensificado mi dolor. No me vi con fuerzas para hablar con él; siendo sincera, estaba enfadada porque se hubiese marchado, porque me hubiese dejado allí, sola, viviendo el peor momento de mi vida sin que él estuviera para abrazarme.

Fue irracional, ahora lo sé, y comprobé ahí que era capaz de cometer muchísimos errores cuando se trataba de tener una relación con un hombre, errores que pagaría caro.

Fue extraño no recibir respuesta… Fue doloroso llamarlo y que mis llamadas fueran enviadas directamente al buzón de voz.

Fue duro darme cuenta de que me había bloqueado.

Pero más duro fue subirme a un avión sin escucharle decir que todo iba a ir bien.

Nuestro vuelo salía a las once de la noche. Un vuelo de nueve horas que nos llevaría directas a Doha, la capital de Qatar, desde donde deberíamos coger otro vuelo de ocho horas hasta llegar al aeropuerto de Stansted, en Londres.

Vivir en una isla tan turística como la mía y tener amigos europeos me había ayudado a abrir la mente y a entender bien a los extranjeros… o al menos eso creía hasta que pisé el aeropuerto.

Nunca había estado en uno y mis ojos no dejaban de maravillarse ante la cantidad ingente de personas distintas que podían llegar a congregarse en un mismo lugar.

Gus y Eko nos acompañaron hasta Dempasar, desde donde salía el vuelo. Los tres estaban muy pendientes de mí esperando tal vez que me echara para atrás en el último minuto.

No os voy a mentir…, estuve tentada de salir corriendo. Estaba cagada y no solo era miedo lo que sentía, sino algo que iba más allá… Un dolor físico, un dolor en el centro de mi corazón que me presionaba los pulmones y hacía que me costase respirar.

Antes de pasar el control, antes de tener que despedirnos de nuestros amigos y llegar a un punto de no retorno, tuve que pedirles que se detuvieran.

—Necesito… —empecé diciendo mientras me llevaba la mano al corazón—. Necesito sentarme un momento.

Mis amigos aguardaron, preocupados.

—Tranquila, Nikki.

—Es ansiedad… —dijo Gus.

—Es un ataque de pánico —lo contradijo Eko.

—Son gases y ya está —repuso Maggie, pues quería quitarle hierro al asunto—. Respira hondo —me pidió entonces, cogiéndome la mano.

¿Qué estaba haciendo?

—Nena, todo va a salir bien, vamos a tomárnoslo con calma, paso a paso. Primero hay que pasar el control y luego viene la mejor parte, ¡el *duty free*! —dijo Maggie con voz tranquila—. ¿Puedes visualizar esas dos cosas?

Intenté hacer lo que me pedía. En el curso de control del pánico también decían algo parecido: no debíamos centrarnos en el momento de volar, si no tomarnos cada paso con calma, cada fase de un viaje aéreo.

Al cabo de unos minutos, conseguí tranquilizarme. Gus y Eko nos abrazaron frente a las colas para pasar el control y hasta donde les permitían estar, yo también los abracé con fuerza casi al borde de las lágrimas.

—Todo saldrá bien, vas a estar bien —me susurró Eko cuando lo abracé.

—Cuidaré de todos, no te preocupes —insistió Gus cuando le pedí por octava vez que cuidara de mis perros y de Batú.

—Vais a revolucionar Londres, lo sabéis, ¿no? —nos dijo Eko sonriendo, mirándonos a ambas.

Maggie me miró y una sonrisa se le dibujó en la cara.

Sin duda, ella sí que revolucionaría la vida de Nate… Por lo que a mí respectaba, Alex y yo éramos una gran incógnita. Aunque, si dejaba el miedo a un lado, debía admitir que algo de emoción sentía: estaba viajando a la ciudad donde mi padre había nacido y crecido. Mis raíces estaban allí, mi único tío vivo estaba allí... No tenía ni idea de cómo iba a hacer para llegar hasta él, pero al igual que con el vuelo, fui tomándome todo poco a poco.

Nos divertimos un poco en el *duty free*, más Maggie que yo, he de admitir, y nos bebimos un café en el Starbucks del aeropuerto. Siempre me habían gustado los *frappuccinos* de aquella franquicia y solo había podido tomarlos cuando estudiaba en la universidad, en el centro de Denpasar, la capital de Bali.

A medida que pasaban los minutos, la hora de embarcar se fue acercando más y más hasta el punto de que solo faltábamos nosotras por subir al avión.

—Señoritas, deben subir ya o perderán el vuelo —nos insistió la azafata por cuarta vez mientras yo metía la cabeza entre las piernas y procuraba tomar aire para evitar vomitar.

No iba a ser capaz de subir.

No iba a conseguirlo.

Dejaría a mi mejor amiga embarazada viajando sola en busca del padre de su bebé. Dejaría todas las incógnitas de mi pasado sin resolver y todas las posibilidades de mi futuro por descubrir, y no volvería a ver a Alex...

Alex... Ojalá estuviese allí cogiéndome de la mano, explicándome las cosas, diciéndome que él sería mi medicina para volar, como una vez había dicho para intentar convencerme.

Se suponía que mi primer viaje en avión iba a ser con él... o al menos eso me había dicho cuando aún éramos lo suficientemente ingenuos como para creer que lo nuestro duraría más allá de unas vacaciones de treinta días.

—Lo siento, debo cerrar las puertas —insistió la azafata.

Miré a mi amiga desesperada.

—Lo siento… —dije con las lágrimas saltadas.

Maggie me observó mirándonos a la azafata y a mí.

Ella debía viajar.

No podía perder ese vuelo, había gastado casi todos sus ahorros para poder comprarlos.

—¿Cuál es el problema? —escuché entonces a un hombre preguntar.

—Tiene fobia a volar, comandante —dijo la azafata.

Ay, Dios, el comandante había salido a buscarme.

¡¿Podía ser más patética?!

Volví a respirar hondo intentando que el pánico no me venciera y entonces unos zapatos negros aparecieron bajo mis ojos. Mi cabeza seguía enterrada entre las piernas.

—Señorita, debe tranquilizarse —me pidió con voz calmada—. Respire hondo conmigo. Hice lo que me pedía, inspiré y exhalé, tomé aire y lo solté tres veces seguidas. Entonces sentí sus manos cogiéndome de los brazos y colocándome de nuevo en posición vertical.

Unos ojos verdes me devolvieron la mirada.

Pestañeé varias veces enfocando la vista y me fijé seguramente en el único comandante capaz de detener la salida de su vuelo con tal de ayudar a una pasajera a no perder la cabeza.

—Mi nombre es Erik —dijo con una sonrisa—. Soy el comandante de este vuelo. ¿Cómo se llama usted? —me preguntó.

—Nikki —dije fijándome en lo apuesto que era.

Su pelo era rubio y largo, le llegaba a la altura de las orejas y lo tenía peinado hacia atrás. Iba vestido con la camisa blanca, la corbata y una chaqueta con esas cosas de rayas sobre sus hombros, en total conté cuatro rayas y por un instante conseguí distraerme de mi gran problema.

—Muy bonito nombre, Nikki. Si no te importa, voy a tutearte —dijo y asentí en silencio, procurando seguir respirando—. Vas a subir a ese avión, vas a sentarte y a colocarte el cinturón. Tu amiga te dará uno de los tranquilizantes que estoy seguro de que lleva en el bolso. Luego vas a cerrar los ojos y a intentar relajarte, incluso dormirás unas cuantas horas y, antes de que te des cuenta, estaremos aterrizando en Doha. ¿Te parece?

Qué fácil sonaba en sus labios.

—Ven conmigo, vamos, arriba —dijo cogiéndome de la mano.

Maggie se apresuró a agarrar nuestras cosas y enseñar los pasaportes. El comandante no parecía preocupado en absoluto por haberse adelantado a la azafata e incluso negó con la cabeza a la señorita que me indicó amablemente que mi lugar en el avión era el asiento 60E, al final del todo.

—Las pasaremos a primera, Mandy —dijo girando hacia la derecha en vez de a la izquierda.

La tal Mandy lo miró sin comprender.

—Hay asientos libres, ¿no? —preguntó el tal Erik.

—Sí, pero…

Vi que se acercaba a ella y le susurraba al oído: «No quiero que le dé un ataque de pánico y asuste al resto de los pasajeros, la tendremos delante y vigilada».

Mandy asintió y sin dar crédito nos sentaron a las dos en asientos de primera clase.

Detrás de mí, Maggie flipaba sin poder creérselo.

Nos sentamos en una especie de cabinas y me fijé en que había una tele mediana, una manta, una almohada igual de grande que la que tenía en mi cama, una especie de mesita, un neceser y un sinfín de botones adheridos al asiento por el lado derecho.

—Poneos cómodas, y, Nikki —dijo el comandante—, cualquier cosa que necesites, avisa a la azafata y saldré para contestar cualquier pregunta o inquietud que tengas. Todo irá bien… —dijo y, al mirar a Maggie, le hizo una seña como de comerse una pastilla.

Me sacó una sonrisa.

—En el próximo vuelo, haces el mismo numerito, ¡nunca he viajado en primera!

La fulminé con la mirada y ambas nos sentamos.

—Toma —me dijo dándome un Lorazepam, lo que me ayudaría a relajarme y, con suerte, a dormir durante todo el vuelo.

No era una persona a la que le gustase medicarse, de hecho, rara vez me tomaba un ibuprofeno a no ser que me estuviese muriendo de dolor, pero en aquella ocasión cogí la pastilla que me tendía y me la tragué sin miramientos.

Me abroché el cinturón y cerré los ojos mientras a mi lado Maggie tocaba todos los botones, encendía la tele, se recostaba, se volvía a incorporar…

—Esto es una pasada —dijo flipando—. ¿Estás bien? —me preguntó y simplemente no dije nada.

Empecé con mis respiraciones, comencé a contar en mi cabeza para no pensar en nada más.

Noté que la pastilla no tardaba en hacer efecto y, cuando nos preguntaron si queríamos algo de beber, me pedí una copa de vino y me la bebí de un trago.

Si eso no conseguía que me durmiese, no sabía qué lo haría.

Por suerte para mi salud mental, estaba frita cuando el avión despegó. Casi ni llegué a ver las indicaciones de seguridad ni tampoco a fisgonear la cabina de primera.

Mis ojos se cerraron y mi yo interior me dio un abrazo fuerte a la vez que me sonreía con suficiencia.

Lo habíamos conseguido.

Había superado mi mayor miedo.

Abrí los ojos cuando apenas quedaban dos horas para llegar y fue porque me despertaron para darme el desayuno.

A mi lado Maggie me sonrió.

—¿Cómo te encuentras? —me preguntó y me noté tranquila.

Apenas sentía moverse el avión, era como si estuviésemos quietos.

—Señorita, ¿qué desea desayunar? Tenemos huevos con salchichas y beicon, *noodles* con verduras y pollo o yogur con fruta, muesli y tostadas.

Pedí la última opción y le di al botón para incorporarme. Supuse que Maggie se había encargado de bajarme el asiento hasta quedar totalmente en horizontal y también de taparme con la manta.

Justo cuando acababa de desayunar y se llevaban mi bandeja, vi que se abría la puerta de la cabina donde supuse que estaban los pilotos.

Erik se pasó la mano por el pelo y, cuando vio que lo miraba, me sonrió y vino hacia mí.

—¿Qué tal, Nikki? —preguntó sonriéndole también a Maggie.

—Creo que bien —contesté devolviéndole la sonrisa.

Erik miró hacia atrás y se sentó en la cabina vacía que había a mi lado, dejando el pasillo entre los dos.

—Has tenido suerte, ha sido un vuelo muy tranquilo —dijo amable.

—No sé si superaría un vuelo no tranquilo —dije como toda respuesta.

Erik volvió a sonreír.

—Tú solo debes pensar que las turbulencias son necesarias y totalmente normales en un vuelo. Cuando vas en un coche, este vibra y se mueve contra el asfalto, ¿verdad? Pues lo mismo ocurre con el aire.

—Dicho así, suena sencillo.

—Lo es… Volar es el medio de transporte más seguro que existe.

Cuando lo dijo, recordé que Alex me había dicho exactamente esas mismas palabras.

—¿A dónde viajáis? —quiso saber, curioso.

—A Londres —respondí.

—¿Vacaciones? —preguntó—. Yo vivo allí, estáis yendo en buena época, el frío aún no cala los huesos.

—¿Eres de allí? —pregunté un tanto extrañada, no le había notado acento inglés.

—Soy australiano, pero vivo allí desde los quince años.

Asentí.

Erik volvió a sonreír y sacó un pequeño papelito de su bolsillo trasero.

—Si te apetece tomarte algo o que te enseñe la ciudad —dijo tendiéndome el papel—, este es mi número. Podríamos pasar un buen rato.

No me lo esperaba y me quedé un tanto en shock.

—Le encantará quedar contigo —dijo Maggie a mi lado, contestando por mí.

Erik se incorporó y le lanzó una sonrisa.

—Debería volver —dijo con simpatía.

Asentí forzando una sonrisa como la suya y desapareció detrás de la puerta de la cabina.

—¡Has ligado! —dijo Maggie asomándose por su asiento para poder verme mejor.

Negué con la cabeza.

—Solo estaba siendo amable.

—Sí, claro. Le has encantado, solo había que ver cómo te miraba. Vas a volver locos a los ingleses. Ellos están aburridos de las chicas rubias de ojos azules y se mueren por las morenas de piernas largas.

Negué con la cabeza.

—Estás loca.

—Era muy atractivo —siguió insistiendo—. No tan guapo como tu inglés, pero no se le queda lejos.

—No es mi inglés —contesté llevándome a la boca el vaso de agua con el que me había quedado en el desayuno.

—¿Vas a verlo? —preguntó entonces tras una pequeña pausa en donde creí que dejaría ya el tema.

—¿A quién?

—¿A Alex, a quién si no?

Suspiré.

—No —contesté escueta.

—¿Por qué no? Sé que aún piensas en él... Duermes incluso con su sudadera, admítelo, ¡ni siquiera la has lavado desde que se fue!

Era cierto, y me daba coraje que se hubiese dado cuenta, debería haber tenido más cuidado, pero la cuestión era que había dormido con ella puesta, sí. Aún quedaba algo de su fragancia, ese perfume tan particular que tanto me gustaba y que, sin entender por qué, siempre me había trasmitido calma y seguridad.

—Le escribí hace unos días, quería que supiera que viajaba a Londres.

Maggie me escuchó atenta.

—¿Y? ¿Qué te dijo?

—Nada —contesté.

—¿Nada? —replicó.

Callé durante unos segundos.

—Me ha bloqueado, Maggie. Está claro que ya se ha olvidado de mí.

Mi amiga me devolvió la mirada sin dar crédito.

—¿Cómo que te ha bloqueado? ¿Estás de broma?

—Le escribí y no le llegan mis mensajes. Probé incluso a llamarlo y me salta directamente el buzón… Si eso no es bloquear, dímelo tú.

Maggie calló durante unos instantes que se me hicieron eternos. Una parte de mí quería que me dijera que me estaba equivocando en sacar conclusiones tan precipitadas, pero no fue eso lo que me dijo.

—Te ha bloqueado, sí, pero ¿por qué?

—Te lo he dicho… Ha pasado página y no lo culpo. Me escribió y no le contesté, las semanas pasaron y la cosa se ha enfriado, es lo normal en casos como el nuestro.

—¿Casos como el vuestro?

—Amores de verano… Dime uno que dure más que unos cuantos intentos fallidos de videollamadas cada tanto…

—Yo no soy la mejor en aconsejarte sobre cómo llevar una relación a distancia, solo hay que ver cómo ha terminado la mía con Nate. Claro que yo no era la que lo dejaba y volvía cada cuatro meses…, pero entiendo lo que quieres decir.

—Te acompañaré a Londres para que puedas hablar con Nate, te apoyaré en todo esto y mientras tanto intentaré ver a mi tío… Me gustaría conocerlo, hablar con él… No sé…, pero después de eso regresaré a Bali y seguiré con mi vida.

—¿Y qué le dirás si lo vuelves a ver?

—¿A Alex?

Maggie asintió.

—No le guardo rencor, Maggs, con él ha sido lo más cercano que he estado de enamorarme jamás. Ha sido el chico con el que perdí la virginidad, y siempre lo recordaré como el recuerdo que fue, un buen recuerdo…, pero no voy a ir buscándolo. No voy a llamar a su puerta ni a intentar empezar nada porque no quiero volver a sentir que se me rompe el corazón.

—Pareces tan serena…, tan segura —dijo cuestionándome en el tono que empleaba.

Podría llegar a parecerlo, era buena ocultando mis sentimientos, siempre había sido reservada con ellos, pero en el fondo estaba cagada de miedo. No sabía cómo reaccionaría si nos volvíamos a ver, no tenía idea de qué le diría o qué me diría él… ¿Estaría enfadado? ¿Por eso me había bloqueado? Tampoco sabía cómo era él en su vida cotidiana, no podía olvidar que nos habíamos conocido en un entorno y circunstancias que distaban mucho de ser las normales en la vida de Alex.

No sabía nada ni de su familia ni de su pasado, nada de nada. Éramos extraños y no debía olvidar eso. Por muy increíble que hubiesen sido esas cuatro semanas con él, por muy maravillosos que hubiesen sido los besos, las caricias, las charlas, los atardeceres, sus brazos abrazándome…, en realidad no sabía quién era él en Londres. Siendo sincera, me daba tanto miedo llevarme un chasco que prefería no volver a verlo. No quería ni manchar los bonitos recuerdos que tenía de él ni hacerme ilusiones con algo que sabía que nunca podría funcionar.

Eso sí…, nunca imaginé que al poco tiempo de llegar descubriría todo lo que siempre me ocultó…, porque si algo tenía Alexander Lenox eran secretos… Tantos que fue difícil reconocer entre ellos al mismo hombre que juró ser la medicina contra mis miedos… Pues ¿qué importaban mis miedos cuando los suyos terminarían amenazándolo absolutamente todo?

# 6

# NATE

Giselle era guapísima… Era un pibón con el que llevaba unas cuantas semanas pasándomelo en grande. Salíamos casi todos los fines de semana que yo no volaba, pero como era azafata, nos veíamos también en el trabajo. No voy a mentir diciendo que no follábamos como conejos en el cubículo enano del avión de Joy Foster, pero tampoco voy a daros detalles.

Tenía la cabeza embotada de ella y, desde que había vuelto del peor viaje de mi vida, no me había permitido pensar en nada más. Me movía como si fuese un autómata, había silenciado la mitad de mi cerebro para centrarme plenamente en las cosas básicas.

Comer, follar, cagar, dormir, volar y salir de fiesta. En mi cabeza no entraba la posibilidad de hacer absolutamente nada más.

No pensaba en aquella persona cuyo nombre empieza por M, ni tampoco en el hijo de puta cuyo nombre también empezaba por M.

Puta M, odiaba esa letra… Odiaba todo lo que tuviera que ver con ellos y me dolía tanto pensar en ellos que los había eliminado de mi mente, así de sencillo…

La fiesta, el alcohol y estar currando más que en toda mi vida ayudaban, no os lo voy a negar. Por eso me pregunté como diez veces seguidas qué cojones hacía en la fiesta de cumpleaños de la madre de Alex, con Giselle colgando de un brazo y mi propia madre colgando del otro.

Odiaba esas putas fiestas, básicamente porque había que estar sobrio y, además, había que actuar con modales.

Joder.

—Así que eres azafata… —Estaba justo en ese instante preguntándole mi madre a la chica rubia que había a mi lado—. Nate no nos había hablado de ti.

—Mamá, creo que Rose te llama, todavía no la has felicitado —la interrumpí antes de que me metiera en problemas.

Obviamente, no le había hablado de Giselle. Era muy mona y nos lo pasábamos bien, pero no era nada más que eso: una diversión. En realidad, era más bien una distracción y ella sabía lo que había entre nosotros, se lo había dejado muy claro, tanto que no llegamos a acostarnos hasta que me dijo a las claras que lo había entendido. La había llevado a la fiesta porque se suponía que había que ir con acompañante, ¡Dios no quisiera que me presentara solo! Y la verdad era que había sido la única chica disponible avisando con menos de veinticuatro horas de antelación.

Mi madre giró la cabeza hacia su amiga y se disculpó con nosotros para ir con Rose.

Suspiré aliviado y empecé a buscar a Alex.

Él era lo único que podía salvar aquella velada.

¿Dónde se había metido?

¿Desde cuándo yo llegaba antes que él al cumpleaños de su propia madre?

—¿Me pides un gin-tonic? —me preguntó entonces Giselle.

La miré y luego me volví hacia la barra que habían montado en el salón de celebraciones de uno de los hoteles más bonitos y elegantes de la ciudad... Era el hotel Olivieri, por supuesto. Mis padres le habían cedido lo mejor a la madre de mi amigo para que pudiera celebrar su sesenta cumpleaños y me fijé en que la barra estaba a tan solo tres metros de distancia.

—Mira, ¿ves eso de ahí? —le pregunté a Giselle señalado para que lo pudiera ver—. Se llama camarero... Pídeselo, que seguro que te lo sirve. Mientras tanto, discúlpame —le dije soltándome de su agarre y alejándome de toda aquella gente.

Necesitaba aire.

Cuando salí al exterior, Ramón, el botones, me saludó y le devolví el saludo asintiendo con la cabeza mientras me encendía un cigarrillo. Cuando solté el humo, vi que el Tesla de Alex llegaba hasta la puerta del hotel.

Lo vi apagar el coche y bajar. También vi cómo Ramón se acercaba a la puerta del copiloto y la abría dejando salir a una niña pelirroja que no mediría más de un metro veinte.

Me quedé quieto y me permití observar a Alex con su hija durante unos instantes sin que ellos me vieran. La niña iba vestida con un vestido color burdeos y un lazo que le cruzaba la cintura y caía en su espalda. Su pelo estaba recogido en un moño elegante en lo alto de la cabeza y sus zapatos eran unas manoletinas del mismo color que el vestido.

Mi amigo iba con traje, elegante como siempre. A él no le hacía falta detenerse una hora en el espejo para anudarse la corbata o pelearse con su melena hasta conseguir domarla y que quedara decente… Alex era elegante por naturaleza, el típico galán inglés que llamaba la atención allí por donde iba. Siempre había envidiado su manera innata de atraer las miradas de los demás, sobre todo de las chicas. No estoy diciendo que a mí me costase ligar, ligaba bastante, se me daba bien, de hecho. Tenía el físico, la cara y, sobre todo, el buen carácter. Yo hacía reír a las chicas, pero, al menos antes, necesitaba preparar el terreno para conseguir que se encandilaran conmigo. En cambio, Alex tenía ese don de atraer la atención sin quererlo, la facilidad de conseguir lo que le diera la gana solo pidiéndolo. Era esa clase de hombre al que nadie jamás cuestionaría, esa clase de hombre al que la gente elegiría líder en una catástrofe, o al que seguirían sin dudar si el mundo se enfrentara a un ataque de zombis. Yo qué sé, ya me entendéis, sin embargo, lo peor era que siempre parecía importarle un pimiento. Alex solo necesitaba aparecer para ser el centro de todas las miradas.

Pero presentarse allí con una hija de once años frente a todos los amigos de sus padres…

Joder, Alex saldría al día siguiente en todos los periódicos.

Estudié a la niña con más atención. Sus ojos viajaban de arriba abajo, observándolo todo con curiosidad, mientras su padre le daba propina al botones y le pedía, estaba seguro, que tuviera cuidado al aparcarlo. Lilia aferraba un teléfono móvil con fuerza, como si eso le diera el valor que necesitaba para enfrentarse a las próximas horas… Al fin y al cabo, conocería a sus abuelos, los cuales no habían oído hablar de su nieta hasta hacía apenas un par de meses.

Alex se acercó a ella, la niña levantó la mirada y juro que vi cómo su mano se levantaba un instante y casi cogió la de Alex. Este no se dio cuenta, pero yo sí vi que dejaba caer la mano casi permitiéndose tener un instante de debilidad infantil.

Me dio pena.

Tiré entonces el cigarro, después de darle una última calada, y decidí hacerle a esa niña la velada un poco más fácil. De paso, también ayudaba a mi mejor amigo, que seguro que estaba completamente aterrorizado.

Ojalá hubiese sido el único que los observaba aquella noche desde lejos.

# 7

# ALEX

El momento había llegado y, por muy sereno que pareciese por fuera, estaba cagado de miedo. Ya no había podido retrasarlo más, era un «ahora o nunca». Sabía el revuelo que ocasionaría que la alta sociedad inglesa se enterase de que había tenido una hija ilegítima de la que no había sabido nada durante once puñeteros años.

Muchos pensarían que qué demonios hacía presentando a mi hija en un ambiente festivo como aquel, pero sabía que de esa forma mis padres iban a tener que contenerse e iban a tener que ahorrarse sus comentarios inoportunos. De paso, yo me libraría de una bronca que en aquel instante no me apetecía nada recibir.

Bajé la mirada hacia Lilia y la observé un instante. Estaba muy mona… o, bueno, a mí me parecía que estaba muy mona. Yo qué sé, era su padre, ¿no? ¿Era normal que viera guapa a mi hija o de verdad era preciosa?

Su madre lo había sido. Una mujer alta, de piernas largas, piel blanca casi traslúcida y enormes ojos azules. Recordé con precisión el instante en el que la vi entrando en la universidad… No estudiaba allí, trabajaba en la cafetería, pero media universidad estaba loca por ella.

Recuerdo que, en cuanto posé mis ojos en ella, me dije a mí mismo que debía hacerla mía. No fue por su bonito cuerpo ni por su moño desaliñado recogido con un bolígrafo; fue su sonrisa, en concreto sus hoyuelos, los que hicieron que me enamorara de ella al instante. Un amor juvenil, un amor pasional, de esos que nublan el juicio, pero que van perdiendo fuerza a medida que van pasando las semanas.

Fui un idiota… Estaba enfadado con el mundo porque me habían obligado a ir a Boston a estudiar un máster que no me interesaba. Me habían alejado de mi pasión, de mis aviones, del aire, de la adrenalina, de sentirme vivo… y me habían encerrado en Harvard para prepararme para una vida que no me interesaba.

Estuvimos unos dos meses saliendo y al final corté con ella porque no estaba ni quería estar preparado para una relación. Sé que le rompí el corazón… y también sé que en ese momento no me importó.

Me perturbaba pensar que tal vez fue la frialdad con la que la dejé lo que la empujó a no querer decirme lo de nuestra hija… Al fin y al cabo, pertenecíamos a mundos muy diferentes. Ella era camarera, yo estudiaba Económicas en Harvard para tener los conocimientos necesarios por si en un futuro era preciso que me pusiera a la cabeza de una de las empresas de aviación privada más importantes del mundo…

Para mí fue un entretenimiento… Para ella supongo que fue la oportunidad de poder adentrarse en un mundo que jamás creyó llegar a tener la llave. O tal vez se enamoró sin más.

No sé por qué me costaba tanto creer que alguien fuera capaz de enamorarse de mí. Siempre sentí que las mujeres me querían por lo que representaba y no por quién era en realidad. Me costaba confiar… Incluso con Nikki no había sido capaz de abrirme por completo, de contarle cuáles eran y habían sido mis demonios. ¡Ni siquiera le había explicado que había perdido a mi hermano en un accidente de moto!

Observando a Lilia, fijándome en ella, la única chica a la que había dejado entrar en mi casa para vivir allí, me sentí como si también le hubiese cedido la llave de todos mis secretos. Me sentía expuesto, no estaba cómodo porque ser padre no era algo que hubiese querido hacer de aquella forma y eso me cabreaba.

¿Por qué no me lo dijo?

—¡Por fin llegáis! —exclamó una voz a mis espaldas.

Me giré para saludar a Nate.

—Nate —casi pregunté. No había esperado verlo allí…, no después del puñetazo que le había propiciado la noche anterior.

—¿No vas a presentarme a mi nueva sobrina? —dijo sonriéndole a Lilia e ignorando el tono de mi voz.

—¿Es tu hermano? —preguntó Lilia provocando que mi corazón doliera al palpitar contra una herida que aún seguía abierta.

Nate volvió a mirarme y pareció sentir haber metido la pata de aquella manera.

—Soy su mejor amigo…, pero nos queremos como hermanos, ¿a que sí, Alex? —preguntó, tenía esperanzas de recibir por mi parte lo más parecido a una tregua.

Apreté los labios con fuerza.

Seguía muy cabreado por lo de Nikki.

—Lilia, él es Nathaniel Olivieri —contesté de manera escueta.

Mi hija miró a mi amigo y, tras dudarlo un instante, estiró la mano para presentarse.

—Encantada, Nathaniel —dijo con mucha educación.

Nate sonrió intentando ignorar la frialdad que emanaba de todos los poros de mi piel.

—Puedes llamarme Nate —dijo.

—Y tú a mí, Lili —le dijo estrechando su mano.

¿Les permitía a todos llamarla Lili menos a mí?

Acepté ese rechazo con estoicidad, pero no podía negar que me molestase.

—Vamos dentro, tus abuelos nos esperan —la animé girando y adentrándome en uno de los hoteles de la familia de Nate.

—Me gusta tu lazo —escuché que Nate le decía a Lilia mientras ambos me seguían.

—¿Qué te ha pasado en el ojo? —contestó ella en cambio.

Se hizo un silencio detrás de mí, pero yo seguí andando hasta el salón donde se celebraba la fiesta.

—Me di con una puerta muy dura..., como una roca de dura —dijo Nate.

Me esforcé por no poner los ojos en blanco.

—Como puedes ver, hija, hay veces en que uno puede ser estúpido en exceso, tanto como para golpearse un ojo con una puerta —dije mientras giraba hacia la derecha y el ruido de la música de la fiesta llegaba a mis oídos.

—Yo una vez me caí y me golpeé el ojo y no por eso soy estúpida —respondió entonces ella, desafiante.

Me giré hacia Lilia.

—Claro que no eres estúpida. Eres hija mía.

Se hizo un silencio entre los tres que fue interrumpido unos segundos después por una voz dulce que conocía muy bien.

—Ya pensaba que no vendríais —dijo la voz de Amanda a mi espalda. Mi ex iba vestida con un bonito y elegante vestido plateado que llegaba hasta el suelo. No me extrañó verla allí, mi madre intentaba que volviéramos a juntarnos siempre que podía y Amanda se aprovechaba de esa ventaja con la misma frecuencia, pero encontrármela dos veces seguidas en un mismo fin de semana ya era demasiado.

—Amanda —la saludé sin más—. No esperaba verte aquí hoy.

Ella me sonrió con dulzura, se acercó a mí y me besó la mejilla para después centrarse en Lilia.

—Tú debes de ser la niña de la que tanto he oído hablar —dijo dirigiéndose a ella de manera muy dulce.

—Hola —la saludó Lilia forzando una sonrisa.

—¡Vaya! Me encanta tu vestido, ¡es precioso!

—Gracias —sonrió la aludida con sinceridad.

—Cuando tenía tu edad, mi madre quería que llevara sí o sí vestidos con lentejuelas y brillos y yo solo quería ponerme vestidos de niña mayor. Tienes mucha suerte de que tu padre te deje llevar un vestido tan increíble como ese.

Lilia me miró un instante, luego bajó la mirada a su vestido y su sonrisa se hizo más ancha.

¿La había dejado ponerse un vestido de niña mayor?

Amanda se giró hacia mí y me pegó un repaso.

—Tú también estás muy guapo —dijo insinuándose con mucha sutileza.

—Gracias... Tú estás preciosa, como siempre —le contesté y era cierto.

A nuestro lado, Nate levantó las manos.

—¿A mí nadie me adula esta noche o qué? —soltó fingiéndose ofendido.

Lilia se rio y la comisura de mis labios se elevaron un poquito.

—Tú te lo tienes demasiado creído, Nate, no voy a inflar aún más tu ego.

Nate fue a replicar, pero entonces una voz nos interrumpió.

—¡Habéis llegado por fin! —dijo Richard Lenox, cruzando la sala y viniendo hacia nosotros.

Detrás de él, pude ver a mi madre asomarse tras un camarero con copas de champán. Depositó allí la suya, se disculpó con quien fuera que hubiese estado hablando, se levantó el vestido para no pisárselo y vino hacia nosotros con su mirada clavada en la niña que había tras de mí.

—¡Oh, Dios mío! —dijo acercándose a nosotros con una mano en la boca, emocionada.

—Feliz cumpleaños, mamá —dije intentando que la escena no se convirtiera en una situación incómoda.

—Tú debes de ser Lilia, ¿verdad? —preguntó mi padre deteniéndose frente a ella.

Lilia asintió con timidez.

—Eres preciosa —dijo mi madre, colocando ambas manos en las mejillas de la niña—. Yo soy tu abuela, Rose.

Nate intercambió una mirada conmigo y entendí lo que me dijo al instante.

Lilia estaba incómoda, estaba tensa. Solo había que fijarse en sus hombros y en sus manos colgando a ambos lados de su cuerpo, no tenía ninguna intención de devolver el abrazo que mi madre no tardó en darle.

—Mamá, ¿porque no le enseñamos a Lilia dónde está la comida? Antes venía diciéndome que tenía hambre —intervine y mi madre la soltó.

—Claro, claro —dijo a la vez que llamaba a un camarero para que se acercara—. Traiga bebidas para mi hijo y mi nieta...

—Me alegro de que hayáis podido venir, hijo —comentó mi padre mirándome con aprobación.

No respondí nada, me limité a coger la copa de champán que me trajo el camarero, al igual que hicimos todos, menos Lilia, que cogió el vaso de zumo de naranja que venía acompañando las copas.

—Hagamos un brindis —dijo mi padre.

De repente, toda la sala pareció centrarse en nosotros. La música se detuvo y el resto de los invitados se centraron en escuchar lo que mi padre quería decir.

—Queridos amigos, hoy nos hemos reunido para celebrar el sesenta cumpleaños de mi hermosa e increíble mujer, Rose. Ven aquí, cariño —llamó a mi madre, que avergonzada pero radiante se acercó a mi padre—. Hoy no solo celebramos su cumpleaños, sino que también le damos la bienvenida a nuestra familia a nuestra querida nieta, Lilia Lenox.

Todas las miradas se centraron en Lilia.

La miré unos instantes y comprendí entonces que todo aquello no había sido buena idea.

La gente aplaudió, un fotógrafo nos hizo una foto para inmortalizar el momento y luego vi cómo todos empezaban a hablar y a mirarme de soslayo.

—¿Qué te apetece comer, Lilia? —preguntó mi madre volviendo a centrarse en su nieta.

—Nada —contestó mi hija apretando con fuerza el móvil contra su pecho.

—Tienes que comer algo —insistió y la detuve.

—Mamá… —Pero me interrumpió.

—No sabes lo felices que somos por conocerte. Sentimos mucho habernos perdido once años de tu vida, pero quiero que sepas que aquí tienes una abuela para lo que necesites.

—Y un abuelo —añadió mi padre hinchándose de orgullo—. Voy a ser el mejor abuelo del mundo para ti, pequeña.

Fui a abrir la boca, pero Lilia se me adelantó.

—Yo ya tengo un abuelo… y él sí que es el mejor abuelo del mundo —dijo y salió corriendo de la habitación.

Joder.

—¿Qué he dicho? —preguntó mi padre mirándome perplejo.

—¡Oh, pobrecilla! —dijo Amanda, fijando los ojos por donde mi hija había decidido escabullirse.

Me apreté el puente de la nariz con dos dedos y respiré intentando no perder los nervios. —Echa de menos a su abuelo, papá —dije dirigiéndome a ambos—. No podéis olvidar que para ella somos extraños, no podemos forzarla a que sienta algo que no siente…

—Pero ¡somos su familia! —dijo mi madre indignada.

—Y con el tiempo lo aceptará, por ahora será mejor que le deis espacio. Por eso no quería traerla, mamá. No está preparada, no está lista para nada de todo esto —exclamé mirando a mi alrededor.

La gente ya había vuelto a sus respectivas conversaciones y solo los cotillas tenían tal vez la oreja puesta en nuestra pequeña disputa.

—¿No piensas ir a buscarla? —preguntó mi padre con la vista clavada por donde la niña había desaparecido.

Tomé aire y suspiré.

—Ahora vuelvo —anuncié dirigiéndome a todos en general.

—Te acompaño —dijo Nate, colocándose a mi lado al mismo tiempo que ambos íbamos en busca de una niña enfurruñada. Amanda se quedó hablando con mis padres.

—No tienes por qué venir —dije con voz seca. No me apetecía estar en su compañía; en realidad, no me apetecía la compañía de nadie.

—Estas enfadado, lo pillo—dijo Nate sin hacer lo que le pedía—. Siento lo de Nikki, pero lo hice pensando en ti, me tienes preocupado… Desde que hemos llegado estás más encerrado en ti mismo que nunca y no quería que te aferraras a alguien que no va a poder ayudarte en absoluto.

Me detuve y me giré hacia él.

—¿Tú vas a darme lecciones sobre sentimientos que no convienen, Nate? —le pregunté.

—Solo intento…

—Deja de intentarlo. ¡Dejad de intentarlo todos, joder! —exclamé elevando la voz—. Soy un hombre responsable, he hecho todo lo que se suponía que debía hacer para cumplir con mi deber. Para cumplir con mi deber como hijo, para cumplir como mi maldito deber como padre, estoy al mando de la empresa… He dejado mi compañía, ¡ya no sé ni cuándo volveré a volar! Tengo una hija de once años que no quiere ni verme y, para serte sincero, ¡yo tampoco tengo mucho interés en verla! Pero aquí estoy, presentándosela a mi familia, abriéndole las puertas de mi casa, comprándole lo que necesita y dándole la mejor educación que se puede ofrecer. ¿Y de qué me ha servido? —Hice una pausa y lo miré completamente fuera de mis casillas—. ¡No deberías haberte entrometido entre Nikki y yo! ¡Ella es asunto mío! ¡Dejadme al menos eso! ¡Lo nuestro es asunto mío, aunque haya terminado, aunque no haya podido dedicarme al menos un puto mensaje para decirme que no quiere volver a saber nada más de mí! Y si me apetece estar de mala hostia, ¡dejad que lo esté porque eso es lo único que me queda! ¡Mis putos malditos sentimientos!

Nate se calló y entonces vi a Lilia aparecer por detrás de mi amigo.

Tenía la cara inundada en lágrimas.

Mierda.

—¿Podemos irnos ya? —preguntó sorbiendo por la nariz.

Nate se giró hacia ella sin decir nada.

—Sí, vamos —dije acercándome.

Ambos dejamos a Nate detrás y nos encaminamos hacia la puerta.

Mis padres no nos vieron salir y, cuando pedí el coche y nos subimos en él, tuve que respirar hondo varias veces para que se me pasara el cabreo.

Fuimos en silencio hasta casa y, cuando aparqué frente a la entrada, Lilia por fin abrió la boca.

—Puedes llevarme temprano al colegio mañana —dijo abriendo la puerta del coche y bajándose.

Me quedé allí unos instantes comprendiendo que era un padre de mierda y, lo peor de todo…, no me veía con fuerzas para hacerlo mejor.

# 8

# NIKKI

Llegamos a Londres un lunes lluvioso después de volar durante otras ocho horas en turista. En aquel vuelo no hubo un Erik simpático que se molestara en ver si yo estaba bien y mucho menos en pasarnos a primera clase. Tampoco había contado con ello.

He de admitir que el segundo vuelo no me costó tanto, pues ya había superado el primero. Tuve que medicarme, sí, pero al menos no hiperventilé antes de subir. Esta vez sí fui capaz de ingresar al avión como el resto de los pasajeros y, antes de que me quisiera dar cuenta, estábamos sobrevolando Europa en dirección a aquel país rodeado de agua que había visto nacer a la parte paterna de mi familia.

Sentí un cosquilleo en el estómago cuando por fin aterrizamos. Siendo sincera conmigo misma, no fue porque hubiese superado un miedo ni fue por regresar a lo que sin lugar a duda habría sido mi hogar si mis padres siguiesen vivos. No fue nada de eso lo que me provocó vértigo, sino saber que Alex y yo volvíamos a estar en el mismo país, en la misma ciudad, y no a diez mil millas, separados por varios océanos.

No le dije nada de todo esto a Maggie, no iba a admitir en voz alta todo lo que ocultaba al resto del mundo: que estaba enamorada de Alex Lenox y que mi corazón sangraba por lo mucho que lo había echado de menos.

No tenía ni idea de qué haría si llegaba a verlo de nuevo, ni siquiera sabía si el destino iba a llevarnos a encontrarnos, pero mi subconsciente ya empezaba a imaginar distintos escenarios donde nos cruzábamos. En todos ellos, nuestro reencuentro era bonito y especial, igual que lo había sido nuestra relación durante aquellas cuatro semanas.

Recordé sin poder evitarlo la sensación de sus manos desabrochándome el bikini, el tacto de sus dedos deslizando la parte inferior de mis braguitas para subir poco a poco acariciándome las piernas… Siempre que me había tocado, lo había hecho con devoción, con admiración.

Tenía grabado en la retina cada vez que nos habíamos besado, cada vez que me había dormido entre sus brazos con sus dedos acariciándome el pelo, cada una de las veces donde aquellas últimas semanas me había despertado con su boca entre mis piernas y sus manos en mis caderas obligándome a estarme quieta para dejarle hacer con mi cuerpo lo que más le apeteciera, sin objeción ninguna por mi parte, puesto que cada una de sus caricias era una delicia.

No lo había olvidado en absoluto y me daba miedo lo fuertes que eran mis sentimientos hacia él. Sabía que no podía ser mío, sabía que no podíamos tener una relación, pero, aunque era consciente de todo ello, mi cabeza ya empezaba a contar los días que quedaban para que tal vez nos volviéramos a encontrar.

—Allí está —dijo mi amiga señalando a un grupo enorme de personas que aguardaban esperando ver a sus familiares o amigos salir por las puertas del aeropuerto.

—¿Quién? —pregunté.

—El del gorro verde.

Entonces lo vi.

Un chico alto, delgado y efectivamente con un gorro verde de lana levantaba la mano para que lo viéramos... Bueno, en realidad para que lo viera Maggie. Supuse que era el amigo al que le había pedido que nos recogiera; de hecho, íbamos a quedarnos en su casa.

—Vamos —dijo mi amiga, empujando el carrito donde habíamos puesto las maletas.

—Deja que yo lo llevé, Maggie —me ofrecí, preocupada de que no hiciera esfuerzos innecesarios. A veces era como si Maggie se olvidara por completo de que estaba embarazada.

Margot abrazó a aquel chico con fuerza cuando se encontraron.

—Me alegro de verte, Maggs —le dijo y me fijé en cómo la miraba.

Según me había contado Maggie, Chad era un chico con el que había tenido una aventura en la isla hacía varios años. Un rollo de una noche que había derivado en una amistad a distancia que habían mantenido hasta la fecha, pero viendo el modo en que el tal Chad miraba a mi amiga, comprendí que de amistad había poco, o al menos por parte de él.

—Ella es mi amiga Nikki —me presentó Maggie una vez se hubieron separado.

Me fijé en que tenía unos bonitos ojos marrones, «ojos amables» fue lo primero que pensé.

—Encantada —saludé tendiéndole la mano.

—¿Qué hay? —me devolvió el saludo—. El metro está por allí, vamos.

Jamás en mi vida me había subido a un metro y no me gustó mucho la experiencia. Debido a la hora que era, según me contaron, tuve la suerte de que estuviera prácticamente vacío, pero no quería ni imaginar cómo sería en hora punta. Prefería viajar con los pies en la tierra y no por debajo.

Tardamos como una hora en llegar a la casa de Chad, la cual resultó que compartía con otros dos amigos, una chica y un chico.

—No os preocupéis por ellos, Nina es enfermera y casi siempre está fuera, y cuando está suele pasarse el día durmiendo, y Michael teletrabaja todo el día, es ingeniero informático.

Asentimos y fuimos hasta la habitación que nos enseñó y que sería para nosotras.

—Como te dije, Maggs, yo me marcho en unos días. No os preocupéis, dormiré en el sofá y así podéis usar mi habitación.

¿Este chico iba a cedernos su habitación en una casa que ya compartía con otras dos personas para dormir en el sofá?

—Nosotras podemos dormir en el sofá… —empecé diciendo, pero me cortó con un gesto de la mano.

—No te preocupes, de verdad… Siempre me quedo dormido en el sofá viendo la tele, prácticamente no utilizo mi habitación más que para cambiarme de ropa o echar un polvo…

Os podéis imaginar mi cara.

Maggie evitó mirarme y subimos a la habitación en cuestión. Al menos parecía ordenada y limpia.

—He cambiado las sábanas esta mañana —dijo y lamenté haberlo juzgado tan deprisa—. Os dejo para que descanséis, debéis de estar agotadas.

Se marchó y nos quedamos a solas. Maggie estalló en una carcajada.

—¡Tendrías que haberte visto la cara!

La miré con cara de pocos amigos.

—¿De verdad vamos a robarle a ese pobre chico su habitación?

—Tranquila, para eso están los amigos, ¿no?

—Me da a mí que ese tío quiere ser algo más que solo tu amigo.

—Bueno, dejémosle que se ilusione todo lo que quiera. En apenas una semana se marcha a no sé dónde y ya nos sentiremos menos culpables.

Me dejé caer sobre la cama corroborando que olía a limpio y cerré los ojos.

Estaba agotada, no podía más.

Los nervios que había pasado, las largas horas de espera en los aeropuertos, las noches en aviones, las contracturas en la espalda y la hora en metro que habíamos tardado en llegar cargando con nuestras maletas hasta allí habían acabado con toda mi energía vital.

—Mañana te enseñaré Londres… Te va a encantar —dijo mi amiga mientras hacía lo mismo que yo y se dejaba caer sobre el colchón, a mi lado.

No sé en qué momento nos quedamos dormidas, pero ni siquiera nos quitamos los zapatos... Para que os hagáis una idea de que el nivel de cansancio era real.

Me desperté muy temprano, tardé en comprender que era debido al *jet lag*. Jamás había tenido ese trastorno porque nunca había cambiado de zona horaria y tengo que admitir que, como todo el mundo contaba, era una mierda. Seguía cansada, pero estaba despierta como si fueran las cinco de la tarde.

Maggie seguía dormida a mi lado, por lo que intenté no hacer ruido cuando me levanté de la cama y saqué algo de ropa de deporte que había traído mientras me preparaba una taza de café.

Al salir de la casa, me di con un duro golpe de realidad.

¡Qué frío!

Madre mía.

Maggie me había advertido sobre el clima y me había obligado a comprarme ropa de abrigo, cosa que jamás había necesitado, pero ni la sudadera ni las mallas largas ni el chaquetón que llevaba conmigo en el avión sirvieron para evitar que me congelara de inmediato. Al ponérmelo, noté en el bolsillo el cigarro de mi tío Kadek. En un impulso lo había metido allí cuando hacía la maleta. Por si en algún momento necesitaba algún recordatorio de qué me había llevado hasta allí.

Empecé a correr con la esperanza de que el deporte me calentara por dentro y me fijé en que no era la única en salir a correr a aquellas horas tan tempranas. Corrí por el vecindario sin alejarme mucho y empecé a alucinar con lo diferente que era todo comparado con mi hogar.

Para empezar, allí las calles estaban todas bien pavimentadas y las casas, perfectamente construidas y perfectamente pintadas, se erguían imponentes una al lado de la otra. Todas iguales, todas idénticas, lo único que las diferenciaba eran los distintos colores de las fachadas, las había verde pastel, rosa, azul, blancas… Predominaban las blancas con las verjas en negro, como la casa en donde nos estábamos quedando, pero en general todas eran muy bonitas.

Sabía que tenía mucho que ver para poder llegar a una conclusión sobre si Londres me gustaba o no, pero lo poco que veía me entusiasmaba.

Seguí corriendo y llegué a un parquecito. El sol ya había salido por el horizonte y empezaba a haber más gente en las calles, gente corriendo, personas paseando a sus perros… Qué raro se me hizo ver a todos los perros tan bien cuidados, todos con sus collares y sus correas…

Aunque no sabía yo si a Batú le hubiese gustado que lo paseara por un parque atado, sin dejarlo correr y explorar… Se volvería loco hasta que lo soltara, puesto que él y casi todos los perros de la isla iban y venían a su antojo, ya que se habían criado en libertad.

Finalmente, llegué hasta un puestecito de café que había a la salida del parque. Allí me pedí uno con leche de almendras en un vaso descartable y, antes de sentarme en un pequeño banco, algo en el puesto de periódicos captó mi atención.

Era una revista llamada *Hello!* y su nombre brilló entre todos los demás titulares causando estragos a mi corazón.

El titular rezaba lo siguiente:

Alexander Lenox… ¿se nos casa?

Mi corazón se saltó dos latidos a la vez que cogía la revista y seguía leyendo:

> Alexander Lenox, el soltero de oro, pone fin a su soltería y se presenta en la celebración del sesenta cumpleaños de su madre con su hija de once años y su novia, la modelo Amanda Waldorf. A pesar de los rumores sobre que lo habían dejado las pasadas Navidades, ambos sonríen ante la cámara muy acaramelados en una fiesta que, sin lugar a duda, reunía a toda la alta sociedad londinense. Sin embargo, no era esta reconciliación lo que nos dejaba boquiabiertos, sino el reciente descubrimiento de que Alexander Lenox tenía una hija de once años perdida por ahí. Lilia Rosseli, una niña preciosa y muy parecida a su recién descubierto padre, se mostraba despampanante y muy risueña en una velada en la que apenas estuvo una hora. Su padre decidió presentarla a todos sus amigos aprovechando la fiesta de su madre, pero abandonó el evento al poco rato de haber llegado. No sabemos cuánto hace que Lenox patenta la custodia de su hija, pero testimonios cercanos a Lenox atestiguan que hace más de cuatro meses que sabe de su existencia, algo que seguramente lo dejaría igual de perplejo que a nosotros. ¿Por fin veremos al rebelde de la familia Lenox sentar la cabeza, ponerle un anillo a su novia y vivir felices comiendo perdices? Solo el tiempo lo dirá.

Me dejé caer en el banco al mismo tiempo que la respiración se me aceleraba. El corazón también me iba a mil por hora y palpitaba con fuerza, amenazando con salírseme del pecho.

Joder…, cómo dolía.

Me dolía el corazón.

¿Podía doler el corazón?

¿Estaría dándome un infarto o algo?

«Respira», me dije a mi misma procurando no perder el control.

*«Alex tenía una hija…».*

Una hija de once años, además.

¿Sería aquella mujer la madre de la niña?

Mis ojos volvieron a fijarse en la foto que había sobre el artículo. Joder, Alexander Lenox era lo suficiente importante y conocido como para tener casi una maldita página entera de una revista del corazón hablando sobre él.

En la foto había seis personas.

Reconocí a Alex de inmediato. No sonreía, al revés, parecía enfadado… Nunca lo había visto con esa expresión en la cara. Tal vez cuando nos habíamos peleado aquella vez pudo asemejarse a su gesto de la foto, pero en realidad no se acercaba ni de lejos. Estaba increíblemente guapo vestido de traje… Nunca lo había visto tan arreglado, en la isla siempre había estado en bermudas y polos, o camisas de lino… Verlo así, tan señorial… Parecía alguien completamente diferente al Alex que había conocido unos meses atrás. A su lado había una chica increíblemente hermosa, rubia, de labios bonitos y ojos pequeños y claros. Su pelo rubio estaba recogido en un moño y llevaba un vestido precioso, pero no me detuve mucho en ella, no… Mis ojos volaron a la que decían que era su hija.

Una niña con ojos tristes miraba a la cámara sin sonreír. Era preciosa…, pelirroja como Maggie y con unos grandes ojos azules… La nariz y la boca eran de Alex, se parecían muchísimo, por lo que ni siquiera pude intentar convencerme de que tal vez aquella revista se había inventado la historia para vender ejemplares, porque solo había que verla para saber que decían la verdad; era hija de él.

Alex tenía una hija.

En la foto también estaba Nate y dos personas mayores que supuse eran los padres de Alex.

No daba crédito.

¿Cómo había podido engañarme de tal forma?

¿Cómo había podido mentirme tan deliberadamente? ¡Se había acostado conmigo cuando tenía novia!

Me sentía humillada, me sentía tan dolida en mi interior que por primera vez comprendí a mi amiga Margot. Comprendí lo que era que te rompieran el corazón y que lo hicieran de una manera tan humillante como aquella.

Jamás se imaginó Alex que yo vería aquella revista, obviamente jamás creyó que pudiera llegar a viajar a Londres, ¿por qué iba a decirme la verdad? ¿Qué chica se hubiese acostado con él sabiendo que tenía novia y una hija esperándolo en casa? Desde luego, yo no… Joder, le dije que era virgen, sabía que para mí no era un polvo sin más, me hizo creer que no fue un polvo sin más...

Sentí las lágrimas caer por mis mejillas y me las limpié deprisa, enfadada y dolida por todo, por haberme dejado engañar. ¡Maggie tenía razón! Los hombres solo querían una cosa y yo había caído en las redes de ese hombre y allí estaba, llorando como una idiota, llorando cuando hacía apenas unas horas había estado fantaseando con volverlo a ver.

Mierda.

¿Terminaría enterándose de que estaba allí, en Londres? Lo sabría por Maggie, lo sabría en el instante en el que ella hablara con Nate para contarle lo del bebé...

¿Por esa razón me había bloqueado?

¿Por esa razón había decidido cortar de forma radical el único lazo que nos mantenía unidos? ¿Porque tenía novia?

Volví a casa dando un paseo. Compré la revista con las pocas libras que llevaba encima y aproveché el camino de vuelta para intentar tranquilizarme, para intentar convencerme a mí misma de que no debía darle importancia. Al fin y al cabo..., ¿qué futuro habría tenido yo con ese hombre?

Pero no era el simple hecho de saber que las posibilidades de volver a tener algo con él habían desaparecido por completo de mi cabeza, erradicadas como quien extirpa un cáncer de un cuerpo enfermo, sino el sentirme utilizada.

Me había utilizado y me había mentido, ¡me había utilizado para ponerle los cuernos a esa mujer y yo no había podido decidir!

Pero entonces por mi mente empezaron a pasar todos los recuerdos con él, todas las conversaciones...

Llegó a decirme en una ocasión que temía que, si alguna vez descubría cómo era en realidad, no llegaría a gustarme cómo lo hacía.

¿A eso se habría referido? ¿A que obviamente lo odiaría si descubría todas las mentiras, o más bien, todas las omisiones que había tenido en mi presencia?

¿Qué esperaba del mejor amigo de Nate Olivieri? No debía olvidar que los chicos como ellos creían tener el mundo a sus pies. Eran ricos, ricos y arrogantes, cogían cuanto querían y luego, cuando se cansaban, lo tiraban a la basura sin miramientos ni remordimiento alguno.

Y mi amiga esperaba un bebé de alguien así.

Llegué a la casa media hora después y, durante todo ese tiempo, no pude encontrarme mejor ni disipar mi enfado.

Al revés. Cuanto más lo pensaba, más me cabreaba y cuanto más me cabreaba, más triste me sentía, porque rara vez me enfadaba con alguien, rara vez me habían hecho daño como para sentir lo que estaba sintiendo en aquel instante.

«Qué mierda de recibimiento me acabas de dar, Londres —pensé—. Tal vez estés diciéndome que recoja mis cosas, que meta mi culo en un avión y que me largue de aquí tirando leches».

# 9

# MAGGIE

No podía dejar de darle vueltas y vueltas a la cabeza.

Esperaba un bebé.

Joder, yo esperaba un bebé.

Un bebé de Nate.

«¿Qué intentas hacerme, destino?», no pude evitar preguntarle al universo.

Todas las señales que me había ido enviando a lo largo de los años decían claramente lo mismo: déjalo, olvídalo, sigue adelante con tu vida, no te quiere, no te valora…

Si tenía a ese bebé, iba a tener que verlo siempre y, lo peor de todo…, seríamos padres separados. Seríamos de esas parejas que nunca son capaces de avanzar porque el recordatorio constante de que alguna vez existieron los persigue acechándolos hasta el final, recordándoles el fracaso. Si ese bebé nacía, iba a tener que dejárselo los fines de semana, o durante las vacaciones; ni siquiera sabía cómo sería todo el tema de la custodia viviendo yo en Bali y él en Londres… ¿Iba a tener que dejarle a mi bebé durante semanas? ¿Subirlo a un avión y esperar que él o quien fuese cuidara como jamás lo cuidarían mis manos?

Me atemorizaban esos pensamientos porque siempre que me había imaginado teniendo un bebé había sido estando casada… Con Malcolm incluso había llegado a hablarlo, aunque jamás llegué a creer que tendríamos hijos, si os soy sincera… No porque no quisiera, sino porque seguramente lo hubiésemos ido atrasando y atrasando hasta que ya hubiese sido demasiado tarde o se nos hubiesen quitado las ganas.

Pero con Nate…

Joder… ¿Algo funcionaba mal dentro de mí al sentir mariposas en el estómago de solo pensar que estaba creando a su hijo en mi interior?

Lo amaba.

Siempre lo amaría, por mucho daño que él me hiciera, por mucho daño que yo le hiciera, éramos esa clase de pareja que viene y va y que nunca jamás encuentra su momento.

La pregunta era: ¿quería yo que mi bebé creciera en un entorno donde su nacimiento nunca sería buen momento?

Sabía que Nate estaba dolido y lo entendía. Su mejor amigo le había mentido, se había casado conmigo, pero ¡él no quiso hacerlo!

Respiré hondo y me coloqué las manos encima de la barriga.

Debía decírselo…, por muy mal que estuviésemos nosotros, daba igual el odio, el rencor, las mentiras, los engaños, las oportunidades perdidas, las ilusiones que jamás llegaron a ser nada más que eso…, ilusiones. Daba igual todo eso porque en el fondo sabía que Nate querría a su bebé, a nuestro bebé.

Me incorporé en la cama pensando cómo demonios iba a decírselo, ¿cómo demonios iba a encontrar el momento adecuado?... Sabía dónde vivía, tenía su dirección de las veces que nos habíamos enviado cartas hacía años, cuando nos queríamos bien, pero no tenía idea de cómo sería su reacción o si acaso me dejaría entrar para llegar a contarle lo importante.

Nate podía ser muy cruel cuando le hacían daño. Tanto como puede serlo una persona a quien han enseñado desde pequeño que solo mereces cariño si te comportas como procede, y si no, sencillamente no existías. Yo lo conocía mejor que nadie y no sabía si estaba preparada para soportar su desprecio, su ira o su indiferencia.

Mientras hablaba conmigo misma, intentando poner orden a todos aquellos sentimientos y pensamientos encontrados, la puerta de la habitación se abrió y entró mi mejor amiga.

Al principio forcé una sonrisa, no quería que me viera preocupada, pero esta se congeló cuando nuestras miradas se cruzaron.

Algo había ocurrido.

Nikki se dejó caer sobre la cama, boca abajo ocultando la cara entre sus brazos. Junto a ella estaba la revista *Hello!*

—¿Qué haces comprando prensa amarilla? —pregunté, pero entonces algo captó mi atención.

«Alexander Lenox... ¿se nos casa?», rezaba el titular.

¡¿Cómo?!

—Pero ¿qué cojones? —pregunté abriendo la página donde estaba el artículo y leyéndolo a toda prisa. Sentí mi corazón acelerarse.

—Me mintió, Maggie —dijo Nikki incorporándose para que la pudiera ver.

—Esto tiene que ser mentira —dije, pero fijé la vista en la foto. Al menos lo de su hija tenía que ser verdad, era clavadita a él. ¡Joder, Alex tenía una hija!

No pude evitar estremecerme al ver a Nate en la foto, estaba muy guapo y tal y como siempre lo había imaginado dentro de su círculo. Corbata, camisa, americana y pelo pulcramente peinado… ¿Dónde quedaban las gorras hacia atrás, las bermudas hasta las rodillas, las chanclas y las camisetas de Billabong?

«Todos en la isla se convierten en personas diferentes», me dijo mi subconsciente y llevaba razón.

Todos cambiamos cuando estamos de vacaciones.

Volví a leer el artículo.

—Aquí pone que no sabía nada de la existencia de su hija… —intenté justificarlo, pero sabía que llevaba las de perder.

—Lo sabía, Maggie… Estuvimos juntos un mes. Vale que no me contara su vida entera al principio, pero las dos últimas semanas… No sé, fue especial, sentí… sentí que podía leerme, sentí que conectábamos de una forma única. Él mismo me dijo que conmigo era como siempre había querido ser… ¡¿Por qué no me dijo que tenía una hija?! ¡Y ahí pone que tiene novia, Maggie! ¿Y si la engañó conmigo?

Negué con la cabeza.

—No saques conclusiones precipitadas, en el artículo también dice que al parecer lo habían dejado, a lo mejor han vuelto hace poco, aunque…

—¿Qué? —me preguntó.

—A ver…, la chica esta…, Amanda Waldorf, está posando con toda su familia…

—¿Crees que no me he dado cuenta? Además, es guapísima…, es modelo. —Nunca había visto a Nikki celosa… Se me hizo raro, pero la entendía. A nadie le gusta ver a su chico posando en una revista con una modelo y encima leer que están juntos cuando hace apenas un mes y medio se estaba acostando contigo.

—Debería haberte hecho caso —dijo entonces, sentándose en la cama y abrazándose las rodillas.

—¿A qué te refieres?

—Me involucré con él a nivel sentimental… No debería haberlo hecho, me salté todas tus reglas… Soy idiota.

Puse los ojos en blanco.

—Si tú eres idiota, entonces yo soy idiota al cubo, amiga. ¿O te recuerdo que engañé a mi marido con un ex que me ha pisoteado más veces de las que puedo contar con una sola mano y encima me quedé embarazada?

Nikki negó con la cabeza y vi una lágrima caer por su mejilla.

—Lo siento… Sé que lo tuyo es peor… Sé que no debería estar así, vine a este viaje para acompañarte y ser fuerte por ti, pero…

En ese instante odié a Alexander Lenox con todas mis fuerzas. Lo odié por hacerle daño a mi amiga, lo odié por hacerla llorar. No se podía hacer llorar a Nikki, era como hacer daño a Bambi, joder. ¿Quién le hace daño a Bambi?

La abracé.

—Tranquila… Te acaban de romper el corazón. Por desgracia, sé muy bien lo que se siente, pero intenta pensar en positivo, Nikki. Lo tuyo con Alex no tenía ningún futuro…, ninguno… Tú tienes muy claro que quieres volver a la isla, que tu vida está allí, y la suya… Joder —dije cogiendo la revista—. ¡Ni siquiera sabíamos que fuera famoso! O, como pone aquí…, que formase parte de la «élite londinense», puaj. ¿Tú quieres formar parte de algo así?

Nikki se limpió las lágrimas y negó con la cabeza.

—Sé que no formo parte de este mundo y jamás lo haré… No es eso lo que me duele, sino que me siento engañada… y utilizada por alguien a quien le cedí toda mi confianza.

Asentí en silencio.

—Pues entonces ¿sabes lo que vamos a hacer?

Mi amiga me miró con precaución.

—No me mires así, hemos venido hasta aquí, ¿no? ¡Pues prepárate porque Londres no sabe lo que se le viene encima! Vamos a disfrutar de estas pequeñas vacaciones, y ¿sabes con quién vamos a hacerlo?

Mi yo interior sonrió satisfecha mientras cogía la mochila de Nikki del suelo y rebuscaba en su bolsillo delantero.

—¿Qué haces?

Cogí el papelito y se lo tendí.

—Vas a llamar a ese pibón de Erik, porque está claro que, a pesar de todas tus reticencias, te ponen tela los pilotos de aviones. Yo avisaré a Chad y nos vamos a ir a romper la ciudad.

Nikki empezó a negar con la cabeza.

—Oye, dentro de no mucho voy a tener que llamar a la puerta de la «élite londinense» —repliqué con retintín— y decirle que espero un hijo suyo, ¿me entiendes? Mi hijo va a crecer rodeado de niñeras como Mary Poppins, ropa pomposa y ¡llevará zapatos las veinticuatro horas del día!

Nikki sonrió de lado.

—Tú mejor que nadie sabes el horror que eso supone, así que anima esa cara, llama a ese bombón y dejemos que nos enseñé la ciudad. Deja que te agasaje y que te intente conquistar. Tal vez, cuando llevemos varias copas de más y estemos bailando en la mejor discoteca de la ciudad, te plante un beso de esos de tornillo bajo las luces de la discoteca y ¿sabes qué? Que lo habrás superado y pensarás: «¡Que le den a Alexander Lenox!».

Mi amiga me miró con paciencia.

—Tú no puedes beber alcohol —dijo como toda respuesta.

Ups.

—Bueno, yo beberé un *ginger-ale*, no te preocupes, ya sabes que no necesito alcohol para pasármelo en grande.

—Estás loca —dijo.

—¿Y quién no? —pregunté levantándome de la cama—. ¿Te apuntas o no?

Esperé paciente a que mi amiga respondiera.

—Estás loca —repitió y mi sonrisa la contagió como si fuésemos el reflejo de un espejo.

# 10

# ALEX

Dejé a Lilia en el colegio a la mañana siguiente y regresé a casa con la única intención de no hacer nada.

Al día siguiente, empezaba una dura semana donde iba a tener que reunirme con gente bastante gorda. Estábamos detrás de la compra de dos aviones nuevos que eran una maravilla, lo último en aviación. Mi hermano había deseado comprarlos, pero Berenguer Tecnologies, la empresa con la que trabajábamos desde el accidente aéreo de los padres de Nikki, no había dejado de subir el precio. No había sido fácil dejar de ser nosotros mismos los que producíamos los aviones, sobre todo para mi padre y mi hermano, que los amaban desde dentro, desde su elaboración a partir de cero a su funcionamiento final. A mí, por el contrario, me interesaba pilotarlos, cosa que también había estado aguardando con paciencia, a la espera de llegar a una negociación justa.

Intenté desconectar de asuntos que no podía solucionar hasta mínimo el día siguiente y pasé la tarde del domingo leyendo y luego viendo una película en el salón.

No esperaba a nadie, por lo que me sorprendió escuchar el timbre a eso de las siete de la tarde.

Hannah fue quien abrió la puerta y vino a avisarme de quién se trataba.

—La señorita Waldorf está en la puerta, señor —anunció y me incorporé mirándola extrañado.

¿Qué hacía Amanda en mi casa?

—Dile que pase.

Apagué la tele en cuanto entró. Llevaba unos vaqueros que se le ceñían al cuerpo como una segunda piel, unas botas de Armani y una camisa de color verde que caía sobre su hombro derecho, dejándolo al descubierto. Su bolso de Chanel colgaba cómodamente sobre su otro hombro y su pelo rubio estaba recogido en una cola alta.

No pude evitar echarle un vistazo y admirar lo atractiva que era.

De todas las mujeres con las que había estado, Amanda había sido la primera y la única con la que llegué a plantearme tener algo serio..., al menos hasta que conocí a Nikki.

Me puse de pie.

—¿Ocurre algo? —pregunté—. Camilo está fuera... —le informé, aunque algo me decía que no había venido a ver al perro.

—Aunque te parezca extraño, he venido por ti, Alex —dijo acercándose y dejando el bolso sobre el sofá—. Ayer te fuiste sin despedirte...

Entrecerré los ojos cuando se acercó a darme un beso en la mejilla, pero que terminó siendo en la comisura de mi boca.

—No fue buena idea asistir a aquella fiesta..., no con Lilia, al menos.

Amanda se apartó hacia atrás y buscó algo en mis ojos.

—Es una niña preciosa —dijo, parecía enternecida. Y luego añadió—: Y tú no puedes ni sabes disimular la poca gracia que te hace tener que hacerte cargo de ella.

Me alejé para evitar que me leyera en la cara que llevaba razón.

—Te equivocas —dije acercándome al bar. Le quité el tapón de cristal a la botella y serví dos vasos de whisky. Me acerqué a ella y aceptó el que le tendía—. Solo que ahora todo el mundo parece querer opinar sobre mi vida o cómo debo llevarla.

—¿Me incluyes en ese «todo el mundo»? —preguntó, sentándose en el sofá.

—Dímelo tú... ¿Has venido aquí para decirme cómo debo llevar mi vida?

Amanda me observó y sus ojos me recorrieron el cuerpo entero durante un segundo.

—He venido porque te echo de menos...

Miré el fondo de mi vaso de cristal, ya vació y volví al bar para rellenarlo.

—Lo nuestro terminó, Amanda —anuncié sin más.

—¿Y por qué no lo volvemos a empezar? —preguntó—. Ya sabemos cuál fue la principal razón de haberlo dejado y eso ya no es un problema. Además..., puedo ayudarte con Lilia. Esa niña necesita una madre y tú necesitas a alguien que te ayude a criarla.

Sonreí sentándome a su lado.

—¿Estás diciéndome que tú eres esa persona? —pregunté—. ¿Tú vas a ayudarme a criar a una niña que ni siquiera es tuya?

Amanda sonrió.

—La peor parte ha pasado, ¿no?

No la entendí.

—Los pañales, las noches en vela, no poder salir, tener que depender de los horarios de un bebé… Tu hija será adolescente en un par de años, Alex… No querrá ni verte —dijo riéndose—. Lo difícil ha quedado atrás y lo que queda… Yo puedo ser la madre que le hace falta.

—No busco una madre para Lilia, Amanda, y estoy segura de que ella tampoco desea que la encuentre.

—Pero seríamos un equipo —dijo acercándose a mí—, como lo éramos antes…, ¿te acuerdas?

Su mano subió hasta mi nuca y me acarició con sus uñas pintadas de rojo.

—¿Recuerdas cuando nos llevamos el barco hasta Marsella solo para pasar el finde… y al final ni salimos del camarote?

Claro que lo recordaba… Había sido al principio de la relación, cuando lo único que hacíamos era follar como conejos. Y a decir verdad siempre había sido un poco así, mis relaciones con las mujeres se habían basado en cubrir mis instintos más primarios, pero supongo que hasta entonces no me había dado cuenta. Estaba como anestesiado… Ya sabía que podía conectar de otra manera con otra persona. Pero no tenía sentido pensarlo, porque para esa persona era como si yo estuviese muerto. Y yo también debía considerarme así, muerto. Porque lo que me tocaba a partir de entonces era enterrar cualquier parte personal que tuviera y entregarme a lo que se esperaba de mí: dirigir la empresa y criar a mi hija.

La mano de Amanda seguía insistiendo en traerme de vuelta.

Se la cogí y la aparté con cuidado para no ser irrespetuoso.

—Hace mucho de eso, Mandy —la llamé como solía hacerlo en confianza.

Se acercó y con cautela posó sus labios en mi cuello.

Sentí un escalofrío.

—Podríamos volver a hacerlo... Podríamos encerrarnos en tu habitación durante días... solo para darnos placer. ¿Qué te parece? Extraño tanto chupártela, Alex... Extraño cómo follábamos, cómo me decías lo que querías y yo te lo daba sin dudarlo..., ¿te acuerdas?

Joder.

Cerré los ojos maldiciendo en mi fuero interno.

—Pienso en ti todas las noches... Desde que lo dejamos no he podido encontrar a nadie que me satisfaga como lo hacías tú...

Le detuve la mano cuando me la posó en la entrepierna.

—No puedo darte lo que quieres en realidad, Mandy, al menos no ahora.

El aleteo de sus pestañas me obligó a mirarla a los ojos.

—Solo quiero divertirme... Lo demás podemos ir viéndolo más adelante...

Volvió a colocarme la mano entre las piernas y se encontró con que sus palabras estaban teniendo efecto... A pesar de mí mismo, mi cuerpo tenía memoria y se acordaba de todas las veces que Amanda me había llevado al lugar donde me resistía a ir en ese momento.

—Entiendes que ahora mismo eso sería lo único que puedo ofrecerte, ¿verdad? —le pregunté antes de hacer nada.

Necesitaba que eso quedase clarísimo entre los dos.

No dijo nada y me besó.

Nos fundimos en un beso pasional, un beso donde solo había cabida para lo carnal.

Tiré de ella hasta colocarla a horcajadas sobre mí y mis manos le subieron la camiseta hasta sacársela por la cabeza.

Sus pechos perfectamente operados quedaron ante mis ojos, solo cubiertos por un sujetador de tela de encaje negro.

Amanda miró hacia la puerta un segundo.

—No entrará —dije tranquilizándola.

Volvió sus ojos hacia mí.

—La tienes bien enseñada, ¿verdad? —preguntó y no entendí en ese instante su tono de reproche.

Le desabroché el sujetador y le cogí los pechos con lascivia.

Eran enormes…, turgentes… Joder, me pusieron a cien.

La cogí por el culo y la tumbé en el sofá.

Me quité la ropa despacio, observando cómo ella hacía lo mismo, se desnudó hasta quitarse los pantalones y quedarse solo con el tanga puesto.

—¿Qué me vas a hacer? —preguntó.

—Ponte a cuatro patas —le ordené e hizo exactamente lo que le pedía.

Mientras follábamos como animales en el salón de mi casa…, no pude evitar sentir que mis manos echaban de menos algo diferente, que aquellos besos no me aportaban nada más allá que excitación morbosa, solo eso.

Cuando terminamos, tuve la necesidad de que se marchara de inmediato.

No lo hizo… Durmió en mi cama y yo…

Joder, yo no pegué ojo en toda la noche pensando en una chica morena, de piernas largas y pechos pequeños que, en aquel instante, y sin yo saberlo, paseaba por Londres sin saber ni sentir que todos mis pensamientos estaban puestos en ella.

Al final llegué a dormirme, pero no conseguí hacerlo en profundidad. No fue un sueño placentero, sino todo lo contrario. En él se entremezclaron imágenes de Amanda con imágenes de Nikki, cuando besaba a Nikki, besaba a Amanda, y al revés. No me gustó la sensación y, cuando abrí los ojos a la mañana siguiente y vi que ella seguía allí, me sentí invadido en mi propio espacio personal.

Era increíble que, aun habiendo sido mi pareja, jamás me hubiera hecho sentir como me había hecho sentir Nikki en treinta días.

¿Por qué había decidido ignorar mis mensajes? Me entraron ganas de releer la conversación y buscar en mis mensajes algo que hubiese podido ofenderla, pero recordé entonces la estupidez que había cometido Nate y tuve que descartar la idea.

Salí de la cama, me duché, me vestí y me fijé en que Amanda se incorporaba entre las sábanas.

—Buenos días —me dijo estirándose con las sábanas hasta la cintura y los pechos al descubierto.

Me molestó verla allí… Quería que se fuera, pero tampoco sabía cómo echarla sin ser maleducado.

—Debo irme a trabajar —dije terminándome de hacer el nudo de la corbata.

—¿Te apetece que comamos hoy? —preguntó sin cubrirse.

Amanda era una mujer que estaba demasiado segura con su cuerpo, le gustaba enseñarlo con orgullo; no se cubría, sino que enseñaba sus atributos deseando captar el interés de quienes la rodeaban… No pude evitar comparar su actitud con la de Nikki que, a pesar de ser hermosa, su mayor atractivo recaía precisamente en que no parecía ser consciente de ello. No necesitaba quedarse desnuda del todo para captar mi atención, sino que lo conseguía de la forma más involuntaria. Por ejemplo, cuando me dejaba ver ligeramente el inicio de su trasero cuando se inclinaba a coger su ropa del suelo, vestida solo con una camiseta mía… o cuando iba por la isla sin sujetador, muchas veces sin ser consciente de la forma en la que se le marcaban los pezones contra la tela. O su forma de recogerse el cabello en un moño desaliñado, dejando al descubierto su cuello, muchas veces rodeado de pequeños rizos que se escapaban del moño y que me daba ganas de acariciar con los dedos para después besar y observar que su piel reaccionaba poniéndose de gallina… Ella siempre se había cubierto con timidez con la sábana, daba igual que lo hubiésemos hecho minutos antes. Era tímida y eso me gustaba, me animaba a llevarla por el mal camino, me entraban ganas de hacerle de todo…

Con mi ex... sentía que ya habíamos compartido todo lo que se puede compartir con una pareja..., incluyendo una ruptura.

—No puedo —rechacé su invitación para comer, mientras me ponía la americana azul marino, primero por un brazo y después por el otro—. Tengo reuniones todo el día.

Amanda hizo un mohín.

—Entonces ¿ya está? ¿Esto es todo? —preguntó.

Cogí los gemelos y me los coloqué en cada muñeca.

—¿Qué quieres decir? —pregunté intentando evadir a dónde quería llevarme.

—¿No vamos a repetir lo de ayer? ¿No podemos ser amigos con derecho al menos?

La observé y me acerqué a ella.

Me senté en el borde de la cama.

—Por mí no hay problema... Tú, en cambio, no creo que puedas aguantarlo —dije con calma, aunque empezando a perder la paciencia.

—¿Qué quieres decir con que yo no puedo aguantarlo?

—Tú no quieres eso, Amanda. Tú quieres una relación y yo no puedo dártela.

Me fui a incorporar, pero su mano me detuvo aferrándome del brazo.

—Deja de decir lo que quiero o lo que no quiero. No tienes ni idea. ¿Y si solo quiero estar contigo sin pensar en nada más, sin ponerle etiquetas?

Sabía lo que muchas mujeres querían cuando pedían lo contrario.

Podía estar equivocándome.

—¿Qué quieres de mí? Sé clara.

Me observó y se tomó su tiempo antes de contestar.

—Vernos de vez en cuando… Pasarlo bien y estar aquí para ti como amiga tuya que soy.

Lo sopesé.

—¿Sin ataduras? ¿Sin exclusividad? ¿Sin explicaciones? ¿Sin exigencias? —pregunté observando su reacción con muchísima atención.

—En el momento en que esto deje de gustarme, seré la primera en decírtelo.

Me valía como respuesta.

—Muy bien —acepté entonces, inclinándome y dándole un beso rápido en la frente—. Esta semana es complicada, pero te llamaré.

Salí de la habitación y de mi casa y me subí al coche sabiendo que no engañaba a nadie, pero me sentía menos solo… Odiaba sentirme solo y, desde que había vuelto de Bali, esa sensación se había ido acentuando con los días. La soledad y el peso de las responsabilidades se cernían sobre unos hombros que aún no estaban preparados para afrontar tantos cambios.

Podía apoyarme en Amanda… Le había dejado muy claras mis condiciones y yo no era su padre, Dios no quisiera; ella era una mujer adulta y madura y sabía dónde se metía.

La semana pasó deprisa, cerramos la compra de los dos aviones y tuve que ir al hangar a cerciorarme de que finalmente todo estuviese bien. Me gustaba ser perfeccionista, bajar al más mínimo detalle en la comprobación, conocía un avión por dentro como si fuera mi propio cuerpo. Al fin y al cabo, me había criado entre motores y piezas de aquellos pájaros con alas. Mi hermano y yo lo habíamos aprendido todo de mi padre, que se enorgullecía en explicar cómo Lenox se había hecho grande precisamente por ese perfeccionismo. Nosotros no le escuchábamos demasiado, o al menos yo no lo hacía mucho. Solíamos pasar horas jugando en los hangares mientras él cerraba los tratos. No pude evitar acordarme de él. Él habría disfrutado haciendo esta adquisición, negociando los detalles, buscando el trato favorable para nuestra empresa. Pero yo no veía los aviones así. Al subirme a la cabina del piloto para verla, me entraron unas ganas infinitas de volar y largarme de allí para no regresar jamás... Odiaba esa sensación de estar viviendo una vida que no me gustaba, una vida que no era mía.

—Puede dar una vuelta si quiere, señor Lenox —dijo el vendedor leyéndome la mente.

No era raro que dejaran probar el avión antes de comprarlo y, cuando me senté en la cabina, frente a los controles, la adrenalina de volar me hizo sentir más vivo que nuca.

Respiré hondo antes de declinar la oferta.

—No tengo tiempo, pero gracias de todas formas. Enviaré a alguien para que haga las últimas comprobaciones —propuse, pues sabía que no era buena idea volar aquella mañana, eso solo acrecentaría mi angustia y mi deseo de mandarlo todo a la mierda.

Mi padre apareció por mi despacho para cantarme las cuarenta por haberme ido del cumpleaños de mi madre tras pasar con ella veinte minutos mal contados y me hizo prometerle que volverían a ver a Lilia antes de que acabara el mes.

Quedé con Amanda en dos ocasiones, una para almorzar y otra para cenar. Las dos veces terminamos follando, una rápidamente en el baño del restaurante, cosa que yo no propicié, ella que se coló sin que nadie la viera para hacerme una mamada; la otra vez fue en mi casa después de que insistiera en que quería ver a Camilo.

La excusa de Camilo ya empezaba a quedarle pequeña y se lo dije.

—Lo echo de menos, nunca debí regalártelo…

—El perro te odia, Mandy —repliqué, riéndome al ver que este le gruñía.

—¡Porque lo has educado mal!

Jamás admitiría en voz alta que me agradaba su compañía, pero era la verdad… Al menos tenía alguien con quien distraerme y liberarme físicamente.

El viernes por la mañana, Nate entró en mi despacho. Había estado volando toda la semana y le tocaba una libre.

—Vamos a salir por Elephant and Castle, ¿te vienes? —me preguntó.

—¿Qué plan tenéis? —pregunté retrepándome en la silla.

—Cenar e ir a algún pub que esté bien —contestó mirándome con ese brillo travieso que no podía ocular cuando planeaba alguna locura en su cabeza. Además, viniendo de boca de Nate, eso significaba comer alguna chorrada de camino a una discoteca llena de veinteañeros y recogernos a las cuatro de la mañana.

—Si voy, no te pongas pesado cuando me largue. Me iré cuando me dé la gana, ¿de acuerdo?

—Joder, que simpático estás últimamente. Tú te lo pierdes, pero vale —aceptó levantándose de la silla.

Conocía a Nate lo suficiente como para saber que luego insistiría y se pondría insoportable de todos modos, pero esperaba que, para cuando llegaran las dos de la madrugara, alguna chica lo tuviese lo suficiente entretenido como para que no me tocara las pelotas.

Me dijo la dirección del restaurante, me despedí y seguí trabajando.

A las seis me marché a casa, me di una ducha rápida, me quité el traje para sustituirlo por unos vaqueros, una camisa sin corbata, un jersey y una chaqueta más informal. Me peiné a toda prisa con los dedos y, media hora más tarde, ya estaba de camino al restaurante.

No había avisado a Amanda, pues no quería confundirla y ya nos habíamos visto lo suficiente aquella semana. Lo mejor era dosificar nuestros encuentros para ceñirnos a nuestro acuerdo: nada de ataduras.

Sabía que estarían casi todos mis excompañeros de trabajo, Nate solo se juntaba con pilotos, tanto de nuestra compañía como los que trabajaban para grandes aerolíneas como British Arways, Virgin o Iberia. Aunque me apetecía verlos, porque éramos todos colegas, una parte de mí estaba resentida con cualquier persona que estuviese haciendo lo que yo amaba y ya no se me permitía hacer.

Al menos estaba casi cerrando la compra de un jet privado pequeño, un juguete muy caro que me moría de ganas por probar. Esta vez no era una compra para aumentar la facturación de nadie. Era una compra para aumentar mi felicidad. Una vez comprado, solo tendría un piloto: yo, y lo utilizaría siempre que quisiera huir y volar sin dar explicaciones a nadie.

Entré en el restaurante, un pub discoteca donde servían comida y daban entretenimiento al mismo tiempo. Estaban todos, o casi todos los pilotos que habían crecido con nosotros en la academia.

Cuando me vieron, empezaron a golpear la mesa como animales. Puse los ojos en blanco y me senté sonriendo sin poder evitarlo.

Menuda panda de impresentables.

—Nuestro jefe ha llegado, señores —dijo Adam Wilson levantando las manos—. O al menos el de la mitad de la mesa.

Muchos rieron y yo ignoré el comentario mientras le pedía una copa a la camarera que acababa de llegar.

—¡Hagamos un brindis! —dijo Nate, y todos los que estaban sentados a la mesa empezaron a abuchearlo—. No seáis capullos, ¡brindo porque este tipo de reuniones se celebren al menos una vez a la semana! —gritó, subiéndose a la silla y levantando la copa con efusividad.

Todos, menos yo, cogieron la servilleta y se la lanzaron.

Era imposible juntarse una vez a la semana debido a los diferentes horarios que teníamos cada uno y él lo sabía a la perfección. Era nuestra broma privada: éramos el grupo de pilotos que cada día volaba más lejos unos de otros.

Cenamos mientras nos reíamos de las tonterías de Nate y las bromas de Carter. Cuando la comida se fue acabando y las copas fueron ocupando casi toda la mesa, por poco tuvieron que pedirnos con amabilidad que nos largáramos de allí.

Podíamos tener todos casi treinta años, pero ninguno se comportaba como un adulto cuerdo... Yo era el más serio de todos y el que los intentaba apaciguar cuando empezaban a beber más de la cuenta, pero agradecí que nos echaran: la situación se estaba desmadrando demasiado.

La discoteca que eligió Nate estaba nada más cruzar la calle, por lo que no tuvimos que coger coche. La recordaba de otras veces, había sido escenario de más de una noche de desfase con nuestros amigos. De hecho, el portero sonrió nada más ver a Nate y, una vez dentro, nos abrieron la catenaria para darnos un reservado sin tener que pedirlo. Entramos todos dejándonos llevar por el ruido estridente de la música y las luces estrambóticas.

El local estaba hasta los topes y la música era ensordecedora, podía sentir el latido del bajo rebotando dentro de mi caja torácica. Pero ya me había tomado un par de copas como para encontrarlo incluso agradable. Al ver los cuerpos agitándose bajo las luces y al ritmo de la música, empecé a tener cada vez más ganas de dejarme llevar, de empezar a bailar y ser como ellos.

A los diez minutos de llegar, y no me preguntéis cómo, ya había como ocho chicas bailando con mis colegas, bebiendo y riéndose mientras mis amigos ligaban, sacaban sus mejores dotes a relucir y sonreían para intentar conseguir echar un polvo aquella noche.

Una chica joven, tal vez de veintitrés o veinticuatro años, entró en mi campo de visión. Acto seguido se acercó con una sonrisa entre tímida y pícara a donde estaba yo, apoyado en una pared un tanto alejada de mis amigos.

Había notado su mirada hacía rato. Su amiga y ella habían estado pendientes de mí y habían cuchicheado sin quitarme los ojos de encima. Supongo que hasta que al final una de ellas se había animado a acercarse.

La observé cuando se acercó para hablarme. No era muy alta, su pelo negro estaba recogido en un moño en la nuca y llevaba puesto un vestido que dejaba al descubierto su mejor atributo: un escote espectacular.

—Hola, me llamo Carol —dijo, poniéndose de puntillas para hablarme al oído, ya que la música estaba tan alta que hubiese sido imposible escucharla bien.

Me daba un poco de pereza toda la previa de ligarme a una tía para llevármela a la cama sin más... Sabía que existían muchos hombres que hacían de ligar un estilo de vida, no los juzgaba, que cada uno hiciera lo que le diera la gana..., pero a mí me apetecía cero entablar una charla insustancial con una tía a la que no volvería a ver jamás en mi vida. Primero porque era la clase de hombre que nunca empezaría una relación con una chica que había conocido en una discoteca; llamadme antiguo, pero no me parecía un buen lugar donde empezar algo que fuera a trascender más allá de un polvo de una noche. No lo digo porque no fuera una tía de puta madre, seguramente lo fuese, pero si salía con alguien en serio, disfrutaba enormemente con la conquista, con el tonteo, con la sensación de saber que conseguirla sería un desafío, un reto donde debería emplear todas mis herramientas más sofisticadas para llegar a ganármela.

En una discoteca, la magia desaparecía nada más empezar. O al menos para mí era así.

—Yo soy Alex —me presenté y percibí su fragancia cuando se me acercó para hablarme.

Olía a perfume de marca mezclado con un poco de sudor.

—Me he apostado con mi amiga a que conseguiría tu teléfono móvil —dijo colocándose tras la oreja un mechón de pelo que se le había escapado del moño y que se le había pegado por un segundo a los labios pintados de gloss.

—¿Qué te has apostado exactamente? —le pregunté siguiéndole la conversación.

—Si lo consigo, me cocinará durante una semana... y, si no, yo le tendré que hacer la colada durante un mes —me confesó.

Asentí en silencio.

—Me da a mí que vas a tener que hacerle la colada —me burlé observado su reacción. Pareció decepcionada..., al menos hasta que seguí hablando—, pero puedes conseguir otra cosa si te apetece —dije fijándome en que tenía labios bonitos.

—Ah, ¿sí...? ¿El qué? —preguntó acercándose más.

—Lo que deseas desde que me has visto —respondí sin más.

Carol se puso de puntillas y, un segundo más tarde, estábamos liándonos contra aquella pared. Besaba bien..., pero no era mi intención pasarme la noche liándome como si fuese un adolescente.

Sus labios se separaron de los míos y fueron hasta mi cuello.

Por un instante, cerré los ojos y me imaginé muy lejos de allí... con otra persona, con otros labios besando una zona que me ponía a cien.

Entonces algo cambió, no me preguntéis cómo lo supe, o cómo lo percibí. No hay explicación científica alguna, pero algo en el ambiente se modificó, como si las moléculas que flotan en el aire se aglomeraran a mi alrededor y me obligaran a prestarle atención a algo mucho más importante… o más bien a alguien.

Cuando abrí los ojos unos segundos más tarde, la vi.

Estaba allí… Pero ¿qué cojones?

¿Qué demonios hacía Margot en Londres?

Iba con un chico rubio, un tío que no había visto en mi vida. Enseguida recorrí el reservado con la mirada en busca de Nate. ¿Sabía él que ella estaba allí?

Mi amigo no había estado bien después de lo que había ocurrido en la isla y temí por su reacción si se la encontraba, pero entonces… todo mi cuerpo se puso en tensión.

No podía ser.

Cerré los ojos y los volví a abrir.

No podía ser cierto. Aparté a la chica con la que me estaba liando.

—No puede ser —dije en voz alta.

La chica detuvo lo que estaba haciendo y me miró.

—¿Qué ocurre? —preguntó.

—No puede ser —volví a repetir observando a Erik que, con una sonrisa radiante y con una familiaridad que removió lo peor de mí, sujetaba a Nikki por la cintura, bien pegada a su costado.

¿Me habían echado algo en la bebida?

Me percibió igual que acababan de percibirla todas las partículas de mi cuerpo.

Sus ojos volaron por la habitación como atraídos por un imán y entonces nos vimos.

Sus ojos en mí, los míos en ella.

Diez mil millas de distancia reducidas a tres metros, un sofá, una pista de baile y varias personas de por medio.

Entonces, aún sin apartar ella sus ojos de los míos, Erik le colocó la mano en la nuca y se inclinó para besarla.

Lo vi todo a cámara lenta.

¿En qué momento aquel sueño se había convertido en pesadilla?

# 11

# NIKKI

Hice lo que Maggie quiso y seguí sus planes a rajatabla. No quería pensar ni analizar todo lo que había descubierto, no quería hacer frente a mis sentimientos, pues había pasado por demasiado los últimos meses y estaba harta de tantos descubrimientos. Así que decidí seguirle la corriente.

Nos recorrimos Londres de arriba abajo, o al menos todo lo que nos dio tiempo en cinco días. Chad, su exfollamigo, vino con nosotras siempre que no estuvo trabajando y me sorprendió descubrir que me caía bien. Era un tío legal, gracioso cuando se lo proponía y nos hizo de guía turística sin pedir nada a cambio, solo con la condición de que le hiciéramos la cena.

La comida inglesa era muy distinta a lo que se acostumbraba a comer en Bali. Por ejemplo, la gente de allí abusaba muchísimo de la mantequilla, un ingrediente que no había utilizado en mi vida y que había encontrado de lo más grasiento. Echaba de menos el arroz bien cocinado y, sobre todo, el picante. Aquí huían del picante como si fuese veneno y las comidas no me sabían a nada.

—Eres una exagerada —me dijo Maggie un día que probábamos el famoso *fish and chips.*

Miré el cono de patatas y luego volví a mirar a Chad.

—¿Quien en su sano juicio le pondría vinagre a las patatas fritas?

—Gente innovadora —me contestó con una sonrisa.

Después de dos días recorriendo la ciudad y tras mucha insistencia por parte de Maggie, al final llamé a Erik, el piloto. No era que tuviese especial interés en salir con él, pero Maggie fue tan pesada que lo acabé llamando.

La verdad era que no tenía muchas esperanzas de que supiera quién era. Me habría jugado lo que fuera a que era el típico que iba dándole su teléfono a cualquier pasajera que le pareciera medio guapa.

Para mi sorpresa, se acordaba perfectamente de quién era yo y estuvo encantado de acompañarnos en nuestro recorrido turístico por la ciudad.

—Es algo que hay que hacer aunque sea una vez en la vida —dijo Erik la primera tarde que se unió a nosotros y nos obligó a subirnos al London Eye.

—Yo no pienso subir —dije mirando la inmensidad de aquella noria... Jamás me había montado en una. Bueno, en realidad jamás había visto ninguna y no tenía interés en verla desde su interior.

—¡Venga, Nikki, no seas muermo! —dijo Maggie tirando de mí.

Planté los pies en el suelo como una cría y me crucé de brazos.

Erik, que llevaba ya con nosotras un par de horas, durante las cuales nos había llevado a cenar a un lugar que he de admitir estaba increíblemente bueno, se rio al ver que me negaba de una forma tan rotunda.

—Te prometo que merece la pena —dijo hablándome en ese tono tan apaciguador, al igual que lo había hecho para convencerme de subirme al avión.

Se me hizo hasta raro verlo llegar en vaqueros y camiseta de manga corta blanca y zapatillas de deporte.

—¿No tienes frío? —le pregunté, ya que una servidora había tenido que pararse en la primera tienda que vio para comprarse un gorro, una bufanda y guantes térmicos.

Era la única que tenía tanto frío, he de admitir, Maggie y los otros dos estaban tan campantes.

—Es que la pobre nunca ha estado a menos de 25 grados —le explicó Maggie, hablando como si yo no estuviera.

—¡Hay que aprovechar los días soleados! —me contestó Erik por toda explicación, cosa que medio entendí, ya que desde que habíamos llegado apenas habíamos podido ver al astro rey. Me había fijado con curiosidad en que el resto de los viandantes iban por la calle como si fuese un día de verano en vez de adecuar su vestimenta a los diez grados que hacía.

La gente estaba loca.

—¿Podemos subir ya? —insistió Chad perdiendo la paciencia. Con nosotras dos había estado teniendo mucha, he de admitir.

Erik se giró hacia él y sonrió. Entonces, antes de que me diera tiempo a prepararme o a darle un empujón, se había agachado y me había colocado por encima del hombro.

—¡Suéltame! —le grité mientras veía dada la vuelta a mi mejor amiga partiéndose de risa.

—¡Esta táctica me gusta mucho más! —dijo la maldita correteando tras nosotros.

—¡Bájame ahora mismo! —grité, pero no lo hizo. Ya habían comprado las entradas, por lo que fueron directos hacia las cabinas y me sorprendió la poca intervención de los guardias que había apoltronados allí.

¿Acaso no veían que ese hombre me llevaba por la fuerza?

Entramos a la cabina y no me soltó hasta que las puertas se cerraron.

Me giré hacia él cabreada, pero no tenía la confianza suficiente como para pegarle una patada.

—Me lo debes, Nicolette—me dijo riéndose—. Al fin y al cabo, estás aquí gracias a mí.

Era cierto, nunca me hubiese subido a ese avión de no ser por la tranquilidad que me había transmitido, pero nunca lo admitiría en voz alta.

—¿Por qué demonios me llamas Nicolette? —le pregunté por cuarta vez, ya que había insistido en llamarme así desde que nos habíamos vuelto a ver. Además, cada vez que pronunciaba mi nombre de aquella forma lo hacía con una sonrisa que parecía prometer de todo menos cosas buenas.

—Porque me gusta y porque seguro que nadie más te llama de esa forma.

Lo cierto era que no.

Le di la espalda haciéndome la enfadada, que lo estaba, pero no tanto.

Cuando me giré hacia las paredes de cristal, flipé con las vistas.

Era increíble… y era de día. No podía ni imaginarme cómo se vería Londres desde aquella altura al anochecer…

Lo sentí acercarse por detrás, pero no me aparté.

—¿Te gusta? —me preguntó muy cerca de mí.

Sentí un escalofrío.

Sabía lo que Erik quería, sabía que le gustaba. Al menos se sentía atraído por mí y a mi él me parecía muy mono, muy atractivo, pero…

No podía quitarme de la cabeza a Alex.

Pero Alex estaba con otra… y tenía una hija.

Me fijé en las vistas, en las calles, en los coches que parecían pequeñas hormigas desde allí arriba…

¿Dónde estaría en aquel momento? ¿Estaría pensando en mí o se habría olvidado por completo de mi existencia?

Era extraño estar en la misma ciudad y no haberlo visto… Mentiría si dijera que no lo buscaba entre las calles, entre la gente que caminaba a nuestro lado, siempre con la ilusión de encontrármelo y volverlo a ver.

Pero… ¿para qué?

Estaba claro que él había seguido con su vida sin mirar atrás… Joder, incluso me había bloqueado para que no pudiera comunicarme con él.

—Me caen muy bien tus amigos —dijo Erik, colocando ambos brazos contra la barandilla y enjaulándome a mí en ellos. No nos estábamos mirando, pero al hacer eso nuestros cuerpos quedaron muy pegados—, pero me gustaría invitarte a cenar… Los dos solos.

Mierda.

No quería empezar nada sabiendo que no sería capaz de corresponderle y tampoco quería algo de una noche, ya había comprobado por mí misma en lo que podía derivar eso y era algo que no me apetecía repetir.

¿Qué le vamos a hacer? No soy una chica que pueda bloquear su corazón y solo disfrutar físicamente de un encuentro sexual con un chico.

Me giré sobre mí misma y entonces nos quedamos cara a cara.

Me fijé en que tenía una pequeña cicatriz en la comisura de su boca y me sorprendió que me interesase descubrir cómo se la había hecho.

—No creo que quieras desperdiciar tu tiempo conmigo, Erik —empecé a decir, pero me interrumpió.

—Me caes bien, me pareces increíblemente guapa y, lo más importante, eres muy diferente a las chicas con las que estoy acostumbrado a salir, así que me encantaría poder conocerte mejor.

Tenía unos ojos muy bonitos…, pequeños y bonitos. También tenía una mirada dulce, sí, eso era lo que tenía.

Y le aparecían dos hoyuelos cuando sonreía.

Era muy mono y a mí también me caía muy bien.

Observé un instante a Maggie, que en ese momento reía acompañada de Chad.

No tenía por qué pensar siempre que una cena con un chico podía derivar en sexo o en una relación. Podíamos salir como amigos, pasarlo bien. ¿No era esa una de las razones por las que había venido hasta aquí? ¿No me lo decía siempre Maggie? ¿Que disfrutara y no le diera tantas vueltas a las cosas?

Además, no me preguntéis por qué, pero sentirme deseada, sentir la atención que Erik ponía en mí, me hacía sentir bien, más que bien, y mitigaba un poco el dolor que sentía por todo lo que había descubierto sobre Alex.

Acabé aceptando.

Y aquella noche me recogió para ir a cenar.

Me vestí con unos vaqueros, unas botas, un jersey de lana y el abrigo térmico que había tenido que comprar. Nunca jamás me había vestido con ropa de invierno, jamás había tenido que llevar tantas capas y menos ¡ponerme calcetines! Me sentía como una extraterrestre en un planeta completamente nuevo, pero debía admitir que no me disgustaba.

Erik me recogió en un coche muy moderno y elegante y me llevó a cenar a un lugar precioso.

Cenamos, charlamos, nos reímos y nos volvimos a reír.

Me caía bien... Me gustaba, era un buen tío y me provocaba ciertas mariposas cuando se me quedaba mirando con tanto interés.

Cuando me llevó de vuelta a casa, no lo pensé. Me dejé llevar y no lo aparté cuando me besó. Cerré los ojos y me dejé sentir sin más.

No intentó nada más, solo me besó... increíblemente bien y luego me deseó buenas noches.

Lo observé mientras bajaba las escaleras, se subía al coche y se marchaba. Cuando entré en casa, me descubrí sonriendo sin ni siquiera haberme dado cuenta.

Había sido una noche bonita.

Y no le di más vueltas.

Los días siguientes nos volvimos a ver en dos ocasiones, una solos y otra con Maggie y Chad, y en ambas citas nos lo pasamos muy bien.

Era genial, no le encontraba nada negativo. Tal vez que no sentía por él ni la mitad de lo que había llegado a sentir estando con Alex, pero tampoco era mi intención sustituirlo ni nada parecido, como decía Maggie, tan solo estaba dejando que todo fluyera.

—Eso es porque lo has idealizado —me dijo Maggie mientras nos arreglábamos para ir a una discoteca. Erik nos había invitado a los tres, nos había dicho que nos lo pasaríamos en grande, ya que irían unos cuantos amigos suyos.

Como era viernes y no teníamos mucho más que hacer, habíamos aceptado.

Estaba un poco nerviosa porque, según Maggie, Erik intentaría llevarme a su casa aquella noche y yo no quería.

Era muy consciente de que no debía hacer nada que no me apeteciera, pero me ponía muy violenta la situación de tener que explicarle que por el momento no tenía ninguna intención de acostarme con él.

¿Besos y arrumacos?

No tenía problema con eso, pero el sexo…

No estaba preparada para ofrecerle mi cuerpo a otro hombre todavía y no pensaba hacerlo hasta que no estuviese segura al cien por cien.

—Dile que eres extremadamente católica —dijo Maggie,

mientras se maquillaba los ojos—. Dile que tú no te tiras a nadie si antes no han puesto un anillo en tus bonitos dedos.

—Cállate —le dije mirándome al espejo.

No me reconocía.

Mi amiga me había prestado un vestido elegante, corto y de satén en color rojo sangre. Parecía más un camisón sexy que un vestido, pero según ella así se salía en Londres. A pesar del frío. Me había puesto medias negras por primera vez en mi vida y también unos tacones que habíamos comprado en un mercadillo de Camden Town. Estuve tentada de ponérmelos con leotardos, el frío de aquella ciudad no era ni medio normal. Pero Maggie me disuadió, por supuesto.

La Nikki que me devolvió el espejo me sorprendió. Me veía sexy, he de admitir, pero distinta…, muy distinta a como me solía ver cuando el espejo de mi cuarto me devolvía la mirada. En Bali las fiestas eran casi todas en la playa e íbamos en bikini y pantalones cortos, o como mucho en vestido playero en alguna villa de algún turista. Nunca jamás me había puesto tacones… y no estaba segura de si me terminaban de gustar.

—Pareces Bambi aprendiendo a andar —me dijo Maggie riéndose.

Ella llevaba unos pantalones negros ajustados, tacones y un top de lentejuelas precioso. Todavía no se le notaba la barriga y estaba espléndida. Su pelo rojizo lo había peinado en ondas que le caían sobre los hombros desnudos y resaltaban el color tostado de su piel. Maquillada, sus ojos verdes parecían los de una elfa y sus pecas parecían haberse multiplicado al haberse echado colorete.

—Me voy a romper el cuello con esto —dije mirando hacia abajo y sintiéndome en peligro…, un peligro real.

—Tranquila, tú sujétate a Erik y estarás bien… Es muy majo, ¿verdad? —me preguntó observándome mientras se aplicaba brillo de labios a su ya de por sí sonrosada boca.

—Muy majo —respondí echándome un último vistazo al espejo. Me había recogido el pelo en una coleta y esta caía larga tras mi espalda.

Al poco rato, Erik nos recogió y abrió mucho los ojos al verme. Con los tacones, nuestros ojos quedaban casi a la misma altura.

—Estás espectacular —me piropeó y me sonrojé sin poder evitarlo.

—Tú también estás muy guapo —lo adulé, observando que se había afeitado para la ocasión, lo que le otorgaba un aspecto bastante más aniñado de al que me tenía acostumbrada.

—¿Vamos? —nos preguntó a ambas.

Chad se uniría con nosotros allí, ya que iba en moto desde su trabajo.

Cuando llegamos al lugar me fijé en que había gente haciendo cola en la entrada. Entré un poco en pánico al imaginarme de pie durante un rato indefinido con aquellos tacones del infierno…, pero me sorprendió para bien que, nada más vernos llegar, el guardia reconociera a Erik y nos dejara entrar.

Chad apareció justo entonces.

—Viene con nosotros —dijo Erik y los cuatro entramos al local.

Era increíble lo bien insonorizado que estaba el local, desde fuera no se escuchaba nada, pero dentro estaba altísima. Me fijé en que el lugar era oscuro y había luces intermitentes de colores. Al entrar daba como a un vestíbulo donde se podían dejar los abrigos y luego quedabas como a doble altura sobre la pista de baile.

—Mis amigos tienen reservado, vamos por aquí —nos dijo Erik y los tres lo seguimos mientras observábamos a nuestro alrededor, o al menos yo lo hacía, pues jamás había estado antes en una discoteca y mucho menos en un reservado.

Me asomé a la barandilla y observé maravillada que la gente bailaba en la pista pegada la una a la otra. Había muchísimas personas, no me extrañó que fuera hubiese cola para entrar.

Me imaginé allí abajo y me agobié solo de pensarlo. Me gustaba bailar, me gustaba la música y, al haber conocido incontables turistas, había aprendido a apreciar la música en distintos idiomas y diferentes estilos, pero jamás había bailado como bailaban aquellas personas que se pegaban y se contoneaban de forma increíblemente sexy.

Margot se giró hacia mí con una sonrisa radiante.

Me gustaba verla así, sobre todo porque en el fondo sabía que estaba destrozada; los momentos como aquel, en que parecía ella misma, me hacían feliz. Aún no habíamos hablado sobre cuándo se pondría en contacto con Nate, y el hecho de que lo hubiese estado atrasando era una clara señal de que aún no estaba lista para contarle la verdad.

Sentí la mano de Erik colocarse en mi cintura y atraerme hacia él cuando al fin llegamos al reservado. Allí, entre unos sofás de color negro y unas mesitas bajas con bebidas alcohólicas, había un grupo de unos diez chicos. Todos iban vestidos con camisa y vaqueros mientras bailaban, se reían y charlaban con algunas chicas que parecían estar pasándoselo en grande.

—Todos somos pilotos, nos conocemos de la escuela de aviación y de haber trabajado en las mismas compañías. Intentamos reunirnos una vez a la semana para no perder el contacto —me informó Erik al oído para que pudiera oírlo mejor.

Cuando dijo que todos eran pilotos, algo en mí se removió. Al principio fue solo un escalofrío, como si mi cuerpo quisiese advertirme, y después no pude evitar que el corazón se me acelerara, porque fui capaz de percibirlo.

Lo supe sin más.

Supe que allí estaba y mis ojos no tardaron en encontrarlo.

Una chica le besaba el cuello mientras él con los ojos cerrados se dejaba besar con las manos colocadas en el trasero de ella.

Me dolió.

Me dolió mucho más de lo que os podáis imaginar.

Entonces sus ojos se abrieron, recorrieron la sala, como si también pudiese percibirme, hasta que por fin nuestras miradas se encontraron, como si fuésemos dos imanes que se atraen de manera inevitable.

Primero se me quedó mirando como si estuviese viendo un fantasma, como si no quisiese creer lo que tenía ante sus narices, pero entonces apartó a la chica con delicadeza. Por unos instantes nos miramos como si fuésemos completos extraños, desconocidos que se reconocen sin entender por qué.

La confusión en su rostro fue tan clara que hasta me sentí culpable por ser la causante de su turbación. Intenté recordar el último instante que había compartido con él antes de que todo se fuese a la mierda, antes de que le abriera el corazón con mis verdades y se marchara dejándome más triste y sola que nunca.

Había muchas cosas que él no sabía, pero tampoco había querido saberlas…

No podía olvidar que me había bloqueado y me había dejado fuera de su alcance, que me había mentido…

Sentí a Erik a mi lado, tal vez creía que mi corazón acababa de acelerarse sin mesura por culpa de una atracción que jamás sentiría por él, pero cuando me colocó su mano sobre mi cuello con dulzura y se inclinó para besarme, tan solo dejé que lo hiciera.

Necesité ese instante para poder recuperarme, necesité ese instante para cerrar los ojos y romper con la conexión que parecía haberse creado entre Alex y yo como un hilo que nos unía, fuerte e irrompible, un hilo que tiraba de mí en su dirección y que parecía no querer dejarme hacer otra cosa.

Erik me besó y, cuando terminó, di un paso hacia atrás.

—Discúlpame, necesito un momento —le pedí.

—¿Estás bien? —me preguntó.

Asentí al mismo tiempo que giraba sobre mis talones y emprendía el camino hacia los lavabos. Vi claramente por el rabillo del ojo que Alex hacía lo mismo.

Venía a por mí y yo solo quería escapar para poder recuperarme.

Casi corrí pasillo abajo en mi inútil intento por llegar a los baños sin saber que acababa de equivocarme de camino; en aquel pasillo no había ningún baño, solo una puerta al final que pensé que llevaría a alguna parte, pero no me dio tiempo a alcanzarla. Su mano ya me había sujetado el brazo, tiró de mí y me giró de manera que mi espalda chocó contra la pared y su cuerpo se quedó frete al mío sin remedio.

Tardé un segundo de más en atreverme a subir los ojos hasta encontrar los suyos. Incluso con los tacones, él seguía sacándome varios centímetros y su cuerpo... Joder, había olvidado lo grande que era, lo pequeña que me hacía sentir en comparación con su dimensión irresistiblemente masculina.

Nos miramos a los ojos durante unos instantes; él, perplejo, yo deseando que su presencia no me provocara aquel cóctel de sensaciones y sentimientos tan intensos.

—¿Qué...? —empezó a decir, se detuvo y luego volvió a empezar—: ¿Qué estás haciendo aquí?

Sus palabras me sonaron acusadoras y eso no me gustó.

Me obligué a mí misma a crear un caparazón para proteger mi corazón de lo que fuera que pudiese hacer o decir.

—He venido... —empecé, pero me detuve. No podía decirle que la razón principal de aquel viaje había sido acompañar a Maggie para que ella pudiese contarle a Nate que estaba embarazada—. Quería... quería saber más sobre todo lo que me contaste antes de irte —confesé, era una mentira a medias. Esa no había sido mi principal razón, pero sí que había tenido que ver en mi decisión final para venir hasta aquí. Tal vez incluso fuera la razón principal, aunque yo en aquel instante no quisiese verlo así.

Su semblante pasó de la perplejidad al enfado.

—¿Por qué no me lo dijiste? —dijo utilizando un tono que jamás había tenido la oportunidad de oír en él, o al menos jamás lo había utilizado en mi presencia.

—No sabía que debía informarte sobre cada decisión que tomase, Alex —contesté enfadándome cada vez más a cada segundo que pasaba. ¡Me había mentido! ¡Me había engañado y jamás creyó que descubriría sus tretas porque nunca se imaginó que fuese a subirme a un avión y viajar hasta Londres! ¡No tenía ningún derecho a mostrarse enfadado conmigo!

—¿Quién más sabe que estás aquí? —me preguntó ignorando el tono de mi voz y creí notar cierta alarma cuando volvió a hablar—. ¿Has hablado con alguien sobre lo que te conté en Bali? ¿Se ha puesto alguien en contacto contigo?

—¿Por qué iba nadie a ponerse en contacto conmigo?

—Joder, porque eres la puta hija perdida de Jacob Leighton. Si se enteran de que estás aquí... —Esto último lo dijo en voz baja, aumentando la presión de su mano en mi muñeca y susurrándomelo al oído, para asegurarse de que nadie más lo oía. La rabia entre dientes y su aroma, que yo tan bien conocía, se mezclaron y llegaron a mí consiguiendo que mi cuerpo se estremeciera.

—Nadie sabe nada, Alex, deja ya de emparanoiarte —respondí, mirándolo a los ojos con toda la rabia que pude conjurar—. ¡Ni siquiera tengo claro si quiero que alguien lo sepa jamás!

—Tú no lo entiendes... —dijo entonces, mirándome perplejo, incluso diría que algo asustado—. No es seguro que hayas venido hasta aquí, Nicole, no es seguro que...

Fruncí el ceño al notar que la mano que todavía me sujetaba el brazo se apretaba contra mi piel de manera sutil.

Fui a hablar, pero entonces escuchamos una voz al final del pasillo.

—¿Qué ocurre aquí? —preguntó Erik acercándose.

Intercambiamos miradas antes de que Alex me soltara y diera varios pasos hacia atrás.

Me sentí extraña cuando se creó aquella distancia entre los dos.

—Alex… —dijo Erik al reconocerlo nada más llegar a nuestro lado—, ¿conoces a Nicolette?

Alex frunció el ceño casi al mismo tiempo que yo le gritaba a mi corazón que se calmase de una puñetera vez.

—¿Erik? ¿Nicolette? —contestó este girándose hacia Erik—. Se llama Nicole.

Erik sonrió de lado.

—Te dije que yo sería el único en llamarte así —dijo, sonriéndome divertido. Aún no se había dado cuenta del tono de la situación.

Fui a hablar, pero Alex volvió a interrumpirme:

—¿Cómo coño os habéis conocido? —preguntó. Pude ver que la vena del cuello le palpitaba del enfado mientras intentaba con todas sus fuerzas mantener la calma que lo caracterizaba.— La conocí volando de Dempasar a Qatar. De hecho, está aquí gracias a mis increíbles dotes persuasivas y a que soy un piloto ejemplar —dijo Erik, pero esta vez se fijó en que entre los dos había algo que él no terminaba de entender—. ¿Vosotros dos os conocíais de antes?

Nuestras miradas volvieron a encontrarse y me sorprendió ver que en cada uno de los dos existía un rencor y una decepción más que notable.

¿Por qué estaba él decepcionado conmigo?

No quería ni tenía el ánimo de escuchar las verdades de Alex, no quería que me recordara lo que me llevó a viajar allí de manera inconsciente, no quería oírlo porque había descubierto que era un mentiroso. Al igual que me mintió sobre su mujer y su hija, también podía estar mintiéndome sobre todo lo demás.

—No nos conocemos en absoluto, Erik —respondí sin mirarlo—. Si me disculpáis... —continué y me alejé de los dos, pasillo arriba.

Necesitaba estar sola.

Necesitaba apartarme porque en el fondo sabía... sabía que, si lo dejaba acercarse lo suficiente, volvería a caer en sus brazos y esta vez no estaba segura si serían tan cálidos como lo habían sido en Bali.

Estaba claro que Londres era una ciudad más fría y quedaba claro también que, como me decía Margot, cuando estamos de vacaciones, todos enseñamos nuestra mejor versión.

Qué pena que yo no hubiese estado de vacaciones como lo había estado él.

# 12

# MAGGIE

Jamás creí que fuera a encontrármelo en aquella discoteca. Jamás creí que fuese a encontrármelo sin haberme preparado el discurso con anticipación.

¿Cuántos habitantes tenía Londres como para tener que coincidir con Nate el mismo día que él decidía salir de discoteca?

No tardaría mucho en enterarme de que Erik, el piloto salvador de Nikki, conocía a Nate y a Alex de la escuela de aviación y que eran amigos desde hacía mucho tiempo.

Al contrario que Nikki, que su primera imagen de Alex después de dos meses sin verlo había sido la de él liándose con otra chica, yo al menos pude encontrármelo rodeado de amigos y nadie más.

Lo conocía lo suficiente como para saber que obviamente se habría acostado con unas cuantas chicas desde que nos habíamos visto por última vez. No era tan ingenua como para esperar lo contrario, pero me hizo bien al alma no encontrármelo en brazos de otra mujer.

Tampoco entendía muy bien de dónde provenían aquellos pensamientos, porque nada había cambiado... Bueno, sí, había sucedido un pequeño algo, pero las razones que habían roto nuestra relación en contadas ocasiones no habían desaparecido ni lo harían por arte de magia.

¿Que una parte de mí se moría por tener el sueño de una relación perfecta donde Nate y yo éramos felices con nuestro bebé y él me era fiel y por fin se comprometía como me había jurado que haría en más ocasiones de las que me gustaría recordar? Por supuesto, pero la realidad era otra muy distinta.

Yo lo vi primero. Llevaba varias copas encima y estaba sobre uno de los sofás del reservado, contando algún chiste o haciendo alguna broma, ya que los amigos que lo rodeaban en ese instante se reían a carcajadas alzando las copas hacia él.

No me extrañó verlo en ese ambiente. Nate era divertido, era alegre, era el alma de la fiesta. Si lo había sido en Bali, donde no habían sido sus amigos de toda la vida quienes lo rodeaban, no me sorprendía verlo tan en su salsa y, lo peor de todo..., verlo tan feliz.

Estaba feliz.

O al menos parecía feliz.

En ese instante de debate interior y de sorpresa por volverlo a ver, su mirada se movió hasta donde yo estaba como si pudiera oír mis pensamientos, como si pudiera percibirme al igual que un animal huele a su pareja... o a su presa.

—¿Qué pasa? —escuché a Chad preguntarme a mi lado al percatarse de que me había puesto tensa de repente.

Entonces, como si también fuera capaz de percibirlo, como si ese amasijo de células que aún no eran un bebé pudiese entender que a pocos metros estaba uno de sus progenitores, unas náuseas terribles me azotaron como no lo habían hecho desde hacía semanas.

—Creo que voy a vomitar —dije llevándome la mano a la boca. Justo cuando Nate se bajaba del sofá con su mirada de incredulidad puesta en mí, me incliné sobre mí misma y eché hasta la primera papilla por el suelo de la discoteca.

Chad, a mi lado, pegó un salto hacia atrás a la vez que la gente que había cerca de mí hacía lo mismo y ponían cara de asco.

Mierda, mierda, mierda.

Joder.

—Pero ¿qué cojones? —escuché a Nate preguntar nada más llegar a donde yo estaba.

No pude decir nada, no pude contestar, no pude ni siquiera devolverle la mirada. La arcada volvió a producirse y volví a echar la cena casi a la altura de los pies de Nate.

—¿Maggie? —escuché la voz de mi mejor amiga, lo que me proporcionó unos segundos de alivio, porque de repente sentía que la situación no podía ser más incómoda, rara y asquerosa.

—¿Nikki? —preguntó Nate, mirando a mi amiga que, al contrario que Chad, no tardó en sujetarme el pelo para intentar que no me manchara.

«Gracias, Chad», pensé con sarcasmo.

Me limpié la boca con la mano y me incorporé para poder mirarlo a los ojos.

Vale.

Me había equivocado.

No estaba feliz.

Sus ojos estaban nublados por algo que no sabía muy bien cómo interpretar.

—¿Qué demonios estáis haciendo las dos aquí? Nikki, ¿sabe Alex que tú…?

—Y tanto que lo sé —escuché entonces la voz grave de Alex, que por su tono parecía estar igual de cabreado que el amasijo de células de mi interior.

—Maggie, ¿estas bien? —me preguntó Nikki preocupada.

—Está borracha —soltó Nate con desprecio y decepción.

Lo fulminé con la mirada.

—Porque tú estás supersobrio, ¿no, Nate? —le dije deseando alejarme de él todo lo posible.

Había pasado un segundo desde que lo había vuelto a ver y ya me arrepentía de haber viajado a Londres.

No me contestó, no dijo nada, pero sí que le dijo algo a uno de los camareros que pasaban por allí, que se percató de la vomitona y se marchó enseguida, supuse que a buscar una fregona.

—¿Nos pensáis decir qué demonios estáis haciendo en Londres?

Vi que Nikki se quedaba callada, sin saber muy bien qué contestar.

Opté por la opción de hacerme la indignada.

—¿Acaso Londres es tuya y debemos pedirte permiso para entrar?

Apareció entonces Erik, que se detuvo un instante en analizar la situación.

—¿También la conoces?

Nate se giró hacia él.

—¿Tú las has traído aquí? —preguntó.

Llegó entonces el camarero con la fregona y una botella fría de agua. Fue a dársela a Nate.

—No es para mí, es para ella —le dijo, señalándome, y agradecí cuando pude enjuagarme la boca y quitarme el mal sabor que me había dejado el vómito.

—Voy a sentarme —anuncié, pasé de todos y alcancé uno de los sofás que había allí.

Me senté y me fijé en que Alex observaba a Nikki, seguía todos sus movimientos hasta que ella se sentó a mi lado.

—Esto es más raro de lo que había supuesto en un principio —dije por lo bajini al ver el percal que habíamos montado en un momento.

Erik, Alex, Nate y Chad nos observaban cada uno con una expresión distinta en la cara, y lo peor de todo era que cada uno de ellos era consciente que se había enrollado con una de las dos al menos.

Nate se pasó la mano por la cara, parecía querer despertar de una pesadilla.

—¿Va a aparecer Malcolm por aquí también? ¿Dónde te lo has dejado? No me vendría mal acabar con lo que empecé en Bali.

La mención del que pronto sería mi exmarido no me hizo ningún bien, sobre todo porque para mí aún existía la duda…

—¡Cállate, Nate! —le gritó entonces Nikki interrumpiendo mis pensamientos y dejándonos a todos de piedra.

—¿Por qué no nos relajamos todos un poquito, eh? —dijo entonces Erik—. ¡Camarero! ¡Una ronda de chupitos por aquí!

Lo fulminé con la mirada.

—Y si tienen, también un Primperan —añadió disculpándose con la mirada.

—Yo me largo de aquí —dijo Nate alejándose.

Alex miraba a Nikki y Nikki hacía lo posible para que su mirada no se cruzara con la de él.

Llegó la bandeja de chupitos y mi amiga no tardó ni medio segundo en llevarse uno a los labios. Erik hizo lo mismo y Alex se mantuvo impasible, quieto, sopesando qué decir o qué hacer a continuación.

Lo entendía… Joder, claro que lo entendía. Acabábamos de aparecer como por arte de magia y en el último lugar que hubiesen esperado volvernos a ver.

—¿Podemos hablar, Nikki? —le preguntó entonces.

Mi amiga me miró y, al ver que asentía, se puso de pie.

—No hay nada de qué hablar —le contestó y luego se giró hacia Erik—. ¿Bailas conmigo?

Erik asintió sin dudarlo y juntos se alejaron hacia la pista.

Quedamos Alex y yo.

Lo observé y me fijé en que, a pesar de que era muy bueno controlando sus sentimientos, no era capaz de ocultar del todo lo cabreado que estaba y lo celoso que le ponía ver a mi amiga con otro hombre.

—¿Nikki sabe…? —empezó para luego volver a intentarlo—. ¿Sabe que tengo…? —preguntó sin mirarme y sin ser capaz de terminar la frase. Seguía teniendo la mirada fija por donde Nikki y su nuevo ligue habían desaparecido.

No lo dudé.

—Por supuesto que lo sabe. Tu cara empapela los quioscos de Londres —contesté—. Lo sabe y lo peor de todo es que quien se ha enfadado eres tú.

Alex se giró hacia mí y me dio el privilegio de poder entrever alguno de sus sentimientos.

—No tenéis ni idea del gravísimo error que habéis cometido viniendo hasta aquí.

Dicho eso, se alejó y me quedé sola, deseando beberme el resto de los chupitos y lamentando no poder hacerlo.

# 13

# NATE

Me alejé y lo más duro fue darme cuenta de que daba igual cuántos metros pusiera entre los dos… Mi mente siempre la tenía presente, mi corazón sangraba cuando estaba cerca o cuando pensaba en ella y en nosotros. Si estábamos separados, estaba jodido.

Este último mes y medio había tenido mucho tiempo para pensar…, para analizar todo lo que había ocurrido entre los dos, los errores, casi todos míos, pero también la incapacidad de Maggie de tomar una decisión. Nuestra relación siempre fue conflictiva, y sí, vale, yo tuve gran parte de culpa, pero no todo había sido por mí. Margot era una chica increíble, pero también era la clase de persona que arrasaba con todo y esperaba que sobrevivieras a la explosión. Era esa clase de mujer cuya capacidad innata para saber lo que quería y tenerlo claro a veces te empujaba a ti a sumarte a decisiones para las que aún no estabas del todo preparado.

Cuando la conocí, me enamoré perdidamente, como un chiquillo que por fin descubre que tiene corazón y, lo peor, que se lo pueden robar. Me perdí un poco entre tanta intensidad; de repente quería ser justo lo que ella quería que fuera, pero no porque me lo pidiera ni mucho menos, sino porque todo mi ser empezó a metamorfosearse en el hombre que ella necesitaba y se merecía tener. Ojo, hay que tener mucho cuidado cuando uno empieza a cambiar por otra persona… No pasa nada si intentamos mejorar o buscamos ser la mejor versión de nosotros, eso está bien, eso es cojonudo, pero si empezamos a dejar de lado nuestros objetivos, nuestra personalidad, nuestros deseos más profundos… Al final eso termina saliendo, termina acabando con todo lo bueno, dejando solo lo malo y el rencor… El rencor que brota por todos lados, que lucha por aquellas partes nuestras que quisimos suprimir y que, al ser parte de nosotros, pugnan cabreadas por querer revivir y seguir siendo.

Todo eso mezclado con inmadurez y muy malas decisiones por mi parte habían acabado con la relación más bonita que jamás había vivido. Creía haber tomado la decisión correcta al seguir adelante… No estaba de coña cuando me fui de la isla jurando que no regresaría jamás y prometiéndome a mí mismo no volver a ver a Maggie y entonces… aparecía allí como por arte de magia.

—Un gin-tonic sin tónica, por favor —le pedí al camarero en la barra.

No quería ni girarme, no quería ni mirar hacia atrás porque no quería verla.

En cambio, miré a mi derecha y vi a Nikki bailando con Erik.

Busqué a Alex con la mirada y lo vi haciendo lo mismo que estaba yo, solo que estaba mucho más traspuesto. Mi amigo parecía sentirse completamente fuera de lugar y lo mucho que lo conocía me dejaba entrever que bajo esa frialdad y autocontrol que lo caracterizaban se escondía también mucha vulnerabilidad y un frío cabreo derivado de los celos.

Jamás pensé que Alex y Nikki volverían a verse. Estaba tan seguro de eso como de que yo jamás volvería a Bali para buscar a Maggie, pero allí estaban las dos... ¿Significaba algo que hubiesen aparecido ante nosotros salidas de la nada?

Alex vio que lo observaba, cruzó el reservado y vino hacia mí.

Me bastó una mirada suya para saber lo que debería de estar sintiendo.

—¿Quiere algo, señor? —le preguntó el camarero.

—Sírvale a mi amigo un whisky con hielo... Lo necesita —dije cuando Alex negó con la cabeza.

El camarero se puso a preparar la copa y Alex volvió a girarse para ver como Erik bailaba muy pegado a Nikki... Joder, me estaba dando celos incluso a mí.

—Explícame qué cojones está pasando, por favor —me pidió entonces, llevándose la copa a los labios y bebiéndosela del tirón.

—¿A mí me lo vas a preguntar? —contesté viendo que Maggie se había quedado sola, sentada en el sofá del reservado, el que estaba en la otra punta de donde estábamos nosotros.

Me dolió verla allí sin nadie, me dolió saber que acababa de vomitar y la había dejado en manos ajenas, pero más me dolía verla, más me dolía tenerla cerca cuando mis sentimientos por ella estaban tan teñidos de cosas malas.

—¿Crees que Malcolm habrá vuelto? —no pude evitar preguntar.

Si algo podía acabar con mi autocontrol era ver a ese hijo de puta aparecer por la puerta. No pensaba controlarme, aquí nadie podía expulsarme de ninguna parte, esta era mi ciudad. Si lo veía, le partiría la cara por traición, por habernos mentido, por haberse casado, joder, encima con la chica de mis sueños, con la única mujer por la que había planteado dejar todo lo que conocía…

Una parte de mí se sentía utilizado, todavía podía recordar que Malcolm me había persuadido de casarme con Maggie. Con mucho disimulo, había fomentado que se sembrara la duda en mi cabeza y esta había ido germinando poco a poco, alimentada por sus comentarios hasta que al final me habían llevado a hacer lo que había hecho.

—Deberías ir a hablar con ella, Nate —dijo entonces Alex—. Algo aquí no me cuadra y no sé si tiene que ver con Maggie o con Nikki, pero necesito que me ayudes a descubrirlo.

Lo miré y me fijé en que, aparte de todo lo que ya me había percatado, existía una motivación de peso detrás de su petición.

Apenas había hablado de Nikki con él, pero siempre había notado que había algo que lo preocupaba, que existía algo que hacía meses, desde que habíamos regresado de Bali, que lo consumía y no tenía idea de qué podía ser.

Mi acción de bloquear a Nikki cuando tuve posesión del teléfono móvil de Alex había sido un poco empujada por eso, porque lo veía muy mal. Cuando lo llevé a Bali, mi única intención había sido ayudarlo a despejarse, tenía muchas cosas en la cabeza: la muerte de su hermano, convertirse en CEO de su empresa familiar, dejar de volar, convertirse en padre a tiempo completo… Joder, estaba preocupado por mi mejor amigo, pero jamás creí que iba a enamorarse de la última chica con la que podría llegar a tener una relación.

Él no tenía ni idea de que había bloqueado a Nikki desde su teléfono, solo se percató de que había borrado su contacto y los mensajes. Aún me dolía el puñetazo que recibí por aquello, pero lo había hecho por su bien… Jamás creí que Nikki se presentaría en Londres…, ¿acaso no había tenido pánico a coger un avión?

Joder, no entendía nada.

—¿Qué quieres que averigüe? —le pregunté un tanto receloso. No quería acercarme a Maggie, no quería volver a caer en mi misma trampa…

—Nikki sabe lo de Lilia… Pero no ha podido enterarse hasta que no ha llegado aquí. ¡Ese maldito artículo! Cada vez me arrepiento más de haber asistido a esa puñetera fiesta.

—Era el cumpleaños de tu madre, tenías que estar.

—Y encima Erik tuvo que traerla hasta aquí… —Sus ojos volvieron a fijarse en la pareja que bailaba en la pista—. No entiendo por qué no me llamó, joder. ¿Cómo puede cruzarse el mundo y venir hasta aquí y no llamarme? No entiendo nada…

Mierda.

Joder, ¿se lo decía?

Tal vez por eso Nikki parecía tan ofendida.

Tal vez Nikki intentó ponerse en contacto con Alex y vio que estaba bloqueada… Yo también estaría enfadado, yo también habría pasado de él y estaría bailando con otro en la pista…

Miré a Alex con la duda y el arrepentimiento flotando por todo mi ser.

Alex me devolvió la mirada y al instante se percató de que algo no iba bien.

Se giró hacia mí, dándole la espalda a la pista de baile, y fijó sus ojos marrones en los míos.

—¿Qué cojones has hecho?

# 14

# ALEX

Miré a mi mejor amigo y supe que algo no iba bien y que la causa de ese presentimiento era culpa de él.

Lo conocía lo suficiente como para saber que, cuando la cagaba, sus ojos me devolvían la mirada justo con el brillo que acababa de cruzar por sus ojos azules. Tal vez el alcohol había disimulado un poco el hecho de que ocultara algo, pero yo no iba tan borracho y siempre había sido muy intuitivo.

—¿Qué has hecho, Nate? —volví a preguntarle mirándolo fijamente, muy atento a cualquier reacción por su parte.

Leí a la perfección el arrepentimiento y la culpabilidad en su rostro cuando lancé mi acusación.

Nate se tensó y dejó la copa ya vacía en la barra en un intento muy poco sutil de ganar algo de tiempo.

—Bueno… —empezó girándose hacia mí, pero evitando mirarme directamente a los ojos—. Antes que nada, quiero que sepas que las cosas que yo hago las hago porque me preocupo por ti… Somos mejores amigos desde hace muchísimo tiempo y, viendo lo que ha pasado con Malcolm, podría decir que eres el único amigo de verdad que me queda. Joder, ¿cuántos años llevamos siendo como hermanos? Yo a ti, Alex...

—Corta el rollo —le dije perdiendo la paciencia.

Nate se calló y, después de unos segundos durante los que me entraron ganas de estrangularlo, habló.

—¿Recuerdas cuando cogí tu móvil y, por tu bien, decidí borrar el contacto de Nikki y su conversación? —me preguntó añadiendo a sus palabras un tono muy relajado, casi casual.

—Aún me duele la mano del puñetazo tan merecido que te di, sí —contesté con la voz gélida.

Nate tragó saliva.

—Bueno... Como todo apuntaba a que Nikki no pisaría esta parte del mundo y tú no ibas a volar a Bali en busca de una chica con la que era imposible que empezaras nada..., teniendo en cuenta lo agobiado que estabas por todos los cambios que está habiendo en tu vida, yo..., bueno..., yo bloqueé el número de Nikki para que no pudiera ponerse en contacto contigo.

Lo miré en silencio unos instantes hasta que fui capaz de encontrar mi voz.

—¿Qué hiciste qué? —pregunté asimilando sus palabras.

Nate bajó la mirada un segundo y después la elevó para mirarme fijamente por primera vez desde que había empezado aquella conversación.

—La bloqueé, Alex. Si quiso ponerse en contacto contigo para avisarte de que venía, seguro que le fue imposible hacerlo...

Me entraron ganas de matarlo.

Me entraron ganas de cogerlo por la camisa y estrangularlo de verdad.

Apreté las manos con fuerza porque no era plan de darle una paliza. Apreté los puños con fuerza y, cuando asimilé sus palabras, lo que implicaba lo que había hecho… Joder.

Giré sobre mí mismo para buscar a Nikki.

Debía explicarle aquello.

Ya entendía que estuviese tan fría, tan distante…

Nikki creía que yo la había bloqueado, que la había apartado cuando le había dicho que siempre iba a estar a una llamada de distancia.

Hijo de puta de Nate.

—¿Dónde están? —pregunté en alto cuando no vi ni a Nikki ni a Maggie ni a Erik al buscarlos con la mirada.

Joder.

—Creo que se han ido… —habló Nate a mis espaldas.

Seguí buscando con la mirada y, en efecto, no había ni rastro de ninguno de los tres.

Nikki se había ido sin despedirse.

La cosa no pintaba nada bien.

—Oye, lo siento. —Nate no dejaba de disculparse. A pesar de haberle insistido ochenta veces con que me dejara tranquilo y en paz, se había venido conmigo en el coche—. ¿Yo cómo iba a adivinar que Nikki vendría a Londres? Lo último que yo supe es que a esa chica la aterrorizaba volar. ¡Me dijiste que nunca más volverías a verla! ¡Yo solo quería ayudarte!

—¡Cállate, Nate! —le grité desviando la mirada de la carretera a la vez que perdía la poca paciencia que me quedaba—.

Esta es la última vez que te metes en mis asuntos sin mi consentimiento. ¡Qué cojones! Esta es la última vez que te metes en mis asuntos y punto.

Nate no dijo nada y agradecí que se callara porque, si no, me entraban ganas de abrir la puerta y sacarlo del coche de un empujón.

Procuré tranquilizarme.

Hablaría con ella… Hablaría con Nikki y le aclararía lo que había ocurrido. Le explicaría lo de Nate, también debía contarle lo de la amenaza que había recibido hacía dos meses, nada más regresar, y que estaba casi seguro de que estaba relacionada con haber removido todo el asunto de la familia Leighton. Le explicaría lo de mi hija, le explicaría por qué nunca quise sacar el tema estando con ella… Debía explicarle todo porque… ¿Por qué? Mi subconsciente lanzó la pregunta en un tono que me dejó silenciado por unos instantes.

¿Por qué iba a darle explicaciones a alguien que había pasado de mí cuando estuve escribiéndole durante días? ¿Por qué iba a explicarle mi vida privada a una chica que jamás quiso compartir conmigo más de lo que decidió enseñarme? Nikki ocultaba muchas cosas, siempre fui consciente de ello. Todos ocultamos cosas, joder, pero jamás entendí por qué me hizo aquel vacío, por qué dejó de hablarme. Vale que al separarnos las cosas no hubiesen estado del todo bien, entendía que haberle quitado la venda de los ojos con respecto a su familia, su vida, y quién era ella en realidad la hubiesen trastocado, pero eso no era razón para ignorar mis mensajes como los había ignorado.

«Habla con ella», insistió mi fuero interno.

Miré a Nate cuando aparqué frente a la puerta del hotel Olivieri.

—Pensaba que iríamos a tu casa…

—Esta es tu casa —contesté escueto.

Nate suspiró, pero antes de abrir la puerta y bajarse en el hotel que desde hacía un año se había convertido en su hogar, se giró para mirarme.

—Lo lamento, ¿vale? —dijo y por vez primera creí ver sinceridad en su mirada—. Si hay algo que pueda hacer para solucionarlo, pídemelo sin más.

Eso bastó para que se me encendiera una bombilla, porque si alguien podía ser tan entrometido como Nate para cagarla como lo había hecho, también podía ser igual de entrometido para solucionarlo o, al menos, ayudarme a mí a hacerlo.

—Consígueme el número de Nikki —casi le ordené. Nate pareció arrepentirse al segundo de haberme ofrecido su ayuda tan rápido.

—¿Que consiga su número? ¿Y cómo quieres que lo haga? —me preguntó un tanto agobiado.

—No tengo ni idea, hazlo a través de Maggie. Me da igual, pero consígueme su teléfono para que pueda solucionar este embrollo que has creado tú y que ha hecho que ella haya venido hasta Londres sin que yo no supiera nada de nada, joder.

Nate se me quedó mirando y entonces abrió la boca para soltar una pregunta que se quedaría rondando por mi mente durante mucho tiempo.

—¿Por qué te molestas? —me dijo.

—¿Qué? —contesté perplejo, sin comprenderlo al principio.

—¿Por qué te molestas en involucrarte con una chica con la que jamás podrás tener nada, Alex?

Me dolieron sus palabras porque eran verdad. Y porque desde que la había vuelto a perder de vista, sentía como si toda mi energía, mi oxígeno, se hubiera ido de nuevo con ella.

¿Quién era Nate para decirme con quién podía yo tener o no tener algo? ¿Quién era Nate para cuestionar a quién podía querer…, desear?

Mi cerebro cambio una palabra por otra automáticamente. La deseaba…, deseaba a Nikki porque con ella había vivido algo que jamás creí ser capaz de compartir. Me abrí a ella como con ninguna otra chica. Para mí Nikki fue una medicina para mi alma rota y la deseaba… La deseaba en mi vida como un toxicómano puede desear una droga en su momento más oscuro. La deseaba porque querer se me quedaba demasiado grande, porque la palabra querer desde hacía mucho había dejado de ser una posibilidad.

Joder, me cabreaba toda aquella situación. Jamás había tenido las cosas tan fuera de mi control… Bueno, sí, pero lo de Lilia era diferente. No fue decisión mía perderme los primeros once años de su vida, pero nada más saberlo había tomado cartas en el asunto y, dentro de todo el caos que había supuesto en mi vida, por fin podía decir que más o menos lo tenía controlado.

Nikki era mi descontrol, mi nudo incapaz de deshacer… Era mi talón de Aquiles, mi posibilidad de ser feliz y no soportaba la idea de que hubiese llegado hasta Londres sin estar al tanto de nada. No soportaba la idea de no saber cómo demonios había conseguido subirse a un avión y superar su mayor

No soy ningún mentiroso, joder.

Incluso desde la distancia supe que mis palabras habían conseguido cabrearlo. «Bueno, bienvenido al club», pensé.

Me mentiste.

Mientras escribía, a cada letra que tecleaba notaba que me iba encendiendo, y no para bien.

Más bien omití información que no creía que fuera
necesario dar a una chica que acababa de conocer.

Escribió y se quedó tan pancho.
Yo no pensaba ir por ahí, no pensaba entrar en ese juego.

Me voy a dormir, Alexander.

Espera.

Lo vi escribiendo, pero no llegaba ningún mensaje.
Esperé y esperé hasta que al fin llegó.

Hay muchas cosas que no sabes, Nikki,
cosas que no creí oportuno decirte
porque jamás pensé que nosotros…
Dame la oportunidad de explicártelo todo,

dame la oportunidad de que podamos hablar tranquilos,
tú y yo, porque hay muchas cosas
que yo tampoco entiendo.

Tecleé con furia:

No hay nada que entender. Estoy aquí y punto.
No tienes por qué saber cuáles fueron las razones
detrás de mi decisión. No tengo por qué explicarte
qué me ha hecho subirme a un avión. No tengo que
contestar a tus preguntas, porque está claro
que en la vida de los dos ya no hay cabida
ni para el uno ni para el otro.

Esperé y, a los pocos segundos, en vez de ver que escribía una respuesta, me apareció una llamada entrante con su nombre escrito en la pantalla.

La rechacé y él volvió a intentarlo. A los segundos, volvió a escribirme un mensaje.

Me encantaría saber por qué siempre
es tan difícil hablar contigo por teléfono.

No respondí nada, solo lo leí y, enseguida, volvió a escribir.

Deja que te invite a cenar.

Leí la propuesta a los pocos segundos de que llegara y, solo de imaginármelo, me empezó a doler la barriga.

No.

Deja que te invite a comer, Nikki.

Me quedé en silencio observando la pantalla, sin saber qué decirle. Y entonces tecleó desesperado:

Un café.

Respiré hondo antes de armarme de valor y escribirle lo que de verdad sentía:

Tienes una hija, Alex.

Escribiendo.

...

Escribiendo.

...

La que tecleé entonces fui yo:

Buenas noches.

¡Espera! Dame la oportunidad de explicártelo todo.

Me limpié la lágrima que caía por la mejilla. Tenía muy grabada en mi retina la imagen de aquella fotografía donde salía con una mujer y una preciosa niña a su lado. Recordé, sin permitirme olvidar, el dolor que me supuso descubrir de aquella manera que el hombre por el que había creído sentir algo a lo que aún no me atrevía a ponerle nombre tenía una vida paralela a la que me había hecho creer que tenía. ¿Cómo se podía mentir así?

No le contesté.

De hecho, esta vez fui yo quien decidió bloquearlo. Así no tentaría a la suerte, así no cedería ante su insistencia ni ante mi debilidad. Sí, era débil, y más si él entraba a formar parte de la ecuación. Aquella ecuación tan compleja que ninguno de los dos sabía resolver.

Apagué el teléfono y lo metí bajo la almohada.

Aquella noche había sido muy intensa… Volverlo a ver, volver a sentirlo cerca de mí… No iba a mentir, me sentía rota y más viva que nunca, pero al verlo allí, al verlo en ese lugar con sus amigos, vestido con traje, tan elegante y tan… tan imponente todo él… No había necesidad de remover lo que habíamos tenido, de ensuciar con las mentiras o verdades a medias lo bonito que había sido jugar a enamorarse en una isla que incitaba a hacerlo.

Prefería quedarme con el recuerdo que saltar al vacío.

Me levanté por unos ruidos bastante desagradables que procedían del cuarto de baño. Maggie estaba arrodillada frente al váter, vomitando.

Miré el reloj y vi que eran las siete de la mañana. Fuera empezaba a amanecer.

Me levanté corriendo y fui a ayudarla.

—¿Qué tal, Maggs? —inquirí sabiendo que era una pregunta estúpida.

Mi mejor amiga apoyó la mejilla en el váter y me miró con un cansancio extremo.

—Eres a la única persona a la que le permitiría preguntarme algo así en este momento.

Procuré no poner los ojos en blanco y la miré preocupada.

—Creo que deberías buscarte un médico... Aún no te ha visto nadie, ¿no?

Maggie negó con la cabeza y vi que algo la atormentaba.

—No sé si estoy lista para..., ya sabes..., para verlo —dijo y al principio no entendía a que se refería.

—¿Al bebé?

Maggie asintió en silencio.

—No creo que puedas ver mucho...

—Da igual, cuando lo vea... cuando lo vea será más real, me será más difícil tomar una decisión, por eso quería... Esperaba habérselo dicho antes de tener que hacerme una ecografía.

—Pues díselo y punto, Maggie.

—No es tan fácil —dijo, acercándose al lavabo. Se lavó la cara y se enjugó la boca con agua.

—¿Cómo que no? Díselo y ya afrontarás las consecuencias de su decisión. Estoy segura de que, a pesar de lo capullo que es Nate, jamás te dejaría tirada con algo como esto.

Maggie me miró a través del espejo y, entonces, empezó a sollozar de manera descontrolada.

Me asusté al verla perder los nervios de aquella manera y de forma tan repentina, como si llevase mucho tiempo conteniéndose, mucho tiempo aguantando la respiración y acabase de salir a la superficie en busca de oxígeno.

—Maggie, tranquila —la calmé, acompañándola hasta hacer que se sentara en el borde de la cama.

Maggie siguió sollozando descontrolada.

—No-no… no lo entiendes —dijo cortándose unas cuantas veces debido al llanto.

—¿Qué es lo que no entiendo? —le pregunté sentándome a su lado y pasándole un brazo por la espalda.

Maggie siguió llorando hasta que al final volvió a hablarme.

—No te lo dije… no te lo dije porque no me veía capaz de hacerlo y sabía… sabía que tal vez si te lo decía no me acompañarías hasta aquí…

La observé sin entender nada de nada de lo que decía.

—¿El qué no me dijiste, Maggie? —pregunté empezando a temer lo que podía salir de su boca.

Maggie negó con la cabeza varias veces antes de volver a hablar y, cuando lo hizo, intentó mirarme a los ojos, pero solo lo consiguió a medias. No fue capaz de fijar sus ojos en los míos del todo.

—Nikki…, no me odies por esto, pero… —dijo y me tensé cuando siguió hablando—: No sé quién es el padre.

Se hizo el silencio durante unos instantes. Instantes donde mi corazón se saltó varios latidos.

—¿Como que no sabes quién es el padre? —pregunté al fin, sintiendo que mi boca se secaba al pronunciar aquellas palabras.

Maggie se limpió las lágrimas y esta vez sí consiguió mirarme a los ojos.

—No es seguro que el niño sea de Nate —admitió en voz baja, como si temiera que alguien pudiera oírnos.

Me la quedé mirando con la incredulidad inundándolo todo.

—¿Me estás queriendo decir…? —empecé despacio.

—Te estoy queriendo decir que existen las mismas posibilidades de que el niño sea de Nate que de Malcolm.

Respiré hondo, era consciente de que había estado conteniendo el aliento.

—Dime que es una broma… Dime que no nos hemos cruzado el mundo para decirle a Nate que va a ser padre de un hijo que tal vez no sea suyo.

Maggie me cogió las manos.

—Él es el padre, Nikki… Tiene que serlo, siento que lo es, pero no sé explicártelo.

La miré sin dar crédito y me puse de pie.

—Es imposible que sientas que tu hijo es de alguien, Maggie. Lo es o no lo es. Si tuviste relaciones con los dos durante un periodo de tiempo cercano…

—Es de Nate, Nikki.

Negué con la cabeza.

—No lo sabrás hasta que no le hagan una prueba de paternidad, Margot.

Maggie se puso de pie y empezó a recorrer la habitación.

—Hasta que el bebé no nazca, no lo sabremos... Hasta entonces...

—¿Qué? —le pregunté—. ¿Qué harás?

—Seguiré con lo planeado, seguiré mi instinto y mi instinto dice que Nate es el padre.

—¡Maggie, no puedes hacer eso! Además, ¿por qué quieres que sea de él? —No pude evitar levantar la voz para preguntarlo—. No puedes usar a ese bebé como una excusa para atar a Nate a ti, es absurdo, ¡es una completa locura!

Maggie volvió a sentarse y se llevó las manos a la cara.

—Es la única explicación que le encuentro a todo... —dijo cabizbaja.

—¿Explicación que le encuentras a qué?

—A Nate y a mí... A todo lo que sufrí, a todas nuestras idas y venidas. No es posible que de todo el amor que sentimos el uno por el otro solo quedasen cenizas del dolor que nos provocamos... Algo bueno tenía que salir de aquello, este bebé...

La observé y creí que había perdido por completo la cabeza.

—¡Margot, aterriza! —intenté despertarla, aunque fuera un poco dura—. No puedes jugar con esto. No puedes jugar como si fueras capaz de entender el destino, ¡como si existiesen pruebas de que algo como tal existe! ¡Esto es serio! Vas a tener un hijo y no sabes quién es el padre, pero lo peor de todo es que ni siquiera te has planteado decírselo a Malcolm.

Maggie negó con la cabeza.

—Si Malcolm se entera de esto...

—¡Debes decírselo! ¡A ambos! Deben saberlo, Maggie. No

puedes decidir tú quién es el padre de tu bebé, las cosas no funcionan así.

—Yo solo quiero lo mejor para el bebé.

Negué con la cabeza.

—No, cariño… Tú solo quieres lo que crees que es mejor para tu corazón. No puedes elegir quién será el padre de tu hijo en base a los sentimientos que tienes por uno de ellos. Además, siendo sincera, nunca creí que quisieses atar a Nate a tu vida con un hijo que tal vez no sea suyo.

—¡Tú no sabes lo que es querer a alguien con tanta desesperación que harías cualquier cosa por recuperarlo!

Me callé observándola y viendo el dolor impreso en cada una de esas palabras. Estaba segura de que no había sido fácil para ella soltarlas así, a bocajarro. Era algo profundo, muy puro en su verdad, porque sabía que lo que decía lo sentía de verdad…, pero estaba mal.

—Tú no eres así —dije con calma—. Te estás dejando llevar por el miedo, por el miedo que te da tener un hijo sola o con alguien a quien no amas, pero, Maggie…, Nate ya te dejó claro que no te quiere, y no me refiero a lo dolido que pueda estar porque te casaras con su mejor amigo, me refiero a cómo te ha tratado desde que te conoció, me refiero a lo que te ha demostrado todos estos años…

—Tú solo ves lo malo, solo te quedas con lo malo…

—¡Porque te hizo mucho daño!

—¿Y qué? —me preguntó levantando el tono de voz—. ¿Acaso hay una ley escrita que diga que para que una relación sea verdadera o real no está permitido hacerse daño? ¡Eso es una utopía! ¡Siempre hay dolor cuando hay amor porque se entrega el corazón a otra persona y este queda expuesto, vulnerable! Yo amé a Nate y él me amó a mí y, en el fondo de mi corazón, sé que aún hay amor dentro de ambos, amor por el otro, un amor que nos ha llevado a crear este bebé…

Negué con la cabeza.

—Están hablando tus hormonas.

—Hablan mis sentimientos y mis sentimientos son míos, ¡míos y de nadie más! Estoy cansada de analizar mi relación en base a los prejuicios de la gente o en base a lo que se supone que debe ser el amor. El amor puede ser de muchas formas, siempre y cuando ambas partes estén de acuerdo…

—¿Te estás oyendo? —le pregunté perdiendo los nervios—. ¡No puedes justificarlo todo por amor! ¡Las cosas no funcionan así!

—Para mí sí… Para mí sí que funcionan así.

Me llevé la mano al puente de la nariz y procuré tranquilizarme.

—Escúchame… —empecé—. No voy a juzgar tus sentimientos, porque son tan reales como tú misma, pero debes entender que hay cosas que no se pueden permitir, que hay actitudes que se deben cancelar…

—Nate no es mala persona… Nate es un inmaduro, eso es lo que es.

Vale…, eso podía aceptarlo.

—¿Y tienes ganas de esperar a que madure?

Maggie se encogió de hombros.

—Puede que sí.

Nos quedamos calladas sin saber muy bien cómo continuar con la conversación. Ella estaba molesta y triste, yo incrédula y sin ser capaz, por vez primera, de entender a mi mejor amiga.

Sopesé muy bien mis palabras antes de volver a hablar.

—Tienes que separar por un momento tus sentimientos por Nate y pensar lo que es correcto, ¿vale? No voy a decirte que Nate no te conviene o que ambos habéis tenido una relación toxica, no voy a decirte eso porque eres lo suficiente mayorcita para saber lo que tú quieres soportar en tu vida. Sé que Nate jamás te ha hecho daño a propósito, sé que es buena persona, solo que para mí es un novio pésimo y tiene que solucionar muchas cosas de su vida para poder y saber comprometerse. Con esto no quiero decir que dude de que te ame, porque lo hace, estoy segura de que lo hace a su manera…

»Pero aquí estamos hablando de la vida de una tercera persona que ni siquiera ha nacido aún, y si me apuras, por mucho que desees a Nate como padre de ese bebé, si Malcolm es al final su padre, estarías privándolo del derecho que tiene a formar parte de la vida de su hijo. Lo correcto aquí es que seas sincera, debes serlo tanto con Nate como con Malcolm, y aunque seguro que arde Troya, después de una tormenta siempre viene la calma…

»No te preocupes por nada, porque yo voy a asegurarme de que ninguno de los dos te haga sufrir mientras tú estés gestando a ese niño dentro de ti. Eso es lo más importante ahora…, el bebé. Lo demás puede y debe esperar. Si ellos no lo entienden, pues ¡que les den! Somos lo suficiente fuertes como para superar esto, ¿no crees?

Mi amiga me devolvió la mirada con ojos llorosos.

—Te quiero mucho —dijo entonces.

Sonreí.

—Somos hermanas del alma, ¿no? —contesté atrayéndola hacia mí y dejando que me apoyara la cabeza en el hombro—. Superaremos esto, ya lo verás.

Maggie volvió a acostarse después de esto y mientras lo hacía tomé una decisión.

No sabía si estaba haciendo bien o estaba equivocándome, pero no lo dudé.

Debía hacer algo.

Cogí el teléfono y llamé.

—¿Diga? —contestó la voz de Nate.

—Soy Nikki. Tenemos que hablar de Margot.

# 16

# NIKKI

Me sorprendió que Nate no me hiciera muchas preguntas. Me pidió que le confirmara cuándo podía recogerme y le dije que podía hacerlo después de comer, a eso de las cuatro. Eso me dejaba tiempo para salir a correr, regresar al piso, ducharme, vestirme, tal vez hacer una llamadita rápida a casa y estar lista en la puerta sin que Maggie se diese cuenta, ya que desde que estaba embarazada dormía mucho más de lo normal, y más después del sofocón que se había llevado aquella mañana.

Corrí y aproveché para intentar pensar qué le diría a Nate cuando lo viese, cómo podía allanarle el terreno a mi amiga para que pudiera confesarle la verdadera razón que la había llevado a viajar a Londres.

Lo tantearía primero y, en base a su actitud, decidiría si contárselo yo o dejarlo en manos de Maggie, que no parecía estar preparada para afrontar a un Nate autodestructivo y cabreado.

Temblé de frío cuando una brisa helada me golpeó la cara. No terminaba de acostumbrarme a aquel tiempo tan cambiante, tan helado, pero al menos correr con ese clima era más agradable que hacerlo con la humedad de Bali.

Me detuve, adquiriendo un paso normal cuando llegué a nuestra calle, o más bien a la calle donde teníamos el alojamiento prestado mientras estuviésemos allí, y seguí caminando hasta que lo vi.

Alex.

Mis pasos, al contrario que mis latidos, se ralentizaron hasta casi detenerse. Él, que estaba apoyado en un impresionante coche azul brillante, se incorporó al verme y se acercó con cautela al notar que mi semblante adquiría una mueca de disgusto.

Ya entendía por qué Nate había aceptado tan tranquilo quedar conmigo…

—¿Qué estás haciendo aquí? —pregunté poniéndome nerviosa y muy tensa.

La noche anterior apenas habíamos hablado, apenas habíamos intercambiado cuatro frases en persona, diez, si contábamos los mensajes de teléfono que habíamos compartido antes de dormirnos.

—Me has bloqueado —dijo muy serio, como única respuesta.

Al principio no lo entendí y después recordé lo que había hecho la noche anterior, cuando había conseguido cabrearme con su desfachatez

Me fijé en cómo iba vestido.

Era sábado e iba de traje, pero no un traje cualquiera, iba como hubiese ido yo si fuese un hombre a una boda, por ejemplo.

¿Siempre iba así vestido?

—Es sábado —le dije sin evitar preguntarme dónde había quedado el hombre en bermudas y camisa de lino al que había estado acostumbrada en Bali.

Ese Alex… ese Alex trajeado me intimidaba y me provocaba muchas cosas a la vez… Cosas para mayores de dieciocho años…, tal vez incluso para más de veintiuno.

«Joder, céntrate, Nikki».

—Gracias por recordarme a qué día de la semana estamos. ¿Por qué me has bloqueado, Nikki? ¿Acaso ya no quieres hablar conmigo?

Lo miré y noté cómo el enfado volvía a resurgir.

Joder, mira que habíamos vivido cosas bonitas, pero desde que había puesto un pie en Londres, Alex solo me provocaba ira y algo más… Algo que no quería admitir porque solo dejaba constancia de lo débil que es la mente humana, lo débil que es cuando en vez de pensar con la cabeza, pensamos con el…

—¿Te bloqueo y te plantas donde vivo? —le pregunté.

Me devolvió la mirada con escepticismo.

—¿Te bloqueo y vuelas a Londres?

Menudo golpe bajo.

Me coloqué un mechón de pelo detrás de la oreja antes de contestar.

—Aunque te cueste creerlo, no eres la razón por la que he venido hasta aquí, Alexander.

—Alex —me corrigió, dando un paso hacia mí.

—Alexander —repetí.

—Alex. Y puedo aclararte lo del bloqueo —admitió suavizando un poco el tono.

—Seguro que tiene una explicación interesantísima, pero he quedado. Tengo que ducharme, vestirme y hacer una videollamada con mi perro, así que si me disculpas…

Alex me cortó el pasó.

—¿Una videollamada con quién? —preguntó con incredulidad y un brillo de diversión en su mirada.

—Con mi perro —repetí haciendo énfasis en cada una de las palabras.

—¿Vas a hacer una videollamada con Batú? —preguntó riéndose de mí sin ningún tapujo.

—Vaya, veo que te acuerdas de cómo se llama y todo —dije picada.

—Claro que me acuerdo, es un perro precioso…, igual que su dueña.

Sentí un cosquilleo en el estómago que procuré ignorar y levanté el dedo de manera acusadora.

—No vayas por ahí.

Dio un paso hacia delante y me cogió el dedo con la mano derecha, luego se la llevó hasta el pecho y la apresó sin mi consentimiento.

—¿Por qué te cuesta tanto aceptar que me pareces preciosa? —preguntó y parpadeé aturdida.

Tiré de mi dedo con fuerza, recuperándome de su maldito hechizo conquistador, y me lo liberó.

—Porque no viene al caso… No quiero que me enredes, no quiero que lo hagas, joder —le dije cabreándome en serio.

—Debes de estar muy enfadada como para haber soltado un taco.

—Suelto tacos muchas veces —dije cortante.

—No tantas —me rebatió y me molestó que quisiera dárselas como si me conociese en profundidad… Puede que me hubiese conocido en ámbitos donde nadie jamás había entrado, nunca mejor dicho, pero lo demás… lo demás era mío y de la gente a la que le importaba de verdad.

Sus ojos me recorrieron el rostro como si no pudiese creerse que estuviese allí frente a él, como si fuese una utopía volver a estar pisando el mismo suelo.

—Nikki, venga ya… ¿Puedes dejar que te invite a un café? Tenemos que hablar.

Al pedírmelo se acercó más a mí, y no sé cómo lo hizo, porque sus zapatos no se movieron del lugar… ¿Tal vez fui yo la que se acercó sin ser consciente?

Negué con la cabeza como unas tres veces, como una niña pequeña que quería dejar clara su postura, pero sin saber verbalizarla aún.

—He quedado… —repetí mirando mi reloj—, en veinte minutos, además.

Por los ojos de Alex cruzó algo que empezaba a identificar muy bien.

—¿Con Erik? —preguntó y vi que el nombre de su amigo le quemaba en los labios.

—No es de tu incumbencia —contesté.

—¿Por qué intentas ponerme celoso cuando sé que has quedado con Nate? —me soltó entonces.

—¿Por qué lo preguntas entonces si ya sabes con quién he quedado? —rebatí.

—Porque sigo intentando comprender en qué universo paralelo estás en Londres, besándote con un compañero mío.

—¿Te besabas tú con una farola ayer en la discoteca? —le pregunté, en obvia referencia a la chica cuyo culo no soltó hasta verme. Fui a rodearlo para llegar hasta la puerta de la casa, pero me cortó el paso de nuevo.

—He venido hasta aquí para hablar contigo y no me pienso ir hasta que lo haga.

Lo miré alucinada por su determinación y por creer que podía obligarme a hacer algo que estaba claro que yo no quería hacer.

—Estamos hablando, Alex, pero no hay mucho más que añadir a esta conversación. Ya sé todo lo que tenía que saber y no lo he sabido por ti que digamos.

Alex me miró y soltó una risa amarga que no me gustó ni un pelo.

—Te haces la indignada, pero ¿quién ignoró cada uno de mis mensajes durante una semana entera, eh, Nikki? ¿Quién no me cogió el teléfono cuando llamé todos los días desde que me fui?

Bajo su tono neutro podía ver que aquello le había cabreado, dolido o molestado, no sabía exactamente el qué… Pero al contrario que él, yo había tenido un motivo; él, en cambio, no lo había tenido para bloquearme como lo hizo.

—¿No tuviste tiempo durante el mes que salimos juntos para contarme que tenías una hija? —le solté. Cada palabra me costaba un esfuerzo infinito porque aún no era capaz de asimilar que aquello fuese verdad.

Alex se quedó callado, mirándome con algo parecido al arrepentimiento.

—Por favor, sube al coche, hablemos en otro sitio, no aquí en medio de la calle —me pidió, rogándome con los ojos que aceptara lo que me pedía.

Solté un hondo suspiro y miré a mi alrededor como si pudiese encontrar una respuesta a todas las incógnitas que rodeaban a aquel hombre.

—¿Puedes esperar a que me duche? —le pregunté cediendo al fin.

Una media sonrisa se dibujó en su semblante.

—Espero todo lo que haga falta, Nikki —me dijo con calma.

Me metí en casa corriendo y, al cerrar la puerta, aproveché para dejarme caer contra esta y soltar todo el aire que ni sabía había estado conteniendo.

Joder... No estaba preparada para estar a solas con él... No estaba preparada porque no tenía control de mi cuerpo ni de mi mente ni de mis sentimientos cuando él estaba implicado en la ecuación.

Pensé en salir y decirle que me arrepentía, pero no podía ser tan cobarde. Debíamos hablar, él llevaba razón en eso.

Me duché con prisas sin despertar a Maggie y me vestí con unos vaqueros, un jersey de lana y unas botas que le tomé prestadas a mi amiga.

Con el pelo mojado y chorreando por la espalda, solté un escalofrió cuando abrí la puerta y volví a salir al exterior.

Alex seguía allí, con el móvil en la mano y los ojos clavados en la pantalla. Nada más oír que estaba lista, volvió a guardárselo en el pantalón y me dedicó una bonita sonrisa.

—Sube —me pidió abriéndome la puerta.

Lo hice y su exquisita fragancia mezclada con el olor del cuero me inundó rodeándome por todas partes.

—Ponte el cinturón —me ordenó y me recordó a la manera con la que prácticamente me obligó a llevar casco en la isla.

Lo hice al mismo tiempo que empezaba a tiritar de frío.

—¿Quieres que ponga la calefacción?

Le devolví la mirada como queriéndole decir que era obvio que sí.

Alex se rio.

—Estamos a principios de octubre, Nikki, tampoco hace tanto frío.

—Eso lo dirás tú, porque yo estoy helada —dije y me callé cuando, sin previo aviso, me acercó la mano para coger la mía y se la llevó a su boca. Me calentó la piel con su aliento y provocó que miles de mariposas quisiesen montarle una fiesta de bienvenida en mi estómago.

—Alex…, para —le dije recuperando mi mano.

Me lanzó una mirada triste tras arrancar el coche y salir de allí en dirección a la ciudad.

—Todavía no me creo que estés aquí —dijo. Yo tampoco lo asimilaba, no creía que estuviese ahí, con él, en su coche, después de enterarme de que tenía una hija y tal vez una novia o prometida o lo que fuese.

—¿A dónde me llevas? —le pregunté para evitar responder.

—¿Te apetece venir a mi casa? —me propuso mirándome de reojo sin desviar mucho la mirada de la carretera.

Dudé.

Ir a su casa podía implicar muchísimas cosas, pero no podía negar que me mataba la curiosidad por verlo en su ambiente, en su hogar, rodeado de sus cosas... Conocía tan poco a aquel hombre por el que había terminado sintiendo tanto...

—¿Me traerás de vuelta cuando te lo pida? —le pregunté y me devolvió la mirada extrañado.

—Por supuesto, Nikki. ¿Qué clase de pregunta es esa? —me contestó ofendido.

—Lo siento, estoy acostumbrada a tener mi moto e ir a donde quiero. Además, todavía no me aclaro con el metro.

Su mirada me calló y caí en la estupidez que acababa de soltar.

—Te traeré de vuelta cuando me lo pidas —me dijo obligando a su voz a adquirir un tinte tranquilizador.

Se hizo el silencio durante el resto del camino, él no quiso decir nada y yo estaba demasiado nerviosa como para pronunciar palabra alguna.

Mis ojos observaron con curiosidad cuando dejamos los rascacielos atrás y nos adentraos en un bonito barrio de casitas de ladrillos y bonitos árboles con hojas verdes y anaranjadas propias del otoño. Alex giró hasta meter el coche en la plaza de garaje de una preciosa e imponente casa de color blanco.

—¿Aquí vives? —pregunté.

—Aquí vivo —contestó.

No le dio tiempo a abrirme la puerta del coche porque me bajé antes de que consiguiera llegar. Frunció el ceño, pero lo ignoré fijando los ojos en lo que me rodeaba.

No muy lejos, calle abajo, empezaba un precioso parque vallado.

Alex se acercó a la puerta y la abrió.

Cuando entré en su mansión, me inundó una sensación de extraña familiaridad. Sentí lo mismo que sentía cuando entraba en mi casita, en Bali. El recibidor era amplio, estaba cubierto con alfombras de color crema y llevaba a unas escaleras empinadas, típicas de las casas inglesas.

Un marco doble sin puerta te llevaba a un salón con dos grandes sofás verdes donde pude ver que estaba la chimenea de la que me había hablado. Al final del pasillo, supuse que se llegaría a la cocina y el ventanal que había justo frente a mí dejaba ver un gran jardín trasero con ventanas amplias cubiertas por cortinas en tonos marrones claros.

—Bienvenida a mi villa particular. No tengo las magníficas vistas que tienes tú en Bali, pero al menos tengo jardín —dijo forzando una sonrisa.

Me giré para mirarlo y...

Entonces un dóberman apareció corriendo por el final del pasillo moviendo la cola. Se puso a ladrar de manera estridente cuando me vio junto a su dueño.

—¿Este es tu perro? —exclamé emocionada.

Alex asintió y de forma autoritaria le dijo *«sit»*. El perro se sentó enseguida, mirando a Alex y luego a mí con curiosidad.

—Se llama Camilo.

Sonreí.

—¿Puedo? —pregunté acercándome y ofreciéndole la mano para que la olisqueara primero. Es importante dejar que te huelan antes de intentar acariciarlos directamente, y más con un perro como ese.

Camilo me dio su aprobación de inmediato y dejó que lo acariciara mientras movía la cola emocionado y luego saltaba sobre Alex.

—Es precioso —dije, admirándolos interactuar el uno con el otro. Batú había congeniado con Alex rápidamente y me gustó saber que yo había hecho lo mismo con su mascota.

—¿Te apetece beber algo? —me preguntó Alex alentándome a seguirlo hacia el salón.

—¿Estás solo?

¿Dónde estaba su hija?

—Sí, el sábado Hannah tiene el día libre.

¿Hannah?

—La criada —me contestó al ver mi cara de extrañeza.

—¿Y tu hija? —pregunté. Sentí de nuevo ese pinchazo que empezaba a convertirse en algo familiar.

Alex se giró con dos vasos con un líquido ambarino y me tendió uno mientras me animaba a sentarme en el sofá.

—Lilia esta interna en un colegio no muy lejos de aquí —dijo con calma.

No pude evitar fruncir el ceño.

—¿Tu hija está interna en un colegio?

Alex dejó su vaso de cristal sobre la mesita que había frente a nosotros y tomó asiento a mi lado.

—Es común en Inglaterra... Yo mismo acudí a su colegio.

Parpadeé confusa.

—Pero ¿porque dejarla interna si puede vivir aquí contigo?

Alex esquivó mi mirada cuando volvió a levantarse y se acercó a la chimenea.

—Trabajo mucho…, demasiado ahora que soy el CEO de la empresa. Lilia está mejor atendida en el colegio, con compañeras de su edad y recibiendo la mejor educación que un colegio puede ofrecer.

Lo miré perpleja.

—¿Y su madre? —pregunté.

Alex soltó un hondo suspiro.

—Murió de cáncer de páncreas hace medio año.

Abrí los ojos con sorpresa.

Cuando me enteré de lo de su hija, en mi mente surgieron todo tipo de hipótesis que intentaban explicar por qué Alex no había sabido nada de su existencia, pero nunca imaginé que la madre de la niña hubiese muerto.

—Lo siento mucho —contesté.

—No sabía de la existencia de Lilia… Su madre nunca me lo dijo.

—Supongo que fue un duro golpe para ti.

Alex me miró y vi en sus ojos una amargura muy profunda, una amargura que estaba segura de que siempre estuvo ahí, pero aprendió a ocultar cuando viajó a mi isla a intentar olvidarse de los problemas.

—Nikki, nunca fue mi intención hacerte daño, ¿lo sabes, verdad? —me preguntó desde su posición junto a la chimenea.

Supe que era sincero, supe que no había querido dañarme, pero eso no justificaba las mentiras.

—Creo que nunca quisiste hacerlo y entiendo que hasta cierto punto no tuviese sentido contarme lo de tu hija, pero, Alex…

—Ya lo sé —me interrumpió acercándose y sentándose a mi lado. Su repentina cercanía me puso nerviosa, mi rodilla casi rozaba la suya. Todo él pareció ocupar todo mi campo visual, el aire que me rodeaba pareció condensarse para que todos mis sentidos solo pudieran percibirlo a él y nada más que a él—. Sé que hacia el final debí decírtelo, debí contártelo todo, pero, Nikki, con todo lo que descubrí sobre tu familia, estabas tan disgustada y nos quedaba tan poco tiempo para estar juntos...

Le devolví la mirada y me quedé prendada.

Lo había echado tanto de menos, había ansiado tanto su contacto, su cercanía, su calidez...

De repente, mi mente pareció no poder hilar pensamientos coherentes, fue como si me abdujeran el cerebro y no me gustó esa sensación.

Me puse de pie y me alejé todo lo que pude.

—Lo entiendo —dije, aunque en el fondo aún no podía perdonarlo.

—¿De verdad lo entiendes? —me preguntó.

Me di la vuelta y clavé la mirada en la ventana, en los pájaros que bebían de los pequeños charcos del jardín, en las flores que no hacía falta regar porque el agua en Inglaterra abastecía por sí misma a cualquier ser vivo dependiente de ella.

Sentí un escalofrío cuando lo noté tras mi espalda.

—He pensado mucho en ti —me admitió y su mano subió hasta alcanzar mi brazo, acariciándome desde mi hombro hasta mi muñeca.

Cerré los ojos dejando que mi piel se erizara ante su contacto.

—He rememorado cada momento que compartimos juntos, cada instante en donde fuiste mía y cada beso que te di.

Continué sin abrirlos, procurando no caer en la tentación que suponía escucharlo decir eso.

Se acercó más, hasta que sentí su pecho rozar mi espalda y la anchura de su cuerpo cubrir el mío por completo.

—Nikki…

Pero tuve que detenerlo, tuve que frenar lo que fuera que iba a decirme, porque de nada servía seguir por ahí.

—Necesito tomar el aire —lo corté dándome media vuelta. Lo rodeé para poner distancia entre los dos y me alejé en dirección a la puerta.

No esperé a que fuera él quien me abriera, la abrí sin más y salí al exterior.

El sol no tardaría en ponerse, y el recuerdo de todos los atardeceres compartidos con él me hicieron pensar en todos aquellos que no compartiríamos porque lo nuestro solo había podido existir en un momento y lugar determinado.

—¿Puedes llevarme a casa? —le pregunté girándome de nuevo hacia él, que me había seguido unos pasos por detrás.

Vi en su semblante que había muchas cosas que quería decirme, que no deseaba acabar con nuestra pequeña reunión o reencuentro o como fuera que quisiésemos llamar a que volviésemos a estar los dos solos en una misma habitación. Pero justamente le había pedido que cuando quisiera regresar me llevase de vuelta y me había dicho que lo haría.

—Claro —me contestó apretando los labios con fuerza—, pero ¿me dejas que antes te enseñe una cosa?

Lo miré sin tener idea de qué querría que viera.

Asentí en silencio procurando no derrumbarme allí mismo.

—Cogeré a Camilo —me dijo—. Vamos —me pidió cuando salió con el perro atado con su respectiva correa y lo seguí cuando empezó a andar calle abajo, en dirección al parque.

Me fijé en que no éramos los únicos que iban hacia allí, parejas con niños pequeños o con sus perros también paseaban en dirección ascendente a una colina un tanto empinada que había a la derecha. Alex soltó a Camilo y este salió corriendo a olisquear todo lo que encontraba a su paso.

—Sube conmigo, pero no mires atrás hasta que yo te lo diga —me dijo e hice lo que me pedía.

Subimos la colina, uno al lado del otro, yo centrándome en no pisar algún poso de hierba hundido o una piedra en mal lugar, hasta que llegamos a la cima y sus ojos sonrieron mirándome.

—Ya puedes girarte —dijo sin más y eso fue justo lo que hice—. Bienvenida a Primrose Hill.

El *skyline* de Londres se presentó imponente ante mis ojos. Era una panorámica vertiginosa y espectacular con los colores del atardecer bañando la superficie de los rascacielos y los bonitos árboles centenarios que convertían al parque en un lugar único y excepcional.

En la colina, había muchas parejas sentadas sobre mantas que observaban el atardecer con cafés humeantes en sus manos y las mejillas sonrojadas por el frío. El cielo, marcado por algunas nubes, brillaba en tonos rosáceos, púrpuras y anaranjados intensos.

—Era mi turno de ofrecerte un *sunset* a la altura de los tuyos —dijo sin quitarme los ojos de encima.

Sonreí mirándolo y una sensación nostálgica me invadió al recordar los atardeceres que habíamos compartido juntos sentados en la arena, los momentos bonitos y únicos, las primeras veces tanto de él como mías, bajo el sol cálido y el sueño de un verano irrepetible.

—Tienes mucha suerte de vivir tan cerca de un lugar tan especial —contesté y no pude evitar imaginármelo justo en aquel lugar, en aquella colina, acompañado por una chica bonita que lo hacía sonreír, una chica que sin duda no era yo.

—Tú eres especial, Nikki —susurró colocándose tras de mí. Me rodeó con los brazos y me transmitió un calor que mi cuerpo poco acostumbrado a esas temperaturas otoñales necesitaba más que nunca.

Sabía que aquel momento acabaría y por eso lo disfruté en silencio sin pensar en nada más. Me dejé abrazar por él, dejé que sus brazos calmaran mis ganas de acurrucarme contra su piel y dejé a mi mente fantasear con la posibilidad de confesarle lo mucho que lo había echado de menos.

Cuando el sol desapareció por el horizonte, ya no hubo brazos que pudieran aplacar el frío que pasó a ocupar el lugar donde hacía unos segundos el sol brillaba calentándonos.

Nuestro momento terminó y la noche llegó para hacernos recordar que ya no estábamos en Bali, que ya no éramos los mismos que se conocieron hacía más de un mes y medio.

—Hace frío, te llevaré a casa —dijo separándose de mí.

Bajamos la colina uno al lado del otro con la oscuridad luchando contra la poca claridad que insistía en no palidecer.

# 17

# ALEX

Llamé a Camilo para que volviera a nuestro lado y volví a atarlo para regresar a casa. Bajamos la colina el uno al lado del otro sin decir nada y no pude evitar sentir que Nikki no estaba allí conmigo en realidad. Sentía como si entre los dos se hubiese formado un abismo inmenso imposible de saltar. A pesar de que habíamos podido hablar, quedaban tantas cosas por decir, tantas posibilidades que deseaba poner sobre la mesa…

Pero no podía precipitarme.

No debía olvidar que nuestra historia había funcionado en Bali, pero que estábamos en Londres. Ni siquiera había podido hablar con ella sobre su familia ni sobre la amenaza que había recibido nada más llegar de la isla.

Había aflojado la seguridad conforme pasaron las semanas y todo pareció quedarse ahí, pero no podía quitarme de encima un presentimiento que me decía que las cosas podían ponerse muy feas con la llegada de Nikki a Londres.

Cuando llegamos a mi calle y pensando cuál era la mejor forma de tocar el mismo tema que nos había separado un mes y medio atrás, mis ojos divisaron la persona que aguardaba frente a la puerta de mi casa.

Nikki también la había visto y sus hombros tensos fueron suficiente señal para saber que, si había conseguido algo llevándola a casa, encontrarnos allí con Amanda acababa de fastidiar cualquier progreso.

Mierda.

—Amanda… ¿Qué haces aquí? —pregunté y Camilo ladró como siempre hacía cuando la veía.

Amanda desvió su mirada de mí a Nikki y forzó una sonrisa.

—Pasaba a invitarte a cenar —dijo hasta que nos detuvimos frente a ella—. ¿No me presentas? —dijo mirando a Nikki y evaluándola de arriba abajo.

—Soy Nikki —dijo ella tendiéndole la mano—, una amiga —añadió a la vez que ella se la estrechaba.

«Amiga». No me gustó nada esa definición.

Amanda volvió a mirarme.

—Yo Amanda, su novia —soltó y os juro que me entraron ganas de matarla.

Nikki elevó la mirada de ella a mí y vi que acababa de alejarla del todo.

—No puedo cenar hoy, debo llevar a Nikki a su casa —dije procurando controlar el cabreo.

—No te preocupes por mí, puedo coger el metro…

—Te llevo a casa —dije tajante sin dejar lugar a otra opción.

Nikki fue a decir algo, pero la interrumpí colocando una mano en la parte baja de su espalda y alentándola a llegar al coche que abrí dándole al botón de la llave.

—Sube, dejaré a Camilo en casa.

Nikki pareció dudar si hacerme caso o no, pero, por lo que me había dicho antes, sabía que no tendría idea ni de cómo llegar al metro… Siendo sincero, yo tampoco la tenía, puesto que rara vez lo utilizaba.

Amanda me siguió cuando abrí la puerta de casa y le quité la correa a Camilo.

—¿Quién es ella, Alex? —me preguntó en un tono que no me gustó nada.

La fulminé con la mirada dejando la correa en la mesita que había junto a la puerta.

—¿Mi novia? —rebatí en cambio, refiriéndome a lo que ella había soltado hacía un momento.

Vi que Amanda se ruborizaba.

—No me he dado cuenta, es la costumbre… —se excusó y no pude más que mirarla con incredulidad.

—Debo irme, ya hablaremos —le solté procurando controlar mi temperamento.

—Puedo esperar a que vuelvas —me ofreció.

Me giré hacia ella sabiendo que Nikki podía vernos sin ningún problema desde su posición dentro del coche.

Joder.

—Vuelve a casa, Amanda, hoy no puedo quedar contigo —le dije y no me importó si fui brusco o un tanto duro, su presencia allí me estaba complicando muchísimo las cosas.

—¿Así van a ser las cosas ahora? ¿Me follas a mí, pero quedas con otras?

Me llevé la mano al puente de la nariz, no daba crédito a aquella conversación.

—Ahora no es el momento de hablar sobre esto.

—¿Por qué? ¿Por qué no quieres que ella escuche que eres un mujeriego de cuidado?

Santo Dios.

Nikki estaba escuchando toda la conversación.

—Tengo que irme —dije cerrando la puerta de casa y alejándome en dirección al coche.

Amanda no dijo nada más, bastante sorprendido estaba ya con aquel numerito de celos que acababa de sacarse de la manga, pero sabía por qué lo había hecho. Era su forma de marcar territorio, de hacerle llegar a Nikki que tal vez estaba engañándola con ella.

Cuando me subí al coche y arranqué, Nikki ni siquiera me miraba.

Sus ojos estaban clavados en la ventanilla.

—No es lo que piensas —dije al ver que no decía absolutamente nada.

—¿Y qué es lo que pienso? —soltó cuando ya pensaba que no pronunciaría palabra.

—No es mi novia… No tenemos una relación —expliqué.

Nikki siguió sin mirarme al hablar.

—Menos mal… porque no creo que hubiese estado bien engañarla con la chica con la que te enrollabas anoche.

Mierda, había olvidado que ella también había visto eso.

—Nikki…

Ahí sí que se giró para mirarme.

—Alex, no te preocupes. Nunca pretendí que pararas tu vida por mí, no tienes que darme ninguna explicación, al igual que yo tampoco debo darte ninguna.

La imagen del capullo de Erik besándola la noche anterior volvió a mi mente y no pude evitar no apretar el volante con fuerza.

Todo aquello estaba mal y encima había desaprovechado la oportunidad de solucionar las cosas.

Ya estábamos llegando a donde ella se estaba alojando y, cuando aparqué el coche delante de la casa, Nikki no tardó ni medio segundo en desabrocharse el cinturón y bajarse del coche.

—Nikki, espera —dije bajándome también.

Se giró para mirarme.

—Estoy cansada y me gustaría entrar —dijo escueta.

Me fijé en que estaba enfadada, enfadada y algo más.

—Me gustaría que volviéramos a vernos —le pedí.

Nikki negó con la cabeza.

—¿Para qué?

Me acerqué a ella.

—¿Cómo que para qué? ¡Estás aquí, Nikki!

—¿Y qué cambia eso? —soltó—. No tardaré en irme, mi abuela me necesita, mi tío…

La observé sin comprender cuando por su cara cruzó un dolor profundo que jamás había visto en ella.

—¿Qué ocurre, Nicole? —pregunté.

Negó con la cabeza y vi que se le llenaban los ojos de lágrimas.

—Tú no lo entiendes, Alex… No estoy aquí porque quiera estar, no estaba en mis planes volver a verte ni mucho menos. Esto no es fácil para mí, nunca fue fácil para mí…

—¿Y crees que para mí lo ha sido? —rebatí perplejo—. ¡No he sabido nada de ti en un mes!

Nikki levantó la mirada del suelo y la clavó en la mía, furiosa y muy pero que muy dolida.

—Mi tío murió, Alex —me soltó entonces dejándome de piedra—. Nada más volver a la isla, nada más poner un pie de vuelta, me enteré de que mi tío había muerto. Por eso no te escribí ni atendí tus llamadas, estaba destrozada… Se hizo el silencio.

Le devolví la mirada como si acabasen de pincharme un globo y me hubiese quedado vació por completo.

—¿Tu tío Kadek está muerto? —pregunté con un hilo de voz.

Asintió en silencio.

—¿Cómo murió tu tío, Nikki? —El pánico se adueñó de cada una de mis palabras.

Nikki pestañeó para intentar que las lágrimas se quedasen guardadas en su sitio.

—Sufrió un infarto —contestó.

—¿Un infarto? ¿Quién lo dice? ¿Le hicieron autopsia? —pregunté.

—¿Por qué me preguntas eso? —me contestó irritada.

—Joder, Nikki… Todo esto no me gusta ni un pelo. Nada más llegar de Bali recibí una amenaza de muerte y estoy seguro de que fue por haber estado removiendo tu pasado. Hay alguien ahí fuera que no quiere que este asunto salga a la luz.

Nikki me escuchó con atención sin dar crédito a lo que le decía.

Fui a hablar, pero entonces no me preguntéis cómo lo supe, cómo lo vi o cómo lo sentí, porque simplemente lo hice. Aquella sensación, aquella misma impresión que había estado sintiendo las últimas semanas, la misma que me decía que no estaba solo, que alguien me observaba.

Me giré sobre mí mismo mirando hacia mi espalda con horror y, después de eso, todo pasó muy rápido.

El chirriar de unas gomas contra el asfalto, el olor de los neumáticos quemados inundándolo todo, el sonido de la velocidad a pocos metros de nosotros y el ruido ensordecedor de un disparo rompiendo la calma de la noche, como quien hace explotar un globo en una iglesia sin creyentes.

# 18

# NIKKI

Mi instinto me hizo llevarme las manos a la cabeza y entonces un segundo balazo volvió a resonar casi al instante de haberse oído el primero.

El coche se alejó a toda velocidad por la carretera y, temblando, fui capaz de volver en mí. Vi a un Alex que me devolvió la mirada completamente horrorizado.

—Nikki... ¿Nikki, estás bien? —preguntó sujetándome la cara entre las manos.

Asentí a la vez que notaba que mis movimientos se volvían lentos y pesados.

Asimilé todo como a cámara lenta.

La puerta de la casa abriéndose y Maggie observando con los ojos abiertos como platos, asustada y horrorizada nada más fijar la mirada en la escena que había frente a ella.

—¡Llama a una ambulancia! —gritó y su grito consiguió despertarme del estado de shock en el que me encontraba.

Vi que Alex la miraba sin comprender.

Nos habían disparado... Habían intentado matarnos...

Sentí que la adrenalina luchaba por mantenerme entera, noté que mi cuerpo combatía mis instintos más básicos y cobardes con tal de hacer lo que Maggie me pedía..., pero no pude hacerlo.

Demasiadas emociones, demasiados cambios... Mi cuerpo había entrado en shock.

Me fallaron las extremidades. Un hormigueo me recorrió entera y entonces noté como si mi campo de visión se fuese achicando hasta ver solo manchas negras por todas partes. Luché contra aquella reacción débil de mi cuerpo y de mi mente. Luché con todas mis fuerzas, os lo prometo, pero no pude hacer nada.

Me desmayé y lo hice en el momento menos indicado.

—¡Le han disparado! —gritaba una voz de mujer al fondo, muy al fondo de mi cabeza—. ¡Alex, le han disparado!

Abrí un poco los ojos y noté movimiento a mi alrededor.

—¡¿Has llamado?! —escuché la voz de Alex desesperada, esta vez muy cerca de mí.

Alguien me movía..., alguien me levantó del suelo.

—No te duermas, nena —me susurraba al oído—. No te duermas, por favor, no cierres los ojos.

Los abrí intentando centrar la vista.

¿Por qué Alex estaba cargando conmigo?

Yo estaba bien.

Me había desmayado, pero estaba bien.

—Alex...

Noté un sabor muy raro en la boca.

—¡¿Cuándo llega esa ambulancia?!

Pestañeé deprisa, molesta por no poder ver con claridad.

—Tranquila...

Estaba tranquila..., muy tranquila, en realidad. Era como si mi cuerpo estuviese adormecido, como cuando te echas una siesta de tres horas y alguien intenta despertarte y tú crees que es de noche y que debes seguir durmiendo, pero en realidad empiezas a darte cuenta de que te equivocas, de que son las seis de la tarde y debes despertar... Eso o dormir doce horas hasta el día siguiente.

Dormir doce horas... Me gustaba la idea.

—¿Qué... qué pasa? —conseguí preguntar.

—Tranquila —repitió Alex y entonces pude oír el ruido a lo lejos de unas sirenas supermolestas.

Dios... ¿Por qué iban con eso resonando tan fuerte?

Alguien lloraba... Alguien lloraba no muy lejos de mí.

Maggie...

Maggie era quien lloraba.

Noté algo duro debajo de mí y un traqueteo extraño.

—¡Yo voy con ella, joder! —gritaba Alex no muy lejos.

Noté una mano agarrar con fuerza la mía.

Ya empezaba a molestarme eso de estar medio grogui, quería despertarme y ver qué ocurría. Quería ver si Maggie estaba bien, pues no me gustaba su manera de llorar, aunque de repente algo se cerró y dejé de oírla.

—Te pondrás bien... Tranquila, te pondrás bien.

¿Me hablaba a mí?

Como si estuviese luchando contra una droga muy fuerte, hice un esfuerzo sobrehumano para abrir los ojos y centrar la vista.

Allí estaba Alex, muy cerca de mí…, y estábamos en una ambulancia.

Recordé haber visto su camisa manchada de sangre antes de desmayarme.

Las lágrimas empezaron a caer por mis mejillas.

—¿Es-estás bi-bien?—me costó preguntarle.

—Cariño…, cariño, te han disparado, pero te pondrás bien —me dijo besándome los nudillos una y otra vez.

¿Cómo?

No podían haberme disparado.

No me dolía nada…

Aunque tenía frío… Sí, eso sí que podía sentirlo y cada vez con más intensidad.

—Te-tengo mu-mucho frío.

—Tranquila —no dejaba de repetir Alex.

Cerré los ojos porque se me agotaron las fuerzas, pero justo antes de hacerlo, justo antes de cerrarlos vi cómo las puertas de la ambulancia se abrían. Me sacaron corriendo de allí y cuatro médicos me recibieron nada más bajar, gritando cosas como mi edad, mi situación y no sé qué sobre un pulmón perforado.

¿Hablaban de mí?

Lo último que recuerdo de ese momento es que los dedos de Alex dejaron de apretar los míos con fuerza y lo triste que se me hizo pensar que quizá… quizá esa sería la última vez que los entrelazaba con los míos.

# 19

# ALEX

Fue el trayecto más largo de mi vida. Los diez minutos que tardamos en llegar al hospital sentí que podía llegar a morirme de pura angustia.

Ni siquiera me había dado cuenta de que a Nikki la había alcanzado una bala. Creí que lo había evitado al tirarla al suelo, al protegerla con mi cuerpo. Maggie había visto la sangre caer por su costado, había sido ella la que me había sacado del estado de shock en el que me había sumido al no poderme creer que hubiesen intentado matar a Nikki delante de mis narices.

—Debe esperar aquí, señor —dijo una de las enfermeras cuando quise ir allá donde llevaban a Nikki con urgencia—. ¿Es usted un familiar?

Me pasé la mano por la cara.

No era nada, joder.

No era ni su novio.

—Soy su marido —mentí sin importarme en absoluto las consecuencias. No pensaba quedarme allí sentado sin noticias, no pensaba quedarme allí sin saber cómo estaba, si en el caso de que…

No quise ni pensarlo.

—En cuanto tenga noticias, saldré a comunicárselas, ¿señor…?

—Lenox.

La enfermera asintió y yo me quedé allí sin tener idea de qué hacer… Me temblaban las manos… Mi cuerpo estaba temblando sin poder asimilar lo que acababa de pasar, sin poder comprender que estando conmigo alguien hubiese podido dañarla.

Al poco de tiempo de llegar, Maggie cruzó las puertas de urgencias llorando y mirando a todas partes, buscándome.

—¿Cómo está Nikki? —preguntó.

—Se la han llevado para operarla, no sé mucho más —dije y procuré que Maggie se sentara mientras le escribía a Nate para que viniera al hospital de inmediato. Necesitaba a mi amigo allí, lo necesitaba para que cuidara de Maggie porque yo no podía estar pendiente de ella, no cuando todos mis pensamientos estaban con la chica que acababan de llevarse al quirófano.

—¿Quién ha sido? —preguntó entonces Maggie interrumpiendo mis pensamientos y mirándome a los ojos—. ¿Quién ha disparado? ¿Quién ha querido matarla?

Sabía a la perfección quiénes habían sido, o al menos tenía mis sospechas.

Estaba claro que quien fuera que me había amenazado a mí sabía ya que Nikki estaba en Londres y no había tardado en intentar matarla…

Me incorporé y cogí el teléfono móvil.

Marqué a toda prisa el número de Stefan.

—Lenox —recibí como toda respuesta.

—Nos han disparado —dije alejándome de la gente y bajando el tono de voz—. Le han dado a Nikki, Stefan, la están operando ahora mismo…

—Joder.

—Mándame a Francis y a Melvin al hospital de Northwick Park, no estamos seguros aquí —le pedí recorriendo la sala de emergencias con la mirada.

—Los envío ahora mismo, pero, Alex… —dijo. Que me llamara por mi nombre determinaba cuán grave era toda aquella situación—. Esto deja claro que todo es cierto, que ella es…

—Claro que es cierto y, como no hagamos algo, la terminarán matando, joder.

—¿Qué vas a hacer? —preguntó unos segundos después.

No tenía ni idea, aunque… sabía que Nikki me odiaría por lo que iba a hacer, pero no quedaba otra opción… No después de lo que acababa de pasar, no después de que intentaran matarnos a los dos.

—Llama a Turner —dije con la voz muy tensa, el cuerpo entero me vibraba por la adrenalina que todavía me corría por las venas—. Ya va siendo hora de que el mundo sepa que la hija de Jacob Leighton está viva.

# 20

# MAGGIE

Seguíamos en la sala de espera. No podía dejar de observar a Alex, más que nada porque no podía hacer mucho para intentar distraerme y no sucumbir a la más profunda de las angustias.

Uno de los médicos había salido y, tras descubrir que Alex se estaba haciendo pasar por el marido de mi amiga, pudimos obtener información de cuál era su estado. Nikki seguía en el quirófano, su estado era estable pero grave.

—Hemos localizado la herida de bala en la parte alta del ventrículo izquierdo, muy cerca de la arteria coronaria —dijo el cirujano que salió a darnos información—. Estamos intentando encontrar el proyectil, ya que no hay orificio de salida.

—¿Eso que significa? —preguntó Alex angustiado.

—Significa que estamos realizando radiografías en el quirófano para intentar localizarla. Encontraremos la bala, señor Lenox. Cuando lo hagamos, será más fácil continuar. Ahora debo regresar —dijo asintiendo con la cabeza. Se marchó y nos dejó incluso más preocupados que antes.

A la media hora, Nate cruzó las puertas de urgencias.

Tanto Alex como yo nos pusimos de pie y él vino directamente hacia mí.

—¿Estás bien? —dijo cogiendo mi cara entre sus manos y observando que no tuviese ninguna herida.

—Estoy bien, a mí no me ha pasado nada —solté, sorprendida por su preocupación y su forma de tocarme, con tanto cuidado, con tanto miedo de ver que podía haberme sucedido algo malo.

Cruzamos una mirada que duró muy poco para poder llegar a comprenderla del todo, pero cuando vio que era cierto y que nada me había sucedido, me soltó, dio un paso hacia atrás y se centró en Alex.

—¡¿Qué demonios ha pasado?!

—Nos han disparado, eso es lo que ha pasado —contestó Alex furioso.

—Pero ¿quién? —preguntó Nate y entonces ambos intercambiaron una mirada muy seria.

—¿Necesitas algo? ¿Necesitas que llame a alguien? —preguntó Nate sacando su teléfono móvil del bolsillo.

Alex negó con la cabeza y se alejó de nosotros al mismo tiempo que marcaba un número y se llevaba el teléfono a la oreja.

Nate entonces se centró en mí. No habíamos vuelto a intercambiar ni media palabra desde que nos habíamos visto la noche anterior, en aquella discoteca.

—Qué puta locura —dijo sentándose, se inclinó hacia delante y se llevó las manos a la cabeza.

Lo observé con nostalgia, lo estudié con tristeza porque en ese momento lo único que necesitaba era enterrarme entre sus brazos y oírle decir que todo iba a ir bien.

Fue como si me escuchara, sin ni siquiera mirarme, estiró la mano y me apretó la rodilla para darme ánimos.

Alex no paraba quieto. No dejaba de andar de un lado para otro y no dejaba de gruñirle a quien fuera la persona con la que hablaba al teléfono. Una hora más tarde llegaron dos hombres corpulentos, ambos vestidos de negro. Tras intercambiar unas palabras con Alex, se colocaron uno cerca de la entrada y el otro en la pared opuesta.

—¿Quiénes son? —le pregunté.

—Nos mantendrán a salvo —me contestó él.

—¿Estamos en peligro? —pregunté con voz temblorosa, todavía no había superado lo que habíamos vivido hacía apenas unas horas.

—Lo que ha ocurrido no ha sido un acto fortuito —dijo mirando a Nate, que lo escuchaba con atención—. No ha sido buena idea que vinierais aquí sin avisar, sin decírselo a nadie.

No entendía de dónde venía aquel pensamiento.

—¿Por qué? —pregunté.

Me miró perplejo.

—¿Nikki no te ha contado quién es en realidad?

Claro que me había contado todo lo relacionado con los Leighton, pero también me había trasmitido sus dudas.

—¿Quieres decir que las personas que según tú provocaron el accidente de avión de los padres de Nikki…?

—¿Son las mismas que han intentado matarla hoy? —preguntó dejando la pregunta sin respuesta.

Lo miré sin dar crédito.

Joder.

—¿Estás seguro? —le pregunté.

—Lo suficiente como para saber que, cuanto más tiempo siga viviendo en el anonimato, más probabilidades hay de que nos maten a todos, a todos los que lo sabemos.

Mierda.

—¿Y qué piensas hacer? —preguntó Nate en un tono duro, preocupado.

—Ahora mismo, rezar para que sobreviva a la operación… —dijo Alex angustiado.

Muy angustiado, de hecho… Joder, Alex Lenox estaba pilladísimo por mi amiga.

Fue extraño verlo con tanta claridad, Alex era tan reservado… O al menos me lo había parecido durante los pocos momentos que habíamos coincidido, así que verlo así… con el corazón tan abierto y las emociones tan a flor de piel… Me sentí incómoda, como si estuviese presenciando algo muy íntimo, algo reservado solo para ojos de mi amiga, la misma que se debatía en ese instante entre la vida y la muerte.

—¿Y si no sale de esta? —pregunté con la voz temblorosa, con unas ganas increíbles de llorar, de romper en lágrimas desconsoladas hasta no poder más.

Nate me pasó un brazo por los hombros y me atrajo con cuidado hacia él.

—Ni siquiera lo pienses —me dijo tenso.

No podía perder a mi mejor amiga… Haberla traído aquí había sido un grave error. Si algo le sucedía sería culpa mía, yo la había chantajeado emocionalmente para que me acompañara, yo la había empujado a venir conmigo… Si Nikki hubiese estado en Bali, si no hubiese dejado la isla…, estaría felizmente cuidando de sus animales y surfeando olas imposibles.

Nate se excusó para ir al baño y, cuando me soltó, sentí como si me hubiesen colocado hielo por todo el cuerpo, un frío glaciar se apoderaba de todos mis miembros.

Estaba tenso a mi lado, no estaba cómodo, no quería tocarme ni abrazarme, pero le importaba lo suficiente como para no ignorarme en un momento tan crítico como aquel.

—¿Cuándo sabremos algo? —volvió a preguntar Alex perdiendo la poca paciencia que le quedaba—. ¡Joder, dígannos algo de una vez!

Y mientras él gritaba, un médico apareció en la sala, un cirujano aún vestido con la ropa de quirófano.

Al llegar a nosotros, se quitó el gorro y se dirigió a Alex.

—Su mujer ha superado la operación —dijo soltando un suspiro como de cansancio—. No ha sido fácil… Encontramos el proyectil dentro de la arteria renal derecha, tuvimos que retirarlo y reparar el vaso, pero sufrió una parada cardiaca mientras la operábamos… —Me llevé la mano a la boca mientras intentaba mantener la compostura—. Pero está bien, ya está estable.

Alex no se movió, siguió mirándolo fijamente antes de hablar.

—¿Saldrá de esta? —preguntó justo cuando Nate volvía del baño y se acercaba a toda prisa hacia nosotros con el semblante preocupado.

—Es joven y está sana —contestó el cirujano—. Saldrá de esta.

Creo que todos soltamos el aire que habíamos estado conteniendo.

—¿Podemos verla? —pregunté.

El médico miró a uno y a otro.

—Solo uno —dijo dirigiéndose más bien a Alex.

Este me dirigió una mirada de súplica que me conmovió.

—Está bien, Alex, ve tú —le dije y él asintió con el agradecimiento reflejado en su semblante de manera clara.

Se marchó con el cirujano y entonces Nate y yo nos quedamos a solas.

Nuestras miradas se encontraron y no me gustó lo que vi… Fue como si se quitara la armadura y me dejara ver tan solo por un instante lo vulnerable e indefenso que se sentía conmigo allí.

Siempre había sido un hombre fuerte, seguro de sí mismo y con un sentido el humor que me sacaba de mis casillas y me enamoraba a partes iguales. Al verle así, al vernos así… Solo quise borrar de mi mente lo ocurrido, quise viajar a un tiempo en que fuimos felices con muy poco, teletransportarme a aquella primera tarde de verano…

Estábamos en la playa, los dos sentados encima de las tablas, mirando el mar y riéndonos porque el muy idiota decía que haberme quedado sin la parte de arriba del bikini había sido una manera muy poco sutil de querer ligármelo y llevármelo a la cama.

—¡Se me ha soltado debido al revolcón que me dio la ola, idiota! —le dije aún avergonzada y roja como un tomate, ya que me había visto todas las tetas y no en plan sexy, sino que me las había visto cuando la ola me arrastró tan fuerte hacia la orilla que parecí una croqueta rebozada.

Volvió a soltar una carcajada tan sonora que pareció una pedorreta.

Le pegué en el hombro sin evitar que se me escapara una sonrisa.

—Si te hubieses visto… —volvió a reírse.

Me crucé de brazos y miré hacia delante.

El bikini lo había perdido y él me había dejado su camiseta para que pudiera cubrirme, no sin antes descojonarse de lo lindo a mi costa y amenazarme con hacerme volver a casa en pelota casi picada.

—No debes avergonzarte, zanahoria, tienes unas tetas increíbles.

Lo fulminé con la mirada y me levanté para alejarme de él enfurruñada, avergonzada y, sí…, muy excitada con su presencia, porque era el tío más guapo que había visto en mi vida.

Noté que se levantaba detrás de mí y empecé a correr para alejarme.

—¡Déjame! ¡Eres imbécil! —le grité corriendo con más ímpetu, intentado alejarme todo lo posible, pero solo lo conseguí por unos segundos.

—¡Ven aquí! —dijo cuando me pilló. Me abrazó por detrás y me levantó en el aire mientras yo sacudía las piernas para que me soltase—. Estate quieta y te bajo —me susurró al oído y lo hice, porque su cercanía y su aliento rozando mi oreja actuaron como un bálsamo.

Me colocó en el suelo despacio.

Estábamos cerca de una pared de rocas, ya casi había anochecido y estábamos solos en aquella playa a la que lo había llevado.

Me giré para quedarnos cara a cara.

Recuerdo que llevaba el pelo rubio atado en una pequeña coleta en la nuca, lo llevaba mucho más largo que en Londres, y le daba un toque surfero irresistible.

—¿Te traigo a la playa secreta de la isla y así me lo pagas? —le pregunté, cruzándome de brazos otra vez.

Nate sonrió de lado fijándose en mi gesto defensivo.

—Puedo pagártelo en carnes, si quieres —me ofreció.

—¿Qué te ha hecho creer que me atraes de esa forma? —contesté para intentar herirlo en lo más profundo de su ego.

No surtió efecto.

Maldito creído.

Dio un paso hacia delante y mi espalda chocó contra una de las rocas que había detrás.

—Me apuesto lo que quieras a que, si meto ahora mismo la mano entre tus piernas, estarás tan mojada que no harían falta ni preliminares.

Joder.

Y lo soltó así… a bocajarro. Se quedó tan pancho y consiguió que a mí casi me diera un patatús.

Me consideraba una tía con experiencia, había perdido la virginidad a los catorce años, me gustaba el sexo y mi sexualidad me definía. A lo largo de los años, al hacerme mayor, descubrí que no a todos los chicos les gustaba que fuera «promiscua» de una forma tan abierta y había tenido que controlar mis impulsos más calenturientos por miedo a ser rechazada.

Con Nate…

Con Nate sentí que podía hacer lo que me diera la gana.

Sin quitarle los ojos de encima, cogí su mano y, poco a poco, me la llevé a la boca. Introduje dos de sus dedos en ella y los chupé con suavidad.

La mirada de Nate se oscureció al instante, como animándome a seguir.

Guie su mano hasta mucho más abajo. Levanté la camiseta que me quedaba casi como un vestido y conduje su mano dejando que la colara dentro de la parte inferior de mi bikini.

Supo exactamente qué hacer y, en efecto…, no hizo falta ni medio preliminar.

Cerré los ojos extasiada cuando sus dedos entraron y se curvaron tal y como a mí me gustaba.

Me dejé caer contra la roca, casi me senté, y él, despacio, me levantó mientras me rodeaba la cintura hasta conseguir que me quedara sentada encima de la roca. Me abrió bien las piernas y sacó los dedos.

Abrí los ojos desilusionada.

—No me mires así. Si lo hago, lo hago bien. Levántate un poco con las manos.

Hice lo que me pedía y, con un ligero tirón, me bajó la parte inferior del bikini, la envolvió con su mano derecha y se la metió en el bolsillo trasero del bañador.

—Abre las piernas.

Y lo hice… lo hice al instante.

La camiseta se me subió hasta quedarse enrollada alrededor de la cintura. Nate se acomodó entre mis rodillas y me empujó un poquito hacia atrás, lo que me obligó a apoyarme con las manos para darle mejor acceso a…

—Dios mío —dije en voz alta cuando su lengua me rozó ligeramente.

No dijo nada, siguió haciendo lo suyo y me di cuenta de que no lo hacía por mí, lo hacía por él. Estaba disfrutando él y, como consecuencia, me hacía disfrutar a mí.

No nos besamos aquella tarde ni tampoco llegamos a acostarnos.

Fue una tarde dedicada a hacernos ver que no hacía falta mucho para calentarnos hasta hacernos temblar y que nuestras bocas parecían saber exactamente cómo hacernos tocar el cielo con los dedos.

Fue el mejor sexo oral de mi vida y también el inicio de una relación adictiva. Nos volvimos adictos el uno del otro, adictos al sabor de nuestras bocas, al tacto de nuestras manos, al grito exhausto de los orgasmos.

Nos volvimos tan dependientes como un toxicómano con su mejor droga, pero lo malo de las adicciones es que, si no las controlas a tiempo, terminan matándote.

El ruido de una señora llorando en la sala de espera de urgencias me hizo regresar al presente.

—Ahora que sé que Nikki está bien, debería volver a casa —dijo Nate sin mirarme a los ojos. Cualquier vestigio de cariño había desaparecido por completo.

—Claro… —respondí en un tono de voz muy bajo.

—¿Quieres que te pida un taxi o algo…? —me ofreció y negué enseguida con la cabeza. Sabía que él tenía coche, sabía que había llegado al hospital conduciendo uno y que no se ofrecería a llevarme él… Comprendí entonces lo jodidos que estábamos y recordé la razón por la que había viajado a Londres.

Quise decírselo.

Quise decirle lo del bebé.

Pero no me vi con fuerzas para hacerlo.

—Bien —dijo desviando la mirada de nuevo—. Bien— repitió en voz más baja.

—Nate… —empecé, intentando armarme de valor, intentando hacerme fuerte a pesar de que me sentí muy pero que muy pequeñita.

—Debo irme —me interrumpió entonces—. Supongo que tú te quedas.

Asentí en silencio y entonces Nate dudó…

—No removamos esto, Maggie… —dijo cansado—. Los dos sabemos cómo va a acabar… Ahorrémonos el dolor y sigamos adelante.

Se marchó sin dejarme añadir nada más y me quedé sola, preguntándome cómo había terminado en aquella situación.

# 21

# NIKKI

Cuando abrí los ojos, me sentí muy desorientada.

No entendía ni dónde estaba ni qué había pasado ni por qué había tantos pitidos y ruidos raros a mi alrededor. Nunca había necesitado ser ingresada en un hospital, jamás me había pasado nada más allá de haber cogido un resfriado, por lo que me costó mucho comprender dónde estaba y recordar las razones por las que estaba allí tumbada. Estaba más dolorida que en toda mi vida y conectada a máquinas que pitaban y marcaban los latidos de mi corazón como si fuese el ritmo anterior a una canción que nunca llegaba a comenzar.

La habitación era austera, pero diez veces mejor que cualquier habitación de hospital que hubiese podido visitar en mi país.

Caí unos segundos más tarde en que, a mi lado, sentado en una silla, alguien me sujetaba la mano con suavidad.

Era Alex.

Percibió que me movía porque abrió los párpados, alerta. Tras recorrer con sus ojos todo mi cuerpo y todas las máquinas que había a mi alrededor, por fin se centró en mí.

Se puso de pie.

—Nikki —dijo mirándome aliviado—. Estás despierta.

No dije nada, me sentía exhausta.

—Avisaré al médico —dijo dejándome allí sola.

Llegó un médico que me examinó con cuidado y paciencia. Alex se mantuvo apoyado en la puerta de entrada a la habitación sin acercarse, pero sin alejarse de mí.

—¿Qué ha pasado? —pregunté recordando lo ocurrido. Recordando los disparos…, recordando a Maggie…

—Estamos bien —dijo Alex sin quitarme los ojos de encima.

—Señora Lenox, tras el disparo tuvimos que intervenirla de urgencia —me informó entonces el médico.

—¿De urgencia…? —repetí sin dar crédito y entonces me percaté de cómo me había llamado el médico—. ¿Cómo me ha llamado?

El médico miró a Alex y este se adelantó enseguida a cualquier cosa que pudiera decir.

—Cariño, es mejor que no te fuerces a hablar —dijo, mirándome de una forma extraña que no entendí.

—Señora Lenox, su marido tiene razón, debe descansar. Ya habrá momento para hacer preguntas, ahora le sugiero que se tome las cosas con calma. Está fuera de peligro, pero no debemos subestimar su cuerpo.

«Su marido».

Miré a Alex otra vez.

—Pasaré a verla por la noche. Ahora descanse —dijo el médico amablemente y salió de la habitación.

Alex y yo nos quedamos a solas.

Este se acercó hasta mi cama con cautela.

—He tenido que mentir y fingir que estamos casados para que me dejaran quedarme aquí... No tardarán en descubrir que es mentira, pero no podía dejarte sola...

Lo escuché con atención, procurando que sus palabras no crearan expectativas erróneas en mí. No podía permitirme en ese momento confundir las cosas.

—Está bien..., gracias —dije. Me acercó la mano a la cara para apartar un mechón de pelo y colocármelo detrás de la oreja. Era un gesto que le gustaba hacer y que a mí me provocaba muchas cosas.

Cosas que al parecer no podía mantener ocultas, porque las máquinas que registraban mis latidos comenzaron a pitar enloquecidas. Mierda.

—Es un alivio saber que eso no ha cambiado —dijo mirándome con demasiada intensidad.

Cerré los ojos y respiré hondo.

—Para —le pedí—. No lo hagas..., por favor.

Alex apartó la mano y se quedó callado unos segundos.

—Llevas varios días aquí... Hace dos que dejaste cuidados intensivos —me explicó, cambiando de tema con sutileza.

Abrí los ojos y lo busqué con los ojos.

—¿Quién ha sido? —pregunté—. ¿Por qué nos dispararon? No entiendo...

Alex pareció tensarse.

—Nikki..., remover tu pasado ha tenido consecuencias —me dijo y esta vez no pude no escucharlo, no pude hacer como si nada, no pude ignorar todas las señales.

—Pero… ¿por qué? —dije con voz temblorosa—. ¿Por qué quieren hacerme daño?

—Estoy haciendo todo lo posible por averiguarlo, pero mientras tanto debes saber… —respiró hondo antes de hablar—. Nikki, he tenido que filtrar a la prensa tu existencia. Mañana saldrá en todos los periódicos que la hija de Jacob Leighton está viva y que han intentado matarte.

Me incorporé sin que ningún dolor pudiese impedirlo y los pitidos de las máquinas se volvieron locos.

—¿Que has hecho qué? —pregunté entrando en pánico.

Alex miró angustiado las máquinas.

—Tranquilízate, por favor —me pidió nervioso.

Me dolía el lado izquierdo, me dolía al respirar y estar hiperventilando no ayudaba.

—Llamaré al médico.

—¡No! —grité. Lo detuve mientras me apoyaba de costado—. No lo hagas, estoy bien —dije respirando hondo e intentando tranquilizarme, intentado apaciguar mis latidos acelerados y mi respiración, que intentaba con todas sus fuerzas dejarme sin aire, maldita la redundancia.

Cuando estuve más tranquila, volví a hablar.

—¿Por qué lo has hecho, Alex?

—Porque mientras siguieras siendo anónima, no habría nada que fuera a evitar que volvieran a intentar acabar lo que empezaron. Te quieren muerta.

—¿Quienes mataron a mis padres? —pregunté angustiada y el silencio de Alex bastó como respuesta.

—Encontré una carta… —admití por fin—. Encontré una

carta de mi tío…, del hermano de mi padre. Le pedía a mi tío Kadek que cuidara de mí y le decía que, hasta que no descubrieran quién había matado a mis padres, no debía salir de la isla… Le decía que no era seguro…

Alex me miró prestándome toda su atención.

—¿Tienes esa carta?

Asentí.

—La tengo en mi maleta… Una de las razones por las que me sumé a este viaje es porque quería conocer a mi tío, quería saber qué ocurrió…

Alex negó con la cabeza.

—No creo que sea una buena idea que conozcas a Devon Leighton, Nikki.

—¿Por qué no?

—Porque no sabemos hasta qué punto ese hombre es inocente, Nicole.

—Pero en la carta… —empecé yo y Alex se apretó el puente de la nariz por unos segundos.

—Sé que no quieres escuchar esto ahora mismo, pero sigo creyendo que el culpable de todo esto, de la muerte de tus padres, de la muerte de tu tío, ha sido Devon Leighton, Nikki.

Negué con la cabeza.

—Pero somos familia…

—Eso da igual, Nikki —dijo con una calma fingida—. Esto se está convirtiendo en una lucha muy fea y el único que sale ganando es tu tío.

—Perder a toda su familia no significa salir ganando, si leyeras la carta verías que…

—Me da igual lo que ponga en esa carta —me cortó con rotundidad—. Lo que importa ahora es que no estás a salvo, nadie que te conozca lo está.

Pensé en Nate, en Maggie e incluso en Alex, al que podrían haberle herido al igual que habían hecho conmigo… Estaba poniendo a la gente que me importaba en peligro.

Pensé en mi tío…, en que había sufrido un infarto o eso era lo que me habían hecho creer… ¿Y si también habían sido ellos? ¿Y si también…?

Noté cómo las lágrimas acudían a mis ojos y se derramaban sin tregua.

—Mi tío… —dije negando con la cabeza sin podérmelo creer—. ¿Crees que la muerte de mi tío Kadek…?

Alex me miró con pena…, con lástima.

Qué poco me gustó esa mirada.

—Cuando me lo dijiste fue lo primero en que pensé, Nikki. Son demasiadas casualidades. Creo que tu tío estaba al tanto del peligro que suponía para ti venir aquí y que el mundo descubriera que existes. Creo que lo amenazaron para mantenerte encerrada en la isla. Creo que, cuando empecé a hacerme preguntas, quien sea que está detrás de todo esto percibió la amenaza e intentó zanjar el tema lo más rápido posible.

Me limpié las lágrimas deseando que estas se detuvieran.

—A veces desearía que no hubieses removido todo esto… A veces desearía…

—Yo no creo en las casualidades, Nicole. Creo que esto iba a terminar sabiéndose y que tienes la suerte de tenerme aquí para protegerte.

Lo miré sin comprender a qué se refería.

—Si el mundo entero sabe que existes, no podrán ir a por ti como lo han intentado hacer hasta ahora. Si te hubiesen matado, todo este asunto se hubiese enterrado contigo, Nikki, por eso he llamado a la prensa. Por eso es tan importante que admitas que eres la hija de Jacob Leighton, que les sigas el juego a ver a dónde nos lleva… Y mientras tanto, te pegarás a mí como una sombra. No dejaré que vuelvan a acercarse, no dejaré que nadie, jamás, vuelva a ponerte un solo dedo encima. Nada volverá a rozarte mientras disponga de los medios necesarios para protegerte.

Lo miré sorprendida y a la vez desconcertada.

No podía pasar a ser su responsabilidad… Nosotros no estábamos juntos, nosotros no éramos… No podía responsabilizarse de mí, yo no podía pasar a ser una carga para nadie, yo solo quería… yo solo quería volver a mi casa, a mi isla, con mis perros, mis clases de yoga, mi abuela, mi… Pero entonces me di cuenta de que daba igual lo que yo quisiera. Daba igual lo mucho que deseara viajar atrás en el tiempo para no haber abierto la caja de pandora de mi familia. Daba igual porque ya no había vuelta atrás.

Comprendí que mi vida acababa de cambiar y que las consecuencias de ese cambio iban a afectarme tanto a mí como a quienes decidieran estar conmigo.

—Necesito estar sola —dije en un intento por asimilarlo todo, pues me sentía más aislada de lo que me había sentido jamás, viviendo en una isla con menos de cinco mil habitantes.

Alex lo entendió. Asintió en silencio, me echó un último vistazo y salió de la habitación.

¿Qué tenía ese hombre que a pesar de lo atraída que me sentía por él siempre que nos juntábamos pasaban cosas malas?

No lo podía culpar por todo aquello, pero una parte muy profunda de mí, la parte menos racional, sí que deseaba no haberlo conocido, no haberme enamorado, no haberle hecho caso… Si hubiese sido así, tal vez mi tío seguiría vivo. Tal vez yo no estaría en ese instante en Londres preguntándome cómo iba a hacer para continuar con mi vida cuando había alguien intentando matarme.

Cerré los ojos y procuré calmar mi mente, mis latidos, mi respiración.

En ese momento, lo que más miedo me dio fue no ser lo suficiente fuerte como para poder superar mis miedos y enfrentarme a la que fuera la verdad sobre lo que estaba ocurriendo en realidad.

Una enfermera llegó entonces a la habitación y me preguntó si quería que me suministrara algo para poder dormir.

Sin dudarlo, sucumbí al efecto de las medicinas para poder escapar de la manera más cobarde de unos problemas que seguirían estando allí cuando decidiera volver a despertar.

# 22

# NIKKI

Aquel lunes salió el reportaje que me hicieron para el periódico *The Sun*. Un reportaje cuyo titular sensacionalista se repartió por todo Reino Unido y reavivó el caso sobre la muerte de mis padres. Estuve con los periodistas mucho rato, explicándoles por qué habíamos llegado a aquella conclusión, especificando todos los datos que apuntaban a que estaba claro que yo era hija de Jacob Leighton, pero no hicieron verdadero caso hasta que no les enseñé la carta. Y esa maldita carta iba salir en el periódico, aunque yo insistiese en que no me sentía cómoda, porque, según ellos, la necesitaban para darle credibilidad a la historia.

Mi tío Devon se puso en contacto con nosotros en cuanto se publicó el reportaje. Yo no había hablado con él, pero lo que nos había llegado había sido una invitación para poder conocerme y hablar en persona.

—¿Y qué vas a hacer? —me preguntó Maggie, que desde que me había ido poniendo mejor se había pasado el día haciéndome compañía.

No tenía ni idea.

Por un lado, tenía a Alex que no se fiaba de nadie porque aún no había podido determinar quién le había mandado la amenaza que recibió nada más llegar de Bali; y, por otro lado, no podía negar mis ganas de conocer al que había sido hermano de mi padre…, aunque supiese que eso podía ser peligroso para mí.

De lo más profundo de mí había salido a la luz una necesidad que no supe que tenía hasta que no empecé a remover mi pasado; la necesidad de pertenencia, de descubrir de dónde venía, de saber quién había sido mi padre, de querer conocer a la familia que me quedaba, porque aparte de mi abuela Kuta, ya no me quedaba nadie más.

—Deberías ir… —insistió Maggie—. Ya sabes, conocerlo en persona, hablar con él, ver qué te dice, qué te cuenta y cómo te explica que haya desaparecido de tu vida durante todos estos años.

Lo cierto es que no entendía nada… Ni siquiera era capaz de pensar en la posibilidad de que el hermano de mi padre hubiese podido estar relacionado con la muerte de este. Era todo demasiado terrorífico, pero no podía ignorar que los indicios estaban ahí.

—Si él estuviese involucrado, ¿por qué iba a querer conocerme?

—Porque es lo que la gente espera que haga —contestó una voz masculina a mis espaldas.

Estaba sentada en la cama, dándole la espalda a la puerta, ya vestida y lista para irme.

Alex entró en la habitación hasta que quedó en mi ángulo de visión, colocándose junto a Maggie, que lo estudió con atención.

—Para ti no existe la posibilidad de que él no sea el culpable, ¿verdad? —le preguntó mi amiga.

Alex la miró un segundo, pero al contestar clavó sus ojos marrones en mí.

—Es el único en toda esta historia que tiene un móvil lógico.

—¿Lógico? —pregunté—. ¿Qué tiene de lógico querer matar a tu familia?

—Heredarlo todo —contestó con calma—. La gente hace auténticas locuras por dinero.

—Y entonces, ¿qué vas a hacer? ¿Vas a reunirte con él? —volvió a preguntar Maggie con incredulidad y nerviosismo en la voz.

—Sí —contesté.

—No —replicó él.

Volvimos a chocar nuestras miradas.

Maggie nos observó como si fuésemos un partido de tenis.

—Debo ir —insistí—. Es inocente hasta que se demuestre lo contrario.

—¿Y vas a arriesgar tu vida con la esperanza de que sea inocente?

—No me hará nada. El objetivo de haber hecho público todo esto era justamente pararle los pies a quien sea que haya querido matarme. Si me reúno con él, podremos oír qué tiene que decir.

—Alex tiene razón, Nikki, es peligroso —dijo Maggie.

—No irás —repitió Alex.

Suspiré cansada.

—¿Quieres acompañarme tú? ¿Te quedarás más tranquilo? —le pregunté con retintín.

No estábamos bien, apenas habíamos hablado de nosotros. No olvidaba las mentiras ni el hecho de que una «novia» suya nos hubiese interrumpido cuando volvíamos del parque la noche del tiroteo. No habíamos hablado de nada porque desde el disparo todo había sido una locura y yo había tenido que descansar esperando a que me dieran el alta.

—Yo te acompañaría al fin del mundo, Nicole, pero no te olvides de que hasta hace muy poco para todo el mundo la única culpable de aquel accidente de avión era mi familia —contestó ignorando mi tono condescendiente.

Cierto.

Me llevé las manos a la cara, agotada. Agotada de todo aquel espectáculo, agotada de pensar, pensar y pensar intentando aceptar que mi vida en esos momentos corría el mismo peligro que corrió la vida de mis padres.

—Ahora mismo no puedo seguir dándole vueltas a esto —admití incorporándome despacio en la cama.

Alex dio un paso hacia delante cuando me vio flaquear debido al dolor.

—Estoy bien —lo tranquilicé y me fijé en mi amiga—. ¿Nos vamos?

Ya por fin aquella mañana me habían dado el alta después de más de una semana en el hospital recuperándome de la operación.

Maggie dudó unos segundos desviando otra vez la mirada hacia Alex.

—Nikki, creo que Alex tiene razón y que no es seguro que te quedes…

«Otra vez no», pensé.

Miré a aquel hombre a los ojos deseando asesinarlo yo misma.

—Te vienes conmigo, Nicole —sentenció con los brazos cruzados.

—No voy a mudarme a tu casa, ya lo hemos hablado —repetí por quinta vez.

—¿Vas a volver al mismo lugar donde te dispararon? ¿Sin protección? En mi casa puedo proporcionarte seguridad, puedo ofrecerte…

—No voy a mudarme contigo —volví a decir.

¿Estábamos locos? ¿Cómo iba a mudarme a su casa, con él, con sus cosas, con su no novia…?

Alex abrió la boca, pero mi amiga lo interrumpió.

—Ayer Nate me ofreció quedarme durante un tiempo en una suite de su hotel… Estoy segura de que no le importaría que tú también te quedases, Nikki —dijo Maggie para intentar evitar que nos matáramos allí mismo—. En un hotel es más difícil que lleguen a ella.

Alex sopesó durante unos instantes lo que proponía mi amiga.

—Muy bien —aceptó al final—, pero os llevareis a Francis y Melvin con vosotras.

Los gorilas.

Los mismos hombres que ocupaban el mismo espacio que un armario y que no se habían separado de la puerta de mi habitación en el hospital.

—Ahora que está todo aclarado, ¿podemos irnos ya? —pregunté a nadie en concreto.

Fue Alex quien nos acercó hasta el hotel, un imponente hotel de cinco estrellas en medio de la ciudad. Nos acompañó hasta la suite, una habitación que más bien podía pasar por departamento, ya que tenía dos habitaciones y cocina incluida. Estábamos en la doceava planta y las vidrieras que iban desde el suelo al techo nos ofrecían una panorámica de la ciudad de lo más espectacular.

Dejamos las maletas y nuestras cosas en el recibidor y Maggie, observándonos unos instantes, se excusó diciendo que tenía que hablar por teléfono con su madre.

Desapareció metiéndose en una de las habitaciones y entonces nos quedamos Alex y yo a solas en medio del pequeño vestíbulo.

Nos miramos y por unos instantes fue como si fuéramos extraños, como si no nos conociéramos, como si no nos hubiésemos enredado en los brazos del otro durante días, besándonos hasta quedarnos sin aliento…

—No me gusta cómo están las cosas entre los dos —admitió muy centrado en mi reacción a la vez que se hacía eco de mis propios pensamientos.

—A mí tampoco, pero no hay nada que podamos hacer —contesté.

Estaba siendo muy dura con él, era cierto, pero no me encontraba en mi mejor momento. Yo era una persona que se abría del todo cuando confiaba en alguien y Alex había traicionado justo eso, mi confianza. Estábamos descubriendo cómo era aquella Nikki que ya no se fiaba ni de él ni de nadie, aquella Nikki que empezaba a sentir la presión de haber dejado su hogar y empezaba a necesitar con ahínco alguien que fuera un pilar que la sostuviera ante todo aquel despliegue de circunstancias a las que debía enfrentarse durante las próximas semanas o incluso meses. Si se abría una investigación sobre la muerte de sus padres, ella debía estar allí para responder y seguirla hasta el final.

—Hay mucho que podemos hacer, Nikki —contestó acercándose un paso en mi dirección.

Coloqué una mano en su pecho para detener su avance y comprendí al instante que tocarlo había sido un gravísimo error. Su mano aprisionó la mía antes de que la apartara, la sujetó contra su pecho y me buscó con la mirada hasta encontrarme y hacerme prisionera de ella.

—Sé que sientes que ya no puedes confiar en mí, pero…

—¿Qué es exactamente lo que quieres de mí? —fui al grano.

Alex se mantuvo callado unos instantes antes de volver a hablar.

—Quiero volver a verte sonreír —dijo apretándome la mano que aún sostenía con la suya—. Quiero que vuelvas a tener esa luz en tu mirada cuando deseas enseñarme algo o cuando te crees que eres mejor que yo surfeando. Quiero que me hables de los animales a los que has salvado y que me preguntes qué tal llevo los mosquitos. Quiero que me beses como si yo fuera el único hombre al que has besado de verdad y quiero que vuelvas a confiar en mí cuando te pida que te quites la ropa y que lo hagas despacio para poder contemplarte…

»Joder, Nikki, te quiero a ti. ¿Qué te crees? ¿Qué no he pensado en ti todos los malditos días desde que nos separamos? ¿Qué no se me parte el alma al pensar que tuviste que afrontar la muerte de tu tío sin estar yo allí contigo? ¿Qué no me arrepiento de no haberte contado todo lo que sucedía en mi vida incluyendo a mi hija? ¿Crees que no he pensado infinitas veces en cómo sería presentártela y llevarte de la mano como si fueses mi pareja? Dame la oportunidad de compensarte por todo, dame la oportunidad de volver a enamorarte.

Mi corazón latía y la sangre en mis venas fluía corriendo por todo mi cuerpo.

Mi mano estaba sobre su pecho y podía sentir sus latidos que, acelerados, se acoplaban perfectamente a los míos.

Era precioso lo que acababa de decirme, pero ¿qué sentido tenía empezar algo allí en Londres si mi mente solo podía pensar en volver a Bali, en alejarme de toda aquella locura?

No quería volver a pasar por lo mismo.

No quería volver a sufrir.

—En poco volveré a irme, Alex —admití soltándome despacio de su agarre, dejando de notar sus latidos y sintiendo pena al pronunciar aquellas palabras que, aun a pesar de ser dolorosas, eran del todo ciertas—. Tu vida está aquí y ahora más que nunca debes centrarte en quienes te necesitan —dije refiriéndome a su hija—. No hay lugar para un «nosotros» en este lugar. Tal vez lo hubo durante un tiempo a diez mil millas de aquí, pero no veo la manera en la que esto pueda funcionar, en la que esto…

—Justo por eso te lo digo, Nikki. Te has recorrido diez mil millas para encontrarme y ¿ahora vas a dejarme escapar?

# 23

## ALEX

Las llamadas y los mensajes que recibía Nikki se desviaban y registraban en un servidor que rastreaba la procedencia de cada uno de ellos.

No me extrañó que Devon Leighton insistiera casi todos los días para poder hablar con Nikki. El muy cabrón querría comerle la cabeza para así tal vez pillarla con la guardia baja y poder terminar con lo que había empezado casi veinte años atrás.

No pensaba permitirlo.

La policía estaba al tanto de todo el asunto, nos habían interrogado tanto a Nikki como a mí después del intento fallido de asesinato y seguían de cerca cualquier sospecha que pudiera confirmar mi hipótesis sobre las intenciones del único heredero vivo de la familia Leighton.

No me sentía tranquilo con todo aquel asunto y, a pesar de haberle puesto dos guardaespaldas que cuidaban de ella durante veinticuatro horas, no poder verla ni comprobar por mí mismo que estaba a salvo me ponía muy nervioso.

No habíamos vuelto a hablar desde que la dejé en el hotel de Nate. No habíamos vuelto a intercambiar más que algún mensaje de «¿Cómo estás?» y un «Cada día me encuentro un poco mejor» por su parte.

Era extraño… Era extraño tenerla allí, tan cerca de mí, y no estar aprovechando el tiempo. Sentía lo mismo que había sentido en Bali al solo disponer de treinta días para verla, pero aquello era peor porque no tenía ni idea de cuándo regresaría a su país.

Me había pedido que fuéramos amigos…

Amigos.

Esa palabra me quemaba en la garganta y se me hacía imposible casi de pronunciar en voz alta para definir nuestra relación.

No éramos amigos, joder.

No lo seríamos nunca.

Me sonó el teléfono y, al ver que era Francis, lo cogí sin dudarlo.

—Ha vuelto, señor —me dijo el guardaespaldas de Nikki con voz neutra.

—¿Otra vez? —pregunté notando la rabia y los celos brotar en mi interior como la mala hierba.

—Sí, ha llegado hace un minuto y ahora se encuentra dentro con las señoritas, señor.

—¿Maggie está allí con ellos? —pregunté.

—Sí, señor —contestó Francis con paciencia.

Miré por la ventana del salón hacia la lluvia torrencial que caía en aquel instante, mojándolo todo y llenando el ambiente de olor a humedad y hierba mojada.

—Es tarde… —dije más para mí mismo que para que él me contestara.

—Lo sé, señor —repuso y me di cuenta de lo imbécil que estaba siendo.

No había sentido celos en mi vida y mucho menos de un imbécil como Erik, pero ¿en qué momento ese capullo pasaba más tiempo con Nikki que yo, que llevaba meses soñando con poder verla o tocarla o simplemente hablar con ella?

¿Nikki quería que fuéramos amigos?

Bien… Me encargaría de enseñarle lo bonita que podía ser nuestra amistad.

# 24

# NIKKI

Me costaba dormir tranquila por las noches. Supongo que era debido a que ya no me daban calmantes al no estar ingresada en el hospital y por eso los primeros días fueron difíciles. Apenas salí del hotel y procuré recuperarme con calma, aunque a cada día que pasaba me iba sintiendo cada vez mejor.

Me quitaron los puntos a la semana de irme del hospital y desde entonces había podido recuperar mi movilidad casi por completo.

Erik había insistido en venir a visitarme en contadas ocasiones y, cuando lo había hecho, nos habíamos dedicado a ver películas con Maggie y pedir pizzas a la habitación. Era un buen tío, pero le dejé claro que no buscaba nada más en aquel momento. Lo entendió a medias, ya que siempre que venía intentaba quedarse a solas conmigo…, cosa que Maggie no permitía porque la tenía bien enseñada.

Ella no había avanzado en absoluto en su decisión de confesarle a Nate lo del embarazo y yo no había vuelto a ver a Alex. De hecho, nuestra última conversación me impedía muchas noches poder conciliar el sueño.

Aquella noche, por ejemplo, tuve una pesadilla en donde mi abuela aparecía igual de muerta que mi tío, su cuerpo inerte, su vista perdida, su piel fría y pálida dejándome definitivamente huérfana.

Nada más abrir los ojos, cogí el teléfono y marqué su número.

A mi abuela no le iban mucho las nuevas tecnologías, por lo que no me llevé ninguna sorpresa cuando al intentar hacer videollamada con ella me encontré mirando su oreja izquierda y un poco de su cabello ya blanco.

—Abuela, mira a la cámara —le grité, ya que no me escuchaba bien. Cuando al fin lo hizo, pude ver su hermoso y anciano rostro sonreírle a la pantalla.

Mi abuela..., el único familiar vivo que me quedaba... o, bueno, al menos familiar vivo en el cual confiar.

—¡Estás muy chupada! —me gritó en bahasa, mi idioma materno, el cual dominaba mejor que el inglés.

Puse los ojos en blanco, aunque en esta ocasión llevaba razón. Haberme pasado una semana ingresada en el hospital, la operación, el apenas haber tenido apetito, habían repercutido directamente en mi aspecto.

—Estoy bien, abu, tranquila. Es que la comida aquí no está tan buena como la tuya.

—Ninguna comida del mundo está tan buena como la mía, jovencita —me contestó refunfuñona.

—Abuela, ¿por qué no me sonríes un poco? —le pregunté pinchándola.

Automáticamente me ofreció la sonrisa más adorable del mundo, sobre todo porque estaba un tanto mellada, algo que había intentado solucionar un millar de veces, pero ella se negaba porque odiaba ir al dentista.

—Cuéntame, ¿qué tal Londres? —me preguntó con curiosidad.

Para mi abuela, saber que había viajado tan lejos era toda una proeza. Aunque a diferencia de las otras abuelas de la isla, que no habían tenido una hija que se había marchado enamorada de un inglés y había viajado por todo el mundo, a ella seguía costándole asimilar que alguien de su misma sangre estuviese a tantas millas de distancia.

En cuanto a su pregunta..., obviamente no le había dicho que habían intentado matarme. No se enteraría jamás de lo que ocurría de verdad en Londres, al menos mientras yo estuviese viva para evitarlo. Forcé una sonrisa y le dije que estaba muy contenta, le conté anécdotas de los primeros días, del frío que hacía y al cual era incapaz de acostumbrarme y la escuché contarme cotilleos de la isla, sobre todo chismes de sus amigas o de algunos turistas.

Desde que mi tío se había muerto, el *banjar*, una especie de policía local, había sustituido a mi tío y había puesto como líder a su segundo al mando, cosa que no me había extrañado y tampoco me preocupaba. El *banjar* estaba preparado para seguir adelante, siempre mantenían el orden; si alguien fallecía, todo seguía su curso, como en la naturaleza.

Sabía que mi abuela me extrañaba y lo noté por todo lo que me contó. Parecía no querer cortar la llamada y yo, contenta de charlar con ella y alejarme de lo que me rodeaba, dejé que pasaran los minutos hasta que ya no nos quedaron cosas para contarnos. No me había gustado dejarla más tiempo del esperado sola en la isla, pero sabía que estaba bien.

—Mira quién acaba de llegar de hacer Dios sabe qué guarrerías por ahí —me dijo volviendo a enfocar con el teléfono a cualquier zona poco interesante que ver, por ejemplo, el techo de su habitación.

Un ladrido después de otro me llegó a los oídos a través del teléfono y una sonrisa enorme se me dibujó en la cara.

—¿Es Batú?

Otros dos ladridos respondieron a mi pregunta y poco después mi abuela giró el teléfono y mi bonito perro apareció en pantalla.

—¡¿Cómo está mi perro hermoso?! —pregunté riendo cuando empezó a agitarse como un loco al escucharme.

—Estate quieto, demonio, ¡ven aquí!

Puse los ojos en blanco.

—¡Abuela!

Batú volvió a acercarse a mi abuela, que le enseñó el teléfono para que pudiera verme. Sabía que para él aquello no tenía el mismo efecto que para mí, los perros necesitaban el olfato para identificar personas y a través de una pantalla era imposible que lo hicieran, pero al verme y oírme supe que me sentía cerca.

—Bonito mío, te echo tanto de menos —le dije mientras él miraba la pantalla con su aliento agitado y su lengua colgando…, parecía que sonreía.

Sabía que estaba bien cuidado. Mi abuela, Gus y Eko se encargaban de vigilar que no le faltaba de nada y sabía que había estado durmiendo con mi abuela desde que me había ido, cuidándola y haciéndole compañía.

Por un instante, sentí una ola de tristeza muy profunda, tan profunda que quité la imagen para tomarme un instante.

—¡No te veo! —gritó entonces mi abuela—. ¡Nikki! ¡Nikki, no te vemos!

Respiré hondo y me forcé en volver a sonreír.

—Abu, os tengo que dejar —mentí porque no me veía capaz de seguir una conversación jovial sin ponerme a llorar. Era duro para mí no poder contarle todo a mi abuela, no poder decirle lo que ocurría, lo que sabía de mi familia, de mis padres, de la muerte de ellos, de mi intento de asesinato...

—Pero llama más veces —me dijo sin insistir mucho en seguir hablando. Conociéndola, tendría cosas que hacer, puesto que allí eran las tres de la tarde.

Me despedí de ellos y dejé el teléfono sobre la cama. Eran las ocho, muy tarde para mí, que acostumbraba a estar en pie a las siete de la mañana como muy tarde. Me asomé a la ventana y vi que el cielo estaba más gris que nunca. Los árboles se agitaban debido a una fuerte corriente y vislumbré algunos viandantes peleándose con los paraguas, intentando que estos no se volaran o rompieran debido a la ventisca.

Me apetecía salir, pero con aquel tiempo...

¿Cómo podían vivir todo el año casi sin ver el sol?

En la suite del hotel teníamos una pequeña cocinita, por lo que salí de mi habitación y me preparé un café observando todo a mi alrededor. Me acerqué sin hacer ruido a la habitación de Maggie, que dormía plácidamente abrazada a una almohada.

Recordé que antes de que ocurrieran los disparos, antes de que intentaran matarme, mi intención había sido hablar con Nate y contarle lo que ocurría. Mi amiga seguía embarazada, seguía sin saber quién de sus dos amantes era el padre y, aunque era muy sutil, ya empezaba a notársele. Todavía podía disimularlo, hacerlo pasar por unos kilitos de más, pero Maggie era de complexión delgada. Sus pechos, ya de por sí prominentes, ya apenas podían disimularse con la ropa que vestía, cualquiera que pusiese un poco más de atención se daría cuenta y el tiempo no paraba…

Me terminé el café y me vestí con intención de dar un paseo. Parecía que había dejado de llover. Me puse varias capas de ropa, un abrigo, un gorro, una bufanda y unos guantes. Cuando ya creí estar lo suficiente abrigada, abrí la puerta de la suite con intención de salir.

Allí, junto a la puerta estaba uno de los guardaespaldas de Alex.

—¿Va a alguna parte, señorita? —me preguntó Francis amablemente.

Sopesé unos instantes la opción de quedarme en la suite, pero me sentía encerrada… Necesitaba salir, ir al parque, alejarme un poco de toda aquella locura de coches y edificios altísimos.

—Iba al parque —contesté, a lo que Francis asintió sin rechistar y me indicó el camino con su brazo. Contenta porque no me pusiese objeción algunos, emprendimos juntos la marcha en dirección a los ascensores. Llegamos y, justo en el momento que pulsaba el botón de bajada, un «ding» indicó que este ya estaba en nuestra planta. Las puertas se abrieron y un Alex trajeado apareció delante de mí.

Me quedé quieta, sorprendida y confusa de volver a verlo después de tantos días sin saber de él.

—¿Qué haces aquí? —le pregunté un tanto brusca, pero es que me había pillado completamente por sorpresa.

Prefería estar sobre aviso si tenía que volver a verlo porque, si no, me comportaba como una completa idiota. Se me ponían las mejillas coloradas, mi pulso se aceleraba y empezaba a balbucear como si me escasearan las neuronas. Mi cerebro parecía dejar de funcionar y todas mis preocupaciones se resumían en preguntarme cómo era posible que alguien tan alto y elegante como él pudiera llegar también a tener unas facciones que lo convertían en el tío más sexy que había llegado a conocer en mi vida.

Deberíamos tener la capacidad de bloquear nuestras hormonas cuando lo nuestro con una persona dejaba de funcionar. Porque mi mente tenía muy claro lo que debía hacer, tenía muy claro que nada más podía ocurrir entre los dos, en cambio, mi maldito cuerpo solo podía pensar en desabrocharle la camisa sin demora y encerrarme con él en la habitación para rogarle que me hiciera todas aquellas cosas que solo él sabía hacer.

Joder.

—Venía a invitarte a desayunar —dijo, sonriendo de lado con su mirada de niño bueno, intentando convencer a… nadie, porque todos los allí presentes sabíamos que de niño bueno no tenía nada de nada.

Parpadeé para intentar centrarme.

¿No habíamos dejado claro que lo nuestro se había terminado?

—Dijiste que podíamos ser amigos, ¿no? —me preguntó colocando la mano en las puertas del ascensor para que estas no se cerraran, leyendo a la perfección mis pensamientos.

—Ya, bueno, pero...

—Hoy es mi cumpleaños —me interrumpió con aquel detalle que me sorprendió—. Cumplo treinta, no me dejarás desayunando solo el día de mi cumpleaños, ¿verdad? —preguntó y sentí un pinchazo de culpabilidad y también de tristeza porque ni siquiera lo había sabido nunca—. Si vienes, te llevaré a probar los mejores *scones* de toda la ciudad. ¿Vamos? —le preguntó a Francis, que me miró y me instó a subirme al ascensor con él mientras asentía.

Me vi entonces encerrada en una estancia de dos por dos metros con dos hombres inmensos a mi lado y la sensación de que me acababan de hacer una encerrona.

Alex me miró de arriba abajo mientras el ascensor bajaba y me fijé en que un brillo divertido aparecía en su mirada.

—¿Qué te hace tanta gracia? —le pregunté, aún sin saber si estaba cabreada por casi obligarme a desayunar con él, o increíblemente ilusionada por ver que quería pasar conmigo la mañana de su cumpleaños.

—No hace tanto frío —dijo fijando su mirada en mi gorro, mi bufanda y mis guantes rosas a juego.

El tema del frío y nuestras percepciones de este parecía ser un tema recurrente.

Me fijé en que él no llevaba ni abrigo. Camisa y chaqueta sin corbata, mocasines y pantalones de traje, pero nada más...

Las puertas del ascensor se abrieron y al salir de él me fijé en la gente.

Nadie llevaba gorro ni guantes, llegué incluso a ver un hombre en manga corta.

Miré a Alex, que parecía estar intentando controlar sus inmensas ganas de echarse a reír.

—Hace trece grados ahí fuera —dije a modo de justificación.

Francis me miró incrédulo y Alex se pasó la mano por la boca intentando disimular su sonrisa.

—Llevas un gorro precioso —dijo a modo de flirteo fácil. Me entraron ganas de hacerle un corte de mangas, pero me contuve.

No podía perder la compostura.

Cuando salimos del hotel, el viento nos azotó con fuerza y no pude evitar lanzarles una mirada de superioridad.

Hacía frío.

Mucho frío.

—Iremos en mi coche —dijo Alex haciéndole una señal al trabajador que aguardaba a la entrada del hotel con las llaves en su mano.

—Os seguiré en todo momento, señor —dijo Francis levantando la mano en dirección a Melvin, que esperaba allí junto al coche de Alex, en un Range Rover color negro.

—¿Vamos en dos coches pudiendo ir los cuatro en el mismo? —pregunté.

Alex cogió las llaves que el chaval le tendía y me dirigió toda la intensidad de su mirada.

—Me gusta tener intimidad —dijo sin más—. Y así podemos hablar tranquilos.

¿Por qué de repente la palabra intimidad saliendo de su boca me provocaba tantas cosas que no quería volver a sentir en su presencia?

Hablar.

¿Hablar de qué? ¿Sobre qué?

Ya habíamos hablado todo lo que debíamos hablar y, aun así, allí estábamos… juntos de nuevo.

Alex me abrió la puerta de su flamante Tesla y entré preguntándome por qué volvía a subirme a aquel coche si la última vez que lo había hecho nada había terminado bien.

Lo nuestro había acabado.

Hacía meses, en una isla muy lejos de allí.

Me fijé en que manipulaba el coche y que, de repente, una ola de aire caliente me daba en la cara y en los pies.

El culo empezó a calentárseme y flipé cuando me di cuenta de que el calor provenía del asiento.

—¿Así mejor? —me preguntó sonriendo al mismo tiempo que pulsaba un botón y salíamos hacia el tráfico londinense.

Asentí fijando la mirada al frente. Me atraía demasiado verlo al volante de un coche tan imponente, tan moderno, tan alejado de los coches que había llegado a ver en Bali.

—¿Qué hago aquí, Alex? —le pregunté en un tono un poco molesto, aunque en realidad estaba molesta conmigo misma, molesta por no poder bloquear aquellas sensaciones que no deseaba sentir, y con las cuales mi cuerpo parecía disfrutar torturándome.

—Ya te lo he dicho —explicó en un tono paciente—. Comentaste que podíamos ser amigos y estos somos tú y yo siendo amigos.

Suspiré.

—Nunca pensé que te tomarías mis palabras al pie de la letra.

—Nunca subestimes el entendimiento literal.

—Has dicho que querías hablar. ¿De qué en concreto? —le contesté un tanto seca.

Alex me lanzó una mirada curiosa.

—En Bali eras más simpática —se quejó.

—En Bali fuimos otra versión de nosotros mismos —contesté.

—En Bali fui quien quise ser siempre, quien me gustaría ser ahora —replicó.

—Ah, ¿sí? —pregunté—. ¿Y cómo quieres ser ahora?

—Un hombre que lleva a una hermosa mujer a desayunar —contestó.

Lo miré de reojo sin caer en su trampa.

—Me da a mí que eso de llevar a hermosas mujeres a desayunar no es algo nuevo para ti —solté.

—Veo que vas directa al grano… —contestó pasándose la mano por la barba, estaba un tanto nervioso.

—Solo tengo curiosidad… como amiga, claro —aclaré.

Alex giró para incorporarse a una avenida repleta de coches y mucho tráfico.

—Es mi ex —dijo al fin, repitiendo lo mismo que ya me había dicho con anterioridad.

—Creo que ella no está enterada de vuestra ruptura —dije con sarcasmo.

—Puedo aclarárselo de nuevo, no te preocupes por eso.

—Además —continué—, ¿tu ex posa contigo en una foto familiar en el cumpleaños de tu madre? —le pregunté.

—Maldita revista —murmuró por lo bajini.

—Eso no es una respuesta —lo insté.

—Es amiga de la familia.

—Ya.

Alex me miró.

—Lo es.

—¿Te acuestas con la amiga de tu familia? —pregunté entonces dejándome llevar y sin pensar en las consecuencias de aquellas preguntas… Estaba dejando muy claro cuáles eran mis sentimientos.

—¿Por qué preguntas eso? —contestó sin mirarme a la cara.

—¿Por qué no me respondes?

Vi que apretaba con un poco más de fuerza el volante.

—De vez en cuando… —dejó caer y su respuesta fue como puñales en mi corazón. Intenté ser objetiva, no éramos nada, él podía hacer lo que le diera la gana.

—Qué bien —contesté forzando una sonrisa de lo más falsa.

—¿Bien? —preguntó confuso.

Me quedé callada un momento. Claro que no me parecía bien, ¿cómo narices me iba a parecer bien? No había recorrido tanta distancia para verlo acostarse con otra.

En ese momento, un camión nos pasó y Alex empezó a adelantarlo.

—Me parece bien que tengas a alguien con quien pasar el rato. A mi Erik también me hace muy buena compañía aquí en la ciudad, es un chico muy majo.

Vi que todos los músculos de Alex se tensaban y no precisamente por la maniobra de adelantamiento. Tuve que agarrarme fuerte al salpicadero cuando volvió a colocarse en el carril que nos tocaba. Casi se estampa con un camión que había delante de nosotros. Su brazo voló en mi dirección en un intento inútil de evitar que me hiciera daño en el caso de haber llegado a chocar, pero no dejé que ese gesto nublara mi mente.

—¿Te acuestas con Erik? —me preguntó entonces, obviando los bocinazos de los coches de detrás y recuperando la posición de ambas manos sobre el volante.

Y ahí fue cuando metí la pata hasta el fondo.

Lo miré a los ojos y mentí.

—De vez en cuando.

Alex apretó la mandíbula con fuerza y miró hacia delante.

Su conducción era bastante más rápida de lo que debería, pero no lo hacía mal. No perdió el control del coche en ningún momento, pero fijándome en su reacción con atención pude ver que estaba afectado..., muy afectado por la mentira que acababa de contarle.

—Creía que no te acostabas con cualquiera —dijo unos segundos después en un tono gélido que me costó reconocer como suyo.

No lo pensé.

—Me acosté contigo, ¿no? —respondí.

Alex me lanzó una mirada que, aunque intentó con todas sus fuerzas disimular, supe que contenía algo de dolor. Dolor mezclado con celos.

—Noto cierto rencor, Nikki… ¿Alguien que practica yoga como tú no debería saber eliminar ese tipo de sensaciones tan negativas? A ver si tus chacras se van a volver locos.

—Mis chacras están perfectamente, gracias.

Nos fulminamos el uno al otro con la mirada y entonces vi que aparcaba delante de un imponente edificio con hombres vestidos de pingüinos esperando en la puerta.

—¿Dónde estamos?

—En el Ritz —contestó bajándose del coche.

Fui a hacer lo mismo, pero vi que había bloqueado las puertas. No entendí nada hasta que no lo vi cruzar por delante del coche mientras con una mano se abrochaba la americana hasta llegar a mi puerta, volver a desbloquear las trabas y abrirme él mismo para dejarme bajar.

—Puedo abrir yo sola.

—Mi educación inglesa jamás lo permitiría —dijo y su forma de mirarme fue tan intensa que por unos instantes sentí que me temblaban las rodillas.

—Tu educación inglesa deja mucho que desear —contesté unos segundos más tarde de lo normal.

Alex abrió los ojos sorprendido.

—Si mi madre te oyera… —Me miró como si lo que acabase de decirle pudiese incitar a un escándalo.

—Señor Lenox, ¿me permite? —nos interrumpió entonces uno de los pingüinos.

Alex le tendió la llave de su coche y me indicó con la mano que lo acompañara.

Me adelanté hasta subir por las escaleras alfombradas en un edificio antiguo elegante y de una majestuosidad que no había visto hasta ese momento.

Entre los dos se acababa de generar una tensión nada agradable, una tensión cargada de rencor, reproches no pronunciados y celos. Sí, sentíamos celos, o al menos yo lo hacía. Celos porque se acostase con su ex, porque hubiese seguido con su vida como si lo nuestro en Bali no hubiese existido, celos porque lo veía en su ambiente y me enamoraba más de lo que había podido imaginar y sobre todo porque en el fondo sabía que aún quedaban muchas cosas que no conocía y que él no me contaba. Noté entonces el roce de la mano de Alex en la espalda cuando me guio hacia la izquierda y toda la piel se me puso de gallina.

Quise alejarme, quise apartar su mano de mi espalda, darme la vuelta y regresar andando si hacía falta, hasta el hotel, para evitarme todas aquellas sensaciones desagradables. Llevaba razón, yo no era así, yo no era una persona rencorosa ni celosa. Londres me estaba cambiando, aquella ciudad me estaba convirtiendo en una persona enfadada con la vida cuando yo amaba la vida tal y como era. Siempre había sido así.

Pero no podía hacer nada, no podía cuando todo mi cuerpo vibraba a costa de otra persona, cuando todas mis malditas células parecían querer empujarme hacia aquel hombre que siempre fue demasiado para mí.

Giramos entonces en dirección a un pasillo bastante largo, un pasillo desértico, alejado del ruido del recibidor del hotel.

Antes de darme cuenta, su mano me había cogido por el brazo y me había arrastrado tras una puerta que no supe que era un cuarto de baño para minusválidos hasta un tiempo después. No pude saberlo porque no me dejó ni echar un vistazo, me cogió tan desprevenida, joder, que cuando quise darme cuenta mi espalda había chocado contra la puerta y lo tenía tan cerca de mi boca que ya no fui capaz de pensar ni razonar.

—En Bali te dije que vinieras conmigo, ¿recuerdas? —me dijo muy muy cerca—. Te pedí que vinieras y me dijiste que no.

Intenté que me entrara aire en los pulmones, pero lo que entró fue su respiración cálida que se coló entre mis labios. Mis manos se apoyaron por instinto en su pecho, al principio con la intención de apartarlo, pero no pude hacerlo debido a que me las sujetó con fuerza.

—No puedes aparecer de la nada y cabrearte porque he seguido con mi vida. Dejaste muy claro que tú no podías formar parte de ella.

—Yo no estoy cabreada por eso —dije intentando soltarme con fuerza.

—Ah, ¿no? Y entonces ¿por qué lo estás?

No pensaba admitirlo en voz alta.

Jamás.

—¿Estás celosa? ¿Es eso, Nikki? —me soltó.

Que expusiera mis sentimientos en palabras tuvo más peso de lo que imaginé. Mis ojos volaron hacia él emanando ira y fuego.

—¿Y qué pasa si lo estoy? —admití cabreadísima, cabreadísima de imaginármelo con otra, de imaginármelo con alguien que no fuera yo.

Alex aguantó la respiración unos segundos antes de soltar:

—Pues que ya somos dos, joder. —Y me besó.

Joder si me besó.

Mierda.

Mierda.

Sus manos estuvieron por todas partes, su lengua invadió mi boca intentando recordar la misma sensación que tuvimos meses atrás.

Joder.

No pude hacer nada.

Mis manos se aferraron a su camisa, atrayéndolo hacia mí, y las suyas bajaron para cogerme por el culo y levantarme, hasta que mis piernas se enroscaron en torno a su cadera.

Dios.

Noté la dureza de su miembro contra mi estómago y sentí que me perdía… que me perdía entre sus brazos y su boca, que eran como una droga para mí.

Acababa de perder mi primera batalla conmigo misma.

Acababa de ceder ante el deseo cuando estaba claro que nada bueno podía salir de ahí.

—No me gusta nada que estés tan enfadada conmigo, Nikki —me dijo entonces, separándose ligeramente, pero acariciándome con su aliento.

—No deberías estar besándome —le recordé en susurros, pero no me aparté ni un ápice. De hecho, deseaba con todas mis fuerzas que volviera a meterme la lengua en la boca.

—¿Por qué no? ¿Quién nos lo impide? —Con cierta rudeza, volvió a hacerlo, volvió a besarme.

Dejé caer la cabeza hacia atrás, contra la puerta mientras le daba acceso a mi cuello y dejaba que me besara y provocara todas aquellas sensaciones que tan loca me volvían. Sus manos apretaron mis pechos mientras yo me sujetaba enroscada a su cintura.

Me moví buscando una fricción que necesitaba y que difícilmente conseguiría en esa postura.

Dios, estaba dejándome llevar, dejándome llevar por mi instinto más primitivo.

Sus besos en mi cuello, su fragancia inundando todos mis sentidos, sus brazos sujetándome y su cuerpo duro apretándome contra la puerta como si él no quisiera dejar ni medio centímetro entre los dos, como si no hubiese espacio en el mundo para ambos y tuviésemos que apretujarnos para caber.

Bajó la mano de mis pechos y volvió a sujetarme por el trasero. Su mano derecha se deslizó un poco más y, con la facilidad que le daban mis pantalones de deporte, me tocó allí donde mi cuerpo palpitaba lleno de deseo.

—Por favor —susurré contra su boca.

—Sí…, pídemelo, Nikki, pídemelo y lo tendrás, aquí y ahora tendrás lo quieras.

Y lo quería… lo quería con todas mis fuerzas. Necesitaba volver a sentirme igual de viva que me sentí cuando estuvimos juntos compartiendo nuestros cuerpos.

Su mano volvió a hacer de las suyas y se me escapó un gemido entrecortado. Me besó y me mordió el labio con fuerza.

—No quiero que nadie te toque como lo hago yo —gruñó entonces contra mi boca—. Nadie, Nikki, prométemelo —me pidió desesperado.

Tardé unos segundos de más en entender qué estaba diciéndome. Nadie me había tocado jamás como lo estaba haciendo él, nadie me había tocado, excepto él.

Recordé entonces la mentira que le había dicho en el coche y disfruté al verlo celoso, disfruté al ver que él también sufría igual que yo al imaginármelo con otra... Lo injusto de todo aquello era que lo suyo era verdad. Él sí se acostaba con otra.

No tenía ningún derecho a pedirme lo que acababa de exigirme.

Al ver que no le contestaba, intensificó su forma de tocarme y su manera de besarme.

Estaba cabreado y estaba descubriendo que Alexander Lenox cabreado y cachondo era una combinación explosiva para mi cuerpo.

Me preocupó lo mucho que me gustó la sensación de saber que tenía cierto poder sobre él. Si seguía tocándome así... Si seguía moviendo su mano de esa forma, si su boca seguía... Volví a suspirar y me cubrió la boca con la suya. Estaba a punto de explotar de placer, pero entonces su mano, sin querer, rozó mi costado, donde tenía la herida de la operación, y se me escapó una mueca de dolor.

Se detuvo de inmediato.

—Joder —dijo asustado—. Mierda, joder, ¿te he hecho daño?

Negué con la cabeza al mismo tiempo que intentaba volver en mí, ya que el dolor que acababa de sentir me trajo de vuelta a la realidad como si me hubiesen tirado un jarro de agua fría.

Pestañeé para intentar escapar de la bruma del placer insatisfecho y el dolor de mi costado.

Me depositó en el suelo y su mano se apoyó con muchísimo cuidado sobre la herida.

—Estoy bien —dije intentando recuperar el aliento, intentando asimilar lo que acababa de pasar.

Alex colocó sus manos en mis mejillas, peinó mi pelo hacia atrás y me observó con preocupación.

—¿Te duele?

—No —mentí enfadada con la vida y sus malditas circunstancias por haber detenido aquel momento en donde casi…

Joder.

—Lo siento… Por un instante olvidé que…

—No pasa nada —dije respirando e intentando recuperar la compostura.

Nuestras miradas chocaron entonces… Fue como si nos viéramos por primera vez desde que yo había llegado a Londres.

Desvié la mirada cuando supe que si seguía mirándome así volvería a caer en la tentación.

—Creo que deberíamos volver —dije planchando mi ropa con las manos, un sinsentido teniendo en cuenta que iba vestida de deporte y no había nada que planchar aparte de unas mallas y un top.

Alex pareció estar a punto de rebatir mi idea, pero al final asintió.

—Vamos —dijo tras unos segundos de recolocarse la ropa. Ni me había dado cuenta de que mis manos habían desabrochado casi todos los botones de su camisa.

Dios, qué vergüenza.

Mis mejillas se pusieron rojas como tomates.

—Ya es tarde para sentir vergüenza —dijo en un tono que no supe muy bien cómo interpretar.

Me abrió la puerta haciendo gala de sus impecables modales y juntos regresamos al vestíbulo del hotel.

# 25

# NIKKI

Al final, llegamos a lo que supuse era una especie de restaurante dentro del hotel. Miraras donde miraras, había mesas con manteles elegantes y sillas tapizadas en color rosa y marfil. Las paredes contenían pinturas al óleo y los techos estaban pintados en color oro desde donde colgaban inmensas arañas de cristal.

Bajé la vista a mi atuendo: mallas y zapatillas de deporte.

—No voy vestida para entrar en un lugar como este.

Alex volvió a colocarme la mano en la espalda y me instó a entrar.

—Estás perfecta.

Era obvio que no lo estaba, pero dejé que me guiara hasta una mesa un tanto apartada.

Entre ambos había una energía electrizante que no había sentido jamás con nadie. Aún podía sentir sus labios sobre los míos, su lengua acariciando la mía y su cuerpo apretándome contra la pared con deseo. Miré hacia ambos lados, sentía como si todos los allí presentes supieran lo que habíamos estado a punto de hacer en el cuarto de baño y volví a notar que se me coloreaban las mejillas. Alex, por el contrario, estaba como si no hubiese pasado nada… Lo único que lo delataba era el tono de sus labios que había subido debido a la intensidad de los besos que acabábamos de compartir.

Llegamos a la mesa y se adelantó para moverme la silla y ayudarme a sentarme.

No me gustaba recibir tanta atención.

—¿Siempre eres así? —pregunté intentando imitarlo y hacer como si nada acabase de pasar entre los dos.

—¿Así cómo? —me preguntó, mirándome extrañado, cuando se sentó justo enfrente de mí.

—Así de exageradamente caballeroso.

—Hace nada estabas diciendo que mi educación dejaba mucho que desear —puntualizó.

—Ser caballero y ser educado no es lo mismo.

—Ah, ¿no? —preguntó enarcando las cejas.

—Ser un caballero implica falsedad. La educación forma parte de uno —expliqué.

—¿Ahora me estás diciendo que soy falso?

Mi silencio fue mi única respuesta.

Nos interrumpió un camarero.

Alex no desvió los ojos de mí en ningún momento.

—¿Te apetece que pida por ti?

Me hubiese gustado decirle que no, que podía pedir por mí misma, pero no me apetecía perder tiempo leyendo la carta.

Además, tenía el estómago cerrado.

—Adelante —contesté.

Pidió té para él y café para mí y unas cuantas cosas que no entendí, entre ellas los *scones* de los que me había hablado con anterioridad.

Cuando el camarero se fue, volvimos a enfrentarnos a nuestra tensa conversación.

—¿Por dónde íbamos? Ah, sí, decías que era falso —habló.

Me mantuve firme.

—Así es.

—¿También eran falsos tus gemidos entrecortados cuando hace unos minutos casi te llevo al orgasmo?

Abrí los ojos como platos y miré con disimulo a ambos lados. ¿Estaba loco?

Alex me observó en silencio unos instantes y una sonrisilla se dibujó en su semblante, cosa que me sorprendió, derritió y me dejó completamente descolocada al mismo tiempo.

Obviamente no contesté.

—He de admitir que la ciudad te ha vuelto igual de cínica que todos los desgraciados que no hemos tenido la suerte de nacer en una isla paradisiaca.

—Yo siento más bien que se me ha caído la venda de los ojos.

—Es lo que ocurre cuando uno sale de su zona de confort —contestó enseguida.

—Aún me sigo preguntando qué he ganado alejándome de ahí.

Nos quedamos callados. Mirándonos.

Nos trajeron las bebidas, que, humeantes, levantaron un vaho caliente entre ambos.

Cuando el camarero volvió a marcharse, Alex estiró la mano por encima de la mesa, pidiéndome que se la cogiera.

No lo hice.

—Veo que llegar a ti va a ser mucho más difícil de lo que imaginaba.

—¿Y te sorprende?

Recuperó su mano y se la llevó a su incipiente barba antes de contestar.

—Me sorprende que hayas aceptado venir conmigo.

A mí también.

—Tal vez no debería haberlo hecho.

—La vida está llena de esos «tal vez...».

—No en mi vida. Me gusta la certeza de caminar sobre un terreno llano.

—Pero eso no es real.

—Será real mientras yo haga posible que lo sea.

—Te equivocas.

Suspiré.

—¿Por qué te empeñas tanto en que vea las cosas como lo haces tú? —le pregunté.

Desde que lo había conocido, había querido removerlo todo para hacerme saber cosas que tal vez hubiese sido mejor dejar enterradas.

Alex me miró muy serio, pensativo, mientras dejaba la taza sobre el platito y se inclinaba hacia delante buscando una conexión que no hacía falta buscar porque ya existía. Había existido desde el mismísimo momento en el que me vio desnuda en la playa aquella mañana hacia meses.

—Tal vez porque me irrita sobremanera no ser capaz de ver el mundo como tú lo ves.

Tragué antes de contestar, sobre todo para darme unos instantes de tregua para recuperarme de la intensidad de su mirada.

—El mundo puede ser un lugar hermoso… —dije interrumpiendo el silencio repentino que se había generado entre ambos—, somos nosotros quienes nos empecinamos en hacerlo complicado y tenebroso.

Alex se echó hacia atrás despacio, rompiendo el pequeño hechizo que parecía haberse creado a nuestro alrededor.

—A veces lo tenebroso nos persigue, Nikki. Nos persigue y nos encuentra.

Su forma de decirlo me tocó la fibra y me hizo pensar en mi tío.

Llegó el camarero y colocó la comida que Alex había pedido entre ambos. Una especie de pirámide redonda con tres platos estaba llena de minipastelitos y sandwichitos salados, acompañados de unos bollos redondos y un tanto deformes con mermelada y una especie de crema densa y blanca.

—Estos de aquí son los *scones* de los que te hablé —me indicó, enseñándome los pasteles deformes en un intento por rebajar un poco la intensidad de la conversación.

Cogí uno imitándolo a él.

—Se comen con mermelada y crema, son los mejores de Londres —me volvió a decir.

Cogí uno, lo unté con mermelada y crema y lo probé.

Sentí algo parecido a la ternura, al ver a Alex tan contento de repente mientras se comía su panecillo. Lo miré sorprendida de la cantidad ingesta de crema que le echó y como pareció relajarse durante unos segundos.

Cuando terminó de comer, levantó la mirada y la clavó en mí.

—Echaba de menos tu sonrisa —dijo con un brillo especial en los ojos.

No me había dado cuenta de que estaba sonriendo.

Me llevé la taza de café a los labios para volver a ocultarla.

—Te he traído aquí para tener tiempo de darte las explicaciones que te mereces —me dijo cambiando de tema y encauzando la conversación a lo que a él le interesaba: excusarse.

—No merezco ninguna explicación, Alex, está bien. Lo nuestro fue bonito, pero terminó… Lo que tengas ahora aquí es cosa tuya.

—¿Por qué haces que suene tan fácil? —preguntó molesto.

—Porque lo es —contesté escueta.

—Desde hace un año nada lo es… Hasta que te conocí —dijo fijando su mirada en mí—. Fuiste un soplo de aire fresco, me ayudaste a olvidarme de los problemas. Desconecté de todo y no quise manchar el recuerdo con problemas que no tenían solución.

Volvió a estirar la mano encima de la mesa y, esta vez, después de dudar unos instantes, se la cogí al fin.

La calidez de su piel me otorgó calma y nerviosismo al mismo tiempo.

—Nunca imaginé que lo nuestro fuera a terminar siendo como fue…

Recuperé mi mano y me acomodé en la silla.

—De todos modos, ya es agua pasada —dije con calma fingida—. No hemos venido aquí a hablar de nosotros.

Alex se retrepó en la silla y me observó con paciencia.

—Ah, ¿no? —preguntó.

Negué con la cabeza.

—Es tu cumpleaños, ¿no?

—Y aún sigo esperando a que me felicites —dijo y llevaba razón, no lo había hecho.

—Felicidades —dije intentando sonar sincera.

Alex rio.

—Me entusiasma tu efusividad.

—Lo siento..., los últimos acontecimientos han agotado mis reservas de entusiasmo.

Alex se puso serio.

—Estoy preocupado —admitió.

—Lo sé —dije, porque era cierto.

—Muy preocupado, Nikki —insistió.

—Yo también lo estoy, quiero acabar con todo este asunto. Quiero zanjar este tema para poder volver a Bali.

Alex me miró con atención.

—¿Y qué es exactamente lo que quieres hacer?

Llevaba pensando en ello unos cuantos días, no lo había hablado con nadie porque sabía que intentarían convencerme de lo contrario, pero ya había tomado mi decisión.

—Voy a renunciar a mi herencia.

Alex parpadeó confuso.

—¿Cómo has dicho?

—Quiero alejarme, quiero decir en público que renuncio a cualquier derecho que pueda tener como heredera de mi padre. No quiero el dinero, no si reclamarlo va a hacer que la gente que me importa esté en peligro.

Alex parecía incrédulo.

—No puedes hacer eso, hacerlo solo hará que la gente crea que les has estado tomando el pelo, se pondrán en tu contra, y eso no te ayudará para …

—¿No me escuchas? —lo interrumpí—. No me importa lo que piense la gente, no me interesa reclamar nada. Solo quiero regresar a mi vida, valoro más estar a salvo que cualquier herencia que pueda pertenecerme.

—¿Y tú crees que por renunciar a ella dejaras de estar en peligro? No van a arriesgarse, está claro que no quieren dejar ningún hilo suelto. No podrás volver a Bali sin más, Nikki.

Miré la taza de café que tenía delante de mí.

Deseaba con todas mis fuerzas regresar a casa, echaba de menos el océano, el surf, echaba de menos a mi abuela, a mi perro, a mis amigos, echaba de menos la paz del mar, de mi isla…

—No quiero formar parte de esta guerra —admití mirándolo a los ojos—. No quiero —repetí haciendo énfasis en mis palabras.

Alex pareció escucharme con atención.

—Si no deseas luchar, entonces deberás jugar muy bien tus cartas —dijo inclinándose hacia mí—. Que te vean conmigo, Nikki, que sepan que no estás sola, que no eres vulnerable, que me tienes a mí para protegerte y que, si no se andan con cuidado, acabarán todos en la cárcel o, peor…, muertos.

Tragué saliva.

—Estando contigo me dispararon.

—Eso no volverá a repetirse —dijo muy serio.

—Si hubiesen querido matarme, podrían haberlo hecho ya, ¿no lo habías pensado?

Alex negó con la cabeza.

—Creo que quien supiese de tu existencia no te creía capaz de viajar aquí, lo que demuestra que te conocían más de lo que imaginábamos.

Negué con la cabeza.

—No puedo pensar así, no puedo estar mirando sobre mi hombro para siempre, ¿te das cuenta de que mi vida solo se ha complicado desde que te conocí?

Me pasé de sincera, pero así es como me sentía.

Desde que lo había conocido, todo se había complicado, todo había ido desmadrándose, complicándose hasta formar aquel puzle imposible de resolver.

—Entiendo que quieras buscar a un culpable, pero es injusto que me culpes a mí simplemente por haberte dicho la verdad.

—¡¿Qué verdad, Alex?! —exclamé subiendo el tono de voz—. ¿De qué me ha servido conocer la verdad, según tú?

—¡Joder, al menos estás aquí!, ¿no? —dijo entonces procurando calmarse, procurando tener su tono bajo control. Miró a ambos lados, soltó un suspiro profundo y volvió a centrarse en mí—. No sirve de nada discutir el pasado, o el porqué de los acontecimientos, Nicole —dijo apretando la mandíbula al hablar—. Querías ir a ver a tu tío, muy bien, lo verás, lo veremos, pero estarás conmigo, estarás bajo mi protección en todo momento. Que ese cabrón vea que los Lenox te protegen.

Al menos había conseguido algo.

—Está bien —cedí por fin—. Lo haremos como tú quieras y le diré a mi tío que renuncio a todo, por escrito, en los medios, por donde él quiera. A veces hay que saber cuándo parar y dar un paso atrás.

Negó con la cabeza mientras me escuchaba hablar.

—Repito lo dicho: a veces me gustaría poder ver el mundo como tú lo ves.

Pestañeé varias veces.

—Para hacerlo, primero deberías poder quitarte tus propias gafas —dije, él me miró sin comprender—. Esas que llevas siempre puestas y te hacen ver el mundo como una cárcel de cristal.

—¿De cárceles de cristal van las cosas ahora?

—La vida es mucho más simple de lo que imaginas.

—No cuando delante de mis narices intentan matarte.

—No lo han hecho.

—Ni lo harán porque antes me encargaré de matarlos con mis propias manos.

Nos quedamos callados mirándonos a los ojos con una intensidad que me provocaba malestar, malestar porque deseaba con todas mis fuerzas que me cogiera como lo había hecho en el baño y me ayudase a olvidar, aunque fuese por unos minutos, todo lo que sucedía a mi alrededor.

—¿Me llevas a casa? —pregunté al final rompiendo el hechizo.

Alex asintió poniéndose de pie.

Dejé que me apartara la silla más bien porque estuve torpe en levantarme tan rápido como lo hizo él.

Nos subimos al coche y, mientras conducíamos por la ajetreada Londres, deseé que fuera cierto… Deseé estar bajo su protección, pero deseé estarlo como su novia y no tan solo como amiga. Deseé formar parte de su vida al igual que él fue parte de la mía durante aquellos maravillosos treinta días. Deseé… deseé irme con él hasta su casa, conocer a su hija. Deseé ser algo más que la chica que había conocido en Bali.

Era difícil ponerles trabas a unos sentimientos que pugnaban por ganarle a la parte más racional de mi cerebro y sobre todo era difícil poner trabas a un hombre que a las claras me deseaba con una intensidad que no se molestaba en disimular.

Cuando llegamos al hotel Olivieri y fui a bajarme, estiró la mano y me cogió del brazo para hacerme girar muy despacio hacia él.

—Lo que pasó en el baño… Lo nuestro… —empezó y lo interrumpí.

—¿Fue un error?

—Joder… Si lo nuestro fue un error, quiero equivocarme contigo cada segundo de mi vida.

Negué con la cabeza.

—No lo hagas más difícil de lo que ya es, Alex, por favor.

Me acercó al mismo tiempo que inclinaba su cabeza en mi dirección. Nos aproximamos mucho más de lo que yo era capaz de soportar sin lanzarme a sus brazos para exigirle que terminase lo que había empezado en el baño.

—Te doy una semana, Nikki —dijo entonces muy cerca de mi boca—. Una semana antes de que me supliques que te lleve a la cama.

Respiré hondo, pero me alejé tirando de mi brazo y soltándome de su agarre.

—La tentación puede ser fuerte, pero mi voluntad ha ganado batallas peores que esta, Lenox.

Una media sonrisa apareció en su cara.

—Tu yogui interior no conoce lo persuasivo que puedo llegar a ser.

Negúé con la cabeza.

—Y aquí es donde vuelves a demostrar que no tienes ni idea de lo poderosa que es la mente de alguien que medita y hace yoga desde los seis años.

Me bajé del coche mientras él seguía cada uno de mis movimientos con la mirada.

—Adiós, Alexander.

Seguida por sus guardaespaldas, me encerré en la habitación preguntándome cuánto de verdad había en mi última afirmación.

# 26

# MAGGIE

Aproveché que Nikki había salido para urdir un plan. No podía seguir haciendo como si tal cosa, más que nada porque empezaba a notárseme la barriga, que en un cuerpo delgado como el mío no era fácil de disimular. Desde que habían disparado a Nikki, todo había girado en torno a eso y con razón, pues lo importante era que ella se recuperase.

Desde que Nate nos había ofrecido quedarnos en una de las suites de uno de los hoteles de su familia, no habíamos vuelto a coincidir y eso que él vivía en uno de los áticos del mismo hotel donde estábamos quedándonos nosotras.

Que me evitara no era ninguna novedad. No quería verme y me seguía sorprendiendo la fortaleza que estaba teniendo, sabiendo que estaba apenas a unos metros de distancia de donde él dormía.

Sabía que lo de Malcolm era algo imperdonable para él… y, viéndolo con la distancia y el tiempo, hoy puedo afirmar que una de las razones por las que me casé con él fue porque sabía que, si lo hacía, las posibilidades de volver con Nate serían prácticamente nulas. Era una manera de mi subconsciente de poder obligarme a seguir el camino correcto, aquel camino donde nosotros empezábamos vidas separadas.

Pero desde que me había enterado de lo del embarazo..., todo había cambiado. Mis prioridades ya no eran las mismas, ni tampoco mi manera de ver el mundo... Lo necesitaba.

Necesitaba a Nate en mi vida, lo necesitaba más que a nadie en el mundo y quería que fuera el padre de nuestro bebé. Me daba igual lo que Nikki opinara al respecto, me daban igual las opiniones de la gente en general, yo lo sabía... En el fondo yo sabía que Nate era el padre de mi hijo y que él era capaz de cambiar y de amarme como ambos sabíamos que nos merecíamos ser amados.

Sabía por boca de Melvin, uno de los guardaespaldas, que Nate entrenaba en el gimnasio de la décima planta todas las mañanas. Nunca nos lo habíamos encontrado en el restaurante del hotel ni tampoco a la hora del desayuno, que gracias a él teníamos incluido, al igual que el resto de las comidas, y por esa razón había decidido subir al gimnasio y forzar un encuentro.

Me miré en el espejo. Mi pelo rojizo zanahoria, como a él le gustaba recordarme cada vez que me veía, caía suelto en pequeñas ondas. Me había maquillado de manera que pareciese que no iba maquillada, pero dándome un aspecto de «buena cara» y me había vestido con un conjunto de deporte que le había robado a Nikki y que me quedaba un poco pequeño, sobre todo la parte del pecho.

El escote que me hacía no era para nada elegante ni decente, no si pretendía que Nate se centrara en mí y no en mis tetas, por eso me pasé una camiseta por la cabeza y la anudé a la altura del ombligo.

Estaba forzando aquello al límite, aunque recé para que Nate siguiera siendo tan ciego ante detalles como tener ya unos cinco kilos de más.

El minuto que tardó el ascensor en subir a la décima planta fue suficiente para que me sudaran las manos y mi respiración se entrecortase.

¿Qué iba a decirle?

¿Cómo le contaba que tal vez esperaba un hijo suyo?

Borré ese «tal vez» de mi mente.

No existía un «tal vez».

Nate era el padre.

Era él.

Llegué al gimnasio y me fijé en que no había recepción, solo unas grandes puertas de cristal opaco que no dejaban entrever lo que había dentro.

Sonaba con fuerza una música de rap bastante horrible que sabía que era el estilo que Nate escuchaba siempre que estaba solo.

Estaba allí…, lo percibí.

Me adentré en el gimnasio viendo que no era muy grande, pero que contaba con máquinas de todo tipo y de último modelo. El gimnasio estaba como dividido por áreas: la zona de pesas, la zona para hacer estiramientos y otra con un gran espejo y máquinas de peso que no había visto en mi vida.

Seguí caminando y entonces lo vi.

Estaba sentado en uno de los bancos haciendo abdominales.

Me lo quedé observando unos instantes desde mi posición detrás de la columna.

Me fijé en sus brazos, en lo hinchados que tenía los músculos después de haber estado haciendo ejercicio. El sudor caía por su pecho cubierto por una camiseta de tirantes con el símbolo de Nike y su pelo rubio estaba revuelto, húmedo y peinado de cualquier forma. Ya no lo llevaba tan largo como cuando nos habíamos conocido hacía años, me daba pena porque me encantaba la coleta que solía hacerse a la altura de la nuca; su estilo siempre había sido muy surfero, encajaba a la perfección con el estilo de chico que visitaba la isla. Verlo en Londres…, verlo en su verdadero ambiente, rodeado de tanto lujo, de gente tan pija… El Nate que tenía ante mis ojos era muy distinto al que yo había conocido en Bali. Darme cuenta de eso, verlo en su ciudad, acrecentó todos los sentimientos que en su día él me planteó como un impedimento para poder estar juntos. Nuestras vidas eran tan distintas…, pero a diferencia de lo que él pudiese pensar, a mí la isla siempre se me había quedado pequeña… Amaba aquel lugar, pero siempre había soñado con volar lejos, con volar alto.

—¿Vas a seguir espiándome desde detrás de la columna? —interrumpió entonces mis pensamientos.

Di un respingo y me moví hacia un lado, dejando de ocultarme.

Nate dejó de mirarme a través del espejo que tenía frente a él y se giró para poder hacerlo directamente. Levantó un dedo y señaló hacia un punto tras mi espalda.

—Hay un espejo —aclaró.

Mierda.

Me había estado viendo desde el principio. Qué vergüenza, joder.

—Si lo sabías, ¿por qué no has dicho nada antes? —rebatí dando unos cuantos pasos en su dirección, pero aun así dejé varios metros de distancia entre los dos.

—Quería ver cuánto tiempo podías aguantar mirándome sin abrir la boca. Estás hecha toda una acosadora —agregó y casi pude ver un indicio de sonrisa en su rostro.

Estaba de buen humor.

Eso me venía bien para mi supuesto plan de contarle mi situación.

—Desde el accidente apenas nos hemos visto...

Nate seguía sentado y abrió las piernas para apoyar los antebrazos en las rodillas, un poco echado hacia delante.

Que guapísimo estaba.

—He estado dándole muchas vueltas a todo.

Di un paso hacia delante y me senté en la máquina que había justo frente a él. Quedamos cara a cara, mucho más cerca que antes, pero todavía existía un abismo de distancia entre los dos.

—Ah, ¿sí? —pregunté nerviosa.

—Sí... y creo que no es buena idea que sigas viviendo aquí.

Mi corazón se aceleró como loco.

¿Me estaba echando?

Sentí que mi cara se ponía como un tomate, mis latidos empezaron a atronarme los oídos y sentí que las lágrimas empezarían a caer de un momento a otro.

Joder, qué humillante.

Me puse de pie.

Y Nate hizo lo mismo.

—Espera —dijo dando un paso hacia delante, pero negué con la cabeza deseando salir corriendo—. Espera, Maggie, joder —insistió cogiéndome por los brazos para impedir que huyera como alma que lleva el diablo—. Déjame acabar, deja que me expliqué.

—No hace falta —dije deseando que me soltara, deseando desaparecer. Si había existido algo de fuerza en mí para decirle la verdad, esta acababa de desaparecer por completo. En un segundo me imaginé los próximos años de mi vida, con un niño rubio que jamás sabría quién era su padre, me vi volviendo a Bali, sola, criándolo sola, alejada del mundo, recluida…

—¡¿Puedes parar?! —me zarandeó un poco elevando el tono de voz—. No te estoy echando, joder, todo lo contrario. Creo que no deberías estar donde está Nikki, todo esto es por su situación familiar. Ella corre peligro, pero tú no.

Pestañé aturdida por sus palabras e intentando asimilar lo que me estaba diciendo que distaba mucho de tener algo que ver con todo lo que se me acababa de pasar por la cabeza.

—No te quiero cerca de ella.

Respiré hondo y mi corazón pasó a latir a un ritmo distinto, acelerado pero distinto.

¿Nate estaba preocupado por mí?

Cuando vio que me relajaba y que ya no intentaban salir corriendo, sus manos se aflojaron en mis brazos y dio un paso hacia atrás. No me había dado cuenta de lo mucho que se había acercado, hasta que lo vi separarse de mí.

Intenté recobrar la compostura antes de volver a hablar.

—No puedo dejarla sola —dije aún un tanto aturdida.

Nate negó con la cabeza.

—No estará sola —dijo cogiendo la toalla que había detrás de él y pasándosela por los brazos y por la cara. La tiró encima del asiento de la máquina y volvió a centrarse en mí, solo en mí—. Hasta que no se resuelva qué coño está pasando y mientras sigas estando con ella, tu vida correrá el mismo peligro que corrió la de Alex. El mismo peligro que hubiese corrido la mía si hubiese quedado con ella como me había pedido.

¿Cómo?

—¿Nikki te pidió que fueras? —le pregunté confusa.

Pareció dudar unos instantes antes de hablar.

—Nikki quería hablar conmigo... —admitió y su respuesta me pilló tan de sorpresa que me quedé callada unos segundos.

—¿Nikki te llamó?

Nate asintió.

—Me dijo que quería hablar conmigo... sobre ti —me aclaró y vi en sus ojos que la duda por aquella petición aún estaba instalada en su cabeza—. No sé exactamente qué quería decirme, pero parecía preocupada cuando me pidió que fuera a recogerla.

Joder... ¿Nikki había tenido intención de contarle lo de mi embarazo?

No..., no podía ser.

Nikki nunca haría algo así.

Me senté de nuevo sobre el asiento de la máquina y respiré hondo.

Todo aquello empezaba a pesarme más de la cuenta.

Estaba empezando a agobiarme, porque no me veía capaz de contárselo y me dolía el distanciamiento que sentía que había entre ambos.

Pero Nate estaba preocupado por mí.

Eso era buena señal, ¿no?

—¿Dónde está Malcolm, Maggie? —me preguntó entonces, cambiando de tema con brusquedad, tensándose y apretando la mandíbula sin poder evitarlo.

Elevé la mirada que tenía clavada en el suelo hasta encontrarme con sus bonitos ojos azules.

—Lo hemos dejado —admití prestando especial atención a su reacción.

Nate se mantuvo impasible, pero tras unos instantes se sentó en la máquina que había frente a mí al igual que había hecho yo antes.

—¿Por qué? —preguntó unos segundos después.

¿Por qué?

Joder… ¿De verdad no lo sabía?

—¿Tú qué crees? —contesté.

Nate me miró con fiereza.

—No me contestes con otra pregunta, Margot —dijo cabreado—. No me jodas. No vengas aquí dando por hecho que tengo que entender qué cojones haces con tu vida cuando me has dejado muy claro que ya no eres la chica que conocí hace años, o al menos no la que jamás se casaría con mi mejor amigo para hacerme daño, ostias.

Respiré hondo antes de hablar.

—No tienes ningún derecho a hacerte el dolido por esto —le dije cabreándome al mismo tiempo que aumentaba su enfado.

No íbamos a terminar bien.

Ya podía ver el resultado de aquel encuentro y eso que ni siquiera habíamos empezado aún.

—¿Qué me hago el cabreado dices? —me espetó, volviendo a levantarse y alejándose de mí, caminando de un lado para otro procurando tranquilizarse, pero desde mi lugar allí sentada, percibía a las claras que con cada paso que daba su cabreo aumentaba, multiplicándose por mil—. ¡Te casaste con mi mejor amigo! —me gritó volviéndose hacia mí.

Me puse de pie. Así era más fácil hacerle frente.

—¡Me abandonaste! ¡Por tercera vez! ¡Después de pedirme que me casara contigo!

Nate negó con la cabeza y se llevó la mano para cogerse el pelo en un intento de soltar la rabia.

—¡Estaba acojonado! ¡Malcolm no dejaba de decirme que era una pésima idea! ¡Era un crío!

—¡¿Que eras un crío?! —le contesté dando un paso hacia él.

Joder... Tenía ganas de pegarle.

Nunca jamás había sentido la necesidad real de arrearle un puñetazo a alguien y ahí estaba esa sensación primitiva pugnando por salir.

—¿Que eras un crío? —repetí—. ¿Y yo qué era, tu bisabuela? ¡Serás hijo de put...! —Me cogió por las muñecas antes de que mis puños llegaran a tocarle.

Joder... ¡¿Cómo podía ser tan cabrón?!

¿Y cómo podía ser yo tan estúpida de seguir queriéndole?

¿Cómo podía olvidar lo que me hizo? ¿Cómo podía seguir necesitándolo como lo hacía?

—Ni se te ocurra volver a levantarme la mano, Margot —dijo sujetándome aún por las muñecas con fuerza, pero sin hacerme daño—. Ni se te ocurra —repitió haciendo énfasis en cada palabra.

Nos miramos furiosos, con odio, con rencor, con miles de sensaciones demasiado intensas como para poder verbalizarlas sin desear hacernos daño, tanto físico como emocional.

Qué jodidos estábamos.

Qué alejados de aquel primer año cuando nos quisimos con locura y nos quisimos bien.

No sé quién fue el primero en dar el paso, no sé qué mano tocó primero a quién o en qué segundo él me soltó para dar rienda suelta a mi instinto más primitivo, pero solo sé que un segundo después de mirarnos con odio estábamos comiéndonos la boca con desesperación.

Mi espalda chocó contra el espejo y sus manos empezaron a arrancarme la ropa, empezando por la camiseta y dejando mi pronunciado escote al aire libre.

Joder.

Joder.

Su boca me besuqueó las tetas, sus manos bajaron el top dejándolas fuera de este y dándole todo el acceso que él necesitaba.

¿Se daría cuenta de que habían aumentado de tamaño? ¿Se daría cuenta de que mi cuerpo estaba cambiando para darle espacio a nuestro hijo?

Nuestras bocas volvieron a encontrarse, una danza de lenguas y saliva de lo más indecorosa, de lo más guarra, porque eso era puro instinto animal. Nada más.

No tardó en bajarme las mallas y en arrodillarse frente a mí.

No tardó en encontrar mi punto más dulce y deleitarme con lo que mejor sabía hacer.

Qué hijo de puta.

—Dios mío —dije cerrando los ojos y echando la cabeza hacia atrás—. Dios mío, puede entrar alguien —añadí en un instante de lucidez.

—Este es mi gimnasio privado…, aquí no entra nadie sin mi permiso —dijo volviendo a enterrarse entre mis piernas.

Sus manos me sujetaron por las caderas en el mismo instante en que me empezaron a flaquear las piernas.

Su lengua no dejaba de martirizarme con el placer más exquisito. No debería ser así, pero, cuando la rabia y el rencor terminaban en sexo…, este podía ser algo espectacular.

Enterré mis manos en su pelo, tirando de él, queriéndole hacer algo de daño por tenerme de nuevo a su merced, de nuevo rendida ante su poder sexual de persuasión.

—Ah —exclamó de dolor cuando tiré más fuerte de lo debido.

Dejó de darme placer con su boca y se puso de pie dejándome casi al borde del orgasmo.

—¿Qué haces? —pregunté cuando me cogió del cuello con suavidad y volvió a enterrar su lengua, esta vez en mi boca.

—O dejas ese lado violento que acaba de surgir en ti o juro por Dios que paro ahora mismo y nos quedamos sin orgasmo, tú y yo.

Lo miré con rabia, enfadada, cabreada y muerta de deseo.

—¿Me has entendido? —me preguntó desafiándome con sus pupilas dilatadas.

Supe que lo decía en serio.

No contesté, pero dejé que mi mano se colara por su pantalón de deporte y cogiera su miembro entre mis dedos.

Cerró los ojos cuando empecé a acariciarlo como a él le gustaba. Despacio y con fuerza, pero sin pasarme.

Lo empujé hacia atrás con la otra mano, sin detener las caricias. Le bajé el pantalón y lo insté a sentarte en el asiento de la máquina de pesas.

Sus ojos eran fuego.

Puro fuego cuando me arrodillé frente a él e hice lo que más le gustaba.

Me metí su miembro en la boca y, sin apartar los ojos de él, empecé a chupársela sin descanso.

—Joder —no dejaba de decir sin parar de mirarme en ningún momento.

Sus dedos se enterraron en mi nuca, cogiéndome por el pelo con fuerza, sin hacerme daño en ningún momento, pero sabiendo hasta dónde podía llegar.

Me apartó cuando empecé a llevarlo al límite de su propio autocontrol.

Me cogió y me tumbó sobre el suelo acolchonado del gimnasio.

Me arrancó la ropa sin demora y, cuando fue a metérmela, se detuvo y me miró horrorizado.

—Mierda —dijo y casi ni entendí por qué se detenía.

—¿Qué pasa? —pregunté temblando debajo de él, sudando. Necesitaba que siguiera o moriría allí mismo de un infarto por placer no satisfecho.

—No tengo condones, mierda —dijo tensando la mandíbula sin poder creérselo.

—No importa —dije sin pensar.

Nate clavó sus ojos en mí.

—Sí que importa, Maggie, joder.

Lo agarré por el cuello y tiré de él hacia mí. Lo besé desesperada por que continuara.

—No importa —repetí.

Se dejó llevar por mis besos y eché el cuello hacia atrás cuando por fin me penetró despacio.

Ambos soltamos un suspiro entrecortado en la boca del otro cuando conectamos formando una sola persona.

Primero se movió despacio, como queriendo alargar la exquisita sensación lo máximo posible. Yo necesitaba más, mucho más, y por fin decidió complacerme como quería. Empezó a moverse sin descanso, con fuerza, buscando encontrar lo que necesitábamos con desesperación.

Fui yo quien llegó al orgasmo primero, gritando sin vergüenza y con su mano cubriéndome la boca como último intento de que nadie nos oyera.

Noté como la sacaba justo antes de terminar.

Nate era responsable…, al menos en cuanto al sexo siempre lo había sido.

Si supiera que la última vez que lo hicimos el condón debió de romperse y me quedé embarazada…

Enterró la boca en mi cuello y sentí que su cuerpo temblaba tras el orgasmo.

Dios mío.

¿Ya entendéis por qué estaba enganchada?

Nos quedamos tumbados en el suelo uno al lado del otro hasta que nuestras respiraciones volvieron a la normalidad y nuestros corazones consiguieron recuperar un ritmo acompasado y sereno.

Entonces abrí la boca y lo solté.

No lo pensé.

Tuve que hacerlo sin más.

—Nate, estoy embarazada.

# 27

# NATE

Al principio no la entendí.

¿Cómo iba a hacerlo? Acababa de echar el polvo más animal y placentero de mi vida. Joder, acababa de correrme. ¿Cómo cojones iba a entender que me soltara así de sopetón que estaba embarazada?

—¿Cómo has dicho? —pregunté incorporándome un poco sobre mi antebrazo y girándome para poder mirarla.

Estaba nerviosa. Muy nerviosa y con las mejillas sonrojadas después del polvo.

—Estoy embarazada —repitió y cada una de esas dos palabras intentaron penetrar en aquella parte meramente racional de mi cerebro.

Fue como si me quitaran toda la sangre del cuerpo.

Me quedé frío.

Congelado.

Me levanté del suelo y empecé a vestirme.

Vi por el rabillo del ojo que ella hacía lo mismo.

—¿Qué me estás diciendo, Margot? —pregunté de nuevo para intentar entender qué cojones acababa de pasar, aparte de habernos acostado y de repente estar hablando de un… ¿embarazo?—. ¿Estás riéndote de mí? ¿Es eso? ¿Es una puta broma de mal gusto para vengarte por nuestro pasado?

Negó con la cabeza en silencio hasta que por fin abrió la boca.

—También fue una sorpresa para mí, Nate.

—¿Una sorpresa? —pregunté alucinando y poniéndome muy nervioso—. Nos acostamos solo una vez —recordé, aunque tampoco tuve que indagar mucho, no olvidaría jamás aquel reencuentro que tuvimos donde al fin me admitió que estaba casada—. ¿Es este tu nuevo hobby? ¿Acostarte conmigo y luego soltar bombas como que estas embarazada o casada? ¿A qué coño estás jugando?

—¿Te crees que bromearía con algo así? —me espetó enfadada y mirándome con tristeza, aunque mi cerebro bloqueó esa percepción porque en aquel instante solo cabía el enfado, el miedo, y la desilusión.

—Yo ya no sé de lo que tú eres capaz —dije girándome hacia ella, ya completamente vestido y furioso, furioso por la situación y por lo que acababa de decirme.

—Eres un imbécil —añadió Maggie negando con la cabeza y permitiendo que sus ojos verdes se llenaran de lágrimas.

Me llevé las manos a la cabeza. No podía ni mirarla, joder. No podía ni mirarla porque un niño jamás había entrado en mis planes. Sí en un futuro, tal vez, yo qué sé, con la mujer adecuada, pero no con la que me había roto el corazón en mil pedazos. No con la mujer que se había casado con uno de mis mejores amigos a mis espaldas…

—Esto tiene que ser una puta broma —dije en voz alta, hablando más conmigo mismo que con ella.

—Pues no lo es —dijo limpiándose las lágrimas.

Me giré hacia ella y me quedé mirándola en silencio.

Mis ojos recorrieron su cuerpo y empezaron a captar detalles que no había visto con anterioridad. Me di cuenta entonces de que, si me fijaba, se podía ver que su vientre, siempre plano, empezaba a abultarse un poco... Sus pechos, que siempre habían sido voluptuosos, estaban que apenas se sostenían con aquel top de deporte que se había puesto. Al ver que la escrutaba cogió la camiseta que había llevado puesta y se la pasó por la cabeza.

—Deja de mirarme como si fuese un maldito experimento de laboratorio —me dijo enfadada y disgustada.

Joder, ¿qué hacía?

No sabía qué hacer ni decir.

Mi instinto más primitivo me instaba a huir. Huir de allí como alma que lleva el diablo y ocultarme de todo aquello como siempre había hecho cuando las cosas se ponían un poco más difíciles.

Pero no podía volver a dejarla en la estacada.

No podía, joder, porque esperaba un hijo mío.

Respiré hondo para intentar calmarme, para intentar que el oxígeno me llegara al cerebro y me ayudase a pensar.

—¿Qué te ha dicho el médico? —conseguí preguntar.

—Aún no he ido —dijo entonces y mis ojos se abrieron con incredulidad.

—¿Que no has ido al puto médico?

—¡No! ¡No he ido!, ¿vale? —me contestó enfadada dándome la espalda, alejándose de mí todo lo que aquel espacio le permitía.

—Vamos ahora mismo —le dije y, por un instante, sentí esperanza—. Tal vez sea un error, tal vez no estés embarazada, tal vez te hayas equivocado y con suerte…

Maggie volvió a girarse esta vez mirándome completamente rota.

Qué capullo fui.

—¿Con suerte qué, Nate? —me espetó furiosa—. ¿Con suerte me equivoqué has dicho? ¿Con suerte el retraso de tres meses es pura imaginación mía? ¿Por suerte los cambios de mi cuerpo son solo que me he pasado con el chocolate? ¡Eres un imbécil!

Hizo el amago de marcharse y me apresuré en acercarme a ella para retenerla por los brazos.

—Lo siento si una parte de mí ahora mismo desease que esto no estuviese pasando. ¿Qué quieres que te diga? «¡Qué feliz soy, vamos a ser papás!». ¡No seas incrédula!

Intentó zafarse de mi agarre, pero la sostuve con un poco más de fuerza.

—Esto es un problema, un problema muy grave porque nosotros no estamos juntos ni vamos a estarlo. Es un puto problema porque vives en otro país y nuestras vidas son completamente opuestas. Es un puto problema porque jamás entró en mis planes tener un hijo ahora y menos de rebote.

—¡Pues entonces huye como has hecho siempre! ¡Estoy acostumbrada a que me dejes tirada! ¿O es que te has olvidado de todo lo que me hiciste sufrir antes de que yo hiciera algo por mí misma sin meterte en la ecuación? —me dijo, zarandeándose para que la soltara—. ¡Suéltame ahora mismo! —Y lo hice.

La solté y di dos pasos hacia atrás.

# 28

# ALEX

Me miré el reloj de pulsera por tercera vez en cinco minutos. Con todo lo que tenía que hacer, lo último que quería era perder más tiempo en aquel lugar.

La puerta se abrió por fin y apareció la directora del colegio.

—Buenos días, señor Lenox, es agradable volver a verlo —me dijo tomando asiento delante de mí, tras su mesa de escritorio.

—Tengo prisa —fue mi única respuesta—. ¿Ha ocurrido algo?

La directora sonrió un poco y esperó unos segundos antes de volver a abrir la boca.

—Señor Lenox, lo he citado hoy aquí porque estamos preocupados por la evolución de Lilia en el colegio —dijo repitiendo casi lo mismo que me había dicho hacía un mes—. Su hija ha estado viéndose con la terapeuta y, tras hablar largo y tendido con ella, hemos llegado a la conclusión de que lo mejor para su hija sería vivir con usted por un tiempo. Es una niña que está sufriendo mucho la pérdida de su madre y la falta de un vínculo real con su padre, y eso la está atrasando a nivel intelectual.

La escuché con atención y dije lo primero que se me pasó por la cabeza:

—No puedo sacarla del colegio. No tengo tiempo para estar con ella como ustedes pretenden que esté…

—Señor Lenox, nunca es buen momento para ser padre y usted lo es. Estamos seguros de que Lilia mejorará si empieza a vivir con usted y es lo que el colegio requiere ahora mismo de su parte.

—Me parece estupendo y tal vez podamos plantear esta opción más adelante, pero ahora…

—No me está entendiendo, señor Lenox —me interrumpió la directora—. Como le dije la última vez que nos vimos, si Lilia no conseguía ponerse al día con los estudios y llegaba al nivel requerido del colegio, nos íbamos a tener que ver en la obligación de pedirle a usted que le busque otro lugar donde cursar sus estudios. Esta es la última opción viable que vemos con respecto a su hija y debe entender que no hay otra opción en cuanto a lo que a nosotros nos concierne.

»No dudamos de que Lilia es una niña con muchísimo potencial, pero su situación familiar debe mejorar para que ella lo haga también. No hay discusión posible aquí, señor Lenox, y no se preocupe por sus donaciones. Le devolveremos hasta la última libra si es eso lo que le preocupa, pero no podemos mantener a una niña sometida a al estrés de una institución educativa de alto rendimiento, cuando eso claramente está pudiendo con su salud mental. Nosotros somos educadores, no padres. Ese papel le corresponde a usted.

En el momento en el que me dijeron que me devolverían hasta la última libra que había proporcionado, supe que no tenía ningún tipo de opción.

Joder.

¿Acaso no podía salirme nada bien?

Me puse de pie y me abroché la chaqueta.

—¿Dónde está mi hija? —pregunté.

—En su habitación —me contestó la directora levantándose también—. Lo acompañaré para que pueda usted hablar con ella y explicarle las razones por las que se la lleva a casa.

Encima me dejaba el marrón a mí.

No dije nada más, no volví a abrir la boca porque no quería ser maleducado y porque lo último que necesitaba en ese momento era tener que buscarle un nuevo colegio. La seguí recorriendo los mismos pasillos que me habían acompañado durante mi infancia. Subimos por imponentes escaleras de madera maciza en forma de caracol. Habían cambiado la maqueta que había tenido antaño y lucían lustrosas y mucho más nuevas. Les sobraría el dinero si estaban dispuestos a rechazar la ingente cantidad de dinero que les había proporcionado en los últimos meses.

Llegamos al pasillo donde estaban las habitaciones de las niñas. Allí sí que los suelos estaban enmoquetados, las puertas de madera seguían igual de antiguas, y el suelo crujía un poco dándole esa característica típica de los colegios ingleses que llevaban años impartiendo educación a cientos de generaciones distintas. Sentí una nostalgia extraña al recordar mis tiempos como adolescente.

Me había colado en aquellas habitaciones en más de una ocasión.

Había perdido mi virginidad en una de aquellas camas, a escondidas de todo el mundo, con una chica que había creído que me había robado el corazón.

Cuando llegamos a la habitación de Lilia, la directora llamó y abrió la puerta cuando la niña nos dijo que pasáramos.

Estaba tirada en su cama con un libro entre las manos.

Se incorporó asustada cuando me vio allí, era obvio que no esperaba verme en su colegio y menos en su habitación.

—Buenas tardes, señorita Lenox, su padre desea hablar con usted —dijo la directora a modo de introducción.

«Gracias, señora tocapelotas», me hubiese gustado decirle.

—Los dejos solos.

La muy arpía se marchó y yo di los últimos pasos que faltaban para terminar de entrar a la habitación de mi hija y cerrar la puerta tras de mí.

—¿Ha pasado algo? —me preguntó asustada y por un instante no entendí muy bien por qué sus ojos se habían llenado de lágrimas—. ¿Mi abuelo está bien? Dime que mi abuelo está bien, por favor.

Me senté en su cama y me apresuré a tranquilizarla.

—Tu abuelo está estupendo, cálmate —le dije y al decir aquello se relajó enseguida.

Miré un momento a mi alrededor. Sobre la mesilla de noche había tres fotografías enmarcadas en bonitos cuadros celestes con estrellas. En una estaba ella abrazada a su madre, que por aquel momento llevaba ya un pañuelo anudado en la cabeza debido al cáncer. No había tenido oportunidad de volver a ver fotografías de su madre y me chocó ver lo deteriorada que llegó a estar antes de morir. No pude ni imaginar el dolor que debió de sentir Lilia al perderla…

Me fijé en las otras dos fotos, en una salía riéndose como jamás la había visto hacerlo, estaba disfrazada de bruja y a su lado su abuelo iba igual que ella con un gorro puntiagudo. La última foto captó mi atención. Era una foto mía con su madre… Dios…, éramos superjóvenes, no debíamos de tener más de diecinueve años.

Cogí la fotografía y me la acerqué para verla mejor.

—La encontré entre las cosas que mi madre escondía en una caja bajo la cama.

Asentí, apreciando una angustia en el pecho y unas repentinas ganas de gritarle al mundo por habérsela llevado. Por haber dejado huérfana a una niña pequeña, por haber modificado mi vida por completo…

—Me han expulsado, ¿verdad? —preguntó entonces mirando hacia abajo.

Volví a centrarme en ella. Llevaba el pelo pelirrojo recogido en una cola baja muy desaliñada debido a que había estado tumbada sobre la cama. Aún llevaba puesta la falda del uniforme con la camisa por fuera y los primeros botones desabrochados. Medio sonreí al ver que llevaba unos calcetines gruesos de Bob Esponja.

—No te han expulsado, pero creen que sería buena idea que vivieras conmigo por un tiempo. Seguirías viniendo a clase, por supuesto, pero dormirías en mi casa —le expliqué.

Lilia abrió los ojos sorprendida al principio y después creí ver cierta esperanza que pronto desapareció de su mirada sin saber yo por qué.

—¿Tú quieres eso? —me preguntó.

Joder, ¿tan obvio había sido que no?, ¿que no quería hacerme cien por cien responsable de la educación de una niña de once años y menos tenerla a mi cargo?

—¿Quieres que te sea sincero? —le pregunté a lo que ella al fin asintió moviendo la cabeza un poco—. Nunca estuvo en mis planes ser padre... Era una posibilidad muy remota y muy alejada de mi presente. Cuando me enteré de que existías... me enfadé. Me enfadé por lo de tu madre, me enfadé por no saberlo, pero sobre todo me enfadé porque sentía que la vida me estaba haciendo pasar por un aro que aún no estaba preparado para cruzar.

Lilia me escuchaba con atención.

—Tienes que ser paciente conmigo... Tienes que entender que uno no puede convertirse en padre de un día para el otro... Existen... Debemos crear una relación, un vínculo.

Lilia volvió a asentir.

—Yo tampoco siento un vínculo contigo —me dijo y me sorprendió su sinceridad.

—Pues por eso vendrás a casa... Intentaremos crear ese vínculo que nos falta, ¿te parece?

Una sonrisilla se dibujó en su cara y me puse de pie.

—Recoge tus cosas. Te espero abajo, ¿de acuerdo?

Asintió con la cabeza y su ilusión por dejar el colegio me hizo comprender que tal vez la directora y la terapeuta llevaban razón.

Esperé paciente a que recogiera sus cosas y la ayudé cuando bajó cargando con dos mochilas y su maleta.

—Nos vemos el lunes a las ocho —le dijo la directora con una sonrisa.

Ni siquiera me despedí de ella cuando nos encaminamos a mi coche, guardé sus cosas y le dije que se pusiera el cinturón.

—¿Tú vas a traerme al colegio todos los días? —me preguntó.

La mire a la vez que ponía el coche en marcha.

—Los días que pueda, sí; los demás tendrás un chófer que te lleve y que te traiga.

Se quedó en silencio sopesando lo que le decía.

—¿Cómo puedes tener tanto dinero?

No me esperaba esa pregunta.

—Bueno…, mi familia tiene una empresa de aviación muy importante —contesté.

—Pero… tú eres piloto, ¿no?

—Sí…, aunque lo dejé para centrarme solo en la empresa.

—¿Sois como una aerolínea? —preguntó—. ¿Como Iberia?

Me reí.

—Sí, pero de aviones privados. Nosotros proporcionamos aviones privados a gente importante que desea tener piloto y avión disponible veinticuatro horas.

Asintió alucinada con lo que le decía.

—¿Y tu padre fue quien montó la empresa? —preguntó.

—Mi abuelo, en realidad. Aunque él empezó creando piezas para aviones. De hecho, hace unos años nosotros éramos una de las empresas aeronáuticas más grande del Reino Unido.

—¿Y qué pasó?

Mierda no quería hablar de eso.

—Pues… hubo un accidente… Al parecer uno de nuestros aviones no estaba bien.

—¿Se estrelló?

—Sí —respondí, aunque en realidad no se estrelló porque nuestro avión estuviese en mal estado, se estrelló porque a alguien le interesaba matar al padre de Nicki, pero no profundicé en los detalles.

—Jolines... —dijo mirando hacia delante—. ¿Y no os cerraron la empresa? —preguntó desde su inocencia.

—No quedó claro por qué pasó lo que pasó.

—Antes has dicho que erais la empresa aeronáutica más importante del Reino Unido..., ¿ahora ya no lo sois?

—Es complicado... Como nuestro nombre quedó manchado por lo ocurrido, tuvimos que reinventarnos. Para que lo entiendas, decidimos asociarnos con una empresa amiga, menos conocida, que también producía buenos aviones.

—¿Y dejasteis de construirlos vosotros? —preguntó.

—Nos centramos más en el tema logístico y en la empresa de aviones privados como tal.

—¿Puedo ir contigo algún día en un avión? ¡Siempre he querido entrar donde van los pilotos! —dijo y me hizo demasiada ilusión que mostrara interés por mi trabajo de vocación.

—Claro que sí. Cuando quieras, podemos ir a donde te apetezca —contesté y me sorprendí a mí mismo sonriendo sin ser consciente de que lo hacía.

—¡¿A cualquier lado?! —preguntó entusiasmada.

La miré un momento antes de volver a girar en dirección a mi casa.

—¿Dónde quieres ir?

—A París —dijo abriendo mucho los ojos.

—Te llevaré a París. La torre Eiffel es muy bonita...

—Pero a Disneyland, a mí la torre Eiffel me da igual —me interrumpió y mi cara debió de ser un poema.

—Eh…, bueno, claro…

—¡Siempre he querido ir a Disney, pero en Estados Unidos es muy caro y en cuanto supe que aquí había otro más pequeño…!

Mierda.

—Lo podemos ver para un futuro.

Su sonrisa se congeló.

—Has dicho que me llevarías cuando yo quisiera —dijo cruzándose de brazos disgustada.

Joder… ¿En qué momento había terminado comprometiéndome a ir a Disneyland con una niña de once años?

—¿Cuándo te gustaría ir?

Volvió a sonreír.

—¿Por mi cumpleaños?

Me di cuenta de que no tenía ni idea de cuándo era su cumpleaños, debía mirarlo en la ficha que me entregaron del hospital cuando me confirmaron tres veces que las pruebas de paternidad habían salido positivas.

—Pues en tu cumpleaños —terminé aceptando.

Lilia se mostró más feliz que nunca, de hecho, siempre que habíamos coincidido, que en realidad habían sido muy pocas veces, había estado muy taciturna y cabizbaja.

Me alegró saber que por una vez yo era la causa directa de que estuviera contenta.

Llegamos a casa y ayudé a Lilia a subir las maletas a su habitación.

—Deshaz las maletas y Hannah te preparará algo de cenar.

—¿Siempre cenas solo? —me preguntó y entendí que tal vez no estaba siendo buen padre dejándola siempre sola cuando llegábamos a casa.

Me esforcé aquella noche y cené con ella en la cocina. La escuché hablarme de cómo había sido su vida antes de venir aquí. A su madre la mencionó en dos ocasiones y sus ojos se humedecieron teniendo que parar para sonarse la nariz.

Fui paciente y descubrí que Lilia era una niña muy dulce y con una vitalidad difícil de digerir. Cuando entró en confianza conmigo, no hubo quien la callara. Hannah me miró desde la isla de la cocina en un momento con una sonrisa divertida y yo se la devolví haciendo un gesto de agotamiento mental, aunque en conjunto disfruté para variar de no cenar solo, como Lilia había recalcado.

El lunes por la mañana, la llevé yo al colegio y volví a comprobar que Lilia era de esa clase de persona que agota cada instante del día con una conversación, fuera relevante o no.

Cuando se bajó del coche y se hizo el silencio, solté un suspiro profundo y encaminé mi marcha hacia la oficina. Cada vez hacía más frío y esa realidad me hizo pensar enseguida en Nikki. Una sonrisa apareció en mi cara sin ni siquiera ser consiente al recordar que se había abrigado en exceso para ir a desayunar.

¿Cuánto tiempo más se quedaría Nikki en Londres? Por lo que habíamos hablado, estaba claro que quería volver cuanto antes y corriendo.

Una parte de mí ansiaba hacerla ver lo bonito que podía ser vivir en una ciudad como aquella, que no todo eran autobuses rojos, frío y gente caminando de un lado para otro. Cuando pensaba en todos los lugares a los que me gustaría llevarla, sonó mi teléfono.

—¿Pasa algo, Francis? —pregunté al guardaespaldas de Nikki.

—Buenos días, señor Lenox. Lo llamaba para informarle sobre un asunto que me tiene un tanto preocupado…

—¿Qué ha pasado? —pregunté, planeando ya en mi cabeza el desvío hacia el hotel de Nate.

—Verá, señor…, ha ocurrido algo. La señorita Nikki me ha insistido mucho en que no lo avisara. Me ha intentado convencer a base de limpiarme el aura y enseñarme a surfear, señor, pero a pesar de que todo eso sea muy atrayente, no me siento cómodo mintiéndole, señor.

—¿Que te quiere enseñar a surfear? —pregunté incrédulo—. ¿En Londres?

—Y limpiarme el aura, señor.

—Jesús —solté poniendo los ojos en blanco—. Dime qué ha pasado, Francis. Tú trabajas para mí, no para ella.

—Eso lo tengo muy claro, señor, pero a veces la señorita Nikki puede ser muy…

—Lo sé —terminé por él.

Me la imaginaba utilizando todos sus atributos con el pobre Francis. Seguro que había sonreído de aquella manera tan dulce que resultaba frustrante, con los hoyuelos marcándosele en las mejillas y las pestañas negras revoloteando a favor de la corriente.

Joder, solo de pensar en eso se me ponía dura.

—¿Qué es lo que ha hecho? —pregunté.

—No ha hecho nada, señor, aún no, al menos. Pero creo que debería saber que la señorita Nikki planea acudir mañana al hipódromo de Ascot.

Fruncí el ceño sin entender nada.

—¿Al hipódromo? —pregunté.

—Exacto, señor. Le ha llegado una invitación de la familia Leighton, le piden por favor que acuda sola, señor.

¿Qué?

—Y una mierda —dije cabreándome al instante—. ¿Cómo han podido llegar hasta ella? Creía que lo teníamos controlado…

—Sabía que usted no lo aprobaría, señor, pero la señorita Nikki ha insistido en que no debía decirle nada. Supongo que los Leighton han terminado sobornando a alguien del hotel, porque la invitación estaba en su dormitorio, señor…

—Has hecho bien informándome de esto, Francis, para eso te pago. ¿Dónde está Nicole ahora?

—La señorita Nikki nos ha pedido que la lleváramos a una entrevista de trabajo, señor, también por eso lo llamaba.

—¿Una entrevista de trabajo dónde? —pregunté girando a la derecha y perdiendo la paciencia.

—En el centro de yoga del Equinox, señor.

—¿En mi gimnasio?

Pero ¿qué cojones?

—Aquí estamos, señor… Aguardando a que la señorita empiece su clase de demostración.

Joder.

Detuve el coche y giré hacia la izquierda.

Cambio de rumbo y cambio de táctica.

# 29

# NIKKI

Dos cartas me llegaron aquella mañana lluviosa. Una me la acercó Francis y me molestó ver que estaba abierta, la otra me la encontré sobre la cama. La primera casi me causa un derrame cerebral. Era la factura del hospital y la reclamación del primer pago que ascendía a diez mil libras esterlinas.

Mi seguro médico solo cubría hasta la mitad de los gastos ocasionados por el disparo que había recibido, lo que significaba que debía pagar cinco mil libras en un plazo de veinte días, pero eso no era todo, porque el monto total de mi hospitalización ascendía casi a las cincuenta mil libras.

Me dejé caer sobre el sofá y procuré no hiperventilar.

¿De dónde iba a sacar ese dinero?

Cuando Maggie había insistido en que nos sacáramos un seguro médico antes del viaje, habíamos elegido uno que cubría hasta veinticinco mil libras de hospitalización. Jamás imaginamos que intentarían matarme, obviamente, y tampoco habíamos podido permitirnos un seguro más caro que el que teníamos.

Procuré tranquilizarme. Debía de haber una manera de financiar aquello o dividirlo en plazos…

Pero ¡¿de dónde iba a sacar veinticinco mil libras?!

En mi cuenta bancaría no debía de tener más de dos mil… y eso era todo… Todo lo que tenía, todo lo que había conseguido ahorrar en mi vida.

—¿Está bien, señorita? —me preguntó Francis que sin darme cuenta había permanecido allí observándome durante todo el rato.

Asentí sin ser capaz de encontrar mi voz.

Para no hundirme en la miseria, nunca mejor dicho, dejé la factura del hospital a un lado y me fijé en la otra carta.

La abrí casi sin fijarme en el remitente.

*Buenos días, Nicole:*

*Viendo lo difícil que me está resultando ponerme en contacto contigo por teléfono, me he visto en la obligación de hacerte llegar esta carta directamente.*

*Creo que debemos hablar en persona sobre todo lo que está ocurriendo, sobre tu regreso a Inglaterra y el peligro que corre tu vida y correrá si no tomamos cartas en el asunto de inmediato.*

*Entiendo tu reticencia a querer venir a mi casa para poder conocernos en persona y por eso te envío esta invitación para que acudas al hipódromo de Ascot este sábado a las doce del mediodía. Insisto en que nos vendría muy bien poder charlar tranquilos, hay muchas cosas que debes saber y entender antes de que decidas qué bando tomar. Y no quiero ponerlas por escrito, como comprenderás.*

*Ha llegado a mis oídos que tienes una relación sentimental con Alexander Lenox y debo insistir, Nicole, en que no te conviene juntarte con esa familia en absoluto.*

*Si quieres conocer la verdad, te pido que acudas al hipódromo y dejes que me explique.*

*Atentamente,*

*Tu tío* DEVON

Cerré la carta con manos temblorosas.

Otra vez esa necesidad casi dolorosa de salir corriendo de Londres y regresar a mi hogar.

«Ha llegado a mis oídos que tienes una relación sentimental con Alexander Lenox y debo insistir, Nicole, en que no te conviene juntarte con esa familia en absoluto».

¿Cómo demonios podía saber que Alex y yo habíamos tenido algo?

Obvio, estaba claro que me seguían, que me vigilaban.

¿Qué demonios estaba ocurriendo?

¿Por qué tanto secretismo? ¿Por qué tantos engaños, tantas mentiras?

Sabía que mi tío había insistido en querer verme, en querer reunirse conmigo. Alex no quería que fuese sola, pero si lo pensaba con perspectiva... Joder, si lo analizaba de manera fría, Alex estaba involucrado hasta el fondo en todo el asunto relacionado con mi familia.

Sabía que era buena persona, sabía que nunca me haría daño, solo había que ver las molestias que se estaba tomando para que nadie pudiese volver a llegar a mí, pero Alex era un niño cuando ocurrió el accidente. Él solo contaba con la información que sus padres le proporcionaron, él solamente conocía una versión de la historia.

Me sentía en medio de un tira y afloja que solo me hacía daño y que no llegaba a ninguna parte.

Deseaba oír lo que mi tío quería decirme, deseaba conocerlo, creer que tal vez no todo era lo que parecía, pero también sentía miedo. ¿Cómo no sentirlo? Él era el primer sospechoso de haber intentado atentar contra mi vida… ¿y si esto era una trampa para poder llegar a hacerlo de una vez por todas?

Me citaba en el hipódromo.

Me citaba en un sitio público.

Miré a Francis, que me observaba desde la otra punta de la habitación.

—¿Todo bien, señorita? —me preguntó, siempre tan formal.

—¿Qué puedo hacer para que, si te pido un favor, no vayas corriendo a decírselo a Alex?

Francis se movió nervioso en su lugar.

—Señorita…

Me puse de pie.

—Haré lo que sea, Francis —dije—. Te limpiaré el aura, soy buenísima haciéndolo. Te enseñaré a hacer surf, incluso te daré un masaje siempre que quieras, pero, por favor, por favor, no le digas a Alex que me han invitado mañana a ir al hipódromo.

Francis estaba procesando todas las propuestas indecentes que acababa de hacerle.

—No correré ningún peligro porque tú vendrás conmigo y estaremos en un lugar público.

—¿Quién la ha invitado, señorita? —preguntó con el ceño fruncido.

—Mi tío —dije sabiendo que tenía todas las de perder.

—No puedo, señorita… —dijo sin más.

Joder.

—Francis, solo quiere hablar conmigo… Necesito poder reunirme con él sin que haya conflicto de intereses y los habrá si voy de la mano de Alexander Lenox.

Francis miró hacia delante, como si fuese una estatua.

Me acerqué a él.

—Está bien —dije sopesando mis opciones—, deja que yo se lo diga, al menos.

Francis me miró como preguntándome si creía que era idiota.

—Se lo diré…, pero aún no. Al menos tú deja… deja que lo avise con poco tiempo.

Francis no dijo nada, siguió ignorándome y mirando hacia delante.

—Francis…

—Lo siento, señorita —dijo y no parecía sentirlo en absoluto.

Lo miré furiosa.

—Tu aura es negra, Francis, muy negra —dije y salí de la habitación pisando fuerte.

Bajé al restaurante del hotel y me encontré a Maggie desayunando con Nate.

Que alguien me pellizcara.

Me vieron nada más entrar y fui directa hasta su mesa.

—¿Qué hacéis? —pregunté con cautela.

Maggie me devolvió la mirada y vi en sus ojos que ella estaba tan sorprendida como yo. Nate se levantó y le indicó a un camarero que me trajera una silla.

—Siéntate, Nikki —dijo Nate cuando me la trajeron. Lo hice y seguí observándolos boquiabierta.

Lo último que había sabido era que apenas se hablaban y que Maggie estaba dándole vueltas al coco para determinar cómo contarle a Nate lo del bebé.

—¿Qué tal estás? —me preguntó el mejor amigo de Alex con cautela. Su manera de mirarme no me daba buena espina, era como si de repente no se fiara de mí.

—Muy bien, gracias —contesté escueta, mirándolo primero a él y luego a mi amiga.

—Lo sabe —dijo Maggie adelantándose a mis propias conclusiones.

—¿Sabe...? —empecé, porque no quería meter la pata hasta el fondo.

—Sé lo del embarazo —contestó Nate por Maggie.

Solté el aire que estaba conteniendo.

—Menos mal —dije sirviéndome un poco de té en la taza que el camarero acababa de poner delante de mí—. Enhorabuena —dije devolviéndole la mirada sin saber muy bien qué decir. No tenía idea de qué le había contado Maggie exactamente, pero no había que ser muy inteligente para comprender que lo de que tal vez él no era el padre era una información que aún no había sido sacada a la luz.

—Gracias, supongo —dijo poniéndose muy serio…, mucho más serio de lo que lo había visto jamás teniendo en cuenta que Nate era un tío jovial, divertido y que casi siempre estaba gastando bromas—. Justo estaba diciéndole a Maggie que creo que no es buena idea que sigáis viviendo aquí las dos —me dijo Nate y Maggie lo fulminó con la mirada, a lo que él la ignoró olímpicamente.

Volví a fijar la vista en él. Estaba dispersa… No podía quitarme de la cabeza la invitación de mi tío ni la deuda que tenía con el hospital. Me sentía como si estuviese haciendo cálculos matemáticos y la información básica que me acababa de trasmitir Nate no quisiera entrar en mi cerebro.

—¿Dónde quieres que vivamos entonces? —le pregunté.

Nate miró a Maggie primero y luego a mí.

—Verás…, creo que lo mejor para todos sería que tú vivieras sola hasta que todo tu asunto familiar se solucione. Me preocupa que seas un blanco y que Maggie pueda resultar herida estando a tu lado.

Guau.

Tardé unos instantes en recuperarme del golpe.

Miré a mi amiga.

—Yo no estoy de acuerdo, Nikki —empezó a decir, pero Nate la interrumpió.

—No quiero ser un cabrón, pero es normal que me preocupe. Te dispararon y podrían haberle dado a ella también. Te buscaré dónde quedarte, tengo más hoteles, no te faltará de nada. Quiero ayudarte, Nikki, de verdad, pero lo mejor es que mantengáis la distancia por un tiempo.

¿Desde cuándo Nate tomaba decisiones por mi mejor amiga?

—Ya..., claro, lo entiendo —dije, aunque me sentía del todo fuera de juego. Maggie estaba unida a Nate por el bebé, a ella no le faltaría de nada, pero en cambio yo... Yo no quería ser responsabilidad ni una molestia para nadie y llevaba razón, todos ellos estaban en peligro por mi culpa.

De repente, me entraron ganas de llorar, pero contuve las lágrimas con todas mis fuerzas y me mantuve estoica.

—¿Ves? —dijo mi amiga acercándose a mí—. ¡Te dije que era una pésima idea! —Me abrazó y le devolví el gesto sintiendo como todo el peso de la responsabilidad de ser quien era caía sobre mis hombros.

—Nate tiene razón —dije en voz alta tras unos segundos de meditarlo—. No quiero que te pase nada. Estás embarazada, Maggie, no puedes volver a pasar por el estrés que pasamos hace unas semanas.

—No quiero separarme de ti —insistió Maggie.

—Yo cuidaré de Maggie, Nikki—dijo Nate rompiendo nuestro abrazo con sus palabras. Ambas, Maggs y yo, nos giramos hacia Nate un tanto boquiabiertas—. ¿Por qué me miráis así? ¡¿Acaso no os he dejado vivir en una de mis mejores suites?! —preguntó indignado.

Mi amiga a mi lado relajó la postura.

—Iremos viendo cómo evolucionan las cosas... —dijo Maggie con calma—. Por ahora, lo importante es que estés a salvo, Nikki, y estoy segura de que Alex tendrá algo que decir en cuanto sepa que te cambiarás a vivir a otro hotel —me dijo mi amiga mirándome con dobles intenciones.

—No es asunto de Alex dónde viva o deje de vivir —contesté escueta—. Haré las maletas en un rato…

—Nikki, no hay prisa, tómatelo con calma, ¿vale? Yo hablaré con Alex…

—No —dije dejando la taza sobre la mesa—. No hace falta…, yo se lo diré. No hay que hacer un drama de esto. Tiene todo el sentido del mundo y da igual en qué hotel me esté hospedando mientras que sea seguro, por lo que no te adelantes.

—Está bien…, pero no te demores en decírselo. No le gusta ser el último en enterarse de las cosas —me pidió Nate. Al decir eso, miró a Maggie con el semblante frío como el hielo.

Ambas pillamos la indirecta al instante.

—Me voy a trabajar —dijo Nate un segundo después poniéndose de pie—. Esta semana vuelo a Italia, por lo que no llegaré hasta el miércoles que viene —nos informó, aunque más bien informó a Maggie.

Está asintió en silencio y se lo quedó mirando con esa expresión en la cara que solía poner cuando deseaba que Nate la hiciera sonreír hasta que le doliera la cara.

Evité negar con la cabeza, pensando en lo equivocada que estaba Maggie volviendo a hacerse falsas esperanzas con alguien que no cambiaría a pesar de que fuera a convertirse en padre de su hijo.

Nate se marchó sin más y cuando estuvimos a solas me giré hacia mi amiga.

—¿Cuándo se lo has dicho? —pregunté incrédula.

—Ayer… —contestó con la mirada aún fija por donde Nate había desaparecido.

—¿Sabe lo de Malcolm? —pregunté sin darle ni un poquito de tregua.

Maggie me lanzó una mirada envenenada.

—Todo a su tiempo, no quiero hablar de Malcolm ahora. Eso es agua pasada, ya estamos incluso tramitando los papeles del divorcio.

Sabía que habían hablado de divorciarse, pero no sabía que ya estaban tan avanzados como para firmar pronto los papeles.

—¿No crees que antes de divorciarte deberías sincerarte con él y decirle que puede que sea el padre de tu hijo?

—Basta, Nikki —dijo Maggie levantando el tono—. Yo no te digo cómo vivir tu vida a pesar de que creo que te estás equivocando de cabo a rabo, no lo hagas tú conmigo.

Me molestaron sus palabras.

—Se supone que nos ayudamos la una a la otra, Margot. Para eso están las amigas y nosotras somos como hermanas.

Maggie miró el mantel durante un instante y luego levantó la mirada hasta clavarla en mis ojos.

—¿Y las hermanas actúan a las espaldas de la otra? —me acusó entonces, cosa que me dejó un tanto descolocada—. ¿Qué ibas a decirle a Nate la mañana que le pediste que fuera a recogerte?

Mierda.

Me quedé sin saber qué decir por un momento y mi amiga observó mi reacción con atención clínica.

—Ibas a decírselo, ¿no?

—Maggie…

—Increíble —soltó negando con la cabeza.

—Estaba preocupada por ti... Todavía lo estoy, solo quería ayudar.

—¿Hablando sobre algo que no te incumbe en absoluto?

—Tomando una decisión que no te animabas a tomar tú sola.

—Si te digo que estoy tomándome mi tiempo, es que estoy tomándome mi tiempo.

—Sí, Margot, pero tu bebé no se toma tiempo. ¿De cuánto estás? ¿De tres meses? ¡Y ni siquiera has ido aún a que te vea un médico!

—Sí que he ido —me sorprendió diciendo cuando se giró. Cogió su bolso y de este sacó una fotografía de la ecografía del bebé. La colocó sobre la mesa para que pudiera verla. —Es un niño.

Parpadeé confusa y miré la ecografía y luego a ella.

Un niño.

—Es increíble... —En la foto de la ecografía podían verse con claridad las manos, los pies y la cabeza del bebé que estaba casi formado.

Maggie cogió la ecografía y volvió a meterla en el bolso.

Cuando volví a fijar mis ojos en su cara vi que una lágrima caía por su mejilla.

—No es mala idea que nos separemos un tiempo —dijo poniéndose de pie.

—Maggie —dije cogiéndola por la muñeca—, solo quería ayudarte.

—Ese es el problema, Nikki... Hay una gran diferencia en querer ayudar y en hacerlo de verdad.

Mi amiga se alejó de mí dejándome sola en el comedor con una sensación de vacío en el interior.

Después de desayunar, pregunté en el hotel dónde estaba el gimnasio. A pesar de que odiaba ese tipo de establecimiento, busqué una sala donde poder practicar algo de yoga y meditación. Necesitaba trabajar el cuerpo, sentir el desgaste del ejercicio, abstraerme de los problemas.

A la hora de haber estado practicando, una señora entró en la sala y me pilló con la cabeza en el suelo y los pies para arriba en una de mis posturas favoritas.

Al ver que se me quedaba mirando, bajé los pies con lentitud hasta volver a quedar sentada sobre mis talones.

—Increíble —dijo la señora, que no tendría más de cuarenta, tal vez treinta largos. Era guapa, delgada, vestida con un conjunto de deporte de Chanel y unas pestañas increíblemente largas, postizas, pero que embellecían su mirada e intensificaban su color verde oscuro—. Llevo practicando yoga ya un año y nunca he sido capaz de hacer ese tipo de posturas.

Sonreí.

—La técnica es lo más importante y sobre todo fortalecer los músculos —contesté poniéndome de pie y empezando a enrollar la esterilla.

—Tú no eres de aquí, ¿no? —preguntó observándome con curiosidad.

—No… Soy de Indonesia —contesté.

La mujer abrió los ojos sorprendida.

—Me refería a que no eras de Inglaterra, ¡tienes un acento casi perfecto! —exclamó y me sentí elogiada.

—Gracias.

—Supongo entonces que llevas practicando el yoga toda la vida, ¿no?

—En Bali es bastante común, sí —contesté cogiendo la esterilla y colocándomela debajo del brazo.

—Aquí es tan difícil conseguir un buen profesor...

Aquello captó mi atención.

—¿Lo es? —pregunté.

—Imposible... Casi todas son profesoras que han aprendido en casa con vídeos de YouTube...

—Yo soy profesora —le conté.

Abrió los ojos sorprendida.

—Si quisieses trabajar aquí, se te rifarían los gimnasios —dijo y la escuché con más atención.

—¿Tú crees? —pregunté.

—Cariño, con tu cuerpo, tu técnica y tu cara, el mismísimo Equinox te pagaría una fortuna por enseñarle a sus clientas ricachonas a hacer lo que tú acabas de hacer con tanta soltura.

—¿Qué es Equinox? —pregunté

Sentí burbujas en el estómago.

Me miró como si fuese una marciana.

—Uno de los gimnasios más lujosos de Londres.

Solo pude pensar en la deuda de veinticinco mil libras que tenía grabada en mi retina y que no me dejaría dormir tranquila.

Algo debió de ver en mi cara cuando a los pocos segundos me ofreció la solución a todas mis plegarias.

—El dueño es amigo de mi marido —me dijo entonces—. Si quieres, puedo hablar con él para que te concedan una entrevista. De verdad te digo que es muy difícil encontrar una buena profesora de yoga y es el deporte más demandado entre la gente con pasta.

Me hacía gracia que hablara de la «gente con pasta» como si ella no lo fuera.

Sonreí como una niña pequeña.

—Si me consigues ese trabajo, juro que te entrenaré yo mismas en persona siempre que quieras —le ofrecí.

Su sonrisa se ensanchó y se sacó un iPhone del sujetador.

—Ahora mismito hago la llamada.

Le devolví la sonrisa y dicho y hecho. Habló de mí maravillas y eso que apenas me había visto hacer nada del otro mundo, pero nada más decirle que era asiática, la conversación siguió de manera superpositiva.

Cuando colgó, su sonrisa fue contagiosa.

—Quieren verte hoy mismo. Te dije que estaban desesperados.

Y así fue como conseguí mi primera oferta de trabajo en Londres.

El gimnasio era espectacular. Jamás en mi vida había visto nada igual, parecía un palacio con máquinas de deporte. Nada más entrar, un chico increíblemente musculado me enseñó las instalaciones y me explicó cómo funcionaba todo. Me dijo que la clientela era la alta sociedad londinense y que eso a veces podía resultar problemático para los trabajadores.

—La gente con dinero espera que se la trate de una determinada manera... Vas a tener que armarte de paciencia.

No sabía muy bien a qué se refería, pero asentí a todo lo que me fue diciendo.

Yo solo necesitaba el dinero.

—Si de verdad encajas aquí, el sueldo es el doble de cualquier otro gimnasio de la ciudad. Eso sí, deberás trabajar muchísimas horas y estar siempre preparada para sustituir a los demás si alguna persona cae enferma o falta personal.

—Puedo hacerlo —dije. Estaba acostumbrada a trabajar más de dieciséis horas al día.

El chico asintió satisfecho con mi respuesta y abrió una puerta transparente que tenía un montón de esterillas ya colocadas de manera uniforme sobre el suelo. Todas eran de color dorado, a juego con los colores del gimnasio.

—Mi jefe y yo te veremos dar una clase. Si nos gustas, puedes empezar ya mismo.

—¡Genial! —dije y me enseñaron dónde estaban los vestuarios del personal.

Me cambié y me vestí con mi mejor conjunto de yoga, unos *leggins* de color azul lavanda a juego con un top con tiras cruzadas tras la espalda. Me lo había regalado Maggie por mi cumpleaños y, además de precioso, me sentaba como un guante. Recogí mi melena en un moño de bailarina y cogí mis aceites favoritos para sorprender a los clientes con algo que estaba completamente segura de que ningún profesor hacía con sus clientes en Londres.

El que me había enseñado el gimnasio se llamaba Landon y, cuando me vio salir del vestuario, me lanzó una mirada bastante evidente que me recorrió todo el cuerpo y consiguió que me sonrojara.

—Todas las que vengan van a exigir acabar con el mismo cuerpo que tú tienes, te lo advierto.

Sonreí, pero al ver que lo decía en serio la sonrisa se borró de mi cara.

—Cada cuerpo es diferente, el yoga no hace milagros —intenté explicarle.

—Pues ese detalle te lo guardas para ti —dijo sin más.

Lo seguí por el gimnasio hasta llegar a la clase y vi a través de los cristales que, en la puerta, alejado lo máximo posible, estaba Francis. Había tenido que discutir con él para que no me siguiera por todo el gimnasio, pues no quería suscitar dudas que no podía solventar, ya que nadie entendería que una profesora de yoga cualquiera necesitara un guardaespaldas.

Había ganado la batalla, pero cuando giré sobre mis talones para seguir a Landon hasta la clase donde me esperaban las clientas, casi me choco con un armario vestido de traje de Armani.

Su olor inundó todos mis sentidos y me sentí aturdida durante unos instantes.

—Señor Lenox —dijo Landon saludando a aquel hombre espectacular—. ¿Ha habido algún problema en los vestuarios, señor? —le preguntó, sin duda haciendo referencia a que era el único hombre de allí que no iba vestido con ropa de deporte.

Pero espera…

¿Alex iba a ese gimnasio?

—Ningún problema. Necesito hablar con Nicole.

Nuestras miradas chocaron y vi que estaba furioso… furioso conmigo y no tenía ni idea de por qué.

Landon lo miró a él y luego a mí.

—¿Con la profesora de yoga? —preguntó Landon y me alegró que ya me catalogara como profe del lugar.

—No puedo ahora —contesté poniéndome seria e intentando que la sorpresa de habérmelo encontrado allí no eclipsara mi juicio mental.

—Sí que puedes.

—En realidad, tiene una clase que dar, la gente está esperando…

Alex dio un paso adelante invadiendo mi espacio personal.

—Da tú la clase —le dijo a Landon, cogiéndome del brazo y tirando en la dirección contraria—. Vamos.

Joder.

Lo seguí porque no quería montar un escándalo.

Me llevó hasta uno de los vestuarios masculinos.

—¿Qué cojones estás haciendo aquí, Nikki?

Me solté y me giré para encararlo.

—La pregunta debería hacértela yo a ti, ¿no te parece? —le pregunté con incredulidad.

Me fijé en que estaba impecablemente vestido, con corbata azul claro, camisa blanca y traje azul. Su pelo, por el contrario, estaba bastante revuelto, como si se lo hubiese estado tocando nervioso de camino aquí.

¿Yo lo ponía nervioso?

—No puedes trabajar aquí —me dijo perdiendo la paciencia.

—Porque tú lo digas —espeté.

—No te hace falta trabajar. No es seguro que estés aquí con Francis tan lejos de ti que no sé para qué cojones le estoy pagando. ¿En qué estabas pensando?

—¿En ganar dinero? —le espeté molesta—. Joder, qué fácil debe de ser millonario y disponer a tu antojo.

Elevó sus cejas con incredulidad.

—Hablas como si tú no fueras la heredera de una de las fortunas más grandes de este país, por Dios.

Miré hacia ambos lados esperando que no hubiese nadie que pudiese haber oído aquello.

—Cállate, Alex, no hables aquí de eso.

—Pero es que es la puta verdad, joder. ¿Te crees que nadie va a reconocerte? Te has venido al gimnasio más caro de la ciudad, esta gente se levanta y se duerme leyendo la prensa. Muchos de ellos serán incluso amigos de tu tío, ¡y tú le estás poniendo en bandeja dónde encontrarte!

—¡No puedo esconderme siempre! Tengo facturas que pagar.

Alex me miró con incredulidad.

—¿Facturas? ¿Qué facturas? Yo me estoy encargando de que no tengas ningún gasto.

Pestañeé perpleja.

—Pues por eso mismo, ¡no puedes mantenerme, Alex! Acepto lo de los guardaespaldas, pero necesito dinero.

—Dime lo que necesites y te lo doy, pero no puedes estar aquí. No puedes exponerte de esta manera, no es seguro para ti, no es seguro para nadie.

—No puedo depender de ti. Necesito pagar la factura del hospital, necesito trabajar para poder…

—¿La factura del hospital? —me interrumpió—. ¿Qué puta factura del hospital si ya está pagada?

Me detuve un segundo y respiré hondo.

—La factura que asciende a cincuenta mil libras y de la cual el seguro solo cubre la mitad.

Alex volvió a mirarme exasperado.

—No hay deuda alguna con el hospital, Nikki, ya me he encargado yo de eso.

—Pero… —dije mirándolo entre abrumada, agradecida y molesta al mismo tiempo—. No puedes…, tú no puedes pagar semejante cantidad de dinero, no está bien, yo no…

Alex dio un paso hacia delante y me cogió con suavidad por los brazos.

—¿De verdad te crees que dejaría que te agobiaras por una deuda de veinticinco mil libras?

Abrí los ojos con incredulidad.

—¡Hablas como si fuesen cincuenta, Alex!

—Para mí es como si lo fueran.

Respiré hondo para intentar tranquilizarme. Joder… Lo que para ese hombre era calderilla para mí había sido mi pesadilla desde que me había enterado de que debía pagarlo.

Me dejé caer en el banco del vestuario.

—Esto me supera —dije derrotada.

Alex me observó, entonces se arrodilló delante de mí y me obligó a mirarlo cuando empezó a hablar.

—Te supera porque estás empecinada en enfrentarte a todo sola y no me dejas cuidar de ti.

Apreté los labios con fuerza.

—He cuidado de mí misma toda la vida.

—Y a mi parte sobreprotectora le cuesta mucho asimilarlo y dejarte hacerlo, pero esto te queda demasiado grande, Nicole. Me necesitas y yo estoy aquí para ayudarte.

Negué con la cabeza.

—No puedo… No quiero esto, Alex. No es lo correcto, no está bien, no soy tu responsabilidad…

—Maldita sea, Nikki. Quiero cuidarte porque me sale de lo más profundo de mi corazón, joder. Si te pasa algo, me muero, ¿no lo entiendes?

Mis ojos chocaron con los suyos y mi corazón se aceleró ante sus palabras.

Negué con la cabeza.

—No lo dices en serio…

Alex me lanzó una mirada envenenada que me congeló las venas.

—¿Te crees que mentiría sobre algo así?

Me fijé en sus bonitos ojos color miel y en su pelo oscuro despeinado…, en sus bonitos labios, carnosos pero masculinos debido a estar tan cerca de aquella mandíbula cuadrada que mis dedos ansiaban con locura acariciar.

Joder.

¿Por qué había tenido que soltarme aquello justo ahí, justo en ese instante?

Me puse de pie.

—Volvemos a cruzar líneas invisibles que no deberíamos cruzar —dije con miedo.

Alex se puso de pie al igual que había hecho yo.

—Las líneas las dibujas tú todo el tiempo y estoy empezando a cansarme de borrarlas una y otra vez. ¡Deja ya de luchar contra lo nuestro!

Me detuve unos instantes a analizar sus palabas. Eran unas palabras bonitas, preciosas, palabras que no debería estar diciéndome, que no debería estar diciéndome en un vestuario de un gimnasio donde esperaban que entrara a trabajar.

—¿Qué nuestro, Alex? ¿Cómo va a existir un lo nuestro cuando seguimos viviendo en países diferentes?

Alex dio un paso hacia delante y acunó mi cara entre sus manos.

—¿Por qué te dejaste llevar cuando solo ibas a tenerme contigo treinta días, pero cuando tal vez exista una vida entera para ambos te cierras en banda y me dejas fuera?

Le cogí las manos entre las mías y las aparté de mis mejillas con suavidad.

—Porque sé lo que es perderte una vez y no puedo volver a pasar por lo mismo. Por eso.

Fue a añadir algo, pero entonces Landon abrió la puerta del vestuario y nos interrumpió.

—Señor Lenox, necesitamos a Nikki.

Rodeé a Alex sin darle tiempo a decir nada y seguí a Landon pasillo abajo.

Tenía una clase de yoga que dar.

# 30

# ALEX

Me quedé mirando la puerta por donde acababa de salir.

«Porque sé lo que es perderte una vez y no puedo volver a pasar por lo mismo».

Pero en mi mente no volvíamos a separarnos, cosa que ella no parecía comprender. Aunque, si debía ser sincero, una parte de mí quería creer que Nikki aceptaría venirse a Londres conmigo si llegábamos a estar juntos. La parte más egoísta de mí mismo hacía planes basados puramente en detalles laborales, como, por ejemplo, que yo debía gestionar una empresa multimillonaria mientras que ella solo era veterinaria, trabajo que podía realizar en cualquier lugar.

Idiota de mí que por aquel entonces no comprendía la importancia que tenía ser como Nikki, cuyos valores poco tenían que ver con lo capitalista.

No es sencillo conocer a alguien cuyas decisiones se basan solo en el amor a su tierra, su gente, sus animales y sus amigos. Nikki tal vez sería capaz de renunciar a todo por amor, pero era lo suficientemente lista como para no meterse conmigo en algo que sabía que, si hacía, defraudaría todo lo que defendía y por lo que luchaba con uñas y dientes.

Una sensación fría me recorrió entero cuando de verdad fui capaz de entender que, si seguía insistiendo, solo rompería su precioso corazón.

No podía ser mía, era así de sencillo.

No debía ser mía, al igual que un león no se debería criar en un zoológico, al igual que no se debería de enjaular a un canario, al igual que no se debería tener una pecera…

Nikki tenía el alma de un animal libre que corre por la selva peleando por su comida y defendiendo su territorio.

No estaba acostumbrado a no obtener lo que deseaba, aunque los últimos dos años me habían ayudado a comprender que hay cosas que se escapan a nuestro propio autocontrol, sin más.

Fue duro comprender que poco podía hacer.

Fue duro darme cuenta de que aquella preciosa mujer terminaría siendo de otro.

Hablé con Francis antes de irme del gimnasio, no sin antes observar la clase de Nikki a través de los cristales. Era impresionante lo guapa que estaba y verla vestida con aquel conjunto de mallas y top me llevó directo a mis recuerdos de nosotros en la isla.

Sentía angustia en el pecho, una presión que se asemejaba, aunque en menor medida, a la misma ansiedad que sentí el día que me notificaron que mi hermano mayor había muerto. La misma sensación de pérdida, de impotencia, de rabia y de dolor profundo por no poder hacer nada.

Me alejé de los cristales y tomé una decisión.

Ayudaría a Nikki, pero lo haría desde la distancia. Respetaría sus deseos y cumpliría con mi deber como hombre que sabe que sin protección o ayuda a Nikki se la comerían los leones.

Le pedí a Francis que la acompañara a donde ella quisiera ir, que no le contase lo que había hablado conmigo y que yo me aseguraría de que la reunión con su tío no fuese un encuentro que pudiese ponerla en peligro.

Me alejaría de ella a nivel emocional, pero no pensaba permitir que la manipularan o que atentaran contra su vida. No pararía hasta que Nikki pudiese regresar a su hogar sana y salva, fuera de peligro.

Eso sí podía controlarlo, de eso sí podía hacerme cargo.

Volví a mi coche y después a mis oficinas.

Nada más subir por el ascensor y llegar a la planta donde se encontraba mi despacho, el de mi secretaria y la sala de juntas, me encontré a Nate, vestido de comandante esperándome.

Sentí un pinchazo de dolor y de envidia al ver que él podía seguir volando, al contrario que yo, que debía quedarme allí enjaulado dirigiendo una empresa de la que jamás quise hacerme cargo.

—¿Qué haces aquí? —le pregunté sorprendido y un tanto preocupado al ver la expresión de mi amigo.

—¿Tienes un minuto? —preguntó.

Miré a Lexie, mi secretaria y ella asintió con la cabeza.

—No tiene ninguna reunión hasta las doce, señor Lenox.

—Muy bien, pues entonces que no nos molesten —dije abriendo la puerta de mi despacho y luego dejé entrar primero a mi mejor amigo—. ¿Nos traes dos cafés?

—Ahora mismo, señor.

Me senté frente a Nate con la mesa de por medio.

—¿Qué ocurre? —pregunté.

Nate me miró muy serio.

—Maggie está embarazada —soltó sin paños calientes.

Abrí los ojos sorprendido.

Eso sí que no me lo esperaba.

—¿De ti? —pregunté tras unos instantes de silencio, para asegurarme.

Nate me devolvió la mirada con exasperación.

—¿De quién si no? —casi me ladró.

Me quedé mirándolo hasta que comprendió por dónde iba mi pregunta.

Nate pareció sufrir una especie de revelación.

—Ha viajado hasta aquí solo para decírmelo —puntualizó y comprendí que no tenía mucha lógica que lo hubiese hecho si pensaba que el niño no fuese de Nate.

Lo observé con calma.

—Vas a ser padre… —dije y una sonrisita apareció en mi semblante—. Bienvenido al club.

Nate me fulminó con la mirada.

—No seas cabrón, no te rías de esto. Joder, es un marrón que te cagas.

—¿Sabes lo que es un marrón? —pregunté y él esperó a que continuara—: En lo que te habías convertido desde que regresamos de Bali. No estás bien, Nate. Sigues enamorado de Maggie, te conozco, y no puedes culparla por haber querido hacerte daño después de lo que le hiciste.

Nate se puso de pie y empezó a recorrer mi despacho nervioso.

Lexie entró entonces con nuestros cafés, los depositó sobre mi escritorio y se marchó.

—¿Tú serías capaz de perdonar algo así? —quiso saber mi amigo—. ¿De perdonar esa traición?

Lo observé desde mi posición.

—No somos iguales, Nate. Lo que yo perdonaría o no perdonaría no debería influir en tu decisión sobre la mujer que amas.

—O sea, que no la perdonarías —insistió.

—Creo que ambos os habéis hecho mucho daño el uno al otro… Creo que no puedes ser tan hipócrita de odiarla por haber tomado una decisión que está claro que tomó por rencor hacia ti… Creo que la vida es muy corta, Nate, muy corta como para pasarla sin la mujer que amas solo porque tu orgullo no te permite ver todo esto como lo que es en realidad.

—¿Y qué es lo que es?

—Un juego de niños —contesté sin más.

Nate me observó y soltó lo primero que se le pasó por la cabeza:

—Vete a la mierda.

Sonreí.

—Ya estoy de mierda hasta el cuello.

—¡Se casó con nuestro mejor amigo!

—Joder, ¡olvídate de eso! Lo han dejado, ¿no? Ha venido hasta aquí porque espera un hijo tuyo. Solo hay que ver cómo la miras y cómo te mira ella. Estoy seguro de que Margot lo dejaría todo si de verdad te comprometieras, si de verdad dejases de comportarte como un crío y decidieses darle lo que se merece. Joder, ¡tú sí puedes elegir! —exclamé elevando el tono. Me puse de pie y me alejé hacia la ventana. Respiré hondo para intentar que mis propios problemas no interfirieran en los consejos que pudiese darle a mi mejor amigo—. Ella está aquí. Está aquí porque te quiere. Está aquí porque te ha elegido. Sobre todas las cosas, te ha elegido a ti. ¿Sabes lo que difícil que es eso? ¿Sabes lo difícil que es renunciar a todo?

Nate volvió a sentarse y se llevó las manos al cabello en un gesto de desesperación.

—Me da miedo el poder que tiene sobre mí —admitió elevando la mirada.

—Creo que el poder lo ejercéis ambos, el uno sobre el otro.

Nate negó con la cabeza.

—¿Tú la has visto? ¿Has visto lo valiente que es? ¿Lo increíblemente hermosa, fuerte, luchadora, divertida, sexy y endemoniadamente pelirroja que es?

Sonreí.

—¿Cómo voy a hacer para estar con ella sin convertirme en un juguete que puede utilizar a su antojo?

Sopesé mi respuesta antes de decirla:

—Creo que en el amor todos somos títeres del otro… El truco está en no romper los hilos que nos mantienen erguidos.

—¿En eso va a consistir entonces mi relación? ¿En ser un títere de Margot?

—¿Tú la amas? —pregunté.

Nate asintió en silencio.

—Pues creo que acabas de responderte tú solo. Lo de la marioneta es una puta metáfora, Nate. Lo que quiero que entiendas es que cuando de verdad hay amor y respeto la balanza se equilibra; ahí está lo difícil, en encontrar el equilibrio.

—Creo que a lo largo de todos estos años nunca la he respetado como se merecía.

—Pues tal vez la vida te esté dando una última oportunidad para demostrarle que eres capaz de tratarla como se merece —dije sin más—. Eres un buen tío, Nate, solo que siempre has tenido lo que has querido... Cuando se te ha puesto complicado, has tirado la toalla, pero en realidad tener que luchar por ello ha hecho que lo ansíes con más ganas.

Se quedó callado unos segundos y algo cambió en su semblante. Se puso de pie y dejó la taza sobre la mesa.

—Me tengo que ir a volar —anunció, pero me transmitió muchas más cosas con una simple mirada—. Gracias por escucharme... Creo que haré lo que me dices, que lucharé por lo nuestro.

Asentí en silencio y Nate me observó con un brillo nuevo en la mirada.

—Es un niño, por cierto... Voy a tener un niño —me dijo.

Sonreí y le di una palmada en el hombro.

—Como padre de una niña a la que aún estoy conociendo, te aconsejo que te guardes la carta de ser piloto y volar a cualquier parte hasta que por lo menos cumpla los dieciocho.

Nate sonrió.

—¿Ya te ha pedido que la lleves a algún sitio?

—A Disneyland —contesté muy serio.

Nate soltó una carcajada.

—Esa niña cada día me cae mejor.

No le devolví la sonrisa a pesar de que sonreía por dentro.

Nate se marchó y yo me quedé pensando en muchas cosas…

Demasiadas cosas.

# 31

# NIKKI

Mi tío Devon me envió un vestido a juego con un tocado precioso la misma mañana de nuestra cita en el hipódromo. Abrí la caja con curiosidad y allí estaba: un impecable vestido color salmón, tan elegante que al tocar la tela sentí un escalofrío. ¿Cuánto podría haber costado ese vestido?

El tocado era discreto, era un sombrero con un buqué en un costado con florecitas del mismo tono que el vestido. Los tacones eran de un azul precioso, tan altos que temí no saber caminar con ellos.

Había una tarjeta entre la tela.

*Querida Nicole:*

*Tengo muchas ganas de conocerte por fin.*

*Me he tomado la libertad de enviarte un vestido, ya que el protocolo de Ascot es bastante insufrible y no quería ponerte en el aprieto de que tuvieras que comprarte algo para la ocasión.*

*Espero que puedas disfrutar de una maravillosa velada en*

*compañía de tu familia y, por supuesto, puedes invitar a quien desees para que te acompañe.*

*Un abrazo,*

*DEVON LEIGHTON*

Joder con el asesino en potencia… Era difícil odiarlo cuando me trataba con tanta amabilidad. Miré las entradas, eran blancas y con letras doradas, y en lo alto del papel rezaban: «Royal Enclousure».

Todo era tan protocolario y pomposo que me pregunté qué demonios pintaba yo yendo a semejante lugar a conocer a un tío que tenía todas las papeletas de ser el culpable de la muerte de mis padres.

Alex no sabía nada; si lo hubiese sabido, me lo habría soltado el día anterior cuando nos enfrentamos en el gimnasio y no lo había hecho. Eso me relajaba y asustaba al mismo tiempo, porque no os voy a mentir, me sentía segura con su presencia. Sabía que lo que estaba a punto de hacer era arriesgado, sabía que estaba actuando en contra de todas sus advertencias, pero sentía que debía acudir sola. Iría con Francis y nuestro encuentro sería en un lugar público. Debía empezar a solucionar este asunto por mi cuenta, debía hacerlo si no quería que Alex sintiese que era su responsabilidad. Después de que lo hubiera rechazado, se merecía que lo dejase en paz.

Decidí no contarle nada a Maggie. No quería preocuparla, además desde que se había marchado enfadada por el tema de Nate, no habíamos vuelto a hablar, y no me gustaba cómo se habían quedado las cosas. El plan de cambiarme de hotel estaba en marcha y Nate me había dicho que podía mudarme el lunes, que no había prisa.

Me sentía como una auténtica apestada. Pasé una mano por la tela del vestido y procedí a vestirme. No sé cómo lo habían hecho, pero el vestido me estaba como un guante y se me pegaba al torso como una segunda piel. No tenía escote y era de manga larga, pero al ser tan ceñido, me marcaba la cintura y los pechos hasta caer con algo de vuelo por debajo de las rodillas.

Me las apañé como pude para peinarme y colocarme el sombrerito, me maquillé de una forma muy natural. Al terminar, mientras me miraba en el espejo, me acordé de mi abuela. Pensé en si me reconocería si me viera vestida de aquella forma tan elegante. Y el recuerdo de mi tío volvió a mí. Estuve tentada de meter su cigarro en el pequeño bolso de mano, pero en el último momento decidí que no. Había llegado el momento de enfrentarme sola a mis verdades.

Cuando estuve lista, salí de la habitación y me encontré con Francis, iba impecable, vestido de esmoquin.

Abrí los ojos sorprendida.

—Estás hecho un pincel, Francis —le piropeé alucinada.

—Señorita, he tenido que alquilarme un traje para la ocasión.

Me sentí mal de inmediato.

—Lo siento muchísimo, Francis. Te lo compensaré, de verdad —le dije, aunque no tenía ni idea de cómo iba a hacerlo. Mis deudas en Londres ya ascendían a miles de libras, porque a pesar de que Alex me hubiese dicho que se había hecho cargo de mis facturas, pensaba devolverle hasta el último penique.

Aún era temprano, por lo que Maggie debía de seguir dormida.

Escribí una nota y la dejé sobre la mesita del salón de la suite para que no se preocupara.

Ya lista, seguí a Francis hasta el ascensor y luego nos subimos al coche.

Mi nerviosismo fue aumentando a la vez que nos alejábamos de Londres, dejando los rascacielos a nuestra espalda, y nos acercábamos al hipódromo. Lo peor de todo era que no dejaba de darle vueltas a si había hecho bien viniendo sola. No podía dejar de pensar en Alex, de imaginarlo a mi lado, cogiéndome la mano, asegurándose de que todo iba a salir bien…

¿En qué momento me sentí capaz de hacer esto sola?

Estuve tentada de llamarlo, de coger el teléfono y decirle lo estúpida que estaba siendo, de pedirle por favor que viniera al hipódromo a rescatarme del embrollo en el que estaba a punto de meterme, pero no podía dejarme gobernar por el miedo.

Debía afrontar esto sola. Debía hacerlo por mí misma, por mis padres, por el hermano fallecido que jamás llegué a conocer, por mi tío, que había muerto de un infarto, quizá provocado por el estrés que debió de suponerle criarme él solo bajo la amenaza constante de alguien que deseaba acabar con toda mi familia.

Cuando llegamos, fui consciente de lo que me rodeaba a medias. Muchas pamelas, muchos sombreros, mucha gente elegante sonriente y pretensiosa.

Nunca había asistido a una carrera de caballos y, como veterinaria, no sabía si terminaba de convencerme aquel deporte… No me había informado lo suficiente, pero solo esperaba ver que los caballos estaban en buenas condiciones; si no, todo aquel despilfarro de dinero y pomposidad se me atragantaría.

Qué poco a gusto me sentía rodeada de toda aquella gente. Me sentía como un pez fuera del agua que se ahogaba a la espera de que un alma caritativa tuviese el gesto de introducirme de nuevo en la pecera. Aquello era justo eso, una pecera alejada de todo lo importante, alejada de un mundo en donde la gente moría de hambre, un mundo donde personas con muchísimo dinero creían que gastarse miles de libras en un vestido era una decisión acertada…

—¿Se encuentra bien, señorita? —me preguntó Francis. Supongo que se había dado cuenta de que mi piel había palidecido nada más llegar a la puerta de la Royal Enclousure.

Asentí con la cabeza y le tendí las entradas a él para que se las diera al hombre que aguardaba para dejarnos pasar.

Cuando lo hicimos, pude fijarme un poco más en lo que me rodeaba. Mucho verde y un ambiente festivo alucinante. Los hombres encargados de las apuestas hablaban con los invitados y aceptaban lo que los clientes deseaban apostar.

Nos introducimos más hacia delante hasta llegar a una zona de césped, justo al lado de las barandillas que separaban la zona de las carreras de la zona de ocio.

Había camareros con bandejas de champán y animadas conversaciones me rodearon, cosa que me impidió centrarme en lo importante.

Mi tío Devon.

¿Dónde estaba?

Me había tomado la libertad de buscarlo en internet para reconocerlo cuando lo viese.

Me había perturbado sobremanera ver que era muy parecido a mi padre: tenía el pelo castaño claro y los ojos verdes. No pude evitar sentir un pinchazo de pena al encontrarme también fotografías de ambos abrazados compartiendo diferentes momentos, incluso algunas en las carreras de caballos.

¿Mi padre había sido fanático de este tipo de evento?

¿Habría heredado de él el amor hacia los animales?

A pesar de todos los indicios que lo señalaban como culpable de la muerte de mis padres, una parte de mí deseaba conocer a mi tío y descubrir que era inocente solo para poder hacerle miles de preguntas sobre mi padre y sentir que lo conocía un poco más.

Seguí recorriendo junto a Francis la barandilla con la vista fija en todo y en nada. A cada paso que daba me sentía más y más pequeña.

No debería haber ido.

No debería haberme puesto en peligro de aquella forma.

Menuda idiota estaba hecha.

Cogí el móvil con manos temblorosas.

Mi tío podía aparecer de un momento a otro… ¿y qué le diría?

Alex me había advertido, me había advertido sobre quedar a solas con él, sobre exponerme de esa manera a un peligro innecesario. ¿Era una cobarde por sentir miedo?, ¿por temer encontrarme con mi tío y descubrir que su única intención era acabar con lo que había empezado veinte años atrás?

Observé a Francis… No parecía nervioso, pero sí que recorría con la mirada cada esquina, cada rincón y a cada asistente con ojos de experto.

«Deja que te vean conmigo, que sepan que los Lenox te protegen».

Aquella frase acudió a mis pensamientos y entendí el peso que podía llegar a tener en alguien que se plantease hacerme daño.

Lo pensé durante unos minutos y al final me decidí.

Sabía que pagaría cara esa llamada, pero más valía ser precavida que arrepentirme después.

Cogí el móvil y le envié un mensaje.

Necesito que vengas.
Sé que vas a enfadarte conmigo,
pero estoy en el hipódromo de Ascot
y necesito que dejes lo que estés haciendo y vengas
aquí. Como amigo, por favor, te necesito.

Le di a enviar con manos temblorosas.

Lo leyó casi al instante, como si hubiese estado pendiente del móvil a la espera de mi llamada de auxilio.

Su contestación me llegó al segundo.

Date la vuelta.

Tardé en entender su respuesta.

Entonces me giré y allí estaba.

Vestido de chaqué y con un sombrero de copa cual galán inglés. Iba como un pincel al igual que el resto de los asistentes, solo que él era un metro noventa de todo lo que podía resultarle atractivo a una mujer. Su porte, su altura, sus brazos, que a pesar de estar cubiertos por una chaqueta se marcaban bajo la tela; su incipiente barba perfectamente recortada, ni muy larga ni muy corta; sus ojos color miel clavados en los míos con un gesto de disgusto y a la vez de alivio al ver que había tomado la decisión de llamarlo cuando vi que la situación me superaba.

—Como buen amigo tuyo que soy, he decidido acercarme a saludarte —dijo con aquel tono de voz grave y sexy que tenía sin ni siquiera ser consciente de ello.

Pestañeé varias veces sin creerme aún que estuviese allí, como si hubiese podido materializarse a mi lado, justo lo que yo había deseado con todas mis fuerzas.

Miré a Francis, que se había alejado un poco para darnos intimidad y luego volví a fijar mis ojos en los suyos.

—¿Qué haces aquí?

—Mi familia es amante de las carreras de caballos, ¿no te lo había dicho? Aunque la pregunta creo que debería hacértela yo a ti, ¿no te parece?

Sentí que me ruborizaba.

—Mi tío Devon me ha invitado.

Alex se mantuvo impasible.

—Lo sé. Y has decidido venir aquí a pesar de que te expliqué lo peligroso que podía llegar a ser.

Dudé antes de responder. Joder, me intimidaba su manera de mirarme, como si fuese una niña pequeña a la que habían pillado haciendo una maldita travesura.

Mi actitud cambió enseguida cuando me vi acorralada.

—No todas mis decisiones se basan en tus observaciones, Alex.

Asintió en silencio dando un paso hacia delante. Me rozó el brazo con la mano y me acercó la boca al oído.

—Pues me alegro de haber estado aquí por casualidad para responder a tu mensaje de socorro.

Sus labios susurrándome al oído no hicieron nada bueno a mi ya de por sí alterado corazón.

—Creo recordar que me habías dicho que para cualquier cosa que necesitara estarías ahí para mí.

—Como amigo tuyo, claro que sí.

Estaba claro que lo de ser mi amigo le chirriaba tanto como a mí, pero no había otra opción para englobarnos a ambos.

Debía ser así, y, cuanto antes lo aceptásemos, mejor.

Nos miramos durante unos instantes durante los cuales demasiadas palabras no pronunciadas volaban en el aire.

¿Por qué siempre que lo veía todas mis razones para mantenerme alejada de él parecían desvanecerse por arte de magia?

—¿Alex? —una voz femenina preguntó tras mi espalda.

Alex desvió la mirada.

Sentí un pinchazo en el estómago y también en mi corazón cuando al girarme pude ver la niña que se acercaba de la mano de una mujer mayor, cuyo rostro se parecía demasiado al hombre que tenía junto a mí. La madre de Alex... La reconocí por la foto del periódico. Entonces, era cierto que había ido con su familia. La niña era preciosa..., mucho más guapa que en la única foto que había podido ver de ella. Tenía mucho de Alex: sus labios gruesos, sus largas pestañas y, por lo que él había llegado a contarme, el mismo pelo pelirrojo que había tenido de pequeño. Sus ojos, en cambio, eran azules y su piel cetrina, casi traslúcida.

Forcé una sonrisa cuando llegaron hasta nosotros.

La mujer me recorrió de arriba abajo con la mirada para después mirar a Alex como pidiendo una explicación o una presentación, no tenía ni idea.

—Mamá, ella es Nikki, una amiga de Bali que conocí durante mis vacaciones —dijo Alex con voz neutra—. Nikki, ella es mi madre Rose y mi hija Lilia.

—Encantada —saludé amablemente.

Lilia fijó sus ojos azules en mí y luego en su padre.

—Si eres de Bali, ¿qué haces aquí? —preguntó inocente.

Volví a sonreír.

—Me hago esa misma pregunta todas las mañanas, Lilia —dije como única respuesta.

—Alex no me había hablado de ti —comentó su madre mirando a su hijo con curiosidad.

—Porque eres demasiado cotilla, mamá —replicó escueto.

—¿En Bali tenéis caballos? —preguntó entonces Lilia centrándose en mí.

Negué con la cabeza.

—No, pero tenemos muchos perros —contesté con una sonrisa.

—Nikki es veterinaria —añadió Alex en un tono de voz que destilaba… ¿orgullo?

Lili abrió los ojos, sorprendida.

—¡A mí me encantaría ser veterinaria! —exclamó contenta.

Sonreí.

—Ah, ¿sí? —preguntó Alex, era obvio que no tenía ni idea de aquella nueva información.

—¡Me encantan los animales! —volvió a hablar entusiasmada—. ¿Tienes alguna mascota? —preguntó.

—Tengo un perro que se llama Batú —le conté, disfrutando al ver lo bonita y dulce que era.

Era extraño pensar que fuera hija de Alex. Si tenía que imaginar a alguien siendo padre, al último que imaginaría siéndolo sería a él.

—Nosotros tenemos uno que se llama Camilo —me informó.

—Lo sé, lo conozco —contesté y, al ver en modo en que me estudiaba la madre de Alex, comprendí que acababa de dar demasiada información.

—Entonces os conocisteis en Bali, ¿no? —preguntó—. ¿Cómo decías que te llamabas, Nikki… qué más?

Me quedé callada y Alex aprovechó para intervenir.

—Debo tratar unos asuntos con Nikki. ¿Por qué no le enseñas a Lilia la zona de la comida? —la instó a marcharse con muchísima sutileza…

Rose asintió pensativa y luego se dirigió a la niña.

—¿Te apetece beber algo, Lili? —se dirigió a ella de una forma muy cariñosa. Lili se despidió de nosotros con un ademán de su mano y juntas se marcharon por donde habían venido.

Me giré de nuevo hacia Alex.

—Enhorabuena, tienes una niña preciosa —dije con sinceridad.

Alex me observó atento.

—¿Estás bien? —me preguntó, tal vez notando la nostalgia en mi voz.

Por un instante, me vi con un bebé en brazos y Alex a mi lado…, con Lili formando parte de aquella imagen mental tan bonita y a la vez tan alejada de la realidad.

Asentí con la cabeza.

—No debes preocuparte por tu tío. He contratado seguridad extra y no permitirán que te pase nada malo —dijo Alex volviendo al asunto que de verdad importaba.

Asentí con la gratitud reflejada en mi rostro.

Fui a abrir la boca, fui a poner en palabras todo lo que de verdad quería decirle, todo lo que se merecía escuchar directamente de mi boca, pero entonces alguien nos interrumpió.

Nuestra pequeña burbuja estalló en mil fragmentos invisibles cuando mi tío Devon se acercó a nosotros acompañado de dos hombres tras de sí. Estos, al contrario que nuestros guardaespaldas, no iban vestidos con la etiqueta reglamentaria del hipódromo, si no que iban vestidos de negro, con sendos pinganillos en sus respectivas orejas y gafas de sol oscuras que ocultaban de una forma muy eficiente la dirección de sus miradas.

—¿Qué te hace pensar, Alexander Lenox, que yo permitiría que alguien pusiese un mísero dedo sobre mi queridísima sobrina?

Ambos nos giramos hacia él, dándole la espalda a las vallas de las carreras y tensándonos al unísono. Alex pareció crecer a mi lado cuando se irguió cuan alto era dando un paso hacia delante, colocándose entre mi tío y yo.

—Esperaba que al final no aparecieras por aquí —amenazó Alex, sentando la base de una conversación que ya tenía todas las papeletas para no acabar bien.

—Yo aún sigo preguntándome cómo es posible que tu familia vuelva a involucrarse con la mía.

Di un paso hacia delante para colocarme junto a Alex.

—Gracias por haberme invitado hoy, tío —dije intentando con todas mis fuerzas suavizar el ambiente.

Mi tío desvió la mirada de Alex a mí, pero no suavizó ni el tono ni su enfado.

—¿Invitarte? —soltó de forma abrupta—. Me ha costado sangre, sudor y lágrimas hacerte llegar una invitación. He querido verte desde que me enteré de que habías dejado la isla, pero este señor de aquí ha interceptado todos mis intentos de poder llegar a ti.

No me sorprendieron sus palabras. Había estado al tanto de sus intentos de contactar conmigo y, por razones obvias, no había cedido hasta que ya no pude seguir esperando a que el problema se solucionara por sí mismo.

—Debes entender las razones que me han mantenido alejada...

Devon soltó una carcajada.

—¿Las mismas razones por la que llevas guardaespaldas? ¿Las mismas razones que te ha dado el hijo de los Lenox? ¿Los mismos Lenox que acabaron con la vida de mi hermano, de tu padre?

Alex dio un paso hacia delante.

—Después de todo esto, ¿no estarás insinuando que fue cosa nuestra? Serás hijo de...

—Alex, para —le advertí, tirando de su chaqueta

—¡Por supuesto que fue cosa vuestra! —exclamó mi tío, elevando el tono y perdiendo la compostura—. Estás menos informado de lo que había imaginado, Lenox. Deberías tener una conversación muy seria con tu padre.

Alex soltó una risa amarga.

—¿De verdad estás insinuando que mi padre tuvo algún interés en boicotear su propia empresa causando un accidente? ¿Para qué haría algo así? Aquí el único que salía ganando con este accidente eras tú, Devon.

Mi tío negó muy despacio con la cabeza y fijó sus ojos en mí.

—Deberías alejarte de él. Su familia, toda su familia, se vendió por miedo en el pasado, y tu vida corre peligro debido a eso.

No entendía nada.

—Pero ¿qué estás diciendo? —preguntó Alex.

—Devon —escuchamos entonces una voz grave que interrumpió la conversación.

El padre de Alex, al que yo no había llegado a conocer más que a través de aquella foto familiar que vi en la revista, se unió entonces a nuestra pequeña reunión.

Mi tío se giró hacia el padre de Alex y su mirada, llena de odio y rechazo, me hizo empezar a plantearme muchas cosas.

—Richard —saludó sin más, fulminándolo con la mirada.

—¿Qué haces hablando con este hombre? —quiso saber el padre de Alex mirando a su hijo con el semblante muy serio.

A nuestro alrededor la gente seguía charlando, comiendo, apostando dinero… La fiesta continuaba mientras en mi espacio ocurría un enfrentamiento que jamás imaginé que terminaría siendo un Lenox contra Leighton.

Alex miró a su padre muy serio.

—Estoy defendiendo nuestro nombre, padre, ya que Devon Leighton acaba de insinuar que nuestra familia... ¿Cómo has dicho? Ah, sí, «se vendió por miedo».

El padre de Alex se giró hacia mi tío.

—Lo que tengas que decirle a mi hijo me lo dices a mí, Devon.

Mi tío sonrió de lado.

—¿Tienes miedo de que descubran la verdad, Richard? ¿Tienes miedo de confesarle a tu hijo que estás tan de mierda hasta el cuello que ni siquiera fuiste capaz de salvarle la vida a tu hijo mayor?

Abrí los ojos sorprendida, impactada por aquella revelación. ¿Alex tenía un hermano? ¿Un hermano que había muerto? Juraría que en Bali me dijo que no cuando se lo pregunté.

Miré a Alex y vi que algo en su interior se rompía. Se trasformó pasando de ser el hombre sereno y correcto a alguien completamente fuera de sí. Se abalanzó hacia mi tío con la intención de pegarle un puñetazo, el cual sus guardaespaldas frenaron cogiéndolo y alejándolo de Devon. Francis y tres guardaespaldas más aparecieron para ayudar a Alex.

—Debemos hablar de esto en privado —pidió entonces mi tío señalando a sus guardas—. Escoltadlo dentro y aseguraos de que estamos solos.

Alex dejó de forcejar y de un tirón se soltó del agarre de los guardaespaldas, que lo soltaron al ver que no mostraba intención de volver a abalanzarse sobre nadie.

Para no seguir montando un espectáculo, nos fuimos hacia el interior de una sala vacía que había dentro de la zona vip de invitados.

Nada más llegar, Alex explotó:

—¡¿Cómo cojones te atreves a hablar sobre mi hermano?! ¡Ni se te ocurra nombrarlo! ¡No sabes nada de él! —le gritó Alex, furioso.

Su padre dio un paso hacia delante y le colocó una mano en el hombro.

—Hijo…

Alex se giró hacia él echando fuego por los ojos.

Mi tío permaneció circunspecto, muy serio, observando cómo padre e hijo se enfrentaban, pero intervino y volvió a captar la atención de ambos.

—Tu hermano Ryan empezó a husmear donde no debía, Alexander —continuó mi tío soltando nueva información.

Alex miró a mi tío.

—¿Husmear donde no debía? ¿Qué demonios estas insinuando?

—Alex… —dijo su padre con voz apenada—. Yo le dije que no lo hiciera, que no removiera el pasado…

Alex y yo miramos a su padre, perplejos. ¿En qué momento este asunto involucraba al hermano de Alex de alguna manera?

Mi tío miró a Alex muy serio.

—Cuando Ryan paso a ser el CEO de la empresa, fue inevitable que se enterara de cosas que muy pocos conocían, ¿verdad? —volvió a hablar Devon, dirigiendo la mirada al padre de Alex.

Yo seguía el intercambio como si fuera un partido de tenis, sin entender absolutamente nada.

—¡Basta ya! —dijo el padre de Alex dirigiéndose a su hijo—. Vámonos de aquí, no lo escuches más, hijo.

—Contactó conmigo, ¿lo sabías? —prosiguió mi tío y los dos volvieron a prestarle atención—. Cuando descubrió lo que ocurría, cuando descubrió las extorsiones a las que te veías sometido todos los días, vino a mí.

Richard prestó atención a Devon y sus ojos se abrieron, sorprendido.

—Teníamos un plan para desmantelar todo lo ocurrido, pero él sabía que vosotros saldríais perdiendo y tú podías acabar en la cárcel si lo llevaba a cabo.

Alex miró a su padre buscando una respuesta que ni él sabía que necesitaba. Nunca lo había visto así. Todo su cuerpo emanaba tensión y sus ojos… Tenía la mirada perdida entre todas aquellas revelaciones, extraviada en algo que jamás hubiese imaginado estar involucrado.

—¿Puedes explicarme en qué mierda estás metido, papá?

—Hablemos en casa… —empezó, pero Alex lo interrumpió.

—No, hablemos *ahora*.

Richard miró al suelo como si ahí pudiese encontrar las palabras adecuadas para explicarse ante su hijo.

—Me extorsionaron —explicó Richard—. Me amenazaron con provocar un accidente aéreo que acabaría con la empresa. Hice todo lo que estuvo en mi mano para aumentar la seguridad, pero era imposible controlar a todos los ingenieros de la planta.

—Y entonces decidiste seguir adelante con los vuelos como si no pasara nada —añadió Devon mirándolo con asco.

—¡Decidí confiar en mi gente! —contestó Richard—. Cuando Berenguer me ofreció comprar la empresa de construcción aeroespacial, no lo dudé. Era la oportunidad de desvincular a Lenox Executive Aviation de la fabricación de aeronaves. Perdía la empresa, sí, pero me libraba de la posibilidad de terminar sin nada, que es lo que podría ocurrir si al final ocurría un accidente. ¡Jamás creí que eran ellos mismos los que habían estado detrás del sabotaje!

—¿No te pareció demasiada casualidad que, justo cuando te amenazan con tirarte un avión, aparece una empresa deseando comprar la tuya?

—¿Estás insinuando que el accidente fue provocado por...? —empezó a decir Alex.

—¡Por el mismísimo Berenguer! —exclamó Devon perdiendo la paciencia—. Teníais el monopolio, ¿cuántos millones generabais por la venta de aviones? ¿Miles de millones? ¿Qué empresa podría sustituiros cuando vuestra reputación era intachable? ¡Debía ensuciar vuestro nombre! ¡Debía hacerlo causando el mayor impacto mediático posible y, por esa misma razón, decidió tirar el avión donde viajaba mi hermano con su hijo y su esposa! ¡Consiguió los titulares que quería!

Alex parecía estar sufriendo la mayor revelación de su vida. Yo apenas podía encontrar la voz.

—Pero... si mi padre ya le había vendido la empresa... —consiguió articular Alex.

Richard negó con la cabeza.

—No se había llegado a firmar —continuó explicando Devon—. Se aseguró de ensuciar bien el nombre para que nadie sospechara nada cuando él pasó a ocupar vuestro lugar. Nadie sospecharía si vuestra empresa de aviación se iba al traste después del accidente y eso sin contar la pérdida de valor que sufrió. ¡Lo que me parece ultrajante es que tu padre aceptara seguir trabajando con ellos a pesar de que son unos asesinos!

—Yo no tenía ni idea, no lo supe hasta que fue demasiado tarde… —se excusó Richard.

—¡Debiste denunciarlo! ¡Debiste sacar todo esto a la luz, pero miraste tu propio ombligo primero! ¡Te preocupó más tu fortuna que cualquier otra cosa! ¡Preferiste dejar a ese asesino suelto con tal de seguir pegándote tu vida millonaria!

Alex miraba a su padre, rogándole en silencio que le confirmara que todo aquello era mentira.

—No fue así —se defendió Richard—. Berenguer entró en nuestro sistema y filtró mensajes falsos que advertían de que los aviones estaban fallando. Se inventó un aviso que se suponía que mi empresa había ignorado… Si eso llegaba a tomarse como prueba, no solo íbamos a perder Lenox Executive Aviation, si no que yo mismo iría a la cárcel por un delito que jamás cometí.

—Y entonces decidiste cerrar los ojos y mirar hacia otro lado —terminó Alex por él, parecía no dar crédito a toda aquella información.

Su padre miró a Devon y luego a él.

—Tomé la única decisión que dejaría de provocar muertes —se justificó y luego volvió a mirar a mi tío—. Siento mucho el fallecimiento de tu hermano, pero nadie iba a devolverle la vida, por mucho que yo hubiese decidido remover todo esto. En cambio, mi familia estaba amenazada, todos mis pasos estaban controlados. ¡Tenía niños pequeños, por Dios santo! Decidí proteger a mi familia a cambio…

—A cambio de dejar libre a los asesinos de mis padres —decidí abrir la boca por fin.

Richard Lenox pareció verme por primera vez desde que había decidido acercarse a nosotros.

No parecía saber ni siquiera quién era yo.

Mi tío dio un paso en mi dirección.

—Explícale otra vez las razones por las que el asesino de sus padres aún sigue suelto y ganando millones.

—Yo…

—Nikki —dijo Alex mirando nervioso a Devon; era como si aún no hubiese asimilado todo lo que acababa de descubrir.

—Mi sobrina corre peligro estando contigo —zanjó entonces mi tío.

Alex pareció no entender.

—Es a ti a quien quieren ver muerto. Temen que hagas lo mismo que hizo tu hermano, que quieras desmantelar todo este asunto, pero lo que no saben es que yo estoy al tanto de todo y que ya tengo suficientes pruebas como para destruirlo. Tu hermano consiguió darme toda la información justo antes de que lo mataran.

Alex negó con la cabeza.

—Pero…

—Si hubiesen querido ver muerta a Nikki, la habrían matado hace años. No creo ni que supieran de su existencia. En cambio, fuiste tú el que empezó a hacerse preguntas, fuiste tú el que empezó a remover el pasado, fuiste tú el que recibió la amenaza de muerte y es a ti a quien vigilan desde que volviste de Bali.

No daba crédito a nada de lo que escuchaba.

—Haber filtrado a la prensa la existencia de mi sobrina solo les ha dado otra razón para defenderse y culparme a mí del accidente. No tienes ni idea de lo mucho que has atrasado la investigación insinuando que yo provoqué la muerte de mi hermano para heredarlo todo.

—No tiene sentido lo que dices, ¡dispararon a Nikki! —exclamó Alex perdiendo la compostura casi por completo.

—¡Iban a por ti! —chilló mi tío—. Ella solo estaba contigo, ¿es que acaso no lo ves?

—¿Van a por Alex? —preguntó Richard dando un paso hacia delante, era evidente que estaba nervioso.

—Irán a por cualquiera que quiera sacar este asunto a la luz. ¿Te crees que eres el único, Alexander Lenox, que se ha traído un ejército de guardaespaldas al hipódromo?

Alex miró a su padre.

—¿Cómo has podido? ¿Cómo pudiste seguir callado después de que mataran a Ryan?

Su padre lo miró derrotado.

—Su fortuna ya es veinte veces más grande que la nuestra. Todas las pruebas apuntan a que fue nuestra culpa o la de los propios Leighton para heredar la fortuna. Nadie va a creerse que fueron ellos. Se han asegurado de quedar limpios de todo y lo dejarán estar, siempre y cuando prometamos enterrar el asunto.

Alex lo miró con incredulidad.

—¡Mataron a tu hijo y ahora quieren matarme a mí!

—¡Y matarán a tu madre, a tu hija y a quien se les ponga en

el camino si no hacemos lo que nos dicen! —le contestó su padre perdiendo la compostura.

—Entonces ¿seguimos como si nada? —exclamó Alex incrédulo—. ¿Lenox Executive Aviation y Berenguer Tecnologies juntitos de la mano mientras hacemos la vista gorda y nuestras vidas corren peligro para siempre?

Miré al padre de Alex, un señor de casi setenta años cuyo cansancio era casi palpable, pero me daba igual el miedo que podía verse en su mirada. Me daban igual sus excusas, ¡trabajaba de la mano de unos asesinos!

—A veces en la vida hay que tomar decisiones difíciles, Alexander.

Alex miró sin dar crédito a su padre y luego volvió su atención hacia mí.

—Nikki… —empezó diciendo, como si no encontrara las palabras adecuadas.

Lo miré y vi el dolor en sus ojos, vi la desilusión, el miedo…

—Yo cuidaré de mi sobrina hasta que podamos llevar este asunto a los tribunales. —La mano de mi tío se sintió fría en mi espalda cuando la posó en mi hombro en signo de apoyo—. Todos vais a pagar por lo ocurrido —sentenció.

Sus palabras quemando como el fuego.

# 32

# ALEX

A pesar de todo lo que acababa de descubrir, casi me fue imposible frenar mis impulsos más primitivos. Me instaban a arrancarle la mano a Devon para alejarla de Nikki, pero me sorprendió el semblante de ella. Aceptó su contacto sin ningún tipo de impedimento y, en cambio, nos miró a mi padre y a mí con un rechazo y un dolor tan transparente como el agua.

—Nikki… —dije dando un paso hacia ella.

Negó con la cabeza, lanzándome un claro mensaje. Entonces, alguien abrió la puerta de la sala e interrumpió lo que fuera que había estado por decirme.

—Señor —anunció uno de los guardaespaldas de Devon—, deberíamos marcharnos, no es seguro seguir aquí.

Devon asintió muy serio y miró a su sobrina.

—Deberías venir conmigo, Nicole —le aconsejó, colocándole una mano en la espalda—. Hasta que todo este asunto salga a la luz, corres peligro, al igual que todos los demás.

—A Nikki no le pasará nada, tengo a los mejores… —empecé.

—Disculpa que te interrumpa, pero hasta hace dos segundos tú ni siquiera sabías quién era el verdadero enemigo —dijo Devon mirándome con desdén—. Mi sobrina debe venir conmigo.

Miré a Nikki, que parecía encontrarse entre la espada y la pared. Me dolían todas las células del cuerpo al ver que ese hombre deseaba llevársela. A pesar de que todo lo que acababa de descubrir parecía ser cierto y tenía muchísima lógica, todos mis instintos más primitivos me alertaban de que debía llevarme a Nikki conmigo.

Si todo era verdad… Joder, si todo era cierto, los Lenox habíamos sido cómplices de la muerte de toda su familia. Mi padre había conspirado para no perder su fortuna sin importarle en absoluto todo lo que los demás habían tenido que perder debido a sus decisiones.

¿Cómo iba a venirse conmigo? ¿Cómo iba a confiar en mí si ni siquiera yo había sido consciente de lo que había hecho mi propia familia?

—Nikki, no dejaré que nada malo te pase. Por favor, solucionaremos todo esto…

—¿Y cómo lo harás? —me retó ella, mirándome con una mezcla de dolor y rabia.

La miré derrotado.

—Terminarán cometiendo un error —dijo entonces mi padre mirando a Devon—. Y cuando lo hagan, la verdad tendrá más peso que la mentira.

—Claro que lo harán, pero me aseguraré de que ese error no pille a mi única sobrina en medio.

—¿Cuál es tu plan entonces, Leighton? —pregunté—. Porque visto lo visto, aún no has sido capaz de meterlos en la cárcel.

Devon me devolvió la mirada muy serio.

—Para empezar, la confesión de tu padre de hace unos pocos minutos servirá para que acepten de una vez por todas reabrir la investigación.

Abrí los ojos, sorprendido.

—¿Estabas grabando la conversación? —preguntó mi padre dando un paso hacia delante, incrédulo.

Devon se mantuvo impasible.

—Toda prueba que pueda conseguir es poca, Richard Lenox.

Nikki miró a su tío.

Aquello acababa de convertirse en una guerra muy fea.

Miré a mi padre con dolor, con rabia y con una tristeza muy profunda.

No quedaba otra alternativa que la opción más obvia.

Me fijé en sus arrugas, en las arrugas que parecían haberse tatuado con más profundidad en su piel desde la muerte de mi hermano Ryan el pasado año. Conocía a mi padre. Lo conocía lo suficiente como para saber que no había obrado con malas intenciones. Lo conocía lo suficiente como para saber que todos los errores que había cometido los había cometido por miedo…, por miedo a perderlo todo y por miedo a perder a su familia.

En ese momento empecé a entender muchísimas cosas.

Me giré hacia mi padre y busqué sus ojos con los míos.

Me fijé en él y, a pesar del dolor al imaginarme lo que sucedería si hacía lo que debía hacer, comprendí que no quedaba ninguna otra opción que la siguiente:

—Papá…, debes hacerlo —le pedí con el corazón roto, y supe que entendía perfectamente a lo que me refería.

—Pero… —intentó replicar y su voz quebrada evidenció su miedo.

De repente, lo vi mucho más mayor, lo sentí más cerca de la muerte que de la vida, lo sentí lejos de donde estaba y me dolió tanto comprender que no quedaba otra opción posible más que…

—Debes confesar, papá —le pedí, con la voz temblándome del miedo, temblándome del horror de saber que el destino de mi padre iba a ser pasarse el resto de su vida entre rejas.

Mi padre me devolvió la mirada como única respuesta y, tras unos segundos de inquietante silencio, se giró hacia Devon y Nikki.

—Yo nunca pretendí que nada de esto sucediera —se lamentó en voz alta.

—Para hacer el mal, hay que ser malvado, Lenox —dijo Devon, que parecía haber aflojado su dureza en cuanto escuchó lo que acababa de pedirle a mi padre—. Pero es hora de que los tribunales se encarguen de poner a cada uno en su lugar.

Miré a Nikki, que había buscado mis ojos en la distancia.

No sé describir el dolor que percibí en su mirada, la traición al descubrir que mi familia había estado implicada en todo esto.

—Nikki —dije dando un paso hacia ella, pero se alejó hacía atrás y ese rechazo fue como si me clavaran una daga en el corazón.

—No puedo —negó, con voz temblorosa.

—Debemos irnos —insistió su tío.

Devon había acudido buscando una confesión y la había conseguido. De paso, al hacerlo, había roto con cualquier posibilidad que hubiese podido quedar para Nikki y para mí.

Mi familia era cómplice de la muerte de sus padres.

Jamás me perdonaría por aquello.

# 33

# NIKKI

Richard Lenox tuvo que ir a testificar después de que mi tío presentara la grabación como prueba principal para que se reabriera una investigación sobre el accidente de mis padres. Al día siguiente de todos aquellos descubrimientos, agentes de la policía requisaron los ordenadores de la empresa Lenox, los discos duros y todo lo que les hizo falta para demostrar la implicación indirecta que tuvo Richard Lenox en el sabotaje que sufrió el avión Gulfstream V que viajaba de Ámsterdam a Londres con mi madre, mi padre y mi hermano Adam.

Max Berenguer, fundador de Berenguer Tecnologies y empresa colaboradora de Lenox Executive Aviation, fue capturado a punto de subirse a uno de sus aviones privados con destino a Panamá.

Entre todos sus delitos, se le acusó principalmente de extorsión, sabotaje, asesinato, intento de asesinato e injuria.

A Richard Lenox lo soltaron tras pagar una fianza de tres millones de libras por ser cómplice de sabotaje y homicidio involuntario.

La noticia llenó los periódicos de Gran Bretaña. Los periodistas se afincaron frente a las puertas de la casa de Alex y también de mi tío con tal de conseguir una exclusiva. Mi fotografía volvió a salir en las noticias con titulares sensacionalistas como «La heredera de los Leighton exige su fortuna» o «Nicole Leighton contra Lenox Executive Aviation».

Yo lo único que quería era desaparecer.

Estaba sentada frente a la chimenea de la casa de mi tío cuando me llegó un correo electrónico de Alex. Él había intentado llamarme para hablar conmigo, pero no había sido capaz de cogerle el teléfono.

Clavé la mirada en las llamas, que sin éxito intentaban descongelar mi cuerpo, un cuerpo helado que se mantenía frío como si este se hubiese instalado dentro de mí sin intención de desaparecer jamás.

Tardé unos segundos de más en armarme de valor para poder abrirlo y mi corazón se encogió al leer la despedida que sin duda estaba dedicándome.

En él decía lo siguiente:

*Querida Nikki:*

*Siento todo lo que hemos tenido que descubrir. Siento que mi familia haya sido responsable, aunque fuese de manera indirecta, de la pérdida de tu familia. Siento que haberte hecho salir de tu pequeña isla haya provocado que descubras lo horrible que puede ser el mundo.*

*Tenías razón, tu lugar está en Bali, donde los animales buscan tu cariño y atención, donde tus mañanas implican bañarte desnu-*

*da bajo el sol del amanecer, donde tu espíritu es tan libre como tus pies descalzos sobre cualquier superficie sin importarte con lo que puedas llegar a toparte en el camino...*

*He querido encerrarte en una jaula de cristal porque eres tan bella por dentro y por fuera que me ha podido mi propio egoísmo. Sin embargo, Nikki, he aprendido. Esta vez he aprendido que tu alma libre debe seguir siéndolo y que buscar lo contrario solo hará que te marchites. Me importas demasiado como para entenderlo siquiera, porque me arrebataste el corazón con solo una mirada. Me has hecho sentir lo que puede ser el amor verdadero y por ello te dejo libre.*

*Te mereces a alguien que cuide tu esencia y alimente tu espíritu salvaje.*

*Nunca llegué a decírtelo, pero fue el idiota de Nate quien bloqueó tu contacto desde mi móvil. Me vio tan afectado tras volver de Bali que decidió tomar cartas en el asunto. Ya se llevó un merecido puñetazo debido a ello, porque Nikki, yo siempre estaré disponible para ti. Siempre.*

Una lágrima cayó por mi mejilla y fue seguida por cinco más.

Me dejaba marchar y lo hacía pensando solo en lo que era bueno para mí.

Por un instante, deseé que todo fuera distinto, pero no lo era. La realidad era aquella y, en esa realidad, mi vida y mi pasado se habían visto envueltos de la peor manera posible con la familia de Alexander Lenox.

El día del hipódromo, mi tío Devon me había acompañado a recoger mis cosas al hotel. Después de contarle todo lo sucedido a Maggie, le expliqué que me marchaba, le expliqué que me quedaría con mi tío y que, en cuanto capturaran a Berenguer, volvería a mi isla, volvería a Bali.

Maggie ya no me necesitaba allí, tenía a Nate, quien parecía estar mostrando los primeros signos de madurez, esos que tanto le habían faltado en el pasado.

Aquellos días con mi tío me sirvieron para conocerlo mejor, a él y a mi padre. Mi tío no paró de explicarme cosas, como, por ejemplo, que mi padre había querido mantener la relación con mi madre a la sombra de la prensa británica. Me explicó que su primer matrimonio había acabado hacía años, pero no lo habían formalizado hasta que mi padre se enamoró de mi madre. Muy pocas personas sabían de mi existencia y, cuando sucedió el accidente, tal y como decía la carta que había encontrado, mi tío Devon y mi tío Kadek habían coincidido en que lo mejor para mi seguridad y mi felicidad era criarme en Bali como habían deseado hacer mis padres.

—Tu padre quería dejar la empresa, Nikki —me explicó—. Quería viajar con tu madre y dedicarse a la parte social. Quería trabajar en llevar vacunas a los países más desfavorecidos, quería implicarse de manera activa en ayudar a quienes más lo necesitaban. Tu padre siempre fue un filántropo y se aseguró de enseñarme todo lo necesario antes de cederme por completo su lugar en la empresa.

—Llegué a conocer a tu madre en una sola ocasión —me contó Devon, sonriendo de oreja a oreja—. Era la mujer más risueña que he visto en mi vida, pura dulzura y pasión por lo que amaba. No dejaba de hablar de ti, de lo mayor que estabas y de las ganas que tenía de traerte a Londres para que pudiera conocerte.

—Con tu tío hablaba lo justo. Nunca le gustó que tu madre se casara con mi hermano, nunca aprobó esa relación y cuando murieron... Bueno..., puedes imaginar el dolor, la tristeza... —dijo y pude visualizar a las claras a mi tío Kadek en esa situación. Hasta hacía poco antes de su muerte, siempre se había mostrado con un dolor latente en su mirada, al igual que mi abuela Kuta.

—Alex llegó a insinuar que mi tío tal vez no falleció de un infarto...

Mi tío Devon apartó la mirada de las brasas y las fijó en mis ojos.

—Y entiendo su sospecha. Si piensas en la perspectiva que tenía Alexander de todo este asunto, tendría sentido, pero, Nikki..., nadie sabía de la existencia de vosotros más que yo. Pongo la mano en el fuego de que Kadek murió por causas naturales.

Me dolió el corazón al recordar la última vez que lo había visto. Había estado tan enfadada con él por no dejarme salir con Alex, había estado tan cabreada por su insistencia en que Alex se marchara de la isla...

Y cuánta razón tenía.

—¿Sabía mi tío que intentabas desmantelar todo este asunto? —pregunté.

—Fue el primero al que llamé cuando el hermano de Alexander vino a verme para contarme lo que había descubierto. Siempre supimos que el accidente aéreo había sido provocado y le juré que no me detendría hasta ver al culpable entre rejas.

—Por eso sus reticencias cuando vio que Alex aparecía por la isla…

Mi tío cogió las pinzas de hierro y movió algunos troncos para evitar que el fuego se apagase.

—Tu tío Kadek se asustó cuando supo lo que Alex empezó a remover. No era buena idea que un Lenox empezase a hacerse preguntas. Tras la muerte de Ryan, sabíamos que contábamos con poco tiempo para conseguir las pruebas de las que él nos había hablado.

Miré las llamas, encandilada por los colores de las brasas. Era como mirar un atardecer, pero desde otro punto de vista totalmente diferente. Era como estar mirando al mismísimo sol arder ante mis ojos.

—Dicen que las casualidades no existen… —dije casi tan bajo que en un principio creí que mi tío no me había escuchado.

—Tengo una cosa clara: que Alexander Lenox fuese a parar justo a aquella isla estaba escrito en las estrellas.

Recordé aquella primera vez en el agua, la primera vez que nos habíamos dado placer solo con la presencia de las estrellas sobre nosotros, solo con ellas observándonos con curiosidad.

—Es un buen hombre —no pude evitar decir.

Mi tío volvió a mirarme.

—Es tan buen hombre como su hermano, eso jamás lo he dudado.

—Él solo quería ayudarme. En realidad…, él solo quería que me subiera a un avión —intenté excusarlo, sin poder evitar que una sonrisa asomara a mis labios, pensando en lo insistente que había sido para que me enfrentase a mis miedos, para que conociera el mundo y llevar mi alma aventurera a otros lugares alejados de mi isla.

Solté un sonoro suspiro.

—¿Lo amas? —me preguntó entonces mi tío.

Me giré hacia él sabiendo que el rubor de mis mejillas podía hacerse pasar a la perfección por el calor que el fuego provocaba en mi piel.

—Creo que lo amé desde el mismísimo día en que sentí que me observaba en la distancia —contesté, haciéndome eco justo de lo que él me había confesado en su último mensaje.

—¿Y qué vas a hacer? —me preguntó mi tío con curiosidad.

Sopesé mi respuesta unos minutos. Creo que ni siquiera esperaba que llegara a contestarle, pero al final lo hice.

—Volveré a mi hogar y procuraré olvidarlo —dije sintiendo el dolor punzante de un corazón que se revelaba contra mis palabras—. A veces hay historias de amor que solo pueden existir en nuestra imaginación.

Porque eso iba a hacer el resto de mi vida…, jugar a imaginarme qué habría sucedido si aquella noche, después de todo lo ocurrido, yo me hubiese presentado ante su puerta, con el corazón en la mano y los pies descalzos, esperando a que me amara como tanto deseaba que lo hiciera.

# 34

# NATE

Abrí los ojos al percibir una mirada en la oscuridad de la noche.

Maggie estaba sentada en el sillón que había en la esquina de mi habitación. Llevaba el pelo suelto sobre un camisón de color blanco que le quedaba de infarto y que le marcaba la incipiente barriga del hijo que íbamos a tener juntos.

Habíamos pasado la noche jugando a mi juego favorito, evitando tener la conversación que ambos sabíamos que debíamos tener más pronto que tarde. Había desviado el tema haciendo uso de mi lengua y recorriendo las partes de su cuerpo que sabía que conseguiría distraerla de cualquier pregunta o cualquier plan que hubiese estado tramando las últimas semanas.

Desde que habíamos llevado a Nikki al aeropuerto, se había mostrado muy inquieta. El asunto de la familia de Alex, descubrir que su hermano había sido asesinado, la captura de Berenguer y todo el caos mediático que aquello había generado me había tenido muy ocupado ayudando a mi mejor amigo, así que eso le había dejado a Maggie con mucho tiempo libre para pensar.

¿Sabéis cuando a veces sois capaces de conectar tanto con alguien que vuestra intuición es capaz de percibir exactamente lo que está pensando esa persona?

Me pasaba con Maggie.

Me pasaba con ella y me dolía tanto la conclusión a la que había llegado en los últimos días que no me veía capaz de materializarla en palabras.

No podía, así de simple.

—Tenemos que hablar, Nate —me dijo al abrir la boca por fin desde las sombras que ocultaban su rostro.

Las señales habían estado ahí, habían sido claras, existían, existieron desde el instante en el que Alex había hecho la maldita pregunta en voz alta, sembrando la semilla de la duda en mi cabeza.

Un dolor agudo cruzó el centro de mi pecho cuando pensé en la posibilidad, cuando visualicé aquella realidad paralela en donde mi hijo terminaba siendo el hijo de Malcolm.

No quería pensarlo, ni siquiera deseaba verbalizarlo, pero no podíamos seguir ignorando aquel elefante que no se iba de la habitación, ni siquiera cuando estábamos follando.

Solté un suspiro profundo y me pasé la mano por la cara.

Las últimas semanas habían bastado para entender que aquella chica era la mujer de mis sueños, tampoco era que lo hubiese dudado nunca. A veces uno lo sabe y punto, y yo lo supe desde la primera vez que la vi en aquella piscina nadando con su pelo suelto que parecía una llama ardiente bajo el agua.

Le había hecho demasiado daño.

Y por mi culpa habíamos terminado donde estábamos.

Maggie se levantó de la silla y vino hasta la cama. Se sentó justo delante de mí.

La miré y volví a sentirme embriagado por lo hermosa que era.

Coloqué las manos en sus mejillas y la atraje hacia mí.

Nuestras frentes se juntaron ligeramente y cerré los ojos antes de besarla en los labios con ternura.

—Lo siento —pidió perdón susurrando contra mi boca.

Negué con la cabeza.

—No es seguro, ¿verdad? —pregunté intentando aferrarme a un clavo ardiendo.

—Las posibilidades son las mismas… —dijo con la voz estrangulada por la pena.

Negué con la cabeza.

—¿Y si no lo comprobamos? ¿Y si tan solo seguimos adelante…?

Sabía que eso no sería posible.

Malcolm ya había aparecido y ya había contactado con Maggie para pedirle respuestas. Lo sabía…, lo supe en cuanto volvió a Londres al poco tiempo de que Maggie subiera una foto a redes sociales anunciando su embarazo.

—No me haré ninguna prueba hasta que el bebé no haya nacido. —Maggie fue tajante al respecto.

Asentí, pues estaba de acuerdo.

—Está bien, Maggs, no nos preocuparemos antes de tiempo, ¿vale? —me rendí, sintiendo el inevitable miedo de que la burbuja nos estallara en la cara.

Las últimas semanas con ella habían sido un sueño… Era como si de verdad esta estuviese siendo nuestra segunda oportunidad, la oportunidad de enmendar los errores del pasado y de querernos bien. Tenerla allí, en Londres, conmigo... No había sabido lo mucho que la necesitaba hasta que había probado a vivir con ella de verdad.

—¿Por qué ahora has decidido ser tan comprensible? —preguntó, sonriendo contra mis labios.

Me aparté un poquito.

—Porque me has dejado ciego, zanahoria —le dije acariciándole el pelo.

—¿Ciego de amor? —me tentó.

—Ciego por todas las veces que me he quemado al cagarla en nuestra relación. Creo que por fin puedo mirar hacia delante, pero justo porque no puedo mirar, ¿me explico? —pregunté.

Maggie soltó una carcajada.

—Estás loco.

—Loco por ti —repliqué, tirando de ella y colocándome encima—. Vamos a practicar para cuando tengamos que darle un hermanito a Nate júnior.

Maggie frunció el ceño.

—No va a llamarse así.

—¿Cómo que no? —pregunté ofendido y echándome hacia atrás.

—Ya lo decidiremos cuando nazca. Ahora hazme el amor, por favor —me pidió, tirando de mi camiseta hacia arriba en un vil intento de pasármela por la cabeza.

—Qué insistencia, mujer —me burlé haciéndome el cansado—. A este ritmo, vas a dejarme sin soldaditos para el futuro.

Maggie volvió a reír.

—¿Desde cuándo tienes tanto interés por formar una familia numerosa?

No quise decirle que era para asegurarme de que el hijo que tuviera fuera cien por cien hijo de los dos, en cambio me encogí de hombros.

—Para asegurarme que alguien hereda la empresa familiar... He salido escaldado al ver la que se ha liado con los Leighton.

Maggie me dio un puñetazo en el brazo para que no bromeara con ese asunto.

—Vale, vale —dije en son de paz—. Digamos que tan solo me gusta practicar para alcanzar la perfección.

La besé antes de que pudiera decir nada y nos enredamos en los brazos del otro..., queriéndonos como mejor sabíamos hacer.

# 35

# NIKKI

Volver a Bali fue como si me inyectaran oxígeno en vena. Fue como volver a respirar. Los olores, la humedad, la arena bajo mis pies, el mar, el radiante sol, sus tormentas tan características, las ofrendas, las olas, el surf, el yoga... Volví a sentirme yo misma.

Volví a Bali huyendo de todo lo que había encontrado en Londres. Me subí al primer avión que conseguí nada más descubrir que el asesino de mis padres había sido condenado a cien años de cárcel. Berenguer se pudriría en una celda y, a pesar de que consideraba que me había quitado por fin un enorme peso de encima, no sentí la felicidad que creí que sentiría. No sentí felicidad porque eso no iba a traérmelos de vuelta, nada de lo ocurrido en Londres haría que mi madre, mi padre, mi hermano o mi tío volvieran conmigo.

Cuando llegué a mi isla, Eko, Gus y Batú me esperaban en el puerto, sentados en la arena aguardando a que desembarcara por fin. Se me llenaron los ojos de lágrimas al ver a mi verdadera familia esperando mi regreso.

Corrí por la arena, soltando todo a mi paso hasta alcanzar primero a Batú, que había corrido como un lince en cuanto me había olisqueado en el ambiente. Me tiró al suelo con sus patazas y me reí cuando empezó a chupetearme la cara mientras ladraba y movía el rabo como un loco.

—¡Ayudadme! —les pedí a mis amigos cuando Batú no me dejaba levantarme del suelo.

—Así estás muy graciosa —dijo Eko, observándome con una sonrisa inmensa en su bronceado rostro.

—Dame la mano, anda —pidió Gus, que apartó a Eko y me ayudó a que me incorporara.

Nos miramos con sonrisas y nos fundimos en un abrazo de tres mientras Batú ladraba y correteaba en círculos a nuestro alrededor.

—Te hemos echado de menos —me susurró Gus al oído y, por su tono de voz, supe que había sido cierto.

Los observé con las lágrimas casi escapándose de los ojos.

Eran mi familia, los cinco lo éramos: Maggie, Gus, Eko, Batú y yo. Era así, era como si fuésemos hermanos, y nunca habíamos estado tanto tiempo separados.

Nos las apañamos para llevar mis maletas en una de las motos y yo me subí con Eko hasta llegar a mi casa en lo alto del acantilado. Volver a atravesar aquellas calles, volver a sonreír a aquellos rostros de piel aceitunada, ojos sonrientes con arrugas de pata de gallo provocadas por el sol, era lo único que necesitaba en aquel instante. Reunirme nuevamente con mi abuela y mis perritos me hincharía el alma como si esta hubiese estado desquebrajada.

Todo seguía igual…

En Londres nada parecía lo mismo, aunque pasaras por la misma calle una y otra vez. Todo era cambiante, todo tenía tintes distintos. La gente siempre era otra. El cielo podía estar despejado, lluvioso, nublado, no había un patrón regular, siempre había que asomarse a la ventana para elegir muy bien la ropa antes de salir.

Allí, en mi isla, todos me conocían, todos sabían quién era.

Qué bonito era saber que pertenecía a un lugar concreto, que encajaba como una pieza de un gran puzle complejo.

Entramos en casa, nos quitamos los zapatos en la puerta y nos dejamos caer en los sofás.

Miré a mi alrededor… Una capa de polvo lo cubría todo, iba a tener que ponerme a limpiar, iba a tener que hacer un montón de llamadas para recuperar mis antiguos empleos… No tendría problemas, me conocían y sabían que era buena y, a pesar de lo que muchos pudiesen pensar, tenía muchísimas ganas de volver a mi rutina de siempre.

—¿Qué tal por Londres? —preguntó Gus mirándome sin poder ocultar su preocupación.

Sonreí sin que la alegría llegara a mis ojos.

—Londres… Londres ha sido toda una aventura —murmuré sintiendo un nudo en el estómago.

—¿Cómo está Maggie? —me preguntó Eko, cogiendo unas cervezas Bintang de la nevera y pasándonos una a cada uno.

La abrí con la boca como había aprendido a hacer hacía años, lo que provocó una mirada de desaprobación de mis dos amigos.

—Maggie cada vez está más gorda —dije sonriendo.

—Ayer hablé con ella... Estaba preocupada porque va a estar casi de parto para el día de nuestra boda —dijo Gus.

La boda.

Otro avión.

Otro viaje.

Sentí un escalofrío solo de pensarlo.

—Ya lo habrá tenido para esas fechas, ¿no? —pregunté. Si no recordaba mal, ellos querían casarse el 14 de abril en España.

—Hemos pensado aplazarla un poco... Queremos que Maggie esté y las fechas son muy justas, o la coge casi a punto de parir, lo que complicaría el que la dejen subirse a un avión para venir a España o la coge con un bebé y recién parida...

—Vaya... ¿y estáis a tiempo de cambiarlo?

Gus y Eko se miraron.

—Bueno..., la cambiamos hace tiempo, en realidad —confesó Eko.

—Con todos vuestros dramas, temíamos que llegarais a perdérosla, así que la cambiamos cuando os fuisteis a Londres.

Me sentí mal de inmediato.

—Chicos, no debisteis hacerlo... —empecé, pero Gus levantó la mano para mandarme callar.

—Ya está hecho. Esperaremos a que Maggie tenga a su bebé. No tenía mucho sentido casarnos si nuestras dos mejores amigas y nuestro sobrino no podían asistir.

Sonreí.

Eran los mejores.

Agradecía aquel cambio porque necesitaba recuperarme antes de volver a viajar a Europa. Sabía que íbamos a tener que viajar a visitarla cuando el bebé de Maggie naciera, y debía prepararme muy bien para cuando llegara ese momento.

Pasamos el resto de la tarde charlando amigablemente en mi terraza, les conté todo lo sucedido en el hipódromo, les conté todo lo que había descubierto, y me miraron sin poderse creer todos los acontecimientos.

Al contarlo, yo también pensé que estaba hablando sobre la vida de otra persona y no de la mía... Les hablé de mi tío Devon, con quien inicié algo que podía llegar a convertirse en una bonita amistad, de las semanas que estuve en su mansión, de mi herencia que había estado guardada bajo un fideicomiso al que podía haber accedido desde los veintiún años; les hablé de mi padre, de su amor por los caballos, del sueño que compartía con mi madre de ayudar a los más desfavorecidos y poder proporcionar vacunas a los niños del tercer mundo...

Me hinchaba de orgullo hablando de mis padres y, a pesar de que apenas había podido conocerlos, por fin sentía que los conocía un poco más, los sentía en mí al igual que sentía a mi tío conmigo, cuidándome, guiándome y protegiéndome...

Cuando los chicos se fueron, fui a ver a mi abuela.

La abracé durante lo que pudieron ser horas o minutos, dejando que acariciara mi pelo con sus manos frías y sus dedos arrugados.

No le conté mis descubrimientos, de nada iba a servir remover aquel asunto y no quería preocuparla lo más mínimo.

La escuché cuando me contó los cotilleos de la isla, y, cuando me levantó la cara con un dedo bajo mi barbilla y clavó sus ojos oscuros en los míos, supe que sabía más de lo que jamás admitiría.

—Estás distinta —dijo simplemente.

Sonreí procurando que las lágrimas no se derramaran por mis mejillas.

—Tú estás preciosa.

Me sonrió de vuelta y su sabia mirada me dejó entrever que tal vez era ella la que me protegía entonces, y no al revés.

Cuando regresé a casa me tumbé en la cama y me quedé mirando el techo.

Toda la ilusión, la euforia de haber vuelto a casa se disipó en cuanto me quedé sola.

Pensé en Alex, en su hija, en nosotros…

Un pinchazo en mi corazón me obligó a presionar la zona con la palma de mi mano.

El amor dolía…

Cerré los ojos y dejé que una única lágrima cayera por mi mejilla. Me permití ese momento de debilidad porque me juré que después de esa lágrima no volvería a llorar por Alexander Lenox nunca más.

Debía ceñirme al camino que había elegido.

Debía mirar hacia delante, hacia el futuro, un futuro donde no estaría él.

---

Las semanas pasaron y luego pasaron los meses.

Mi vida volvió a regirse por una rutina casi meticulosa. Trabajaba dando clases de yoga por la mañana solo por el puro placer de hacerlo y luego pasaba las horas en la veterinaria, que gracias a mi herencia había podido remodelar por completo, comprando todo tipo de materiales, medicinas, camillas, jaulas, incluso había podido construir un pequeño quirófano estéril donde ya realizaba todo tipo de operaciones.

Ya no necesitaba que mis clientes me pagaran, la veterinaria funcionaba a las mil maravillas aún sin generar ingresos, y se autofinanciaba con los intereses que generaba al tener el dinero metido en un banco británico. No os diré lo que heredé porque me mareaba de solo pesarlo, pero lo bueno era que los animales de la isla por fin tenían un trato de primera.

Qué feliz era pudiéndoles dedicar todo mi tiempo. Quedaba aún mucho trabajo por delante, pero la situación había cambiado tanto que incluso me habían dado un premio por mis labores benéficas, premio que con mucho orgullo había colocado detrás del pequeño mostrador de la veterinaria.

A pesar de que todo volvía a ir sobre ruedas, la fecha en la que debía volver a Londres se acercaba peligrosamente, se acercaba a medida que la barriga de mi amiga se ponía más y más gigante.

Gus y Eko ya habían comprado los vuelos y me insistían cada día para que yo hiciera lo mismo.

Maggie estaba histérica y quería que viajáramos lo antes posible porque no quería tener al bebé sin que estuviéramos allí con ella.

El momento en el que finalmente lo compré fue el momento en que me derrumbé. No estaba preparada..., no estaba preparada para volverlo a ver.

Me subí al avión con mis dos mejores amigos, volví a despedirme de mi abuela y de Batú y emprendí el mismo viaje que me había jurado no volver a hacer.

Mi miedo al avión seguía latente, pero al menos ya lo tenía bajo control. Llegar al aeropuerto y volver a sentir el frío gélido me hizo trasladarme al pasado. Daba igual que fuese casi verano, daba igual que en el resto de Europa hiciese calor, en Inglaterra el tiempo era mi enemigo.

Fue pisar Londres y pasó lo inevitable.

Maggie se había puesto de parto.

Nos habíamos arriesgado demasiado al ir atrasando nuestra llegada. Culpa mía, he de decir.

—¿Qué hacemos? ¿Nos vamos directos al hospital? —preguntó Eko nervioso perdido. El tema de los bebés y los partos lo tenía como una moto.

—¿Cuándo envió el mensaje? —pregunté asomándome a ver el móvil de mi amigo—. ¿Nada más subirnos al avión?

—Justo una hora después —dijo Gus.

—¡Seguro que ya habrá nacido! —chillé entusiasmada—. ¡Debemos ir de inmediato!

No estábamos cansados porque habíamos viajado en primera clase. Si había algo en lo que derrocharía el dinero de mi herencia era en comprar billetes de primera..., mi salud mental lo requería.

Cogimos un taxi en la puerta y, con las maletas y todo, nos fuimos directos al hospital donde estaba nuestra amiga, a punto de ser mamá o acabando de serlo.

A medida que nos íbamos acercando, mi nerviosismo fue en

aumento. Se me cerró el estómago y mi corazón adquirió un ritmo intenso que no se bajó en ningún momento.

Nos acercamos al mostrador del hospital y preguntamos por el ala de maternidad.

Subimos por el ascensor a la tercera planta y allí, casi a punto de montarse también en el ascensor, nos encontramos con Nate.

—¡Nathaniel! —lo saludó Eko mirándolo con una sonrisa.

Nate abrió los ojos, sorprendido primero, y luego nos abrazó a los tres, apretujándonos con sus brazos de chico de metro ochenta.

—¡Ya ha nacido! —exclamó emocionado.

Me reí.

—¡Lo sabía! ¿Cómo está Maggie? ¿Cómo está el bebé? —pregunté emocionada.

—Venid, os llevaré hasta la habitación. Estaba bajando a comprar pañales, los que tenemos le están enormes. No sabéis lo pequeñajo que es... Es tan grande como mi mano —dijo extendiéndola ante nosotros.

Eko, Gus y yo nos miramos aguantándonos la risa.

La mano de Nate era como la mano de un jugador de baloncesto.

Eko le dio dos palmaditas a Nate en la espalda.

—Pequeñísimo, ¿eh?

Nos reímos ante la mirada perpleja de Nate, que no entendía nada, y entonces llegamos a la habitación de nuestra mejor amiga.

Nate abrió despacio, sin hacer ruido. Cuando entré, la imagen que vi se me guardó muy al fondo, en el baúl de los buenos recuerdos.

Mi amiga estaba sentada en la cama, con el colchón levantado para mantenerla incorporada. Dormía con un tronco, envuelto como un burrito entre sus brazos.

Sonreí al ver la mata de pelo pelirrojo sobresalir de entre la sábana blanca que lo rodeaba.

—Es zanahorio, como ella —se burló Nate y, al oírlo hablar, Maggie abrió los ojos.

Cuando nos vio allí, se le llenaron los ojos de lágrimas.

—¡Habéis venido! —chilló sin poder contener sus lágrimas.

Fuimos hacia ella y la abrazamos con cuidado de no despertar al bebé. Llevaba puesto un bodi que rezaba «Nathaniel II» en una caligrafía muy cuidada.

Sonreí.

¿Significaba eso que al final el bebé sí era de Nate?

Ese era un tema escabroso, un tema que hasta hacía unos días había sido imposible de solucionar, no al menos hasta que el bebé nació.

—Es precioso, Maggie —lo alabé, admirando sus mofletes regordetes y rosados, su naricita pequeña y respingona y sus pestañas traslúcidas. Tenía hasta las cejas de color naranja claro.

—No se puede negar que es hijo tuyo, ¿eh? —la picó Eko y un ambiente extraño se apoderó de la habitación.

—¿Nate II, entonces? —preguntó Gus.

Nate sonrió con orgullo.

—Conseguí convencerla.

Sonreí.

—Es un nombre muy bonito…, muy aristocrático —dije riéndome.

—Es el heredero de los Olivieri, debe tener un nombre acorde a la familia.

Miré a Maggie forzándome en no perder la sonrisa.

Al final tuvimos que dejarlos, iban a bañar el bebé por primera vez y los dos estaban muy nerviosos.

Nada más bajar por el ascensor y encaminarnos a la puerta, los tres nos detuvimos con el alma en vilo al ver a Malcolm llegar al hospital.

Nos miró nervioso. En sus ojos podía leerse que la incertidumbre de saber si era padre o no lo estaba matando por dentro. Su mirada me confirmó que aún no habían realizado ninguna prueba de paternidad.

—¿Cómo estáis? —preguntó al vernos.

No sabía qué decir y dejé que Eko contestara por los tres.

—Contentos de haber conocido al pequeño —respondió Eko intentando no pisar terreno pantanoso.

Malcolm asintió, serio.

—Nadie diría que es hijo de otra que no sea Maggie.

Entendía a qué se refería. El bebé era clavadito a ella y, mientras que Nate tenía el pelo rubio y Malcolm castaño…, ni siquiera el color del cabello podía ayudarlos a intuir quién de los dos era el padre en realidad.

¿Sabía Malcolm que su hijo se llamaba como Nate?

Aquello no pintaba nada bien.

Nos despedimos del exmarido de mi amiga y nos marchamos al hotel. Queríamos descansar y darnos una ducha para así poder pasarnos a visitarla a última hora de la tarde.

También iba a tener que visitar a mi tío en los días que me quedaban en Londres, que no eran muchos, solo una semana.

Nerviosa, me di una ducha, me cambié de ropa para ponerme algo que no oliese a aeropuerto y les recé a todos los dioses para no encontrarme a Alex durante las visitas que le haría a mi mejor amiga mientras estuviese por allí.

No sabía cómo reaccionaría mi corazón si lo volvía a ver. No sabía cómo me tomaría descubrir que tal vez había rehecho su vida con otra mujer, cómo me tomaría si finalmente había decidido seguir hacia delante.

Intenté no pensar en nada más y me eché sobre la cama procurando descansar.

# 36

## ALEX

Mi mejor amigo había sido padre.

La sonrisa que se formó en mis labios fue inmediata cuando Nate me mandó una fotografía de él sujetando a un bebé pequeñísimo entre sus brazos. La mata de pelo pelirrojo dejaba a las claras que era hijo de Maggie, no había pérdida.

¿Sería hijo de Nate también?

Le di la enhorabuena y le prometí pasarme por el hospital nada más salir de trabajar. Estábamos hasta arriba de curro, con Berenguer en la cárcel pudimos demostrar que nuestra empresa de aviación no había tenido ningún tipo de problema ni con sus ingenieros ni con sus piezas, lo que nos permitió aclarar que nuestros aviones eran completamente seguros. En eso estábamos, en reabrir la empresa y volver a abastecernos nosotros mismos, lo que llevaría meses de negociaciones, reuniones con la junta, y muchas horas de trabajo. Cumpliría el sueño de mi hermano…, se lo debía.

Había conseguido contratar a los mejores ingenieros aeronáuticos. No pensaba escatimar en dinero a la hora de volver a impulsar la empresa con la que empezó todo, pero nos llevaría años volver a estar en el mercado, llevaría tiempo y mucha paciencia limpiar nuestro nombre.

Cerré el portátil y lo guardé en mi maletín. Me pasé la mano por la cara, estaba agotado, pero no podía no pasarme por el hospital.

Cogí la chaqueta, que colgaba tras el sillón de mi despacho, y bajé hasta el aparcamiento.

Le había prometido a Lilia que la llevaría a ver a su primito en cuanto naciera, pero se me hacía imposible ir hasta Primrose Hill a recogerla y llegar a tiempo antes de que el horario de visita terminara. Aquello me costaría un berrinche que aceptaría con estoicidad, puesto que se lo había prometido e iba a romper mi palabra.

La compensaría de alguna otra forma.

Llegué al hospital y aparqué sin problema. Nate me había pasado la planta y el número de habitación, por lo que no tuve que pasarme por recepción para saber a dónde dirigirme. Subí al ascensor y, cuando llegué a la habitación, llamé a la puerta antes de abrir.

Una voz femenina me indicó que pasara.

Una voz que no era la de Maggie.

Una voz que reconocería en cualquier parte, a cualquier hora y bajo cualquier circunstancia.

No me la esperaba.

No la había esperado en absoluto.

Al menos, no tan pronto.

Y allí estaba.

Nikki.

Me quedé quieto en la puerta cuando nuestras miradas se encontraron en la distancia que nos separaba, que no era mucha porque la habitación era bastante pequeña.

Estaba sentada en un sofá que había en la esquina, junto a la ventana, y sujetaba a un bebé al que hasta hacía un segundo había estado haciendo carantoñas.

Sentí que el corazón se me aceleraba al mismo tiempo que notaba los latidos a la altura de mis oídos.

Joder… Nikki.

Nikki en Londres de nuevo.

No había sabido nada de ella desde el email que le mandé y del cual no obtuve respuesta. Me había preguntado muchas veces qué hubiese ocurrido si me hubiese llamado, si me hubiese dado la oportunidad de luchar por lo nuestro, de explicarle que tal vez había tenido un plan para los dos.

Nada.

No quiso saber nada.

Fruncí el ceño y apreté los labios con fuerza.

Desvié la mirada en dirección a Maggie, que descansaba en la cama y me miraba expectante.

Me acerqué a ella y la besé en lo alto de la cabeza.

—Enhorabuena, Maggs —dije con cariño.

Durante los pasados seis meses, habíamos compartido muchos momentos juntos. Nate y Maggie estaban viviendo un momento especial, estaban enamorados y eso había hecho que tuviese que acostumbrarme a la presencia de Maggie cada vez que quedaba con Nate. Mi amigo había estado obsesionado con no perderla de vista, no fuera a pasarle algo a ella o al bebé.

Lilia había creado un vínculo muy bonito y especial con Maggie, quien la adoraba y la llevaba con ella cada vez que iba a comprarle algo al bebé.

Mi hija por fin se sentía como en casa. Habíamos creado una relación que, a pesar de tener ciertos altibajos, nos funcionaba.

—¿Quieres cogerlo? —preguntó Maggie, era evidente que estaba tensa al ver que ni Nikki ni yo nos saludábamos.

Asentí y me acerqué sin poder evitarlo a ella, que se puso de pie para tenderme al bebé.

Volvimos a cruzar miradas…, ella, nerviosa; yo, camuflando todos mis sentimientos en una cara que sabía que no estaba dejando entrever nada.

—Hola —dijo ella rompiendo el incómodo silencio.

Asentí con la cabeza a modo de saludo y odié el cosquilleo que me recorrió todo el cuerpo cuando, al pasarme al bebé, nuestras manos se rozaron.

Le di la espalda para que no viera lo mucho que me afectaba su cercanía y me centré en el pequeñajo que tenía entre los brazos.

Era igual a Maggie.

Idéntico.

—¿Sabéis ya quién es el padre? —pregunté, tal vez de una manera demasiado brusca.

Joder, estaba nervioso y, a veces, cuando lo estaba, el filtro cerebro-boca parecía no funcionarme en condiciones.

—Mañana nos darán los resultados —contestó Maggie tranquila, aunque vi en sus ojos que no lo estaba. Si el padre resultaba ser Malcolm, se meterían en un marrón de cuidado.

No había hablado con mi examigo desde el encuentro que tuvimos en Bali. Había empezado a cuestionarme si mi decisión de haberle hecho el vacío estaba bien o él también se merecía que lo perdonásemos como había hecho Nate con Maggie.

Disipé esos pensamientos y me centré de nuevo en el bebé.

Era muy bonito…, frágil.

Tan frágil que de repente necesité volver a entregárselo a su madre, no fuera a causarle algún tipo de daño.

—Es precioso —dije mientras se lo tendía y justo entonces llegó Nate.

—¡Estás aquí! —exclamó y vino disgustado hasta donde estaba yo al lado de su novia—. ¡Joder, me lo he perdido!

Puse los ojos en blanco.

—No es ningún espectáculo, Nate.

—Quería presenciar el momento en que te convertías en un humano de carne y hueso. ¿Sabías que dicen que, cuando coges un bebé por primera vez, todos tus males desparecen?

—Cállate, Nate —lo increpé, no podía evitar mirar a Nikki.

Joder… ¿Por qué tenía que ser tan hermosa? Se había cortado el pelo porque lo llevaba suelto y le caía a la altura de sus pechos, que quedaban ocultos bajo un top de manga corta ceñido que llevaba con una falda larga de esas que tantas veces le había visto vestir en Bali.

Al subir por su cuerpo, inevitablemente volví a encontrarme con sus ojos Su rostro, al igual que el mío, parecía estar ocultando los sentimientos como podían.

—Alex, ¿te parece que hablemos un momento a solas? —me preguntó entonces ella y noté el nerviosismo en su voz.

La miré serio mientras sopesaba si quería hablar con ella o no.

—Solo será un momento —insistió.

Asentí al final y salimos de la habitación. Mantuve la puerta abierta para dejarla pasar y, cuando estuvimos en el pasillo, pareció un poco nerviosa al ver que tampoco ese era un buen lugar donde poder hablar.

Suspiré y le pedí que me siguiera.

No tardé en encontrar una habitación desocupada, entramos y cerré la puerta para que no pudieran oírnos o, más bien, echarnos de allí.

—Ha sido toda una sorpresa verte aquí hoy —empecé con la voz ácida.

Nikki dudó antes de hablar.

—Creí que Maggie te lo habría comentado —dijo en un tono de voz en apariencia controlado, pero la conocía lo suficiente como para saber que estaba mucho más nerviosa de lo que fingía.

—Por qué ibas a escribirme tú, ¿verdad? —le pregunté, a cada segundo que pasaba me molestaba aún más. Había sido muy paciente con Nikki, había intentado de verdad respetar su decisión y mantenerme alejado, pero que regresase de nuevo a Londres y tuviese que encontrármela otra vez por sorpresa…

Creo que me merecía un trato diferente por su parte.

—Alex, esto tampoco ha sido fácil para mí, ¿sabes? —espetó y se atrevió a mirarme a los ojos otra vez—. Todo lo que descubrí sobre tu padre, la implicación de Berenguer, saber que al final mi tío no había tenido nada que ver… Necesitaba volver a casa, necesitaba…

—Y, como siempre, huiste sin darme la oportunidad de decirte todo lo que me hubiese gustado que supieras antes de que te marcharas.

—¿Para qué, Alex? —exclamó entonces, dejando caer los brazos a ambos lados de las caderas—. Me dolía verte, me duele verte ahora. Estar aquí, contigo, me está matando, ¿no lo entiendes?

—¡¿Y no crees que eso significa algo?! —exclamé. Perdí la paciencia y sentí algo parecido al alivio al ver que no había sido el único que se había sentido así durante todo este tiempo.

Nikki dio un paso hacia atrás.

—Da igual lo que signifique, da igual porque yo vivo en Bali y tú vives en Londres.

—¡Joder con lo mismo de siempre! —exclamé—. Esto parece la puñetera película de *Tú a Londres y yo a California* —añadí. Sí, mi hija me había obligado a verla.

—¡Es que es la verdad!

—¿La verdad para quién? —espeté dando un paso hacia adelante, acortando la maldita distancia que se empecinaba en crear entre los dos—. ¿Para la sociedad donde vivimos que dice cómo debemos amar o cómo enamorarnos? ¡Me da igual la verdad cuando no consigo sacarte de mi puta cabeza, Nicole!

Nikki tomó aire de golpe, como si hubiese estado aguantando la respiración.

—No hagas esto más difícil de lo que ya es —susurró—. Cuando te dije lo de ser amigos, no mentía… Tan solo he necesitado estos meses para…

—¿Superarlo? —la interrumpí.

Nikki se calló y sonreí sin ningún tipo de alegría.

—¿Lo has conseguido?

—Lo estoy intentando —dijo sin más, como si esa fuese la única opción posible, como si ese fuese el único camino para los dos…, la amistad. La puñetera amistad.

—Si eres tan amiga mía, entonces ¿por qué no he vuelto a saber absolutamente nada más de ti?

Nos miramos en silencio.

—Alex… —empezó a hablar, pero no supo cómo continuar.

—Yo te lo explicaré —continué con calma, acercándome más, invadiendo sin poder evitarlo su espacio personal—. Tú y yo no podemos ser amigos, Nicole, ¿y sabes por qué no podemos serlo?

Nikki tragó saliva sin apartar sus ojos de los míos. Estiré la mano para rodear su brazo y atraerla hacia mí.

—No podemos ser amigos porque, nada más vernos, a mí se pone dura y tú te humedeces sin poder hacer nada para evitarlo.

Llevé su mano a mi entrepierna y notó lo dura que la tenía.

No quería sentirme así. Odiaba que mi cuerpo me traicionara de aquella forma tan primitiva, pero ni todo el maldito autocontrol del mundo ni las diez mil millas que nos separaban ni los malditos seis meses que hacía que no nos veíamos podían hacer que mi cuerpo y mi mente dejaran de estallar cada vez que la veía.

—Te quiero —dije entonces, cabreado, a la vez que la atraía más hacia mí—. Te quiero, ¿qué vas a hacer al respecto?

# 37

# NIKKI

Me quedé quieta, helada.

Jamás de los jamases habría esperado que aquellas dos palabras salieran de su boca. Creía conocerlo lo suficiente como para saber que Alexander Lenox no le decía «te quiero» a cualquiera y acababa de decírmelo a mí.

¿Que qué iba a hacer al respecto?

Joder… Desde que lo había visto cruzar la puerta hacía una hora, mi cerebro parecía haber reducido su funcionamiento al veinte por ciento. Desde que lo había visto entrar, con su porte tan característico, con esa facilidad innata que tenía de chupar toda la energía de la habitación, con su mirada abrasadora al encontrarme allí sin esperarlo…

Por supuesto que estaba húmeda, por supuesto que mi cuerpo reaccionaba a su presencia y por supuesto que solo él lo conseguía.

Desde la última vez que habíamos hecho el amor, hacía ya casi un año, no había vuelto a intimar de esa forma con nadie… De esa forma ni de ninguna otra.

Fantaseaba por las noches con sus manos recorriendo mi cuerpo, con sus dedos introduciéndose en mi interior de aquella manera tan deliciosa, con su boca inundándolo todo, con su lengua saboreándome con dulzura como si fuese su caramelo favorito.

Pensé en lo duro que lo había notado hacía apenas un segundo cuando había tenido el descaro de cogerme la mano para que pudiera palpar su erección.

¿Dónde habían quedado sus impecables modales ingleses?

Supongo que había terminado por colmar su paciencia.

—¿En qué demonios estás pensando? —me preguntó en el mismo tono de cabreo con el que me había dicho que me quería.

—En nada —repuse como una completa idiota.

Era como si me hubiesen abducido el cerebro, así, sin más.

—Yo te voy a dar algo en que pensar. —Entonces me atrajo hacia él y estampó su boca contra la mía.

Sin darme ningún tipo de tregua, introdujo su lengua con deseo. Se sentó en el borde de la cama y me atrajo hacia él, con lo que me facilitó la tarea de alcanzar su boca sin tener que ponerme de puntillas. Me acercó más consiguiendo que nuestros cuerpos se pegaran como lapas, coordinándose nuestros corazones y compitiendo a ver cuál conseguía latir más rápido. Sus manos rodearon mi culo con fuerza a la vez que mis manos se aferraban a sus hombros y bajaban por sus brazos…, sus increíblemente musculados brazos.

Se puso de pie cuan alto era y su mano subió por mi cintura hasta rodear con suavidad mi cuello con sus dedos. Caminó hacia atrás y mi espalda chocó contra la pared, a la vez que él me apretujaba dejándome apenas espacio para respirar, pero provocando en mí el placer más dulce.

Sus manos se enredaron en mi pelo y su boca se abrió para permitirme jugar a mí.

Qué bien sabía.

Todo él era virilidad pura: su fragancia, la dureza de sus músculos, sus brazos que me sujetaban con fuerza y hacían con mi cuerpo lo que les daba la gana... Sentí su increíble erección presionar mi estómago y me imaginé introduciéndomela en la boca...

Así de cachonda me tenía en menos de un segundo.

Joder.

Dejé de pensar, esta vez de verdad, y me dejé llevar por el momento, ya me haría cargo de las consecuencias después.

Mis dedos alcanzaron su cinturón y lo desabrocharon mientras sus besos se volvían más profundos, más exigentes.

Soltó un gruñido gutural cuando mi mano consiguió sacarle la erección de los pantalones, la apreté con fuerza y noté lo dura que la tenía, por increíble que pudiera parecer.

¿Yo era la culpable de la reacción tan animal que tenía su cuerpo cuando me tenía cerca? ¿Era cierto que solo yo conseguía ponerlo de esa manera?

Se apartó de mí un poco y vi que cerraba los ojos, echó la cabeza hacia atrás cuando mis dedos empezaron a acariciarlo despacio, como sabía que le gustaba.

—Joder —soltó entonces, temblando bajo mis caricias.

Esperaba que nadie entrara, porque nos pillarían en una situación más que comprometida.

Volvió a besarme y bajó las manos hasta subirme la falda y enrollarla en torno a mis caderas.

—Quiero saborearte —dijo entonces poniéndose de rodillas frente a mí. Me apartó las bragas a un lado y acercó su boca a mi entrada, que temblaba de pura anticipación. Me pasó la punta de la lengua por el centro, de arriba abajo, y me besó como si besara mis labios.

Me estremecí y tuve que sujetarme a sus brazos con fuerza.

—No me equivocaba —murmuró para sí mismo, pero ni siquiera lo escuché. Estaba sumida en un hechizo de placer infinito que amenazaba con romperme y arrasar con todo a su paso.

Noté como uno de sus dedos se colaba despacio en mi interior para después dejar entrar a un segundo. No se demoró en empezar a moverlos hacia dentro y hacia fuera a la vez que su lengua acariciaba mi clítoris con una sincronización digna de una medalla olímpica. Si existía algún deporte sexual donde se dieran premios, ya os digo yo que Alexander Lenox se llevaba el oro de cabeza.

—Alex, Alex… —empecé, conteniendo mis ganas de correrme, porque no quería hacerlo todavía, estaba disfrutando demasiado.

—¿Quieres que pare? —preguntó intensificando sus movimientos.

—Sí —murmuré y se detuvo—. ¡No! —grité y una sonrisa malvada apareció en sus labios.

Apartó la boca y se puso de pie mientras seguía torturándome con los dedos.

—No grites o nos oirán —me advirtió, besándome de nuevo con los labios húmedos por mi propia excitación—. Dime que me quieres, Nikki —me pidió entonces, separándose de mi boca y susurrando contra esta, embriagándome con su exquisito aliento.

Tardé en entender lo que estaba pidiéndome.

—Dímelo, quiero oírlo de tus labios.

No podía decírselo. Si lo hacía…, si admitía que lo quería, me quedaría sin argumentos. Era lo único que me quedaba para intentar aferrarme a la decisión que ya estaba tomada.

Negué con la cabeza y sus ojos me lanzaron llamaradas de deseo y de cabreo a partes iguales.

Cogió un condón de su cartera y, sin apartar los ojos de los míos, se lo colocó en su miembro, que lo recibió con reticencia, le costaba entrar de lo excitado que estaba.

Alex me levantó a pulso y me obligó a rodearle las caderas con las piernas. Yo me sujeté a sus hombros y, con la ayuda de la pared que había tras mi espalda, se introdujo poco a poco en mi interior.

Cerré los ojos y su mano me cogió por la barbilla.

—Mírame —me exigió y lo hice—. Dime que me quieres —volvió a repetir, al mismo tiempo que salía de mí, despacio y clavándose con fuerza cuando volvía a decir que no con la cabeza.

Sus ojos llamearon al contacto de los míos, volvió a salir y volvió a exigirme lo mismo. Negué con la cabeza perdiendo por completo el sentido ante el placer incalculable que me estaba provocando.

Se clavó tan profundo dentro de mí que se me escapó un grito. Me cubrió la boca con la mano para impedirme que cualquier otro sonido volviese a salir de mis labios.

—Dímelo, maldita sea. Sé lo que sientes por mí, sé que sientes lo mismo. —Volvió a penetrarme. Estaba sudando, me tenía sujeta por el culo, levantando mi peso por completo, pero parecía no querer cambiar de postura. Quería seguir penetrándome así, porque notaba cuán adentro me llegaba, sintiéndolo hasta en lo más profundo de mi ser.

No pude aguantar más.

Demasiado tiempo, demasiados estímulos, demasiados meses sin vernos.

Llegué al orgasmo cuando volvió a penetrarme hasta el fondo; cubrió su boca con la mía, tragándose mis gritos mientras aceleraba sus arremetidas hasta por fin llegó a correrse también.

Me sujetó con fuerza incluso después de haber llegado. Temblaba contra mí, contra mi cuerpo. Mis manos se aferraron a su pelo húmedo, deseando decirle que lo quería, deseando abrazarlo y decirle lo mucho que lo había echado de menos.

Pero no hice ninguna de esas cosas.

Pasados unos minutos, salió de mi interior y dejó que me deslizara con cuidado hasta alcanzar el suelo con mis pies.

Me recoloqué la ropa interior mientras dejaba que la falda cayese de nuevo sobre mis piernas.

Alex se pasó la mano por el pelo, alejándose de mí y recolocándose la ropa, al igual que había hecho yo.

Fue al baño un momento y yo me peiné el pelo con los dedos.

¿Qué habíamos hecho?

Cuando salió, nos quedamos mirándonos sin saber qué decir, o al menos yo.

—Cuando te atrevas a ser valiente, ya será tarde —dijo mirándome con pena.

Me rodeó hasta salir de la habitación, dejándome allí sola con un montón de preguntas y pensamientos revoloteando como pajarillos enjaulados en mi cabeza.

¿Por qué me daba tanto miedo aceptar lo que sentía por él? ¿Por qué me daba tanto miedo dejar que me quisiera?

Me pasé las manos de nuevo por la falda, me aseguré mirándome al espejo de que mi aspecto era decente y salí al pasillo para hacer como si nada hubiese pasado.

# 38

# MAGGIE

Malcolm era el padre de mi bebé.

Miré el sobre con los resultados que acababan de traerme del laboratorio. Estaba sola en la habitación, bueno, acompañada de mi hijo que dormía plácidamente entre mis brazos.

No podía creerlo.

Aquello no podía ser cierto. No cuando las cosas con Nate por fin funcionaban. No cuando por fin éramos felices.

Miré a mi hijo al mismo tiempo que se me inundaban los ojos de lágrimas. Le acaricié la mejilla con suavidad intentando encontrar el parecido con Malcolm, pero no había nada. Era igualito a su madre.

¿Qué le diría a Nate? ¿Qué significaba aquello?

Pensé en las amigas que conocía que tenían hijos y estaban separadas… Recordé todas aquellas historias que una va escuchando a medida que va creciendo: las guerras por las custodias, los fines de semana compartidos, las noches en vela sabiendo que tal vez tu bebé enfermo no puede estar contigo porque le toca con su padre, a pesar de saber que él no querría nada más que estar entre tus brazos.

Un sentimiento de protección infinito se apoderó de mí y estreché a mi bebé con más fuerza.

No quería eso para él, no quería eso para mí.

La puerta de la habitación se abrió y un Nate sonriente se detuvo ante mi cama.

Su gesto se congeló al verme llorar en silencio.

Desvió los ojos hacia el bebé que hacía unos pocos minutos había considerado suyo. Escuché su corazón romperse en mil pedazos desde mi posición en la cama y quise ser el pegamento que volviese a juntarlos uno a uno.

Nate no se merecía aquello.

Ninguno de los dos lo merecía.

Se acercó hasta mi lado y su mano rodeó la pequeña cabecita de Nate.

—No llores, Maggie, no pasa nada —me consoló, recogiendo mis lágrimas con sus dedos y forzando una sonrisa triste en sus bonitos labios—. Lo querré como si fuese mío.

Un sollozo se escapó de lo más profundo de mi alma y Nate me abrazó mientras seguía insistiéndome que me calmara.

—No llores, por favor —me pidió, roto.

—No es justo —dije. Veía que mi futuro cambiaba hacia una dirección nueva en donde Malcolm formaría parte de mi vida sin que pudiera evitarlo, donde los cumpleaños, las Navidades, las primeras veces, todo… sería compartido.

—Todo saldrá bien, zanahoria, no llores. Todo saldrá bien… —insistió.

Me enjuagué las lágrimas con las manos y lo busqué con la mirada.

Sus ojos y mejillas estaban húmedos… mientras me abrazaba…, mientras me estrechaba entre sus brazos él también había estado llorando.

—Nate… —empecé con la voz rota—. Entendería que no quisieras…

Nate negó con la cabeza.

—Esto no cambia lo que siento por ti o lo que siento por él. Es mi hijo, me da igual que yo no sea su padre biológico, ¡seré un padre para él! Lo seré, aunque tenga que compartirlo.

Dejé que el aire entrara en mis pulmones.

—Pero, Nate…

—No he vuelto contigo porque estuvieras embarazada, Maggie. He vuelto contigo porque te amo, porque te he hecho mucho daño y sé que esto ha sucedido en gran parte por mi culpa. Este hijo debía ser nuestro y, si no lo es, es porque te abandoné… No me perdonaré jamás por lo que hice, pero este es mi momento para resarcirme, para demostrarte que voy a ser mejor persona. Todo lo que es parte de ti es parte de mí también.

Supe que lo decía en serio. Supe que me amaba cuando vi el dolor en sus ojos al sentir que su hijo se le escapaba y no podía hacer nada para cambiarlo.

Nate levantó al pequeño de entre mis brazos y lo estrechó con fuerza con cuidado, besando su cabecita.

—Hablaré con Malcolm —dijo entonces, cosa que consiguió sorprenderme de nuevo—. Debemos arreglar nuestras diferencias ahora que nuestras vidas han tomado el mismo camino.

No era algo que quería que sucediese sin mi presencia. No deseaba que Malcolm y Nate se sentaran y hablaran sobre cómo iban a sobrellevar una paternidad compartida cuando hacía menos de tres minutos lo único que los unía era un odio profundo causado por mi culpa.

—Fuimos amigos una vez, Maggie —me explicó con la voz un tanto rota—. Algo tiene que quedar bajo todas las capas de traición.

Nate miró a mi bebé y entendí lo que se le pasaba por la cabeza.

Nuestro hijo sería quien se encargaría de unirnos a los tres. De una manera o de otra, desde entonces formábamos todos parte de su misma familia.

# 39

# ALEX

La noticia de que Malcolm era el padre del bebé de Maggie cayó como un jarro de agua helada sobre las cabezas de todos.

Mi amigo estaba decaído, triste, y poco podíamos hacer para ayudarlo a superar la realidad de que su hijo al final no era suyo.

Los padres de Maggie habían volado desde Turquía para visitarla y estar en la fiesta de bienvenida del bebé que Nate y Nikki habían querido organizarle.

Yo estaba invitado, por supuesto, al igual que Lilia, que en ese momento toqueteaba las emisoras de mi coche intentando buscar no sé qué emisora de música pop.

No quise ni imaginarme lo que sería lidiar con una Lilia adolescente en los próximos años, pero me aliviaba ver que aún seguía siendo una niña… Solo había que verla durmiendo abrazada a su peluche.

—Pero no lo entiendo —volvió a insistir—. ¿Cómo podían creer que el padre era Nate y ahora descubrir que es otra persona?

Explicarle a mi hija de once años que Maggie se había acostado con dos hombres en un periodo de tiempo tan justo como para no saber quién era el padre de su hijo estaba siendo de lo más complicado.

—Bueno, a veces…, ya sabes, a veces cuando quieres mucho a dos personas…

Mi hija me miró con atención.

—Querrás decir cuando tienes sexo con dos personas, ¿no?

Casi choco cuando me soltó aquello.

La miré y una sonrisa divertida apareció en su cara.

—¿Me tomas el pelo? —pregunté estupefacto.

Soltó una carcajada.

—¿De verdad te crees que con once años no sé cómo se hacen los bebés?

Joder con la cría.

—No deberías saberlo —dije apretando los labios y retomando el camino en dirección a casa de Nate.

—Esa charla ya me la dio el abuelo el año pasado, te has librado por los pelos —dijo juntando sus dos dedos y dejando un mísero espacio entre ellos para enfatizar sus palabras.

No añadí nada más, pues me sentía más que incómodo al estar hablando de sexo con mi hija.

—Lo que no entiendo… —empezó de nuevo y no pude evitar poner los ojos en blanco, cosa que ella no vio porque miraba por la ventanilla.

—¿Qué es lo que no entiendes?

—Si tú has tenido sexo con Amanda… ¿Por qué no se ha quedado embarazada?

Casi vuelvo a chocar otra vez.

¿Su abuelo no le había hablado de la existencia de los anticonceptivos?

Por suerte, pude ahorrarme esa charla porque justo llegamos a casa de Nate, una bonita mansión a las afueras de Londres a la que se habían mudado poco antes de que naciera el niño.

—¿Tienes ganas de ver al bebé? —le pregunté cambiando de tema.

—¿Me dejarán cogerlo otra vez? —preguntó y vi la ilusión en sus ojos azules.

Nate y Maggie se habían portado de diez con Lilia y hacían casi todo lo que les pedía.

—Seguro que sí —dije apagando el motor.

Nos bajamos del coche y fuimos hacia la puerta.

Sabía que Nikki estaría allí, al igual que sabía que al día siguiente se marchaba de nuevo a Bali.

No habíamos vuelto a vernos desde nuestro encuentro en el hospital. Yo había procurado mantener las distancias, por ejemplo, asegurándome antes de visitar a mi amigo que Nikki no estaba allí. Llamadme cobarde, pero no superaba el momento de haberle dicho que la quería sin obtener respuesta alguna.

La casa de Nate era una preciosa casa de obra nueva rodeada de campo, lejos de la ciudad, pero lo suficientemente cerca como para seguir viviendo en la ciudad. Rodeada de árboles, era un bonito lugar para criar a un bebé.

Nate me había contado que la conversación con Malcolm había sido muy tensa. Él no se alegraba de ser padre, no era algo a lo que hubiese aspirado ni de lejos, pero entendía que debía responsabilizarse. Lo dejaron conocer al niño y pasar algo de tiempo con él, y poco después de eso apenas habían vuelto a hablar.

Se avecinaba un juicio en el horizonte y, por lo que Nate había conseguido sonsacarle a Malcolm en la conversación que habían tenido, él no parecía querer poner impedimento para que Maggie obtuviera la custodia completa, siempre y cuando llegasen a un acuerdo de visitas regulares.

La puerta estaba abierta y la música se escapaba hacia el jardín delantero.

—Vamos —insté a Lilia a entrar.

Entramos y nos encontramos con la típica fiesta de bebé, con globos azules y blancos por todas partes, un cartel inmenso de «¡Es un niño!» colgando desde el techo y camareros pasando con comida servida en bandejas imitando los colores temáticos de la fiesta.

Nos mezclamos entre la gente y me detuve a saludar a mis amigos y a la familia de Nate, que aún no asimilaban que el heredero del imperio Olivieri hubiese sentado la cabeza por fin.

—¡Ahí está Maggie! —exclamó Lilia y salió corriendo hacia la anfitriona y su bebé, la cual en ese momento saludaba a algunos invitados. La observé desde la distancia y sonreí cuando nada más llegar a ella le pidió si podía coger a Nate júnior.

Maggie asintió mirándola con cariño.

Seguí recorriendo la habitación con la mirada. Era obvio que la estaba buscando y me ponía más y más nervioso al ver que no estaba por ninguna parte.

¿Se habría marchado antes de tiempo?

¿Habría cambiado el vuelo por alguna razón que yo desconocía?

Pero entonces la puerta de la cocina se abrió y ella entró en el salón cargando con una bandeja de comida.

Volví a respirar hondo al mismo tiempo que el dolor de volver a verla sabiendo que no era mía eclipsaba cualquier pensamiento positivo de mi cabeza.

La ventana abierta del salón dejaba entrar una brisa agradable, haciendo que algunos mechones de pelo se le escaparan de la coleta. No asimilaba que se fuese de Londres al día siguiente, no asimilaba que volvería a estar a miles de millas de distancia, no asimilaba que tal vez podían llegar a pasar meses sin volver a verla.

—Deja de mirarla como si se fuese a morir mañana —dijo Nate. Se colocó a mi lado y observó a Nikki, que había comenzado una conversación con Eko y Gus.

—Cállate —le ordené.

Nate me pasó un brazo por los hombros.

—Sé por Maggie que ella también está destrozada —susurró junto a mi oído.

Lo miré y él sonrió.

—¿En el hospital? ¿De verdad? —preguntó entonces, mirándome con una sonrisa socarrona—. Estar enamorado ha hecho que pierdas tu impecable educación…

—Déjame en paz —dije alejándome de él, pero obviamente me siguió—. Una copa de Chardonnay —le pedí al camarero que servía en una barra improvisada en medio del salón.

—¿Celebras algo? —preguntó Nate.

—Sí, la hostia que vas a llevarte como no dejes ya de atosigarme.

Nate rio y levantó las manos a modo de rendición.

—Tú sabrás, amigo, pero mi consejo es que no pierdas el tiempo, que luego te encuentras con un bombo que no es tuyo.

Lo miré perplejo.

—No sé si preocuparme de que ya incluso seas capaz de bromear de ello.

—El humor es una excelente táctica de evasión.

—Pues suerte con eso —le deseé, llevándome la copa a los labios y vaciándola de un trago.

Le hice una señal al camarero para que me sirviera otra.

—Tu querido amorcito viene hacia aquí —anunció entonces Nate.

Giré para ver si lo que decía era cierto y, en efecto, Nikki se acercaba con la duda reflejada en su mirada y un bonito vestido color cereza.

—Os dejo solos —dijo Nate alejándose en dirección contraria.

Volví a girarme hacia la barra y la sentí colocarse a mi lado.

—Hola —saludó sin más.

La miré de reojo y asentí con la cabeza vaciando la copa de nuevo.

Ella soltó un suspiro y volvió a girarse al camarero.

—¿Me pone lo mismo que a él? —preguntó con la característica amabilidad con la que trataba a todo el mundo, porque ella era así, amable por naturaleza, tierna y dulce.

Joder.

—¿Podemos hablar? —preguntó con su bonita voz, que llegó hasta lo más profundo de mi ser.

Me volví hacia ella, encarándola por fin.

—¿Sobre qué? —pregunté.

Nikki pareció dudar antes de hablar.

—Me voy mañana y no quería irme dejando las cosas así... —explicó.

Solté una risa seca y volví a pedir que me rellenaran la copa. Era una suerte que tuviese que tomarme al menos diez de esas copitas ridículas para que el alcohol me afectara.

—Creo que no hay nada más que hablar, Nicole —le expliqué, mirando el fondo de mi copa y volviéndome hacia ella otra vez—. Tú te vas y yo me quedo.

Nikki me miró con dolor, el mismo dolor que el mío.

—No quiero marcharme así.

—Y yo no quiero que te marches —añadí. Me importaba una mierda volver a insistir en lo mismo, ya poco podía perder.

Nikki soltó un suspiro entrecortado.

—Ojalá pudieras entenderme —deseó apenada.

—¿Entender el qué? —pregunté.

—Que lo hago por los dos. Lo hago para evitar hacernos más daño. Lo hago porque es lo correcto y es lo que deberíamos hacer —insistió.

Me incliné un poco hacia ella.

—Yo no tomo mis decisiones en base a lo que debería hacer, yo las tomo basándome en lo que deseo.

Nikki me sostuvo la mirada sin dudar.

—Es fácil cuando siempre has tenido lo que has querido con tan solo desearlo —me escupió, apretando los labios con fuerza.

—Esa es la diferencia entre tú y yo... Yo soy quien dicta mi destino. Si me disculpas... —dije rodeándola y alejándome de ella.

No podía seguir con esa conversación. No quería insistir en lo mismo. No quería volver a sentir que me rechazaba una y otra vez.

Salí al jardín para alejarme de todos, creyendo que estaría solo, pero me siguió.

—¡¿Y cuál es tu idea, eh, Alex?! ¡Cuéntame cuál es tu magnífica idea! —me dijo gritándome enfadada.

La encaré y la miré furioso.

—Mi idea es amarte todos los días de mi vida, ¡esa es mi idea!

Nikki negó con la cabeza mientras los ojos se le llenaban de lágrimas.

—¿Te mudarás a Bali conmigo, entonces? —gritó—. ¿Vivirás conmigo en la isla? ¡Qué fácil debe de ser planificar una vida cuando tú no tienes que renunciar a nada!

—¡Existen opciones! —le grité, por dentro agradecía que allí fuera nadie pudiese escucharnos.

La luna y las estrellas eran testigos de nuestra disputa mientras que el resto de los invitados seguían bebiendo y disfrutando de la fiesta. Solo la luz de la noche y la proveniente del interior iluminaba nuestras caras.

—¡Opciones que solo servirán durante un tiempo! —me gritó—. Hasta que veamos que ya no podemos aguantarlo más, hasta que tu hija te pida vivir en Londres, ¡porque será normal que quiera hacerlo! Entonces me dejarás, cuando tú debas regresar cada cinco días a trabajar, cuando toda tu familia esté aquí. Me dejarás y yo me quedaré sola con el corazón hecho pedazos llorando por alguien que no volverá a mi lado porque ya sabe lo que implica y lo que significa.

La escuché y odié que tuviese parte de razón.

—No sabes cómo podríamos hacer que funcionase —dudé.

Nikki soltó una risotada amarga.

—Actúas como un crío que quiere algo que no puede tener —me reprochó.

Di un paso en su dirección, pero ella se alejó dando un paso hacia atrás y levantando una mano para impedirme que me acercara.

—No lo hagas —me amenazó muy seria—. No lo hagas porque entonces conseguirás que acepte. Conseguirás que me quede y me romperás en mil pedazos.

Mi corazón fue el que se rompió en mil pedazos al comprender que tenía razón, que tenía toda la razón.

Nos mantuvimos la mirada durante lo que pudieron ser horas o minutos.

Un rayo nos iluminó entonces, acompañado de un trueno que nos sobresaltó a ambos y nos despertó de nuestro letargo.

—Espero que seas muy feliz, Alex —dijo Nikki dando un paso hacia atrás y limpiándose las lágrimas que le caían por la cara como una fuente.

Al final, me dio la espalda y se alejó de mí hasta entrar en la casa mientras yo la observaba.

Miré hacia el cielo con el alma rota en mil pedazos.

La perdía… la perdía y no podía hacer nada para evitarlo.

# 40

# NIKKI

Me marché de Londres a la mañana siguiente.

Con los ojos rojos de llorar y la cara hinchada de tanto sonarme la nariz, me despedí de mi mejor amiga y su bebé. Me despedí de Nate, de Erik y de toda la gente maravillosa que había llegado a conocer en aquella caótica ciudad.

Maggie nos visitaría a los pocos meses, por lo que mi vuelta a Londres se retrasaba en el tiempo dejándome el espacio necesario para recuperarme y aceptar que Alex y yo habíamos terminado.

Eko y Gus se casaban en España al año siguiente, cuando Nate júnior fuese lo suficiente mayor como para poder llevar los anillos y demostrar que los finales felices sí existían. Mis amigos habían encontrado a sus parejas, habían tomado las decisiones correspondientes para poder estar juntos y sus caminos se dibujaban claros ante ellos.

Nada más llegar al puerto de la isla, me sorprendí al no ver a Batú esperándome con su energía y su alegría de siempre. No sé cómo lo hacía, pero siempre sabía cuándo llegaría, como si tuviese un don especial que le permitiese olisquear mi llegada.

Nada más poner los pies en la arena, me sentí un poco mejor, aunque la angustia no desaparecía y continuaba asentada en el centro de mi pecho.

—¿Te acompañamos a tu casa, Nikki? —preguntó Gus ayudándome con el equipaje hasta llegar a donde habíamos dejado nuestras motos.

Al haber viajado con una mochila a la espalda me veía capaz de cargarla y llegar a casa sola, por lo que negué con la cabeza.

Ambos debían trabajar en apenas una hora, puesto que faltaba muy poco para el atardecer y, como ya sabéis, era el momento de más afluencia en el bar.

Me despedí de mis amigos y me subí a la moto.

Debía poner un montón de lavadoras, visitar a mi abuela Kuta, a la que había llamado antes de subirme al avión para decirle que estaba bien y que llegaría al día siguiente.

Recorrí las calles de mi isla, saludando de nuevo a mi gente que se alegraba de verme de vuelta por allí.

Subí la colina dándole gas a la moto y no pude evitar pensar en Alex cuando me fijé en todos los viandantes sin sus respectivos cascos. Yo desde su insistencia no había podido volver a subirme a una moto sin él, y una parte de mí lo odiaba un poquito también por eso.

«Maldito Alexander Lenox…».

Llegué a casa y aparqué la moto. Me bajé de esta casi tambaleándome hacia atrás debido al peso de la mochila.

—¿Te ayudo con eso? —escuché una voz a mis espaldas.

Me detuve, quieta, dejando incluso de respirar.

Me giré despacio. Obviamente creía que esa voz había sido

fruto de mi imaginación, pero no... Allí estaba, allí estaba Alex, con sus pies descalzos en las escalaras de mi casa, con sus bermudas de verano y su camisa remangada, con Batú sentado a sus pies moviendo la cola de un lado a otro.

Pegó un ladrido al aire cuando me vio y bajó las escaleras corriendo hacia mí.

—No se ha separado de mí desde que llegué hace unas horas —me contó, bajando las escaleras, peldaño a peldaño.

Dejé caer la mochila en el suelo y me quedé mirándolo como si estuviese viendo un espejismo.

—Pero...

—¿Sabías que se tarda la mitad de tiempo si se viaja en avión privado? —preguntó.

Negué con la cabeza en silencio... sin dar crédito, sin creerme todavía que estuviese allí, en Bali, en mi casa y encima descalzo.

Mis ojos se llenaron de lágrimas y Alex se acercó hasta quedarse a medio metro de distancia.

—Quiero estar contigo, Nikki —dijo mirándome muy serio—. Me da igual la distancia, me da igual lo lejos que esté Londres de Bali. No me importa nada más en esta vida que estar a tu lado y verte envejecer. Es lo único que quiero.

—Pero... —Apenas conseguí articular palabra.

Entonces me cogió la cara entre sus manos, acunando mis mejillas con sus palmas y causándole estragos a mi corazón acelerado.

—Podemos hacerlo —insistió mirándome con una seguridad que jamás había visto en él hasta ese momento—. Lo haremos, como sea. Haremos que funcione. Viajaremos mucho, sí. Deberás perder el miedo al avión, porque te esperan infinitos viajes, pero disponemos de los medios para hacerlo. Dividiremos nuestro tiempo, viviremos seis meses aquí y seis meses allí. Lilia no me preocupa, ya he hablado con ella. Quiere que yo sea feliz. Quiere seguir conociéndote y quiere que le cuentes todo sobre tus animales, tu isla y tu cultura. Ya te quiere y ni siquiera te conoce, pero te quiere porque yo lo hago y eso no va a cambiar jamás.

—Pero… —volví a repetir y me calló con un beso.

—Basta de «peros» —me pidió susurrando contra mi boca—. Basta de «peros». Me da igual lo que digas, lo haremos porque nos queremos, porque sé que me quieres y sé que cuando quieres a alguien lo quieres con toda tu alma y tu corazón, y con eso basta. Tiene que bastar.

Me limpió las lágrimas con los pulgares esperando a que añadiese algo.

Una sonrisa se dibujó en mis labios y una igual de bonita se reflejó en los suyos.

—Te quiero, Alex —le confesé, sorbiendo por la nariz, pero por fin se lo dije.

Se le ensanchó la sonrisa enseñándome sus dientes.

A nuestro lado, Batú ladró dos veces corriendo en círculos alrededor de nosotros.

—¿Estás preparada para la aventura? —me preguntó y no pude hacer otra cosa más que asentir.

Se inclinó para besarme y me levantó en el aire haciéndome girar.

El sol se ponía justo en ese instante por el horizonte ofreciéndonos el primer atardecer de todos los que compartiríamos durante el resto de nuestras vidas.

# EPÍLOGO

Cuando Alex me sorprendió apareciendo en mi casa nada más llegar de Londres, no pudo quedarse más de una semana, una semana en la que nos dedicamos exclusivamente a darnos todo el amor que no pudimos darnos antes.

Los dos primeros días no salimos ni de la habitación, dejé que hiciera conmigo lo que quisiera, en el mejor de los sentidos. Nos buscábamos a mitad de la noche y a mediodía, nuestros cuerpos no parecían poder saciarse lo suficiente para hacer otra cosa que no fuera perdernos en el cuerpo del otro.

Sus labios besaron de nuevo todos los rincones de mi cuerpo, encontraron nuevas rutas en terrenos hasta entonces desconocidos y sus manos hicieron su magia como solo él sabía hacer.

Al principio fue como si nos volviéramos a conocer, con timidez fuimos recordando lo que nos gustaba y lo que podía llegar a gustarnos. Descubrí que Alex podía ser un hombre muy paciente en cuanto a postergar el placer, le gustaba llevarme al límite para detenerse y luego volver a empezar.

—Para —le pedí por tercera vez, cerrando los ojos y temblando bajo sus caricias.

—No puedo —dijo mientras me acariciaba, despacio, torturándome y observándome como si yo fuese un espectáculo digno de un espectador ilusionado.

—No puedo más… —rogué, deteniendo su mano y echando la cabeza hacia atrás.

—Sí puedes —me animó, colocándose encima de mí, presionando mi cuerpo con el suyo, pero sin aplastarme—. No sabes lo que me pone llevarte al orgasmo una y otra vez…

—Me vas a matar —zanjé, abriendo los ojos y fijándome en su sonrisa.

Subí las manos y se las coloqué en las mejillas. Me fijé en la ilusión de su mirada, en el brillo que podía leerse claramente en sus ojos color miel, como un niño pequeño la mañana de Navidad.

—Podría estar haciendo esto durante todo el día, sin parar, sin comer, sin dormir…

—Ya, pero somos humanos y necesitamos descansar. Yo necesito descansar.

Me sonrió de lado.

—Ya habrá tiempo para descansar. Ahora dímelo otra vez.

Puse los ojos en blanco y entonces sin previo aviso se introdujo en mi interior, sorprendiéndome y obligándome a sujetarme a sus hombros con fuerza.

Un suspiro de placer se escapó de entre mis labios entreabiertos.

—Dímelo, Nicole —pidió, volviéndose a mover.

Mi cabeza no chocó contra el cabecero porque él se aseguró de protegerme del golpe con el brazo extendido.

—Te quiero —cedí ante su insistencia.

No sabía cuántas veces se lo había dicho ya, pero él parecía no tener suficiente.

—Yo también te quiero —me confesó, sonriendo contra mi boca.

Su lengua se introdujo en la mía y sus labios mitigaron mis gritos cuando siguió moviéndose con fuerza. Abracé su cuello para atraerlo hacia mí y me separé de su boca para enterrar la cara en su cuello a la vez que recibía sus embestidas. Aquella vez fue él quien llegó antes que yo y no me importó. Aguanté hasta que dejó de moverse con su respiración acelerada en mi oído y su cuerpo se relajó al instante.

Sonreí aliviada de poder tener un respiro.

Alex se elevó sobre el colchón, apoyando las manos a ambos lados de mi cabeza. Su respiración seguía acelerada cuando clavó sus ojos en los míos.

—¿De qué te ríes? —preguntó.

—De nada —contesté, intentando borrar mi sonrisa.

—¿Te crees que porque haya llegado antes que tú voy a dejarte sin acabar?

—No necesito volver a acabar —repuse, anticipándome a sus intenciones—. Ya he llegado tres veces antes de que tú lo hicieras.

Salió muy despacio de mi interior y besó mi cuello, luego mis pechos y siguió bajando hasta llegar a mi estómago.

Cerré los ojos un segundo de manera involuntaria.

—El fin de mi vida es matarte de placer —dijo bajando un poco más—. Y, por suerte, me queda mucho tiempo por delante para poder aprender a hacerlo.

Me mordí el labio y cerré los ojos cuando lo sentí alcanzar el centro de mi cuerpo…

—Alex…

—Shhh —me calló y supe que me estaba mirando—. Ahora, dímelo otra vez… Dime que me quieres y tal vez haga que esto termine rápido.

—Por favor… —le rogué, moviéndome bajo su boca, ya había perdido cualquier tipo de vergüenza.

—Antes tienes que decírmelo —repitió, deteniéndose otra vez y me entraron ganas de morderle.

—Te quiero, idiota —dije fulminándolo con la mirada.

Me sonrió con toda la cara antes de volver a perderse entre mis piernas.

Aquellos primeros meses fueron los más duros. Separarnos después de siete días tan intensos no fue nada fácil.

—En cuanto organice todo para los próximos meses, volveré —repitió Alex mientras me abrazaba con fuerza—. Solo serán un par de semanas y entonces me tendrás para ti un mes entero.

Yo no quería un mes entero, yo quería estar con él las veinticuatro horas del día.

Volvió a besarme y entonces de verdad llegó el momento de que se marchara.

No fue fácil organizar nuestras vidas para pasar medio año en la isla y otro medio año en Londres, pero al final lo conseguimos.

En Bali tuvimos que mudarnos a una casa más grande, una villa espectacular que compró Alex de sorpresa y que tenía tres habitaciones, cocina, piscina y un salón abierto con vistas al mar que quitaba el aliento. En una de las habitaciones, se montó un despacho para poder trabajar desde allí y, en la otra, montamos la habitación de Lilia.

La hija de Alex no tardó en venir a la isla, aunque no la trajimos hasta que no estuvimos cien por cien seguros de que nuestro nuevo modelo de vida funcionaba.

Las Navidades serían los últimos días que pasaríamos allí hasta mudarnos de nuevo a Londres durante los siguientes seis meses y, aunque os pueda sorprender, estaba ilusionada por aquel cambio.

—¡Me encanta esto de ir descalza a todas partes! —gritó Lilia mientras recorría la villa de arriba abajo y Batú ladraba, siguiéndola por toda la casa.

Sonreí divertida.

Lilia era una niña muy especial…

—No lleva aquí ni cinco días y ya se parece más a ti que a mí —dijo Alex abrazándome por detrás, mientras los dos observábamos a la niña jugar con Batú y reírse ilusionada.

—Dame un año y la convertiré en la mejor surfista y practicante de yoga que pueda existir jamás.

Alex rio y me envolvió entre sus brazos como única respuesta.

Las Navidades fueron diferentes para mí.

Por mi religión y cultura, jamás había celebrado esas fiestas con regalos, árboles de Navidad ni nada que se le pareciera. Lilia y Alex se encargaron de que mi primera Navidad occidental fuera una experiencia navideña inmersiva al cien por cien.

Contactaron con Dona, la chica «Amazon humana» de la isla, y con su ayuda compraron todo tipo de decoración.

Fue bonito y muy especial, sobre todo porque Nate y Maggie viajaron para pasar las fiestas con nosotros en Bali.

En un momento dado, aquella noche, me fijé en la familia que fuimos capaces de reunir alrededor de la inmensa mesa de comedor. Mi abuela, que había conocido a Alex y a pesar de sus reticencias iniciales ya empezaba a aceptarlo, Eko y Gus, Maggie, Nate y Nate júnior, que ya tenía seis meses y no podía ser más adorable… y más inquieto, y luego Lilia y Alex.

—¿En qué piensas? —me preguntó Alex mientras todos cenaban y conversaban animados.

Me giré hacia él con una sonrisa.

—Estoy feliz —le dije sin más y él me cogió la mano por encima de la mesa y acarició el anillo que hacía unos días me había puesto en la mano izquierda.

—Vamos a ser los más felices del mundo… Te lo prometo.

Me besó en los labios y todos se pusieron a silbar y a aplaudir.

Al fin y al cabo, aparte de celebrar la Navidad, estábamos celebrando nuestro compromiso.

—Alexander, no pienso entrar en la cabina para verte despegar este avión —me negué, cruzándome de brazos en la parte trasera de uno de los aviones privados de la empresa de Alex, el cual utilizaríamos para volar de Londres a España y así poder acudir a la boda de Gus y Eko.

—Venga, Nikki —insistió, utilizando todo su poder de persuasión, que era bastante importante teniendo en cuenta que era la primera vez que lo veía vestido de piloto.

¿Cómo podía estar tan atractivo? La camisa blanca que llevaba y el traje azul marino con las tres rayas doradas tanto en las mangas como en las hombreras lo convertían en una versión de Alex demasiado peligrosa para mi estabilidad mental… y mis hormonas. Si no fuera porque en ese instante quería matarlo con mis propias manos, le hubiese pedido que nos encerráramos en la parte trasera del avión donde había un pequeño cuarto para que me dejara desnudarlo y hacerle de todo.

—Te encantará ver el despegue desde la cabina, créeme —insistió.

Negué con la cabeza…, pero me cogió la mano y tiró de mí hacia dentro. Nate era su copiloto y Maggie, Nate júnior y Lilia estaban sentados en la parte de atrás.

—¡Es superguay, Nikki, de verdad! —me volvió a decir Lilia, que ya había viajado con Alex en la cabina de pilotos en al menos tres ocasiones.

Alex me indicó dónde podía sentarme y, cuando lo hice, me fijé en que Nate y él se colocaban los cascos, con micrófono incluido, y empezaban a tocar todo tipo de botones.

—Avión N22 5L, estoy en la posición hangar 3, ¿me autoriza a ponerme en marcha? Estoy en condiciones de copiar el permiso de tránsito —dijo Alex mientras miraba la lista de chequeo y hablaba con Nate sobre cómo estaba la meteorología.

—Ahora voy a poner en marcha el motor, Nikki —me explicó Alex, a la vez que empezaba a tocar un montón de botones luminosos.

Se giró un momento a mirarme al ver que no decía nada.

—¿Estás bien, mi amor? —preguntó con la preocupación tiñendo sus ojos color miel.

Nate también se giró para mirarme con curiosidad.

Puede que me hubiese puesto un tanto blanca.

—Estoy bien —lo tranquilicé, porque estaba increíblemente alucinada de verlo moverse como pez en el agua en aquella situación tan imposible de asimilar en mi cabeza.

No os voy a negar que verlo tocar botones y hablar con la torre de control me pusiera más que cualquier cosa que lo hubiese visto hacer con anterioridad…

Alex me sonrió de lado, dándome ánimos, y volvió a centrarse en lo que estaba haciendo.

Después de pedir autorización para rodaje y probar todos los sistemas y equipos, el avión empezó a moverse.

Me fijé en lo concentrado y serio que se ponía. Observé admirada cada uno de sus movimientos. Vi cómo disfrutaba con cada paso que daba y con cada control que realizaba. Era como si el avión fuese parte de él, como una extensión de sí mismo.

Alex movió la palanca de potencia hacia delante, el avión aceleró, yo me sujeté al asiento con fuerza y a los pocos segundos consiguió levantar el vuelo.

—Ascendiendo a treinta y nueve mil pies —les informó Alex a los de la torre de control y observé fascinada las impresionantes vistas que teníamos desde allí.

Llevaban razón.

Aquello era alucinante. Desde ese lugar se veía todo. Sobrevolamos Londres y atravesamos las nubes como si fuésemos parte de ellas y no una máquina de miles de toneladas que elevaba el vuelo gracias a un tal principio de Bernoulli.

Sí, Alex me había dado unas pequeñas clases particulares de aeronáutica básica.

En un momento dado, mientras ascendíamos y pasábamos por una zona de nubes bastante densas, el avión empezó a moverse.

Me tensé como una cuerda de guitarra y empecé a rezarle a todos los dioses que conocía.

Alex volvió a girarse para tenerme controlada.

—Tranquila —me dijo con su voz tan en calma que una parte de ella consiguió entrar en mi sistema—. Las turbulencias son normales —siguió y estiró el brazo para que le cogiera la mano que me tendía. Me dio un apretón y me acarició los nudillos con el dedo pulgar—. Todo va bien, te lo prometo.

Asentí en silencio y tuvo que soltarme para volver a centrarse en su trabajo. A los pocos minutos, el avión se estabilizó.

—Alcanzando altitud de crucero —indicó Alex y vi que soltaba la palanca y se quitaba los cascos para observarme con una sonrisa radiante—. ¿Te ha gustado? —preguntó y se levantó para acercarse a donde yo estaba.

Por el rabillo del ojo, vi que Nate seguía tocando cosas.

Me quité el cinturón y me levanté del asiento, un tanto temblorosa.

Comprobé que Nate no nos prestaba atención antes de tirar de él hacia mí y besarlo en los labios con deseo.

Alex colocó sus dos manos en mi cintura y me apretó con ganas para devolverme el beso.

—Aunque no os vea, os oigo perfectamente —se burló entonces Nate y nos separamos mirándonos con sendas sonrisas.

Su ilusión era la mía y viceversa.

—Ha sido increíble —dije muy cerca de su boca.

Alex sonrió con la mirada.

—La próxima vez, te dejo coger la palanca de potencia.

Os podéis imaginar mi cara. Casi me da un infarto de solo imaginarlo.

La boda de mis amigos fue increíblemente bonita y especial. Bailamos, comimos, bebimos y cantamos hasta el amanecer. Gus y Eko estuvieron radiantes y felices y nosotros disfrutamos de compartir aquel día tan especial con ellos.

—¿En qué momento le dijiste que sí? —me preguntó Alex mientras nos alejábamos de la zona de la fiesta y emprendíamos el camino hacia el hotel donde se había celebrado la ceremonia. Alex llevaba a Lilia dormida entre los brazos, ya que la pobre no había podido aguantar más el sueño.

—¡Me dijo que tú habías aceptado! —le contesté indignada.

Llegamos hasta la puerta de la habitación de Lilia. Abrí para que Alex pudiera pasar y corrí a abrir la cama para poder colocarla directa sobre el colchón.

La niña había aguantado hasta las dos de la mañana, pero después de eso había caído muerta de sueño; quedándose dormida sobre una de las muchas mesas de invitados.

Alex dejó a Lilia sobre la cama, le quitamos los zapatos y la tapamos para que pudiera descansar.

Salimos de la habitación sin hacer ruido y nos encaminamos a la nuestra, que quedaba al otro lado del pasillo.

Ya dentro, Alex por fin habló:

—Le prometí que la llevaría a Disney, sí, pero eso fue hace mucho. ¡Creí que se le había olvidado!

—Pues ya ves que no —contesté mientras cruzábamos la habitación hasta llegar al baño.

Me fui quitando los pendientes y soltando las horquillas del pelo mientras Alex se desnudaba y abría el agua de la ducha.

Nos metimos dentro para bañarnos juntos mientras la maldita conversación continuaba.

—Me niego a ir a ese lugar —zanjó Alex lavándose el pelo con champú.

Observé embobada como este le caía por el torso musculado.

—¿Me estás escuchando? —preguntó, interrumpiendo mis pensamientos lujuriosos—. No pienso ir ahí.

Lo medité durante unos segundos.

—A mí me hace mucha ilusión ir —comenté, como quien no quiere la cosa, y entonces Alex se movió de debajo del agua y me prestó toda su atención.

—¿Tú quieres ir? —preguntó perplejo.

—Tengo muchas ganas de conocer a Mickey Mouse, sí —respondí con una sonrisa.

Alex me miró indignado, pero al final soltó un suspiro profundo, señal de que se resignaba. No era capaz de decirme que no a algo que me hiciera ilusión, sobre todo porque según él nunca le pedía nada y, utilizando sus propias palabras, era «mortalmente complaciente».

—Vais a acabar conmigo, pero, joder, vale, ¡os llevaré a ver al maldito Mickey Mouse!

Me acerqué para abrazarlo y él me estrechó con fuerza entre sus brazos.

Cuando me separé, lo miré con curiosidad.

—Si alguna vez tenemos niños, sabes que deberás armarte de paciencia, ¿no? ¿Eres consciente de que será diez veces peor que sobrellevar a Lili...?

Su forma de mirarme dejó muy a las claras que no se esperaba que sacara aquel tema justo en ese momento, mientras nos duchábamos.

Me miró muy serio.

—¿Tú quieres tener niños? —me preguntó con cautela.

Su pregunta me sorprendió.

—Claro que sí... Me gustaría tener tres.

Sus ojos se abrieron tanto que hubiese resultado incluso cómico si no hubiera sido porque sentí un pinchazo de alarma en mi interior al ver que se asustaba ante la idea.

—¿Tres? —preguntó y, al hacerlo, se atragantó con el agua y empezó a toser.

—Cedería y tendría solo dos, pues ya tenemos a Lilia, pero sí, me encantaría tener tres.

Alex cerró el grifo, cogió la toalla, se la enroscó en la cintura y salió de la ducha.

Yo cogí la mía e hice lo mismo.

—Nikki... —empezó diciendo, pero lo interrumpí.

—¿Tú no quieres tenerlos? —le pregunté observando muy atenta su reacción a mi pregunta.

Alex dudó antes de responder.

—No es algo a lo que haya aspirado jamás, la verdad. Lili fue un shock inesperado y aún sigo acostumbrándome a esto de ser padre... Yo no sé si funcionaría con un bebé, no sé si tendría la paciencia...

Vi el miedo en sus ojos al decir eso y una parte de mí se tranquilizó.

—Lo harías genial, Alex —le dije acercándome a él y abrazándolo con fuerza—. A mí también me da miedo, pero no hay nada en este mundo que me haga más ilusión que criar a un bebé contigo.

Me colocó el dedo bajo la barbilla para levantarme un poquito la cabeza y poder mirarme a los ojos.

—Sería dentro de un tiempo, ¿no? Dentro de unos seis o siete años, cuando Lilia ya esté en la universidad... Somos jóvenes aún...

Sonreí.

—Claro que sí... No hay prisa, cariño —acepté, besando el centro de su pecho.

Noté como todo su cuerpo se relajaba por completo.

*Tres años después*

—Es una niña —le confesé a Maggie cuando nos sentamos en una de nuestras cafeterías preferidas de Londres.

—¡¿Otra niña?! —exclamó con incredulidad.

Asentí, sintiendo un poco de pena... No por mí, por Alex.

—¿Qué ha dicho él? —preguntó mi amiga, abriendo mucho los ojos.

—Él está feliz, pero sé que le hacía ilusión tener un niño —respondí al mismo tiempo que me giraba hacia Gracie y le colocaba el babero para que no se manchara toda la ropa.

Nuestra primera hija nació al año después de tener aquella conversación con Alex en el baño. Podríamos decir que no fue buscada en ese preciso momento de nuestras vidas, pero fue la mejor noticia que recibimos entonces... Alex tardó unos meses en hacerse a la idea, pero al contrario de lo que había escuchado toda la vida sobre que los hijos separaban a la pareja, a nosotros nos había pasado todo lo contrario. Estábamos más unidos que nunca y adorábamos a nuestra pequeña Grace, con sus rizos oscuros, su piel aceitunada y sus bonitos ojos verdes. Era muy parecida a mí, pero tenía los labios y las pestañas de Alex.

—Está claro que sus espermatozoides no están muy por la labor... —comentó Maggie sonriendo, aunque la felicidad no le llegó a los ojos.

Su hijo Nate estaba pasando las vacaciones con Malcolm. Era la primera vez desde que había nacido que se lo llevaba más de dos días seguidos y mi amiga no lo estaba llevando muy bien. Era normal, puesto que Natie ya tenía casi cuatro años.

—¿Tú estás contenta? —me preguntó entonces.

La verdad era que sí. Estaba muy feliz de tener otra niña. Ser madre de Gracie y de Lili era lo mejor que me había pasado en la vida. Me acaricié la barriga, que en este embarazo parecía crecer mucho más rápido que con el anterior, y sonreí con ternura.

Otra niña…

Al poco rato llegaron Nate y Alex. El primero se inclinó para besar a su mujer en los labios antes de saludarme a mí y a la pequeña. Alex me besó en lo alto de la cabeza y luego cogió a Gracie para hacerla volar por los aires. La niña gritó divertida y yo los observé con una sonrisa que me ocupaba toda la cara.

Alex se sentó junto a mí con Grace sobre las rodillas.

—¿Se lo has contado? —preguntó Alex mirando a Maggie.

Nate se sentó a su lado y nos miró intrigado.

—¿Contarle el qué? —quiso saber.

Maggie miró a Nate.

—Van a tener otra niña —respondió, sonriendo.

Nate abrió los ojos sorprendido y miró a su amigo.

—¡Tío! ¡Vas a estar rodeado de mujeres!

Alex me miró divertido.

—Al final te saliste con la tuya —me reprendió, haciéndole el caballito a Grace con su rodilla.

—Yo no tengo inconveniente en seguir buscando al niño… —dije y la cara de pánico de Alex me hizo tanta gracia que no pude evitar no reírme.

—Dijimos que esta y ya estaría… ¿Lo recuerdas, cariño? —añadió, suavizando el tono al final de la frase.

—Ya veremos… —dejé caer, llevándome el café a los labios.

Aquellas Navidades las pasamos en Bali, como ya nos habíamos acostumbrado a hacer. Con las niñas, nuestra rutina de los seis meses en Londres y los seis meses en Bali no había sido tan sencilla de llevar e íbamos variando dependiendo de nuestras necesidades. A veces estábamos más tiempo en la isla y otras más tiempo en Londres. No era fácil, pero nos las arreglábamos.

A la nueva integrante de la familia la llamamos Anisa, como mi madre, aunque todos se empecinaban en llamarla Annie. Era muy pequeña, había nacido un mes antes de lo debido y, al contrario que Gracie, era igual de pelirroja que Lili.

Levanté la mirada de mi bebé y la fijé en Alex, que en ese momento colocaba los adornos navideños con Lili y Grace, esta última bien sujeta en su cadera.

¿Podía alguien ser más feliz?

Alex debió de notar que lo miraba, porque levantó los ojos de lo que estaba haciendo y me buscó en la distancia.

Su sonrisa fue tal que no pude más que copiarla.

Lo habíamos conseguido… Habíamos conseguido que funcionara, habíamos formado una familia preciosa y, lo mejor de todo, ninguno de los dos tuvo que renunciar a nada que no estuviera dispuesto a renunciar.

Habíamos encontrado el equilibrio perfecto.

Habíamos superado las diez mil millas que nos separaban.

# AGRADECIMIENTOS

¡Mi décimo libro publicado! ¿Quién me lo diría? Lo pienso y no me lo creo, pero es tan real que ya acabas de terminarlo.

Este libro lo acabé cuando en mi vida estaban sucediendo todo tipo de cosas maravillosas. Fue escrito en Bali; fue escrito en Aves de Sevilla-Madrid, cuando viajaba para la promoción de la película *Culpa mía*; fue escrito en distintos hoteles de España, mientras estaba de gira con *30 sunsets*; fue escrito en aviones a doce mil metros de distancia y fue terminado en Colombia, con mi editora sufriendo por la fecha de entrega y yo sufriendo por creer que no llegaba.

Y aquí estoy, escribiendo los agradecimientos.

Después de todas las horas, los viajes y las interminables dudas, llega el momento de entregar el libro tal cual está y confiar en las personas que van a hacer de él la mejor versión de sí mismo.

Y por eso debo dar las gracias al increíble equipo de Penguin Random House, por conseguir que mis historias sean lo que son y vuelen todo lo alto que siempre quise que volaran. Gracias a mis editoras, Rosa y Ada, por hacer lo imposible por tener más tiempo y hacer que llegáramos a tiempo. Por creer en esta historia y darle el lanzamiento que siempre soñé y con el que os habéis superado.

Gracias al equipo de comunicación, a Melca y a Inma, por estar ahí apoyándome durante la gira, acompañándome a los viajes y haciendo que cada presentación superara a la anterior.

Gracias a mi equipo audiovisual, como lo llamo yo, a Conxita, a Jose, a Paula, por conseguir que todos mis sueños se hayan hecho realidad. ¡Conseguimos la peli y conseguimos la traducción al inglés! Sois increíbles, de verdad, no tengo palabras para describir lo buenos que sois en vuestro trabajo.

Gracias a mi familia, a mi madre, a mi padre y a mis hermanas, por apoyarme siempre, por seguir a mi lado en mis momentos de bajón y ayudarme a soñar cada vez más alto.

Gracias a mi futuro marido, Joaquín, por tenerme toda la paciencia del mundo y encargarse de los preparativos de la boda mientras yo me encerraba a terminar los libros y leer guiones. Sé que no ha sido fácil para ti, pero prometo que a partir de ahora me convertiré en la mejor *wedding planner* de la historia.

Gracias a mis lectoras cero, mis Belenes, mi hermana y mi amiga, habéis sido cruciales en este libro. Me habéis ayudado lo inimaginable y habéis hecho que sea mejor de lo que podría haber sido jamás. Gracias.

Gracias a mis amigas, gracias por seguir formando parte de mi vida, y en especial a Eva y Andrea, sois mis hermanas del alma, como lo son Nikki y Maggie. Sé que da igual lo que pase, siempre estaréis ahí siendo el pilar que me sostiene en los peores momentos.

Y, por último y no menos importante, gracias a ti, lector, gracias por todo lo que haces. Gracias por recomendar mis libros, por hacer colas interminables para conseguir mi firma, gracias por hablar de mis historias en TikTok, por haber hecho viral el estreno de *Culpa mía* y por seguir mis pasos con la misma ilusión desde el principio. Este es un camino que hemos hecho juntos y jamás podré agradecéroslo lo suficiente.

Sois los atardeceres de un sueño que espero nunca termine.

Gracias, gracias y mil gracias.

*10,000 millas para encontrarte* de Mercedes Ron
se terminó de imprimir en el mes de septiembre de 2023
en los talleres de Diversidad Gráfica S.A. de C.V.
Privada de Av. 11 #1 Col. El Vergel, Iztapalapa,
C.P. 09880, Ciudad de México.